KB176522

치유와 회복의 정신과 문학

토지, 전북문학 그리고 전주정신

치유와 회복의 정신과 문학

토지, 전북문학 그리고 전주정신

김승종

역락

▲ **진리관에서의 강의** 전주대학교 인문대학 한국어문학과에서 28년 6개월간 소설론, 작가론, 현대문학사 등을 강의하였다. 강의의 대부분이 진리관 건물 내 강의실에서 이루어졌다. 강의 시간은 나에게 늘 내가 여기 서 있는 이유가 무엇인지를 되묻는 시간이었다.

김승종 金昇宗

본관은 김해(金海), 호는 소사(素沙), 1956년 5월 18일 전라북도 전주시 완산구 중앙동 4가 68번지에서 김화원(金和元) 님과 김연희(金演熙) 님의 1남 3녀 중 장남으로 출생. 조부는 전북지역 초등학교 교장으로 33년을 봉직하신 김인환(金仁煥) 님이시다. 배우자는 윤지원(尹智垣), 딸은 김민아(金玟我)이다.

학력

동북초등학교 졸업(1969.2)
한영중학교 졸업(1972.2)
서울고등학교 졸업(1975.1)
연세대학교 문과대학 국어국문학과 입학(1975.3)
육군 포병부대 복무. 병장 제대(1976~1979)
연세대학교 문과대학 국어국문학과 졸업. 2급 정교사 자격 취득(1982.2)
연세대학교 대학원 국어국문학과 문학석사 학위 취득(1985.2)
연세대학교 대학원 국어국문학과 문학박사 학위 취득(1993.2)

교육 활동

한성고등학교 교사(1982.3~1985.2)
이화여자고등학교 교사(1985.3~1989.8)
연세대학교, 경원대학교, 서울예술대학, 적십자간호대학, 원광대학교 등 출강(1989.9~1992.2)
전주대학교 인문대학교 한국어국문학과 교수(1993.3~2021.8)
전주대학교 한국어문학과 학과장(1995~2003)
전주대학교 생활관(기숙사) 사감(1995~1997)
전주대학교 인문대학 교학부장(1997~1999)
전주대학교 교육과정개편위원장(1998)
미국 워싱턴주립대학교(U.W) 방문학자(2000.8~2001.7)
전주대학교 대학평가 준비위원(2002)
전주대학교 리딩 앤 라이팅(Reading & Writing) 센터장(2001~2005)
'남원춘향제 컨설팅 사업' 연구책임자(2005)
'X-edu 사업단(전주대학교 누리사업단) 교육·기획팀장(2003~2005)
전주대학교 대학평의회 평의원(2009~2011)
전주대학교 인문대학장(2011~2013)
전주대학교 인문과학종합연구소장(2011~2013)
'〈수필과 비평〉 신인상' 수상(2012)
전주대학교 5기 교수회장, 사립학교교수회장연합회(사교련) 이사(2015~2016)
인문도시지원사업 '온·다라사업단' 연구책임자(2014~2017)
전라북도문학관 부지 활용 기초용역 연구책임자(2020)

봉사활동

한국현대문학이론학회 부회장(1995~2000)
한국현대소설학회 부회장(2001~2010)

전주대학교 교수테니스회 회장(2008)
중등학교 교과서 검정위원(2012)
대전극동방송 ‘신앙 서적 프로그램’ 고정 패널(2012)
국어문학회 회장(2012)
전북작가회의 수필 분과 회원(2016~2021)
공무원 시험 출제위원(2017)
전주정신다울마당 위원(2015~2021)
전주시 명칭개정위원회 부위원장(2020~2021)
전주세계무형문화유산대상 운영위원장(2019~2021)
전라북도 문학관심의위원회 위원장(2020~2021)
토지학회 회장(2020~2021)

연구업적

| 저서

1998년: 『한국현대작가론』(전주대출판사)
1999년: 『한국현대소설론』(신아출판사)
2000년: 『올바른 사유와 글쓰기』(전주대출판사) 공저
2000년: 『글읽기의 즐거움』(전주대출판사) 공저
2001년: 『디지털시대의 글쓰기』(신아출판사) 공저
2001년: 『문학작품과 글쓰기』(전주대출판사) 공저
2006년: 『창의적 발상과 문화콘텐츠 작법』(글누림) 공저
2010년: 『키워드로 읽는 매체언어』(역락출판사) 공저
2018년: 『소설 읽기와 스토리텔링』(박문사)
2021년: 『치유와 회복의 정신과 문학』(역락출판사)

| 논문

「1950년대 문학의 연구: 황건의 『개마고원』론」(『현대문학의 연구』3권, 1991)
「염상섭소설연구」(연세대학교 박사학위논문, 1992)
「이광수소설에 나타난 회심(回心) 과정 연구」(『배달말』18권, 1993)
「『녹두장군』과 『갑오 농민전쟁』의 비교 연구」(『한국현대소설연구』2호, 1995)
「소설 담론 연구의 현황과 전망」(『한국현대소설연구』2호, 1995)
「〈태백산맥〉 영화화의 문제점」(『문학과 논리』5집, 1995)
「분단극복을 위한 문학적 노력」(『전주어문학』1집, 1996)
「염상섭 단편소설 연구」(『현대문학이론연구』6권, 1996)
「풍자성과 『탁류』의 문학세계」(『국어문학』32권, 1997)
「미완으로 빛나는 민중의 작가」(『현역중진작가연구 1』, 1997)

「동학농민전쟁의 소설화 과정 연구—인물 형상화 양상을 중심으로」(『현대문학의 연구』10권, 1998)
「소설의 리얼리티와 방언의 효과—『녹두장군』을 중심으로—」(『현대소설연구』8권, 1998)
「한뫼 전규태의 학제적 에세이」(『전주문학』1집, 1998)
「1인칭 소설의 변이양상 연구」(『한국현대소설연구』11권, 1999)
「한국액자소설 연구」(『국어문학』35권, 2000)
「소설교육의 방향과 방법」(『현대문학의 연구』19권, 2002)
「1930년대 리얼리즘 소설에 나타난 문학적 대응 양상—『삼대』와 『고향』을 중심으로」(『국제어문학』26권, 2002)
「대학 작문 교육의 신경향연구」(『인문과학연구』8권, 2003)
「미디어환경의 변화와 글쓰기 교육」(『국어문학』, 2004)
「학습자중심의 창작교육 연구」(『한국언어문학』, 2004)
「전주시 4대문화축제 고객 만족도 연구(공동연구)」(『Journal of The Korean Data Analysis Society』7호, 2005)
「남원 춘향제의 현황과 개선방안」(『판소리연구』22권, 2006)
「동학혁명의 문학사적 의의」(『동학학보』11호, 2007)
「최서해 소설의 기호학적 연구」(『현대문학의 연구』36권, 2008)
「염상섭의 생애와 문학」(『한국근대작가론』, KNOU(2008))
「이청준 소설 〈남도사람〉 연작에 나타난 '한'의 미학과 '용서'의 정신」(『현대문학이론연구』39권, 2009)
「기호학을 활용한 소설 지도 방안 연구」(『인문과학연구』10권, 2010)
「황석영 초기 소설에 나타난 '문제적 개인'」(『국어문학』49권, 2010)
「소설의 영화화 양상—〈밀양〉과 〈JSA〉의 '내포적 서술'을 중심으로」(『인문과학연구』13권, 2011)
「박경리의 『토지』와 '부산'」(『한국현대소설연구』49권, 2012)
「『비명을 찾아서—경성, 쇼우와 62년』에 나타난 '탈식민지성' 연구」(『인문과학연구』14권, 2012)
「김유정 소설의 열린 결말 연구」(『현대문학이론연구』53권, 2013)
「『토지』의 역동적인 가족서사 연구—'성장·변신'의 원리와 '대조'의 원리를 중심으로」(『현대문학이론연구』63권, 2015)
「문학작품을 통해 바라본 전주정신」(『전주학연구』9집, 2015)
「전북지역 문화유산의 활용방안—최명희의 〈혼불〉을 중심으로」(『대중서사연구』24권, 2018)
「전북문학의 지역성, 그리고 공간」(『국어문학』71권, 2019)
「전주정신의 현재와 미래」(『전주학연구』13집, 2019)
「이만하믄 괜찮기 살았다」(『토지 인물열전』, 2019)
「박경리 『토지』를 읽는 새로운 길」(『한국문학의 이론과 비평학회』85권, 2019)
「박경리 『토지』의 근대 정치 담론」(『현대문학의 연구』70권, 2019)
「치유와 회복의 시대의 『토지』 읽기」('토지학회'기조 발제', 2020)
「치유와 회복의 시대의 전주정신, '꽃심'」('전주시청'기조 발제, 2020)

| 연구 용역

남원춘향제 컨설팅(문화관광체육부: 2006)
전주 '게미'의 원류를 찾아서(X-edu 사업단: 2007~2008)
부적응 청소년을 위한 사랑과 배려의 인문학(한국연구재단: 2012~2013)
인문도시 '온·다라'구축(한국연구재단 인문도시지원사업: 2014~2017)
천이두의 생애와 문학세계(전주문화재단: 2016)
전라북도문학관 부지 활용 방안 기본계획(전북도청 : 2020)

▲ **교수연구동 앞 유채꽃밭** 진리관 연구실에서 1년간 지내다가 1994년부터 교수연구동 연구실을 27년 넘게 사용하였다. 연구실 멀리 모악산 정상이 바라보여서 늘 든든했다. 밤 11시 넘어서 연구실을 나오는 일이 많았으니 정말 나는 전주대학교에 큰 빚을 지고 떠나는 것 같다.

▲ **몽골 '13세기 마을' 방문** 2018년 임철호 교수님의 정년을 앞두고 한국어문학과 교수 7명 모두 몽골 여행을 다녀왔다. 4박 5일을 함께 하면서 교수님들과 깊이 교제하고 허심탄회한 대화를 나눌 수 있어 좋았다.

▼ **한국어문학과 교수님들과 함께** 가족 못지않게 고락을 함께 나눈 전주대학교 한국어문학과 교수님들이시다. 이분들과 나누었던 대화와 아름다운 추억들은 퇴직 이후 나의 삶에 가장 소중한 빛이 될 것이다.

▲**'천년대목' 앞에서** 2008년에 이용욱 교수께서 학생들과 함께 심은 이 소나무의 이름은 '千年大木'이다. 매년 11월에 열리는 한국어문학과 학술축제도 '천년대목'이다. 묘목에 불과했던 소나무는 13년이 지난 오늘날 우람한 모습으로 성장하였다. 한국어문학과도 이처럼 힘차게 발전하기를 간절히 기도해 본다.

▲ **3년간의 인문도시지원사업** 2014년부터 2017년까지 인문도시지원사업 '온·다라인문학'을 이끌었다. 300건이 넘는 인문 강좌와 행사를 전주시에서 진행하였다. 전주시는 이를 계기로 '한국의 도시 꽃심'이라는 전주정신을 정립하고 '인문학365운동'을 전개하는 등 전주를 인문학의 도시로 만들어 가고 있다.

▼ **학과 선배 교수님들과 함께** 전주대학교에 부임하였을 때 임철호, 전일환, ㈀우민섭 교수님께서 봉직하고 계셨다. 나는 학과 선배 교수님으로부터 많은 가르침을 받았다. 우리는 일주일에 2~3번 정도 모였는데, 그러다 보니 학과 내 갈등이 있을 수 없었다. 나를 아껴주시고 사랑해 주신 세 분의 은혜를 영원히 잊을 수 없다.

◀ **'토지학회' 활동** 2020년 1월 1일에 '토지학회'제3대 회장에 취임하였다. '토지학회'는 박경리와 『토지』를 전문적으로 연구하는 학회로서 1년에 두 번씩 정기 학술대회를 개최하고 『토지』 관련 서적과 문화콘텐츠를 제작하고 있다. 사진은 2020년에 '하동에서 만나는 박경리와 『토지』'라는 동영상을 촬영하는 장면이다.

▲ **국제학술대회 참가** 2018년 중국 장춘사범대학교에서 열린 국제학술대회에 참가하여 발표하였다. 2008년에도 중국 연변대학교에서 열린 국제학술대회에 발표자로 참가한 바 있다. 학술대회가 끝난 후에는 하얼빈의 『토지』 배경지, 고구려 유적지, 윤동주 생가와 묘지 등을 둘러보았다.

▲ **교수테니스회 활동** 전주대학교에 부임하면서 바로 교수테니스회에 가입하였다. 이듬해에 총무를 하고 2008년에는 회장도 했다. 매년 열리는 '전국교수테니스대회'에 출전하였다. 2018년 대회에서 동료 교수님들 덕분에 '단체전 3등'이라는 내 생애 최고의 성적을 거두기도 하였다.

간행사

교육과 연구의 공간이 아니라 직장으로 생각해보면 대학은 별다른 풍파 없는 조용한 섬과 같다. 상명하복의 조직사회도 아니고, 그렇다고 창의력과 열정을 소진시키는 업무성과에 대한 부담도 없어 자신의 연구와 강의에만 신경 쓰면 되는 1인기업과 비슷하기 때문이다. 그래서 대학에서 존경할 만한 직장 동료를 만난다는 것은 섬과 섬 사이에 다리가 놓이는 중요한 일이다.

2005년에 처음 만나 지난 15년 동안 김승종 교수님은 내게 든든한 선배 교수이자, 학자로서 교육자로서 항상 모범이 되는 거울 같은 존재였다. 가장 먼 기억인 2005년 2월 어느 날 연구실에서 뵈었던 모습과 가장 최근 기억인 얼마 전 학과 모임에서의 김승종 교수님은 별반 달라진 것이 없으시다. 소년 같은 미소와 열정적인 목소리는 여전히 좌중을 사로잡고, 무심히 던지는 말속에 새겨들을 만한 메시지가 담겨 있다. 특히 김승종 교수님이 목소리를 높이시는 두 가지 주제가 있는데 바로 '전주정신'과 '전주대학교'이다.

김승종 교수님은 전주가 고향이시다. 고향에 대한 애향의 마음은 전주정신을 세우고, 지키고, 발전시키려는 교수님의 학술적, 대외적 활동에서 잘 드러난다. 〈토지학회〉 학회장을 맡으시면서 박경리의 『토지』와 함께 한국 대하소설을 대표하는 최명희의 『혼불』을 전북이라는 로컬리티로 분석하는 탁월한 논문을 발표하셨고, 2014년부터 3년 동안 〈인문도시지원사업〉의 연구책임자로 전주를 인문정신이 가득한 품격있는 도시로 세우시는 데 이바지하셨다. 지금 전주 정신의 상징이 된 '꽃심'과 그것을 학문적으로 뒷받침하고 있는 '온다라 인문학'은 김승종 교수님의 노력과 헌신 덕분에 굳건해질 수 있었다.

학장으로 교수회장으로 교수님은 학교에 많은 공헌과 봉사를 하셨다. 특히 교수회장으로 재임 시 학교의 왜곡된 정책적 판단으로 학과구조조정이 기형적으로 이루어질 수 있는 상황에서 교수회장으로 이를 끝까지 막아내 결과적으로는 2020년 이후 심화되고 있는 어려운 상황 속에서 학교가 경쟁력을 가질 수 있게 되었다. 온화함 속에 숨어 있는 날카로운 비판의식은 선비의 품격을 보여주고 계시다.

정년 퇴임을 기념하는 이 책의 제목이 『치유와 회복의 정신과 문학 — 토지, 전북문학 그리고 전주정신』인 것은 실로 의미심장하다. 책 제목에 김승종 교수님의 '전주'와 '전주대학교'에서의 삶이 고스란히 담겨 있기 때문이다. 대학에서 존경할 수 있는 선배 교수를 만나는 일은 큰 행운이다. 교수님이 떠나면 그 빈자리가 유난히 크게 느껴질 터인데 그건 단지 내 주위의 섬 하나를 떠내 보내는 일을 넘어 전주와 전주대학교의 든든한 등댓불이 꺼지는 일이기 때문이다. 이 책이 곳곳에 씨앗처럼 뿌려져 남아 있는 우리들이 교수님의 선비 정신을 오래오래 기억할 수 있게 되기를 소망한다.

전주대학교 한국어문학과
이용욱

서문

또 다른 시작을 위하여

전주대학교 국어국문학과(현 한국어문학과)에 부임한 후, 28년이 넘는 세월이 흘렀다. 1993년 전반기 신임 교수 임용 절차는 유난히 늦게 진행되었다. 최종 임용 통보를 2월 27일에야 받았다. 신변 정리를 경황없이 마치고 전주로 내려와 전주대학교 생활을 시작하였다. 나뿐만 아니라 같은 학기에 임용된 28명의 신임 교수들 사정이 대체로 비슷했을 것이다.

부임해 보니 전주대학교는 인문대학 국어국문학과와 사범대학 국어교육과가 거의 한 학과처럼 운영되고 있었다. 나중에 알고 보니 이는 매우 드문 일이었다. 대개는 두 학과가 따로 운영되었다. 심지어 양과(兩科) 교류가 거의 없는 학교도 적지 않다. 두 단과대학에 걸쳐 강의하게 되면서 더 많은 학생을 만나고 다양한 경험도 할 수 있었다.

내가 부임하기 전까지 학과 교수님이 급작스럽게 학교를 떠나는 경우가 많았다. 내 직전에 부임하셨던 현대문학 전공 교수님도 본인 의사와 상관없이 학교를 그만두셨다. 이 사건 직후에 내가 부임한 것이어서 당시 학과 분위기는 가라앉아 있었다. 강의 준비로 정신이 없었던 관계로 이때의 분위기를 나는 그 당시에 제대로 파악하지 못했었다.

동기 교수보다 다소 이르게(1995년) 국어국문학과 학과장을 맡았고, 인문대학 교학부장직도 1997년부터 수행하였다. 교육부는 1998년에 '학부 단위'로 신입생을 모집할 것을 전국의 대학교에 요구하였다. 당시 전주대학교를 컨설팅하였던 '한국대학교육협의회(대교협)'는 인문대학을 '지역학 중심 학부'로 바꿀 것을 제안하였다. 당연히 인문대학 교수들은 강력히 반발하였으나 '대교협 안'의 일부는 수용되고 말았다.

1999년부터 인문대학은 '언어문화학부'로 바뀌고 학부 단위로 입시가 치러졌다. 학부 내에 한국언어문학전공을 비롯한 5개 전공이 설치되었다. 그 결과 영미·중국·일본언어문학전공으로의 학생 쏠림 현상이 일어났고, 상대적으로 한국언어문학전공과 역사문화전공은 학년별 인원이 20명이 안 될 정도로 축소되었다. 당연히 학과 내에 위기감이 감돌았다.

때마침 참여정부(노무현 정부)에서는 국토 균형 사업의 일환으로 누리(NURI: 지방대학혁신역량강화사업)를 추진 중이었고 전주대학교는 비전대학교와 기전여자대학교와 연합하여 'X-edu 사업단(전통문화콘텐츠 기획 및 제작 사업단)'을 구성하여 도전하였다. 치열한 경쟁 끝에 대형 사업에 선정된 'X-edu 사업단'에 한국언어문화전공과 역사문화전공이 참여하였고, 사업단으로부터 상당한 예산과 장비를 지원받으면서 두 전공은 반등할 수 있었다.

1998년에 나는 '교육과정개편위원회' 위원장으로서 학부제실시에 따른 교육과정 개편안을 제시하기도 하였다. 학부제를 시행하는 중요한 이유는 복수 전공을 활성화하여 학생들이 다양한 능력을 익히게 하자는 것이었다. 이를 위하여 전공 이수학점을 36학점으로 낮추고 전공필수과목도 원칙적으로 폐지하였다. 학생들이 입학한 후 되도록 빠른 시기에 자신이 이수할 과목들을 설계하는 것이 바람직하였기 때문에 시간표를 30분 단위로 나누어 블록(block)화하고, 교양 및 전공시간표의 고정(固定)을 권장하였다.

학부제하에서는 전공에 대한 소속감이 현저히 떨어지기 때문에 '교양세미나(현 진로탐색)' 과목을 신설하여 교수와 학생들이 1주일에 한 번은 반드시 만나 대화를 나누고 다양한 활동을 펼칠 수 있게 하였다. 이러한 교육과정 개편위원회 안(案)은 의외로 별 저항을 받지 않고 원안대로 통과되었다. 덕분에 당시 교무처는 순조롭게 단과대학·학과 중심 교육과정을 학부·전공 중심 교육과정으로 바꿀 수 있었다.

2000년 8월부터 2001년 7월까지 연구년을 얻었다. 당시에 일 자체가 너무 많았고 그러다 보니 몸과 마음이 모두 지쳐 휴식이 절대적으로 필요한 상황이 되었다. 마침 절친인 순천대학교 국어교육과 오성호 교수가 미국 시애틀 U.W에 방문학자로 가 있었다. 오성호 교수의 도움을 받아 신속하게 절차를 밟아 무사히 시애틀에 도착하여 1년간 자유롭고 행복한 시간을 보낼 수 있었다.

평일에는 버스를 타고 워싱턴대학교(U.W) 아시아어문학과 도서관에서 한국학 관련 자료를 보았고, 주말이나 방학에는 미국 내 국립공원들을 찾아다녔다. 워싱턴 주는 만년설로 뒤덮인 레이니어 산(Mt. Rainier)을 비롯한 명승지가 유난히 많은 지역이다. 일 년 중 8개월 가량 비가 오기 때문에 아름드리 침엽수 숲이 여기저기 장관을 이루고 있었다.

미국에서의 1년을 뒤로 하고 한국에 돌아와 보니 학과 형편은 더욱 어려워져 있었고, 해야 할 일들이 쌓이기 시작하였다. 나는 귀국 직후 대학평가준비위원이 되었다. 대학평가 결과 전주대학교는 '교육과정 우수대학교'로 선정되었고 나는 새로 설립된 '리딩 앤 라이팅(Reading & Writing) 센터장'을 맡았다. 이남식 총장 시절의 '누리사업 선정'과 더불어 박성수 총장 시절의 '교육과정 우수대학 선정'은 전주대학교가 한 단계 도약하는 계기가 되었다.

'X-edu 사업단'에서는 교육·기획팀장으로서 바쁜 하루하루를 보내야 했다. 한국언어문학전공은 문화원형(文化原型)을 발굴하고 그것을 스토리텔링하는 인력을 양성하는 역할을 맡았다. 문화원형을 발굴하는 일은 학과에 구비문학 연구의 대가(大家)이신 임철호 교수님이 계셔서 큰 어려움이 없었다. 하지만 스토리텔링 분야에는 당시 전문가가 없었다. 디지털 스토리텔링 분야를 강의하고 연구하는 교수의 영입이 필요하였다. 인터넷 보급 초기부터 이 분야에 명성이 높았던 이용욱 교수님이 학과에 부임하게 됨으로써 나는 사업단 일에 대한 부담을 덜게 되었고, 학과장도 이용욱 교수께서 상당 기간 맡아주셨다.

2011년에는 인문대학장 및 인문과학연구소장으로 임명되었다. 이 시기는 학부제가 다시 학과제로 전환되는 시기였다. 한국어문학과와 역사문화콘텐츠학과는 학과 단위로 독립하였지만, 나머지 전공들을 학부제를 유지하였다. 학장과 교무위원으로서 해야 할 일들이 많았다. 특히 나는 '학장협의회' 회장을 맡고 있었기 때문에 총장, 처장들과 학장들 간 이견을 조정하는 일을 하였다.

학장 겸직으로 수행했던 인문과학종합연구소장으로서 다양한 아이디어를 낼 수 있어서 좋았다. 당시 한문교육과에는 청학동 훈장 출신의 박완식 교수께서 근무하고 계셨다. 한학(漢學)의 깊이가 도저(到底)하신 박완식 교수를 강사로 모시고 진리관에서 매주 '두보(杜甫) 시 강해'를 열었는데 그 내용이 너무 감동적이어서 참여 교수들의 만족도가 높았다. 후임 연구소장(박균철 교수)께서는 박완식 교수의 '장자(莊子) 강해 강좌'를 설치하여 연구소의 새로운 전통을 이어갔다.

나는 한국연구재단이 주관하는 시민인문강좌에 전주대학교 인문과학종합연구소 차원에서 참여하기로 하였다. '부적응 학생'을 대상으로 하는 시민인문강좌를 1년 동안 진행하였다. 각 중학교에서 대안학교로 위탁된 부적응 학생들에게 인문학적 지식이나 가치를 전달하는 일은 쉽지 않았다. 시행착오가 적지 않았지만, 한국사회의 이면과 한국 교육의 어두운 그림자를 볼 수 있었다. 어려운 상황 속에서도 김인규 교수님을 비롯한 상담학과 교수님들과 대학원생들이 헌신적으로 도와주심으로써 일정한 성과를 거둘 수 있었다. JTV 전주방송국 대담 프로 '클릭! 이 사람'에 출연하여 사업 성과를 소개하기도 하였다.

시민인문강좌가 발전하여 만들어진 사업이 인문도시지원사업이다. 2013년에 시범 사업이 시행되었고, 2014년부터는 1년 과제를 3년 과제로 바꾸고 예산도 3억으로 늘어났다. 이때는 내가 연구소장이 아니어서 개인 자격으로 응모할 수밖에 없었다. 시민인문강좌보다 10배나 규모가 큰 사업의 제안서를 기관 도움 없이 혼자 작성해야 하니 힘은 드는데 일은 진척되지 않았다. 대학원생이었던 이대용, 강시내 등의 헌신적 도움과 전주시청 대응자금의 활로를 마련해 주신 역사문화콘텐츠학과 이재운 교수님이 아니었더라면 응모조차 할 수 없었다.

돈키호테식으로 밀어붙인 인문도시지원사업에 '온·다라인문학'이 최종 선정되는 기적이 일어났다. 사업 응모 시에는 냉담했던 전주시청도 김승수 시장이 부임한 이후에 적극적으로 협조하였다. 전주시 대응 자금도 1천만 원에서 3천만 원으로 늘어나고 교육청소년과가 '온·다라인문학(전주시 인문도시지원사업)' 전담 부서가 되어 전폭적으로 지원해 주었다. 특히 행정 능력과 필력(筆力)이 뛰어난 박숙자 계장과는 환상의 호흡을 이루며 3년간 순조롭게 이 사업을 진행했다. 한국연구재단 주최로 열린 '인문도시지원사업 모범사례 발표회(2015)'에서 '온·다라인문학'이 거둔 사업 성과를 발표하기도 하였다.

내가 실수하거나 실의에 빠졌을 때마다 우민섭, 전일환, 임철호, 박동규 등 선배 교수님들이 바로잡아 주시고 격려해 주셨다. 특히 돌아가신 우민섭 교수님께는 죄송한 일이 너무 많았다. 우 교수님과 충분히 상의드리지 못하고 진행한 일들이 많았음에도 불구하고 늘 믿어 주시고 싫은 기색 한 번 내지 않으셨다. 그러나 나도 나이가 들고 보니 우민섭 교수님의 침묵이야말로 가장 무서운 질책이었음을 알게 되었다.

다른 선배 교수님께서도 항상 나를 지켜주시고 가르쳐주셨다. 가장 어려웠던 시기에 가장 큰 사랑으로 아낌없이 도와주신 한국어문학과 이용욱, 이숙, 이원익, 백진우, 박현진 교수님과 국어교육과 소강춘, 이희중, 박기범, 김승우, 하영우, 유경민 교수님, 그리고 서철원, 김종현, 송주영, 최기우, 문신, 송지영, 박정미, 유상민, 이화영, 김순정, 이대용, 박민지, 강시내, 정솔, 노가을, 노채원, 김소연, 그리고 꽃다운 나이에 세상을 뜬 최다은 등을 비롯한 졸업생들과 재학생들의 은혜를 살아 있는 동안 결코 잊지 못할 것이다.

전주대학교 5기 교수회장 임기를 마친 이후에 학교 일에는 거의 관여하지 않았다. 대신 전주시와 전라북도를 위해 다양한 일을 하였다. 전주정신정립위원으로 활동하며 2016년 6월 9일에 "한국의 꽃심, 전주"라는 전주정신을 선포하는 감격을 누렸다. 그 밖에도 전주시 명칭제정위원회 부위원장, 전주세계문화유산대상 운영위원장, 전라북도 문학관심의위원회 위원장 등 대외활동을 활발히 하였지만, 운동 시간, 독서 시간과 영적 훈련의 시간은 학교 일을 할 때보다 훨씬 늘어났다. 연구 활동도 가속도가 붙어서 한 달에 여러 번 학술발표를 하기도 하였다. 2020년부터는 박경리의 『토지』를 전문적으로 연구하는 학술단체인 '토지학회' 3대 회장직을 맡고 있다.

지금은 코로나19 재난 사태 상황이어서 퇴직하는 선배 교수님들께서 조용히 학교를 떠나고 계신다. 전주대학교 재직 중에 훌륭한 업적을 남기신 분들도 송별회조차 제대로 치르지 못하는 형편이다. 2021년 전반기에도 코로나19 바이러스는 여전히 위세를 떨치고 있다. 이용욱 교수님을 비롯한 학과 교수님들께서 강력히 권고하셔서 이 책을 내게 되었다. 또한 책을 만드는 과정에서 김순정, 정솔, 노채원 등 대학원생들이 전폭적으로 도와주었기 때문에 이 책이 비로소 나올 수 있었다. 또한 시간적 여유가 없음에도 불구하고 책을 기꺼이 출판해 주신 역락출판사 이대현 사장님과 이태곤 이사님, 문선희 편집장님을 비롯한 모든 관계자분께 진심으로 감사드린다.

이 책에는 논문의 형식을 갖추지 못한 글들도 많고, 글들 사이에 겹치는 부분도 없지 않다. 독자 여러분의 너그러운 양해를 구한다. 최근 발표한 글들은 때가 때인지라 대체로 '치유와 회복'을 주제로 작성되었다. 이에 이 책의 제목도 『치유와 회복의 정신과 문학』으로 정하고, 부제는 책의 주요 내용인 '토지, 전북문학, 그리고 전주정신'으로 정했다.

제1부의 첫 번째 글인 「박경리 『토지』의 근대 정치 담론」은 2019년 가을 '원주 『토지』 학술대회'에서 기조 발제 형식으로 발표한 논문을 보완한 것이고, 두 번째 글인 「치유와 회복의 시대의 『토지』 읽기」는 2020년 가을 '원주 『토지』 학술대회'에서 역시 기조 발제 형식으로 발표한 글이다. 첫 번째 논문을 발표하고 그날 총회에서 제3대 '토지학회' 회장으로 선임되었다. 2020년에는 비대면으로 학술대회를 진행하였고 편집 과정을 거친 후 학술대회 영상을 유튜브에 올렸다.

세 번째 글은 2020년에 원주 '토지학교'에서 강연한 내용을 수정한 글이다. 원주에서는 자발적 시민 모임인 '토지소설토지사랑회'가 구성되어 있어 2006년부터 토지학교를 운영하고 있다. 강연 제목은 「『토지에 나타난 恨과 生命思想」이었다. 천이두 교수의 '한(恨)' 이론과 박경리 작가의 수필을 참조하여 자료를 작성하였다. 이 글에서 가장 역점을 두고 분석한 인물은 '봉순'이다. 좌절한 인물로 분류되는 인물임에도 불구하고 독자들이 유난히 봉순에게 매혹되는 이유를 분석해 보았다.

네 번째 글은 『토지 인물열전』의 서평이다. 이 책은 2011년부터 원주시에서 열리고 있는 '박경리문학제문학포럼'에 발표된 22개의 '인물열전' 발표문들을 모은 책이다. 이 책을 간행하기 위해 '토지학회'는 2018년부터 발표자들에게 자신의 발표문을 수정·보완하게 한 후 2019년에 간행하였다. 제자 김종현이 간행하는 계간지 『사람과 사람』에 '토지학회'와 이 책을 소개하는 글을 게재한 바 있다.

제2부는 전북문학과 관련된 것들이다. 첫 번째 글인 「전북문학의 '창조적 변방성'과 『혼불』의 장소성」은 2019년 2월 전북대학교에서 개최된 '국어문학회 정기 학술대회'에서 발표하였다가 그해에 『국어문학』에 수록했던 글이다. 발표문 당시에는 전북문학 전반을 개괄하는 성격이 강했지만, 학술지에 수록하는 과정에서 '『혼불』의 장소성'에 관한 내용이 늘어났다.

제2부의 두 번째 글인 「새로운 전라북도문학관의 건립」은 2020년 '전라북도문학관 부지 활용계획 기초용역(김승종, 이희중, 최경호, 이정훈)' 중 내가 작성한 부분을 발췌·편집하여 구성한 글이다. 낮은 예산, 부족한 인력, 짧은 용역 기간 등으로 인해 이 일은 만족스럽게 진행되지 못하였다. 특히 전라북도 도청에서 마지막에 새롭게 조성될 전라북도문학관이 종합예술관의 성격을 띠게 할 것을 요청하면서 전체적인 틀이 흐트러지는 결과를 낳았다. 용역을 수행하기 위해서 코로나19 재난 사태 상황이라 쉽지 않았지만, 전국의 여러 문학관을 둘러볼 수 있었고 각 문학관 관계자들과도 대화를 나눌 수 있어 좋았다. 전라북도문학관은 비교적 전주 외곽(호반촌) 지역 주택가 한가운데 자리 잡고 있어서 문학관 콘텐츠가 매력적이지 않으면 관람객을 유치하기 어려운 실정이다. 이에 따라 AR, VR 영상을 비롯한 디지털 문학 콘텐츠를 다양하게 체험할 수 있는 방향으로 새로운 전라북도문학관의 운영 방안을 제시하였다.

세 번째 글인 「한(恨)의 문학, 판소리, 그리고 천이두」는 전주문화재단의 요청을 받아 작성한 글이다. 천이두 교수는 전라북도를 넘어서서 전국적으로 인정받는 뛰어난 평론가이자 '한(恨)'의 이론을 독보적으로 정립한 학자이다. 이 글을 쓰는 과정에서 장남인 천상묵 원장(호남한의원)의 도움이 컸다. 천 원장은 생전에 천이두 교수가 사용하시던 방을 수시로 드나들도록 해 주었다. 천 교수님의 내밀(內密)한 이야기까지 이 글에 담을 수 있었던 이유는 천 교수께서 평생에 걸쳐 작성한 일기가 그대로 보존되어 있기 때문이다.

제3부는 전주정신과 관련된 글들이다. 사실 두 번째, 세 번째 글들은 첫 번째 글과 중복되는 부분이 많다. 최대한 중복 부분을 제거하느라 제거하였지만, 아직 남아 있어서 독자께 송구할 뿐이다. 사실 전주정신에 관련된 내용은 첫 번째 글과 두 번째 글에 모두 담겨 있다. 특히 첫 번째 글인 「전주정신 정립 의의와 확산 방안」은 2019년에 전주역사박물관에서 열린 '지역 정신 특집 학술대회'에서 전주를 대표하여 발표할 글로서 전주정신의 정립과정, 의의, 배경 사상, 활용 방안 등을 다소 길게 작성한 글이다. 이 발표문은 약간의 수정을 거쳐서 『전주학연구』13집(2019)에 수록되었다.

제3부의 두 번째 글은 「치유의 시대와 전주정신 '꽃심'」은 2020년 10월에 있었던 '전주정신 선포 4주년 기념식 및 학술대회' 기조 발제문이다. 매년 전주시민의 날에 열렸던 전주정신 선포 기념식이 코로나19 재난 사태로 단오절에 열리지 못하고 10월이 되어서야 비대면 학술대회와 더불어 개최되었다. 이 해의 전주정신 선포식과 학술대회를 70년만에 복원된 '전라감영 선화당(宣化堂)'에서 개최한 점은 매우 뜻깊다. 2020년 학술대회 주제는 '사건으로 본 전주정신'이었는데 시기적 특수성 때문에 '치유와 회복'에 초점을 맞춰 발표문을 작성하였다. 마침 최기우 최명희문학관장이 최명희의 수필 두 편을 제공해 주어서 논지를 쉽게 풀어나갈 수 있었다.

제3부의 마지막 글인 「전주정신과 새로운 세상 열기」는 2018년에 전주대학교에서 있었던 '전주정신학술대회'에서 기조 발제 형식으로 발표한 글로서 앞의 두 글과 중복되는 부분이 있어 가장 많이 수정하였다. 그동안 '전주정신 학술대회' 발표자는 전주정신정립위원 중심으로 구성되는 경우가 많았는데, 2018년 학술대회는 대부분 신진 학자로 발표진을 구성함으로써

전주정신을 새로운 시각에서 바라볼 수 있었다.

제4부는 말 그대로 '미처 다하지 못한 이야기들'이다. 앞의 3부 어디에도 넣을 수 없는 글이고 글의 형식도 논문이 아니다. 앞의 두 편은 수필이고 뒤의 한 편은 가상 편지글이다. 첫 번째 글 「항가리 집 뒤꼍의 깻잎과 부적응 청소년」은 2012년 어느 날 구이면 항가리에 있는 부모님 집에 갔다가 우연히 발견한 뒤꼍의 깻잎을 보고 떠올렸던 전주대안학교 부적응 청소년에 대한 나의 소망을 담았다. 청소년의 현재 모습만 보고 미리 그들의 미래까지 섣불리 예단해서는 안 된다고 생각한다.

두 번째 글 「저자도, 삼천, 그리고 아버지」는 2016년 1월 15일에 돌아가신 아버님을 추억하며 쓴 글이다. 시대를 잘 만나셨더라면 운동선수나 군인으로 대성(大成)하셨을 아버님은 뜻을 이루지 못하고 시행착오를 거듭하셨다. 그러나 강인한 체력과 정신을 바탕으로 일흔 살이 넘어서도 산, 들, 강을 휘젓고 다니셨다. 특히 투망하는 기술은 거의 예술이었다. 아버님에 대한 원망도 많았지만, 어린 시절에 당신은 물을 한없이 삼키면서도 한강물 위로 나를 안간힘을 다해 밀어내셨던 그 모습을 떠올리며 나는 돌아가신 아버님과 진정으로 화해할 수 있었다.

세 번째 글은 2018년에 원주 학술대회에서 발표하였고, 2019년에 『토지 인물열전』에 수록한 글이다. 내가 맡은 인물은 송관수였고, 송관수가 작가 박경리에게 띄우는 가상 편지글의 형식을 취했다. 송관수는 『토지』 전체를 통틀어 가장 강한 인상을 내뿜는 인물이다. 그는 교육을 받지 못한 기층민 중에 속하는 인물이고, 백정의 딸과 결혼하게 되면서 최천민(最賤民) 취급을 받는 인물이지만 그의 정신세계는 그 누구보다 드높았고 의지는 굳세었으며 열정도 뜨거웠다. 그의 판단력은 정확하고 단호했으며, 행동은 절도가 있었다. 나는 송관수에게 흠뻑 빠졌고 그에게 빙의(憑依)되어 이 글을 썼다.

이상으로 나의 지난날을 회고해 보는 한편, 이 책에 수록된 내용을 간략하게 소개해 보았다. 거듭 밝히는 바이지만 이 책은 내용의 통일성이나 체계성이 부족한 것이 사실이다. 다만 학과 교수님들의 따뜻한 배려와 역락출판사 이대현 사장님의 후의(厚意)에 힘입어 이 책이 2021년 5월 26일 '고별 강연'에 맞추어 나오게 되었다. 다시 한번 28년 6개월간 인연을 맺어온 소중한 분들 모두에게 감사드린다. 이제 전주대학교를 떠나게 되지만, 전주대학교에서 있었던 크고 작은 일들과 아름다운 인연들을 소중한 추억으로 간직하며 새로운 삶의 첫발을 내딛도록 하겠다.

전주대학교 교수 생활을 마감하고 새로운 삶을 시작하는 뜻에서 호(號)를 받아 사용하기로 하였다. '소사(素沙)'라는 호를 지어 주신 이는 한학자이며 전북문화원 사무국장인 김진돈 선생님이시다. 유년 시절 상당 기간 고사동(高士洞)에서 살았고 할머니, 어머니, 나까지 3대가 다녔던 '전주중앙교회' 역시 고사동에 있다. 고사동의 '사(士)'와 같은 음인 '사(沙)'자를 취하고 이를 '소(素)'자와 합하면 '흰모래'라는 뜻의 '소사(素沙)가 된다. '素'는 '희다'라는 뜻 외에 '바탕, 처음, 질박하다, 옳다' 등의 뜻을 지니고 있다. 앞으로 '모래처럼 모든 것을 포용하고 질박하고 순수한 바탕을 잃지 않는' 소사(素沙)로 살기 위해 최선의 노력을 다하겠다.

언제나 전주대학교 가족들이 저를 지켜보고 있다고 생각하고 노자(老子)가 가르친 것처럼 "'낮은 골짜기'(谷神不死)에 거하면서 '물'(上善若水)처럼 유연하고, '통나무'(樸)처럼 단순하게" 살아가겠노라고 감히 약속드리며 그동안 부족하기 이를 데 없는 저를 도와주시고 아껴주신 모든 분께 고개 숙여 인사드린다.

2021년 봄.

모악산이 바라보이는 교수연구동 707A 연구실에서

김승종 拜

차례

제2부 전북문학을 위하여

제3부 전주정신을 위하여

제4부 미처 다하지 못한 이야기

제1부
토지를 위하여

Ⅰ. 박경리 『토지』의 근대 정치 담론

1. 머리말

『토지』가 시작되는 1897년은 동학농민혁명이 발발한 지 3년이 지난 시기이며 공간적 배경인 평사리는 동학농민혁명의 진원지인 호남으로부터 다소 벗어나 있는 지역이다. 평사리 사람 중에서 동학농민혁명에 실제로 참여한 인물은 목수 윤보와 또칠, 송관수 부친 정도이다. 동학농민혁명에 대한 정보 전달은 윤보의 회상과 양반들 간의 대화를 통해 단편적으로 이루어지고 있다. 그러나 동학농민혁명이 최참판댁 가족 구성원들과 평사리 주민들에게 미친 영향은 매우 크다.[1]

지리산 연곡사에서 동학군 대장 김개주가 최참판댁 종부(宗婦)인 윤씨 부인을 겁탈한 사건은 동학농민혁명 발발 이전에 벌어졌다. 이로 인해 회임한 윤씨 부인은 비밀리에 아들 김환을 낳게 되고 김환은 최참판댁에 머슴

---

1 1910년 경술국치는 이 작품에서 어떤 형태로도 언급되어 있지 않다. 이 시점에 최서희, 김길상, 이용 등 『토지』의 주요 인물들은 평사리에서 만주 용정으로 이주하여 기반을 잡기 위해 노력하고 있었을 것으로 추정된다. 이 작품에서는 대한제국의 국권이 상실된 사건 자체는 언급되어 있지 않지만, 국권 상실 이후 전개된 일제의 식민 통치로 인한 우리 민족의 고통과 불행, 도전과 응전은 『토지』 전체를 관통하는 서사의 축이 되고 있다.

으로 들어 왔다가 형수인 별당아씨와 함께 도주한다. 이후 어머니의 비밀과 아내의 배신으로 괴로워하던 최치수가 김평산에게 살해당하고 윤씨 부인마저 콜레라로 세상을 뜨자 최참판댁 재산은 통째로 조준구의 수중에 들어간다. 아직 어린 서희는 고립무원(孤立無援)의 처지에 놓인다. 동학당의 지도자급 인물에 해당하는 김개주와 김환의 행동은 최참판댁의 운명을 한 순간에 바꾸어 놓았다. 훗날 서희가 길상과 결혼하게 된 것도 동학농민혁명 이후에 최참판댁에서 벌어진 일련의 사건들과 무관하지 않다.

박상민은 "『토지』가 거시사적 역사를 생동감 있게 다루었다는 의미를 넘어서, 거시사적 역사서술 때문에 가려졌던 개인의 실존적 의미를 드러냈다."라고 지적하였다. 심지어 이 작업은 때로 거시사적 의미를 부정하거나 해체하려는 듯한 방식을 취하기도 하였다는 것이다.[2] 박상민의 지적처럼 『토지』는 역사적 사건에 대한 평면적 해석을 거부한다. 『토지』는 역사적 사건이 우리 민족을 구성하는 개개인의 삶과 정신세계에 미친 영향을 세밀하면서도 구체적으로 그려내고 있다. 이에 따라 『토지』의 근대 정치 담론은 작품에 등장하는 700명 넘는 인물들 사이에서 벌어지는 사건과 인물들의 대화, 회상, 소문, 전언(傳言) 등을 통해 다양한 방식으로 드러난다.

『토지』에 등장하는 인물들은 어떤 형태로든 일제의 침략 및 식민 통치와 모두 연관되어 있다. 청일전쟁 승리 이후 일제의 조선인들에 대한 제약과 통제는 정치·경제·군사적 영역뿐 아니라, 신체, 의복 같은 사적이고 개별적인 영역에까지 적용되었다. 일제는 주권을 강탈하기에 앞서 1895년 말에 시행된 단발령을 통해 우리 민족의 신체부터 폭력적으로 지배하고자 하였다. 1910년 국권 침탈 이후에 일제는 우리 민족에게 양력 사용을 강요하

---

2 박상민, 「박경리의 『토지』와 삼일운동 역사적 사건의 문학적 재현 양상」, 『한국근대문학연구』 20호, 2019, 29쪽.

고, 1912년에는 태형(笞刑)을 부활시키는 등 신체에 대한 다양한 방식의 통제는 일제의 강압적 통치를 유지하는 주요 수단이 되었다.[3]

신체를 통제하고 조선인들을 억압하는 가운데 '토지조사사업(1910~1918)'과 '회사령(1911~1920)' 등을 강행하기 위해 행해졌던 일제의 '헌병무단통치'는 3·1운동 이후 조선인들에게 자유를 제한적으로 허용하는 방향으로 전환된다. 식민 지배 세력의 논리만을 일방적으로 강요하던 일제의 동화정책(同化政策)이 식민지의 반응을 보아 가면서 어떤 형태로든 권력 공유의 수준을 조절할 수밖에 없게 된 상황이 도래하자 이른바 문화정치를 시행했다.[4] 그러나 일제에 저항하는 모든 행위에 대한 신체적 제약과 통제는 1919년 이후에는 교묘하고 은밀한 방법으로 전환되었다.

문화정치 시기에 일제는 식민지 지배 전략으로 서구를 통한 근대문명 요소를 적극적으로 동원하고 활용하였다. 식민지하에서 근대적 제도와 시설의 도입, 새로운 문명과 기술의 혜택이 헤게모니(hegemonie) 수립을 위한 단초(端初)를 제공했다는 사실이 그 적절한 사례일 것이다.[5] 일제는 단지 강압적 방법으로 조선인을 통제하는 데 그치지 않고 조선인들이 내면으로부터 일제의 식민 체제와 담론을 받아들이도록 유도하였다. 그러기 위하여 일제는 조선의 역사와 전통을 부정하는 한편, 단지 서구 문명을 먼저 받아들였다는 이유만으로 자신들이 우월하다고 주장하였다.

---

3 김경일, 『한국의 근대와 근대성』, 백산서당, 2003, 39쪽.

4 조선에서는 3·1운동을 계기로 한 문화정치로의 전환이야말로 총독부 지배에 대한 조선인의 동의를 폭넓게 얻어내려고 한 것이다. 갑오개혁 이후 일단은 신분 해방이 된 그들에 대한 일반 사회로부터의 차별은 오히려 강해져 그들에 대한 폭행이나 습격 등도 자주 일어나고 있었다. 그리고 식민지화는 그러한 현상에 더욱더 박차를 가했다. 식민지 조선에서 그들은 도한(屠漢: 백정의 직업적 천칭)으로 호적에 등록되는 것과 동시에 입학 지원서 등에서도 신분 기재가 요구되었다. (조경달, 『식민지 조선의 지식인과 민중』, 정다운 옮김, 선인, 2012, 33쪽 참조)

5 김경일, 위의 책, 2003. 64쪽.

일본의 후쿠자와 유키치(福擇諭吉)는 “일본은 강대하고 조선은 소약(小弱)하다, 일본은 이미 문명으로 나아갔고 조선은 아직 미개하다.”라며 조선의 식민지화를 지지했다. 일본은 조선 지배권과 연관된 청일전쟁에 이어 러일전쟁에까지 승리하면서 서양문명에 버금가는 문명 최고의 단계에 이르렀다는 자신감을 지니게 된다. 근대문명에 대한 자신감은 낮은 수준의 문명이라 여겨지는 사회에 대한 폭력적 행위를 정당화하였다.[6]

조선에 대한 효과적 지배를 위해 일제로서는 조선인들이 지닌 자부심의 근원인 조선의 전통적 문명 담론의 틀을 깨는 것이 급선무였다. 일제 총독부 기관지인 『매일신보』는 근대문명 담론의 틀로서 조선의 문명 수준을 ‘문제화’했다. 조선은 심각한 문제를 지니고 있으며 개선이 필요한 상태임을 강조함으로써 조선의 현 상태를 부정하고자 한 것이다. 이처럼 일제의 식민 통치는 초기에는 물리적인 강압 통치 방식으로 진행되었지만, 후반기로 갈수록 우리 민족의 내면까지 지배하고 민족 구성원들을 분열시키고 민족적 자존감을 떨어뜨리는 방향으로 진행되었다.

박경리의 『토지』의 근대 정치 담론은 일제의 지배에 대한 외적 저항뿐만 아니라 일본인들의 잘못된 전제와 편견, 그리고 왜곡된 정신구조에 대한 비판과 내적 저항의 성격을 지닌다. 작가는 동학농민혁명에 참여한 이들을 중심으로 지리산 일대에 결집하여 있었던 동학당의 활약, 진주의 백정을 중심으로 전개되었던 형평(衡平)운동, 원산·부산 등 항구를 중심으로 일어났던 노동운동, 지식인들 상당수가 참여하였던 사회주의 운동과 만주, 중국, 러시아 등지에서 활발하게 전개되었던 독립운동을 작품 곳곳에 전략적으로 배치해 놓고 있다.

---

6 김종태, 「근대문명 담론의 정치성 연구—일제 강점기 초기 매일신보를 중심으로」, 『한국학연구』 60호, 2017. 74쪽.

『토지』는 또한 일제의 모진 폭압과 차별, 멸시와 수탈에도 불구하고 내면적으로는 결코 일제에 굴하지 않았던 조선인들의 내면의 힘을 그려내고 있다. 지식인들은 일제가 '만사일계(萬事一系)', '현인신(現人神)'과 같은 두 개의 '거짓 기둥'에 의해 세워진 사상누각(沙上樓閣)과 같은 나라임을 날카롭게 비판한다. 민중들은 그들은 '왜(倭)'라고 칭하며 그들의 세상이 하루빨리 종식되기를 간절히 염원하면서 그들의 몰락을 확신하며 모진 고난을 견뎌낸다. 작가 박경리는 『토지』를 통하여 1945년에 맞이한 8·15해방이 우연히 얻어진 결과가 아님을 밝히고 있다.

8.15해방은 우리 민족이 동학농민혁명 이후 대한제국 시대와 일제 강점기를 거쳐 외적·내적으로 끈질기게 반외세운동이 전개된 데다가 해방에 대한 조선 민중의 염원이 더욱 간절해진 결과임을 강조하고 있다. 이 글에서는 『토지』의 근대 정치 담론을 이 작품에 등장하는 인물들이 지닌 정치의식을 유형별로 분석함으로써 규명해 보고자 한다.

2. 일제의 식민 통치에 대한 지식인들의 비판 담론

박경리는 여러 글과 강연에서 일제의 '만세일계'와 '현인신'이라는 '거짓의 두 기둥'에 대해서 반복적으로 비판한 바 있으며, 이러한 견해는 『토지』에도 고스란히 반영되고 있다.

> 일본은 거짓의 두 기둥을 박아놓고 국민을 가두어왔다. 하나는 천조의 상속권 주장인 만사일계요, 다른 하나는 현인신(現人神)으로 왕을 치장한 신도(神道)다. 각일각 변화하는 생명과 만상의 원리를 어기고 어찌하여 일문이 만세(萬歲)에 걸쳐 군림할 수 있을까. 나고 죽는 우주 질서에서

일왕도 예외가 아니거늘 어찌하여 신으로 칭하는 걸까. 거짓은 만사를 거짓으로 만든다. 그곳은 그러나 진실을 추구하는 철학과 예술, 창조를 이룩할 수 없는 허방인 것이다. 그 체제를 변호하는 한, 그 체제가 존속하는 한 일본에 지성인은 존재하기 어렵다. 지성인은 거짓말을 안 하는 사람이기 때문이다. 사상이 약하고 유리알 속의 유희 같은 탐미주의가 예술을 주도하고 있는 것도 일본이 진실을 도외시하기 때문이며, 청산하는 독일과 청산하지 않는 일본의 차이점도 바로 그곳에 있다.[7]

'만세일계', '현인신' 등을 주장하는 일제에 대한 비판은 조찬하와 오가다, 혹은 유인실과 오가다 사이의 대화에서 가장 강도 높게 이루어진다. 한국인들에게 주로 비판받는 편이었던 오가다는 자신의 나라인 일본에 돌아가서는 조찬하나 유인실이 자신에게 공박했던 그대로 장군 출신인 큰아버지와 대학생인 조카를 상대로 강도 높게 일본의 그릇된 체제와 왜곡된 세계관을 비판한다.

조찬하는 오가다에게 일본 사람들이 "죽음의 고통의 추악함, 코 막고 눈 감는, 그리고 아름다운 것이라는 착각으로 공포감을 추방하는 것"이라고 밀어붙인다.

당신은 센티멘탈이 호도(糊塗)에 지나지 않는 감정이라는 것을 부인 못할 겁니다. 현인신의 사상이 그렇고 벚꽃이 그렇고 조그마한 명분 때문에 배를 가르는 무사, 천황폐하를 부르며 쓰러지는 병사, 당신은 그 기만에 구역질을 느끼지 않소? 그런 등등의 일을 미담으로 꾸며서 감상이라는 설탕을 발라서 당신네 일본인은 그것을 받아먹고 자랐다는 생각을 해보았소? 당신네 역사에 있어서 가장 전신이 빛났다고 내가 생각한 것은 천주교 교도들의 저 유명한 나가사키의 순교요. 적어도 그것은 진리

7 박경리, 앞의 책,, 2013, 77-78쪽.

에 접근하려는 의지였으니까요. 자아, 그러면 일본 민족의 민족성이 떠오를 것이요. 창조적 능력이 희박하다… 창조의 능력, 창조는 진실에의 접근에서 이루어지는 것이기 때문입니다. 감상은 그 어떤 것도 창조할 수 없고 당신들 가난한 문화를 떠받친 것은 소수의 로맨티스트, 그러나 창조에 있어서 그것도 차원은 낮지요. (중략) 그러나 와비나 사비가 사라져가는 것이라면 한은 오는 것이요, 절실한 기원이오. 당신네들의 피를 물처럼 착각하는 것은 와비와 사비의 정신세계 때문일까? 끈적끈적한 피, 그것이 한이오. 진실만이 창조를 가능케 하고 진실에의 의지만이 창조력이 되는 것이며 그것은 또한 개체로서, 네, 개체로서… 벚꽃은 거짓이오. 죽음은 아름답고 깨끗한 것은 아니오. 죽음을 고통 없는 아름다운 것으로 길들여온 당신네 아마도 다마시(大魂)는 거짓이오. 약자의 엄폐술이며… 허위는, 껍데기는, 허위와 껍데기의 집단은 야만밖에 행할 것이 없고, 기계의 비정도 가능하고, 피가 물이라면 심장을 갈아 제끼는데 … 모두 용감하오. 성실하게 용감하오. (11권, 185-188쪽)

'만세일계', '현인신' 과 같은 '거짓의 두 기둥'은 일본인들로 하여금 허위의식에 사로잡히게 만들고 전쟁의 광기에 휘말리게 만들며 '세푸쿠(切腹)'나 '가미카제(神風) 특공'을 미화하고 중국 난징(南京)에서 수십만의 양민들을 잔인하게 학살하는 결과를 빚는다. 유인실은 일본인의 잔인성이 사실은 근원적으로는 '공포'에 기인하고 있으며, 그들이 '용기'라고 생각하고 있는 것은 사실 '길들여진 잔인성'에 불과하다고 비판한다.

오늘 조선의 처지를 일본의 처지라 가상한다면 그렇게 치열하게 끈질기게 저항했을까요? 당신네들은 내심 무서운 거예요. 중국에서, 만주에서 연해주, 미국, 또 일본 내에서 조선 국내에서도 벌어지고 있는 독립투쟁, 당신네들의 야만적인 탄압은 공포에서 오는 거예요. 거듭되는 학살은 당신네들 공포의 표현입니다. 당신네들이 용기라 생각하고 있는 것은 용기가 아닌 잔인성이에요. 어처구니없이 미화된 세푸쿠(切腹)에서 난 그것을 느낍니다. 잔인성, 길들여진 잔인성 말입니다. 일본인의 본성이 잔인하다는 게 아니에요. 역사적으로 길들여온 잔인성이라는 것이지요. (15권, 128쪽)

일본은 침략을 애국으로 날조(捏造)하여 자국의 국민을 전선(戰線)으로 내몰았다. 애초에 침략과 약탈이 목적인 만큼 제아무리 정의라는 기치를 내세워도 그것은 범죄이며 짐승의 본능일 뿐이었다. 유인실은 "칼과 현인신의 맹신(盲信)이 없어지지 않는 한 일본인은 언제까지나 차디찬 가슴으로 살아야 할 겁니다."(20권, 98쪽)라고 말한다. 조찬하, 유인실, 오가다 등은 5만 명의 군대가 30만 명의 비무장 양민을 학살한 남경대학살, 21세기 이후에도 여전히 실체적 진실조차 인정하지 않고 있는 일본군의 모든 폭력적 행위들이 근본적으로 '천황'이라는 존재를 뛰어넘지 못한 결과로 본다. 천황을 같은 인간으로 보지 않고 '현인신'으로 보는 한, 합리적 사고는 애초에 불가능하고 오직 명령에 복종하는 비합리적·맹목적 신념 체계만 남게 된다는 것이다.

피와 칼의 역사, 폐쇄되고 고립된 공간에서 간신히 수혈된 해외문화는 그나마 만세일계(萬歲一系)라는 체재에 맞게 변조되어 종교든 철학이든 또 사상이 진실의 추구라는 방향을 잡지 못했고 황당한 신국사상(神國思想)을 만들어냈는데, 과학기술이 최첨단으로 달리는 오늘의 위치에서도 일본은 여전히 신국(神國) 운운하는 것을 보면 진실, 진리라는 부분이 공동(空同)으로 남아있는 것을 알 수 있습니다. 아무리 물질이 풍요하고 기술이 상승한다 하더라도 인간, 또는 생명의 본질적 탐구 없이는 야만성을 면치 못합니다. 일본의 군국주의는 에로티시즘과 그로테스크, 난센스, 그리고 황도주의(신국사상)라는 틀 속에서 필연적으로 발생한 것입니다.[8]

---

8 박경리, 『일본산고』, 마로니에북스, 2013, 128쪽.

같은 일본인인 오가다 지로조차 일본의 폭력성과 광기를 비판해 마지않는다. 오가다는 백부이자 예비역 장성인 겐사쿠에게 "일본인이 '일등 국민'이라는 것은 허구에 불과하다."라고 지적한다.

> 관동대지진 때, 피에 굶주린 이리떼 모양으로 조선인 학살에 미쳐 날뛰던 일본 민중들을 기억하실 것입니다. 민중을 그 방향으로 몰고 간 위정자들의 간지를 저는 똑똑히 기억하고 있습니다. 그래도 일등 국민이며 우월감을 가져야 하겠습니까? (14권, 75쪽)

'가미카제' 특공대가 비행기를 몰고 미국 함정을 향해 돌진한다든가, 적에게 포위되었을 때 포로가 되는 길을 택하지 않고 전원 '세푸쿠(切腹, seppuku)'를 하는 행위 역시 합리적이지 못한 대전제에 기초하여 명령에 무조건적 복종하는 잘못된 정신 체계 때문이다. 따라서 일본인이 용감무쌍하다는 것은 거짓말이며 오히려 "가장 겁이 많은 사람들, 군국주의적 통제하에서 꼼짝하지 못하고 순종하는 민족을 용감하다 할 수 없고 명령에 복종한다는 것은 약한 무리의 특성"으로 볼 수 있다. 일본은 영원히 혁명과 쿠데타가 근본적으로 불가능한 나라이며, 예술적 창조의 불모지이면서 정의로운 지식인이 살아가기 어려운 환경이라는 점을 『토지』는 지식인들의 비판담론을 통해서 강조하고 있다.[9]

---

9 평생을 독립운동에 몸 바친 권필응 역시 "대저, 잔인성이란 용기 있는 자보다 용기 없는 자의 속성인데, 일본 민족은 매우 소심하고 겁이 많은 민족인 게야. 자고로 칼로써 다스려지는 백성이 그런 것은 당연지사, 한데 그들의 용감무쌍은 어디서 왔는가. 그 나라는 변혁이 없었고 섬나라, 가두어진 상태, 그 속에서 칼로 길들여졌다는 것은 무엇을 의미하는가. 거역과 선택이 없는 용기란 오로지 복종하는 그것인 게야."(16권, 263쪽)라고 하며 일본인의 특성을 '용기 없는 자'로 규정하고 있다.

3. 민중들의 능동적 공동체 담론

김훈장의 손자이며 농본주의자인 이범석은 민중들이 조선의 대지이며 생명이기 때문에 친일파는 물론 지식인조차 일제의 폭압에 굴복할 때 민중들은 꿋꿋이 민족적 순결을 지켜나가고 있다고 이홍에게 말한다.

> 이서방, 파도가 눈에 뵈지 않는다고 바다가 조용한 건 아닐세. 상어떼가 무리를 지어 날뛰고 피라미 한 마리 숨을 곳이 없다면 조용한 그 자체는 더 무서운 것 아니겠나? 그러나 절망하지 말게. 민중들은 아직 순결하다. 친일파는 말할 것도 없지만 지식인들이 일본이라 할 때 대다수 민초들은 왜놈 왜년이라 하네. 역사적인 자부심과 피해의식은 그들 속에 굳게 간직되고 있어. 그들은 일본인을 두려워하면서도 모멸하고 복종하는 체하면서도 결코 섬기지 않아. 그들은 조선의 대지(大地)이며 생명이다. 감옥에서 탈출할 수 있고 그럴 계기가 주어진다면 민초들은 다 뛸 것이야. 의병의 의기는 아직 그들에게 등불로 남아 있어. (19권, 320쪽)

김경일은 "근대적 문물과 제도, 기술 등이 위로부터의 헤게모니를 확립하는 데 이용할 수 있었다 하더라도, 일제에 의한 헤게모니와 근대성 구축 자체가 때로는 폭력을 수반한 강제로 인해 수립됐다는 사실은 흔히 간과되었다. 새로운 도로(신작로)와 철도가 폭압적인 강제 동원으로 건설됐다는 사실은 일찍이 일제 관료들에 의해서도 지적된 바 있었지만, 토지와 재산을 빼앗기고 가족들의 굶주림과 파산을 경험한 무수한 피지배 농민들에 의해 근대적 표상의 하나인 전국 각지의 도로가 건설되었음"을 지적한 바 있다.[10] 『토지』에 등장하는 여성 독립투사인 유인실 역시 지식인들보다는 민중 계층에게 더욱 큰 기대를 걸고 있다.

---

10 김경일, 『한국의 근대와 근대성』, 백산서당, 2003. 39쪽.

이제 조선에서 종래의 지식인, 지도적인 지식인이었던 선비는 완전히 붕괴되었다. 그 자리를 이어받을 동경 유학생들, 그들의 갈등과 고뇌는 개인적으로 비극이지만 그것은 또 조선 민족의 비극이다. 합리주의적 지식이 절실하게 필요한 것은 사실이나 그들이 묻혀올 일본의 가치관이 역사를 난도질하고 민족정신을 파괴할 위험부담은 심각하다. 그 맥락은 후일 오랫동안 스며들어 자기 부정의 자해 현상으로 조선 백성은 시달리게 될 것이다. 사실 엽전이라는 자학은 유학생 사이에 팽배해 있고, 생업이 없이도 살 만한 계층에서는 쉽사리 댄디즘이 무풍지대로 도망치고 학문은 어디 산 홍차, 어디 산 양복지의 값어치로 전락했다. 또한 어느 무리는 반일의 거점을 사회주의로 찾을 수밖에 없었고, 또한 어느 무리는 계몽주의에 의거하여 기독교와 연합하면서 우리 것을 파괴하는데, 그것을 실로 일본이 바라는 바이다. (15권, 305쪽)

이에 비해 조선의 민중들은 '토지조사사업'을 통해서 일제가 조선 농민들의 토지를 수탈하면서 몰락의 길에 들어섰음을 확고하게 인지하고 있다.

우리도 옛날에는 땅마지기나 가지고 남부럽잖게 살았소. 그랬는데 왜놈들이 들어오고 영문이 깨지믄서부터 문서 없는 땅이라꼬 솔딱 뺏기고 말았구마요. 아부지는 그때 홧병으로 돌아가시고 우리는 고생길에 들어선 기라요. 산 목심 굶고 앉아 있일 수 없는 일이고, 빼앗긴 내 땅을 소작할밖에 달리 길이 없더마요. 거기다가 무신 액운인지 지주라는 놈이, 독사보다 모진 왜놈을 만냈이니, 추수한 곡식을 반씩 나눈다든지 아니믄 육, 사로 한다든지 그런 기이 아닌 기라요. 숭년이 들거나 말거나 소작료를 딱 정해가지고 꼬박꼬박 물어야 했인께요. 거기다가 마름놈이 어찌나 숭악하든지. (11권, 415쪽)

몰락한 양반이면서 탐욕을 못 이겨 최치수를 살해한 김평산이 국가를 누가 이끌어가든 아랑곳할 일이 아니라고 말하자 이름 없는 민중 한 사람은 거세게 반발한다.

"그러나 나리, 나라 없는 백성이 어디 있으며 조상 없는 자손이 어디 있것싶니까. 뿌리 없는 나무는 없십니다. 우리네야 촌구석에서 땅이나 파묵고 사니께 세상이 옳게 돌아가는가 거꾸로 돌아가는가 모르겠소마는 소문을 들으니께 왜놈들이 우리 땅을 집어삼킬 기라 하니 근심 아니것십니까. 대원군 대감이나 중전마마 이야기가 나오는 것도 그거 때문이 아니겄십니까."(1권, 389쪽)

김평산과 같은 양반 계층이 일본의 침략에 대해 무감하거나 방관할 때, 민중 계층에 속한 인물들이 일제에 대해 더욱 반감을 지니고 있었음을 알 수 있다. 또한 지배 세력이면서도 나라를 지키지 못하고 구시대의 사상과 체제에서 벗어나지 못하는 양반들에 대해 윤보와 송관수 같은 민중 지도자들을 조선 봉건 체제를 이끌어 온 양반들에 대해서도 적대감을 감추지 않는다. 동학농민혁명을 부정하는 김훈장의 입장이 모순에 차 있음을 윤보는 지적한다.

"그렇다믄 말입니다, 지 생각 겉애서는 말입니다. 왜놈들 몰아내자 카는 기고, 또 하나는 도적질 해묵고 나라 팔아 묵을라카는 벼슬아치들을 치자 카는 긴데, 그것이 다 똑같은 건데 와 동학당은 나쁘다 카고 의병은 옳다 캅니까?"

"이노오옴! 충성하고 불충이 어찌 같단 말이냐!"

"그렇다믄 생원님, 똑같은 일이라 캐도 상놈이 하믄 불충이고 양반이 하믄 충성이라 그 말씸입니까?"(1권, 179쪽)

송관수는 의병 항쟁에 참여하여 쫓기는 처지에 놓이자 백정 집으로 숨어들게 되고 백정의 딸과 결혼하여 자녀를 낳는다. 그는 자신보다도 자녀들이 차별받는 모습을 보고 더욱 민중항쟁과 독립운동에 대한 의지를 공고히 다지게 된다. 작중 화자는 송관수가 이론보다는 "몸으로 발바닥으로 배우고 깨달은 사람. 사상이니 이념이니, 식자(識者)들의 풍월 같아서 끝내 아니꼬웠으나 철저하게 긁어내는 일제의 쇠스랑 밑에서 비명을 지르는 겨레의 강토와 더불어 민족의식이 각성되어 간 인물”로 평가하고 있다.[11]

> “임금이다 양반이다 상놈이나 천민이다 그거를 하누님이 맨들었나? 사람이 맨든기라. 사람이 맨든 기문 사람이 뿌샤부리야제. 중뿔나게 나쁘고 미련한 놈이 전부는 아닌께. 또 없어지는 것도 아니겄고, 그러나 양반도 사람이다. 신선도 아니고 신도 아니고 똑같이 밥묵고 똥 싸는 사람이다. 소 돼지가 아니고 똑같이 밥 묵고 똥 싸고 일하는 사람이다! 누구든 똑같이 살 수 있으며 잘하고 잘못하는 것이 지한테 매인 기지 양반이 백정한테 매인 것는 아니다! 그렇기는 되야 안 하겄나?”(9권, 202쪽)

『토지』에는 전반적으로 강고한 민중주의적 시각이 자리 잡고 있다. 작가 박경리가 일제 강점기를 살아가던 지식인보다 민중을 높게 평가하는 이유는 첫째, 그들이 일제 식민 통치의 최대 피해자이면서도 자신이 일구는 땅에 대한 깊은 애정을 지니고 있기 때문이다. 둘째, 그들은 도시인들과 달리 ‘두레’를 중심으로 공동체를 이루고 살기 때문이다. 이른바 ‘민중적 연대성’을 강하게 지니고 있다. ‘민중적 연대성’에 대해서 송관수는 “천대라는 것은 받으면 받을수록 받는 사람끼리 함께 뭉치는 게 상정이니께. 어쨌거나 이자 법으로는 백정을 묶어두진 않았으니께 앞으로 식자들이 많이 생길기고, 또 백정의 수만 해도 수만 명이 넘으니께 자긍책도 차츰 매련 안 하겄나?”라고 말하고 있다.

---

11 일제는 정책적 지원과 장려를 통해 전통적 충효 윤리나 가족주의 같은 유교적 이념과 제도를 부활함으로써 일제는 식민지 대다수 민중이 ‘국가’와 지배자에 대한 충성심을 강화하고 사회적 위계와 불평등을 자연스러운 것으로 받아들이기를 원했다. 이와 아울러 남존여비 사상을 통해 남성과 여성 사이의 성차별주의를 유포시켰으며, 애국배외(愛國拜外) 사상을 고취함으로써 일본제국과 파시즘에 대한 맹목적 추종을 강요했다.

백정과 농민에게 관심을 가지고 그들을 중심으로 민중항쟁을 전개하던 송관수는 점차 노동자들에게 관심을 지닌다. 진주에서 쫓기는 몸이 되어 부산으로 이주한 이후에는 강쇠와 더불어 형평운동 경험을 활용하여 부두 노동자들을 조직하여 항쟁의 대열로 이끈다. 조선의 농민들은 일제의 토지 수탈과 가혹한 착취로 인해 소작권조차 유지하지 못하게 되자 만주, 일본 등을 떠돌아다니거나 도시 공장의 노동자로 전락하였다. 노동자들이 늘어나면서 지식인들 중심으로 사회주의 운동이 더욱 활발하게 전개되기 시작한다. 지리산에서 만난 사회주의자 이범준이 강경한 무장 투쟁론을 제기하자 송관수는 기층민중의 입장에 서서 반박한다.

> 내가 이군 자네한테 똑똑히 일러두고 접은 것은 너거들 식자가 물 위에 뜬 기름이 돼서는 안 되겄다, 그라고 너거들이 무식쟁이 농부 노동꾼들한테 멋을 주고 있다. 가리키고 있다는 생각부터 싹 도리내야 하고, 서로 주고받으믄서 운동을 하든 투쟁을 하든, 너거들만 주고 있는 기이 앙이다 그말인 기라. 너거들 목적이나 야심, 그기이 아무리 옳은 일이라 캐도 무식꾼들 바지저고리 맨들믄은 천년 가도 그렇고 골백분 정권이 배끼도 달라지는 거는 없일 기다. (11권, 93쪽)

일제는 분할지배 정책을 통해 먼저 식민지 민중 블록이 주도한 계급운동 분출을 억누른 다음, 민족 부르주아지로부터 야기될 수 있는 민족운동의 조그만 가능성까지 무력화시키려 하였다. 송관수는 “민족주의, 공산주의, 무정부주의, 그런 새로운 사상의 물결이 밀어닥치고 있으나 모두가 머리통이 큰 대신 몸뚱이가 빈약하다.”라고 느낀다. “학생들 손으로 맹렬하게 침투해가는 추세이지만, 그 학생 자체는 여전히 머리 부분을 구성할 뿐이요, 일제의 탄압이 극심하다고 하지만 크게 폭발할 힘이 못 된다.”라는 것이다. 관수는 혁신 세력이 지원한 형평사운동이 그나마 성공하였다.”라고 판단한다. 그리고 “동학항쟁은 대가리도 컸었지만, 몸뚱이가 매우 튼튼하였다.”라고 평가한다.

최유찬은 『토지』에 나오는 ‘능동적 공동체’라는 개념은 “모든 형태의 자아구속과 갈망을 극복하는 내적 능동성을 지닌 생명의 공동체”라고 하였다. 이 생산적 능동성을 통해서 사람은 자신이 접하는 대상에 생명을 불어넣고 그것과의 관계를 유지하게 된다는 것이다.[12] 『토지』에서 내적 능동성을 강하게 표출하는 인물들은 민중 계층에 속하는 인물들이다. 윤보, 송관수, 강쇠, 몽치 등은 모두 자유롭고 강한 영혼을 지닌 인물들이다. 이들은 인간의 존엄성을 훼손하는 모든 것들에 저항한다. 이들은 주어진 운명이나 환경에 굴복하지 않으며 부조리한 현실을 능동적으로 개혁하고자 한다. 곧 공동체와 자아의 혁신이 동시에 이루어져야 한다고 믿는 것이다.

4. 친일 세력에 대한 심판 담론

작가는 『토지』에서 조준구를 통하여 일제의 강압적 통치와 수탈을 상징적으로 그려내고 있다. 조준구는 최치수의 재종 사촌 형이다. 조준구는 처음엔 한낱 식객으로 최참판댁에 머물다가 최치수 살해를 김평산에게 은밀히 사주하고 그의 빈자리를 호시탐탐 노린다. 윤씨 부인 생존 시에 숨죽이며 기회를 엿보던 조준구는 윤씨 부인 사후에 본격적으로 야욕을 드러내며 최참판댁 재산을 가로채고 평사리를 지배해 간다. 최서희는 분노하고 반발하지만 아직은 너무 어린 탓에 무력하게 당할 수밖에 없었다.[13] 윤보, 이

12 최유찬, 『세계의 서사문학과 『토지』』, 서정시학, 2008, 412쪽 참조.
13 최서희가 만주 이주 후에 부를 축적하고 지략과 자금력을 동원하여 조준구에게 빼앗

용, 길상 등을 중심으로 마을 봉기가 일어나고 조준구를 처단하려 하였으나 이중적으로 처신한 삼수 때문에 조준구는 살아남는다.

봉기를 주도했던 인물들이 모두 산속으로 들어가 의병 활동을 하게 되자 조준구는 일본 헌병을 끌어들여 이들의 소탕을 노린다. 그는 일본 헌병의 힘을 이용하여 마을을 더욱 공고히 지배하고 마을 사람들을 분열시킨다. 이 과정에서 정한조가 자신에게 불손하였다는 이유만으로 일본 헌병에게 죽게 만들고 자신의 목숨을 어쨌거나 구해주었던 삼수마저 죽음으로 내몬다. 이와 같은 조준구의 행태는 일제가 동학농민혁명 승리 후에 한반도를 침략하고 우리 민족에게 공포감을 심어주면서 '억압과 분열의 방식'을 통해 지배해 가던 무단통치 방식과 일치한다.

> "아무리 규중에서 바깥 사정을 모르기로, 의병인지 화적놈인지 그 일만 해도 그렇지. 지금이 어느 세상이라구? 일본 나라에 항거해서 살아남을 수 없는 거야. 나라 금상님도 일본의 눈 밖에 나서 임금 자리 물러난 걸 설마 모르지는 않겠지? 우리를 죽이려 했고 지 서방을 죽였으니 벌써 그것부터가 살인 죄인이요 더더군다나 우리 영감을 친일파로 몰아서 죽이려 했으니, 의병인지 화적놈인지 일본 병정들도 그놈들한테만은 사정이 없다는 거야."(3권, 361쪽)

조준구의 처 홍 씨가 서희에게 한 말은 '조준구-서희'의 관계가 철저하게 '일제-조선'의 관계와 일치함을 보여주고 있다. 홍씨 부인은 노골적으로 "일본 나라에 항거해서 살아남을 수 없는 거야."라고 말하며 일제에 기생하는 것만이 생존할 수 있는 길임을 서슴없이 내뱉는다. 나아가 고종이 폐위된

긴 재산을 되찾는 과정 역시 우리 민족이 일제에 빼앗긴 나라와 자존감을 되찾는 과정을 상징한다고 볼 수 있다. 최서희에게는 재산 그 자체보다는 평사리 종갓집으로 상징되는 최씨 가문의 자존감을 되찾고 가문의 혈통을 이어가는 것이 더 중요했다고 볼 수 있다.

사실까지도 자신이 친일해야만 하는 논리로 왜곡하고 의병들과 화적(火賊)을 동일시하는 의식구조를 보인다.[14]

조준구와 같은 친일 개화파 지식인들은 일제가 선진 문명을 먼저 받아들여 조선을 앞질러 갔으므로 일본의 문명을 배우고 받아들이고 배워야 한다고 주장하였다. 조준구의 정치적 입장은 한마디로 '친일적 근대주의'라 할 수 있다.

> 그네들이 진작부터 문호를 개방하고 약삭빠르게 서양 문물제도를 들여오고 최신 무기를 갖추어 양병에 힘쓴 탓이오. (1권, 273쪽)

이들 친일 개화파들은 조선의 무능과 부패를 비판하고 서구문물을 신속하고도 과감하게 수용한 일제를 찬양할 뿐만 아니라 일제가 조선의 근대화를 주도해야 한다고 믿는다. 이에 대하여 윤보로 대표되는 민중 계층들은 강하게 반발한다.

> "개맹이라는 거 별것 아니더마. 말로 사람 직이는 연장이 좋더라는 거고 남우 것 마구잡이로 뺏아묵는 짓이 개맹 아니가. 강약이 부동하기는 하다마는 그 도적눔을 업고 지고 하는 양반나리, 내사 무식한 놈이라서 다른 거는 다 모르지마는 옛말에 질이 아니면 가지 말라 캤고, 제 몸 낳아주고 키워준 강산을 남 줄 수 있는 일가? 어느 세상이라고 천민인 우리네, 알뜰한 나라 덕 보지도 않았다마는"(1권, 25쪽)

---

14 일본 헌병에 의해 살해된 정한조의 아내 성환 할매 역시 "그거는 성님이 몰라 하는 말이요. 나는 김 훈장을 잘 모리지마는, 그 시절에도 조가가 최 참판댁 살림 들어묵지 않았던가배? 결국에는 나라가 없어지니께 동네가 이 지경 되는 거 아니겄소. 왜놈들 심을 믿고, 등에 업고, 조가도 왜놈 심을 믿고 그랬다 카대요."라고 하며 조준구가 일제의 권력에 힘입어 만행을 일삼았음을 지적하고 있다.

친일파들의 준동(蠢動)은 일제 말까지 이어진다. 작품 후반부에는 김두만과 우개동 일가가 조준구 못지않은 악행을 저지른다. 김두만과 그의 아들 기성은 재산을 불리고 신분을 상승시키기 위해 적극적으로 친일 행각을 벌인다. 우개동은 동생이 징용에 자원할 것에 힘입어 면서기가 되고 그 직위를 이용하여 수탈을 일삼고 행패를 부린다. 그 행악이 극에 달하자 군수는 우개동을 파면한다.

> 그런데 마을에는 미묘한 기류가 흐르고 있었다. 배운 것도 없고 바깥 물정도 모르는 농사꾼들이 어쩌면 그렇게 민감할 수 있는지, 신기로울 지경이었다. 누가 가르쳐 준 거도 아닌데 그들은 현실을 파악하고 있었다. 시달리다 보면 자연 그렇게 되는 것인지. 우가네와 반대 입장, 혹은 관망하면서 강약이 부동하다고 한탄하며 체념했던 사람들, 그들의 기세가 은근히 치솟는 듯했고 범석이 말한 것처럼 우가네 편에 섰던 약삭빠른 사람들도 결국 늦었느냐 일렀느냐 차이가 있었을 뿐 자식들을 징용에 빼앗긴 입장에는 다를 것 없고, 그러니 별무소득이라 그들 역시 전과는 다르게 열을 올리며 우가네를 두둔하는 사람이 별로 없었다. 그들은 그들대로 수군덕거렸다. (20권, 194쪽)

우개동을 향한 마을 주민들의 원망과 포한(抱恨)을 환국과 서희가 대신 풀어준 것이다. 조준구, 김두만, 우개동 외에도 『토지』에는 김두수, 임이, 배설자와 같은 악질 친일 인사들이 등장한다. 이들은 모두 일제의 권력에 기생하여 동족을 배신하고 자신의 이익을 도모했던 인물들이다. 작가 박경리는 친일적 인사들을 통해 일제의 식민 통치 방식을 구체적으로 드러내고 이에 대항하는 정치 담론을 생성해 간다.

친일 행위를 앞장서 펼치는 김두만에 대해 그의 동생 영만은 다음과 같이 항변한다.

"성은 자기 한 대(一代)만 살고 말 생각이오?"

"……"

"자기 한 대만 살고 말라 카믄 마음대로 하소."

"무신 말고."

"나는 내 자식 내 손자 대꺼지 살아주기를 바래는 맴이니께. 이렇게 되믄 성하고 남이 되든지 해야겄소."

"좀더 알기 쉽게 말해봐라."

"그라믄 내가 묻겄소. 성은 왜놈이 천년만년 우리 백성을 누르고 살기라 믿소?"

"……"

"우리 백성들이 천년만년 왜놈의 종으로 살 기라 성은 그렇기 믿고 있소?"

"나중 일을 누가 알꼬."

"모리지요. 나도 모리요. 하지마는 한 가지 틀림이 없는 일은 만일에 나라가 독립한다믄 성이 역적이 된다. 그것만은 틀림없을 기고. 삼족을 멸한다믄 조카 두 놈에 우리 새끼들은 우찌될 기요."

"야가 무슨 소리를 하노. 지금이 어느 시절인데, 이 개명 천지에 삼족을 멸할 기라고? 자다가 꿈 겉은 소리 하네. 하하핫핫핫… 하하하핫 …"

그러나 웃음소리는 공허했고 한풀 꺾인 느낌이다. (15권, 274쪽)

위의 대화를 통해서 영만과 같은 조선인들이 일제와 친일 매국노들에 대해 어떤 태도를 지니고 있었는지 엿볼 수 있다.[15] 영만은 "성은 자기 한

15 이용과 더불어 『토지』에서 바른 의식과 맑은 영혼을 지닌 농민 계층을 대표하는 영팔 역시 두만에 대해 "야간에 두만이 그놈 멀잖을 기구마, 자식놈이 그 꼬라진데 무신 장로가 있을 기고, 말짱 헛공부 시킨 기라. 그 불쌍한 어미를 떠다밀고 논문서를 강탈해가질 않나 삼촌을 들고 패질 않나 하는 짓이란 주색잡기, 살림이 빠질라 카믄 하루 아침이다. 세상이 아무리 변했다 캐도 물이 높은 곳으로 흐르는 법은 없인께. 지은 죄가 어디로 가노? 조준구 그놈을 봐라. 최참판댁에서 뺏은 그 많은 재산, 동전 한푼 건사하지 못하고 알거지가 돼서 버린 자식 집에 기어들어왔다 안 카나? 하기야 그넘이 벌을 받을라 카믐, 어림없제. 멀었다, 멀었고 말고. 개과천선을 해도 그 죄를 못다 갚

대만 살고 말 생각"이냐고 따져 묻는다. 이는 영만을 비롯한 조선인들이 일제의 식민 통치가 영원하지 않으리라는 것을 믿고 있었음을 시사한다. 동생의 날카로운 지적에 김두만이 '……"로 표현되는 묵묵부답과 헛웃음으로 궁색하게 대응할 수밖에 없음은 친일파 인사들이 서식(棲息)했던 허약한 기반을 드러낸다. 작가는 친일파들의 인격이 무너지고 영혼이 황폐해 가는 모습을 통해 일제의 식민 통치의 폭력성을 비판하고 공격하고 있다.[16]

일제 강점기 초, 신지식인들의 글에서 가장 많이 나타나는 주장이 전통에 대한 거부와 비판이었다. 그들은 조선사회의 발전 즉 진화를 방해한 가장 큰 장애요인으로서 전통적 질서를 지목하였다. 따라서 이들은 문명화의 지체로 인하여 식민지가 되었다는 생각으로부터 구습의 파괴와 신문명의 건설만이 생존경쟁에서 살아남을 수 있는 유일한 길이라고 인식했다. 구한말의 애국계몽운동에서 내세운 식산흥업과 신교육의 슬로건은 서구적 근대 문명관을 배경으로 한 사회진화론의 논리에 기반하고 있다는 사실에는 의심의 여지가 있다.[17]

무단통치라는 물리력 중심의 체제를 소위 '문화정치'로 전환했다. 일본제

을 긴데 머라? 자식한테 호통을 치믄서 수발을 받는다고? 불로초를 구해오라 하믄서 지랄발광을 한다고?"(19권, 74쪽)라고 하며 조준구와 김두만을 연결시켜 비판하고 있다. 이는 민중계층들이 일상적 삶 속에서 상식적으로 생각하고 느낀 바를 그대로 말한 것이다.

16 소지감은 "어느 시대, 어느 사회건 배신자는 반드시 있게 마련이며 특히 타민족에게 정복당한 땅에서는 민족 반역자란 독버섯처럼 자라게 마련이고, 또 식민정책의 궁극적 목적은 정복한 민족의 마지막 한 사람까지 민족 반역자를 만드는 데 있는 것이고 보면, 침략의 군대를 막을 수 없었던 것과 마찬가지로 반역자도 막을 수 없는 것은 필연이 아니겠나? (중략) 왜냐하면 일본도 전능한 존재가 아니기 때문에 그들 식민정책의 궁극적인 목적은 결코 달성할 수 없는 것이며, 나 또한 운명에 맡기고서 인위적인 힘을 과소평가하는 것은 아닐세. (12권, 58쪽)"라고 하며 아무리 배신자들이 독버섯처럼 자라난다고 해도 일제의 우리 민족에 대한 완전한 정복은 결코 이루어지지 않을 것이라고 주장한다.

17 박성진, 『사회진화론과 식민지 사회사상』,선인, 2003. 311쪽.

국주의는 억압 일변도의 일방적 정책실시에서 회유(懷柔)와 술책(術策)에 의해 조선인의 협력을 유도하는 정책을 시행하였다.

> 주권이 없는 곳에 민족자본을 육성한다는 것은, 뿌리 없는 나무에 열매 맺기를 바라는 것과 다를 것이 없다. 그리고 되어가는 꼴을 보아. 저항정신의 구심운동과도 거리가 멀다. 선우일의 이론대로라면 더욱 그러하다. 사실 물산장려회란 빛 좋은 개살구야. 민족 분열의 씨앗이지. 총독부놈들 그 일에 대해선 아주 소극적이거든. 그럴 만한 이유가 있기 때문이지. 살진 돼지 몇 마리 만들어 두었다가 필요할 때에 잡아먹자, 그놈들 내 땅을 먹었지만 국으로 먹은 줄 알어? 횡재한 것도 아니구, 식민지 통치에는 귀신이 다 된 놈들인데, 정책 면에선 상당히 길게 내다본 게야. 쓸개 빠진 놈들은 삼일운동 때문에 왜놈들이 혼비백산하여 유화정책을 쓰게 됐다면서 뭐 하나 따낸 듯 말하지만 어림없는 소리, 총칼보다도 그놈의 유화정책이라는 게 더욱 효과적이라는 것을 그들은 알고 있어. (중략) 생각해 보아. 총칼로 죽이느니보다 산송장을 만드는 것이 얼마만한 이득을 가져오느냐를. 첫째, 백성들의 분노가 손실된다. 일본에 대한 분노보다 매국노, 반역자, 친일 분자에 대한 분노가 더 강한 것은 자네도 알 만한 일이 아니겠나? 백성들의 분노는 힘이야, 힘을 분열시키는 것은 정복자들의 금과옥조야. 둘째, 반역자, 친일파, 그런 자들도 있는데 내가 하는 일쯤, 하고 백성들의 양심에도 타협의 소지를 마련하거나 또 힘이 약화됨을 느끼며 체념하는 것으로써 그나마 나는 깨끗하다는 자위에 빠져버린다. (10권, 272-203쪽)

강경파 지식인 중 하나인 서의돈은 일본의 유화정책에 편승하는 타협적 민족주의자들을 비판한다. 실제의 정치과정에서 강력한 물리력과 각종 권익을 장악한 일본제국주의는, 조선인의 저항운동 세력을 억압·회유하고 '협력운동 세력'을 창출·확대하는 등 현지의 정치과정을 조정해서 안정된 지배를 유지하려 하였다. 서의돈은 바로 그 문제를 정확하게 짚어내고 있다.[18]

5. 인류의 생존과 상생을 위한 생명 담론

박경리는 "영성(靈性)이 없으면 부패합니다. 살아 있는 순간의 쾌락만 꼽지요. 지구가 떠 있는데 원심력(遠心力)과 구심력(求心力)이 필요하고 사람이 태어났는데 죽게 되는 것은 존재가 항상 모순 속에 있다는 것을 보여줍니다. 이 자연의 질서를 보아야 합니다. 한쪽에 쏠리면 반드시 부딪히게 됩니다."라고 말한 바 있다.[19]

또한 모든 생명은 순환 체계 속에서 능동성을 지니고 있다고 하였다. "살고 싶고 살아야겠다는 의지는 자기 자신의 실존을 의식하고 사물을 인식하는 데서 시작되며 삶을 가능하게 하는 것이 바로 능동성이다. 그리고 생명만이 보유한 능력이다. 그것은 고귀하고 값진 것이며, 어떠한 보물로도 대신할 수 없다."라는 것이다.[20] 이러한 박경리의 생명사상을 가장 잘 대변하고 있는 『토지』의 등장인물은 이범석이다.

> 우주는 생명의 집합체. 아까 말했듯이, 그것은 상생 동화(相生同化)하고 탄생하며 순환하는데 상응은커녕 오로지 도전과 승리가 오늘의 명제가 아닌가. 자연의 질서를 능가하는 인간의 질서를 꿈꾸는 것은 망상이기보다 파멸을 자초하게 되는 게야. 내가 땅의 임자는 자연이요, 경작자만 땅을 빌릴 수 있다 한 것도 그 때문이지. (19권, 324쪽)

농본주의자인 이범석은 "가령 땅이 원금이라면 그해 나는 농작물은 이자다 그 말일세. 더 비근한 예를 들자면 머릿속에 든 지식은 원금이요 취직

---

18 김동명, 『지배와 저항, 그리고 협력—식민지 조서에서의 일본제국주의와 조선인의 정치운동』, 경인문화사, 2005. 4쪽.
19 박경리, 『일본산고』, 마로니에북스, 2013, 203쪽.
20 박경리, 『생명의 아픔』, 아름, 109쪽.

하여 받아먹는 월급은 이자"로 보고 있다. 『토지』에서 달변(達辯)의 인물로 그려지는 남천택은 역사는 '독자적인 능동적인 공동체'임을 강조한다. 모든 생명은 존재하고 운동하는 한에 있어서 의지가 있다 할 수 있기 때문이다.

> 끊임없이 탄생하고 움직이다가 벗겨진 허물처럼 계속 죽어가니까요. 지속은 바로 역사의 생명, 그 생명의 운동은 아닌지 모르겠습니다. (20권, 20쪽)

일본제국주의의 근대적 정치 담론은 서양식 근대를 최대한 빨리 따라잡으면서 부국강병을 이루는 것이었다. 그들은 천황에게 실질적 권위를 부여하고 근대적 관료제와 신식 군대를 갖추고 조선을 침공하고자 하였다. 운요호 사건, 청일전쟁 승리, 동학농민혁명 참전, 러일전쟁 승리에 이어 을사늑약을 체결하고 고종 폐위 군대 해산 등의 단계를 거쳐 1910년 마침내 한반도 전체를 식민지화하였다.

이에 맞서서 조선 역시 근대화와 부국강병을 동시에 이루고자 하였다. 그러나 대원군의 쇄국정책(鎖國政策)으로 말미암아 개항이 늦어진데다가 일본을 비롯한 영국, 미국, 프랑스 등 강대국들과 불평등조약을 계속 체결하면서 국부의 유출을 막지 못하였다. 더욱 심각한 것은 일본과는 달리 국력을 모으지도 못하였다. 갑신정변을 통하여 근대화를 이루고자 하였지만 실패하였고, 동학농민혁명을 통해 호남의 많은 지도자와 인재를 잃었다. 위정척사파(衛正斥邪派)와 급진 개화파의 사상적 편차는 너무 심하였고 고종은 조선을 대한제국으로, 자신은 황제로 격상시켰지만, 그에 상응하는 권위와 지도력을 확보하는 데 실패하였다. 러일전쟁 이후 대한제국의 정국은 일본인과 친일파들이 장악하였다.

황제와 대한제국 정부, 그리고 지적 엘리트 계층이었던 사대부 등은 점차 일제와 친일 세력에 밀려 힘을 잃어 갔다. 이 과정에서 새로운 세력으로 대두된 계층이 '민중 계층'이다. 이들은 '인내천(人乃天)'을 내세우고 평등한 세상을 추구하였던 동학의 사상과 조직에 기초하여 역량을 결집해 갔다. 1894년 '고부 봉기'를 계기로 전봉준은 관군과의 전면전을 벌였고 마침내 호남의 수부(首府)인 전주성에 입성하여 전주화약을 체결하였다. 그러나 일본군이 경복궁을 장악하자 전봉준은 2차 기포를 하고 북진하던 중 공주 전투에서 크게 패하고 마침내 동학농민혁명은 무산되었다.

비록 동학농민군들이 꿈꾸던 세상은 이루어지지 않았지만, 이들이 요구한 폐정개혁안이 일부 받아들여져서 갑오개혁이 이루어졌고 집강소 통치라는 민관협치 사례를 만들어냈으며 백성 한 사람 한 사람이 국가의 주체라는 인식이 형성되기 시작하였다. 만일 일제를 비롯한 외세의 개입이 없었더라면 민중들의 요구는 새로운 국가체제와 사회제도를 만들어 가는 원동력이 될 수도 있었을 것이다.

『토지』는 동학농민혁명 패배로 좌절된 민중의 한을 배경적 사상으로 삼고 있다. 천이두에 의하면 '한'은 원망(怨)과 자책(嘆)이라는 부정적 정서를 '삭임'이라는 단계를 거쳐서 배려(情)와 소망(願)과 같은 긍정적 정서로 전환하는 정신적 기제이다. 『토지』에서 가장 높은 영성을 보여주는 인물 중 하나인 조병수는 '한'을 "주어진 운명에 대한 물음"이며 "근원에서 오는 절실한 것"이라고 말하고 있다.

김환으로 대표되는 동학당은 동학사상을 계승하는 한편 동학농민혁명의 연장선상에서 항일 투쟁에 앞장서고자 한다. 그러나 김환은 동학사상 자체에 집착하지 않는다. 그는 "슬픔이 빚는 진실, 슬픔이 포용한 크나큰 사랑, 너와 내가 아닌 우리의 채울 수 없는 공통의 목마름 때문에 투쟁하고 사람들의 한을 풀기 위해 죽은 사람"으로 묘사된다. 김환은 지리산 일대에 출몰하여 일본 경찰서와 헌병대를 공격하였으며 국내 독립운동 세력과 해외 독립운동 세력을 연계시키는 일에도 적극적으로 참여하였다. 그를 비롯한 동학당 세력의 움직임은 동학농민혁명의 정신이 면면히 계승되고 있음을 조선 민중들의 마음에 각인시켜 주는 한편, 일제는 반드시 망하고 광복의 날이 반드시 도래하리라는 민중적 낙관주의를 확산시키는 데 이바지하였다.

작가 박경리는 『토지』를 통해 '만사일계'와 '현인신'과 같은 거짓된 원칙과 체계를 기반으로 군사적 침략과 공격만이 국가의 위상을 높이는 길이라고 믿고 아무리 불합리한 결정이나 명령일지라도 무조건 복종하라는 식의 일본 제국주의 담론에 맞서 국가와 지역을 초월한 생명 담론을 제시하고 있다.

> 빈곤이다! 멍텅구리 같은 놈들! 뭐 어째? 일본제국주의를 멸망시키자? 멍텅구리 같은 놈들! 뭐 어째? 일본제국주의를 멸망시키자? 식민지 교육을 철폐하라? 독립을 쟁취하자? 자알 논다 자알 논다. 똑똑히 들어, 대일본제국에 있어서 조선의 우리 피의 대가다! 일청전쟁, 일로전쟁, 우리는 그 두 차례 전쟁에서 특히 러시아하고의 전쟁은 만세일계, 우리 국체를 걸었던 전쟁이었다! 우리 젊은이들의 시체 더미와 피바다에서 얻어낸 보상을 너희들이 도로 찾겠다? 길 가다 주운 금화 한 닢이냐? 그러나 나는 너희들 젊은 의기를 존경하는 사람이다. 남아장부가 그런 용기도 없다면 쓰레기다. 나는 충분히 이해한다. (중략) 너희들 조선 민족이 살아남으려면, 또 자손들의 안녕을 보장받고 행복을 누리려면 대일본제국에 동화되어야 한다. 황공하옵게도 천황폐하께오서는 일시동인을 유시하셨으니 크나큰 은총에 너희들은 무엇으로 보답하겠느냐. 결사보은(結絲報恩)해야 하거늘 가소롭게도 꿀벌의 침 하나 가지고 반역을 시도했다. 독립을 쟁취한다고? 조선이 언제 독립국이었나. 일청전쟁 무렵까지도 조선은 청국의 속국이 아니었나! (13권, 121-122쪽)

이치가와라는 일본인 형사는 광주학생의거에 참여한 조선 학생들에게 위와 같은 일장 훈시를 한다. 이치가와의 강변에는 조선의 식민지화를 정당화하고자 하는 일본의 근대 정치 담론이 고스란히 담겨 있다. 천황을 신격화하고 있는 점, 조선은 중국의 속국이었다가 이제는 일제의 속국이 되었을 뿐이라는 점, 피의 대가로 조선을 얻어내었으므로 식민 지배가 정당하다고 생각하는 점, 천황의 일시동인(一視同仁) 정책이 조선인에 대한 은총이라고 착각하는 점 등이 그것이다. 작가는 홍수관의 인생을 건 저항을 통해서 이치가와의 제국주의적 담론이 부당하다는 점을 그려내고 있다.

창조적 능동성은 '사물의 균형'을 찾는 행위이다. 방랑자이면서 독립운동가이자 소리꾼이기도 한 주갑은 가진 것이 없었기에 오히려 내적 외적 조건에 의해 좌우되는 수동적인 욕망에 사로잡히지 않을 수 있었고, 그럼으로써 사람의 존재 조건에 뿌리박은 능동적 정서를 가짐으로써 '자유롭고, 강하고, 이성적이고, 즐거울 수 있었다. 따라서 주갑은 정신적으로 건강한 삶, 능동적 욕망에 따른 자유로운 삶을 산 셈이라고 최유찬은 지적한 바 있다.[21]

> 다만 하늘과 땅, 햇빛과 물, 그것의 운행을 믿을 밖에요. 하여 사람도 나무와 같이, 풀잎과도 같이 제 몫을 먹고 과식을 아니 하며 넘보지도 않는다면 모두 더불어 살 수 있다. 무릇 모든 생명들이 더불어 살 수 있다. 다 있어야 할 것은 있는 것이며 없어야 할 것은 없는 법인데, 인간은 있어야 할 것을 없애려 하고 없어야 할 것을 만들어내니, 가상 총알이라는 것을 생각해 보더라도 남을 겨누어 죽음에 이르게 한다면 그 총알은 동시에 자기 자신에게도 겨누어져 죽음에 이르게 한다는 이치, 그것은 하나에 하늘 보태면 둘이 된다는 것만큼이나 명약관화… (14권, 161쪽)

작가 박경리는 스스로 "나는 철저한 반일(反日) 작가이지만 결코 반일본인(反日本人)은 아니다."라고 여러 차례 밝힌 바 있다. "부정해야 하는 것은

---

21 최유찬, 『세계의 서사문학과 『토지』』, 서정시학, 2008, 421쪽.

인류의 생존을 저해하는 것이지 인간 그 자체는 아니기 때문이라는 것"이다. 만일 일본이 조선과 더불어 살고 상호 존중하면서 서로의 이익을 극대화하는 방향으로 선의의 경쟁을 하였더라면 양국이 적대적 관계를 맺지 않았을 뿐 아니라 20세기에 들어 양국 모두 더욱 발전하였을 수도 있다. 위의 글에서 보는 바와 같이 제 몫을 먹고 과식을 아니 하며 넘보지 않는다면 무릇 모든 생명이 더불어 살 수 있기 때문이다.

따라서 『토지』의 근대 정치 담론은 '상생(相生)'과 '분복(分福)'을 거부하고 '과욕'과 '타자 파괴'를 일삼는 제국주의적 담론을 정면으로 거부하는 '생명 담론'이 아닐 수 없다. 『토지』에는 최참판댁 재산을 가로챈 조준구 외에도 다수의 악인이 등장한다. 김평산, 귀녀는 탐욕 때문에 최치수를 죽인다. 김평산의 아들 김두수는 밀정이 되어 수많은 독립투사를 잡아들이고 여성들을 능욕한다. 임이네는 남편이나 자식보다 돈을 더 중히 여기며, 김두만, 우개동 등은 재산 증식을 위하여 친일 협력 행위에 적극적으로 가담한다. 작가는 이들의 악행의 대부분을 일제의 침략과 수탈 행위와 상동 관계가 형성되도록 사건과 인물을 배치하고 있다.

나병철은 근대문학의 형성 과정이 '타자성의 주체'를 형성해 가는 과정이라 하였다. "주체 중심주의에서 벗어나려면 자신과 이질적인 타자와 대화하는 또 다른 주체가 필요할 것이다. 즉 자기 자신의 규율로 타자를 동일화하거나 배제하는 것이 아니라 이질적 타자를 받아들여 자아의 동일성을 미결정적 상태로 있게 하는 주체가 요구된다. 이 '타자성의 주체'는 주체와 타자 사이의 경계를 무너뜨리고 이항 대립을 해체한다."[22]는 것이다.

이 작품에서 '타자성의 주체'를 실천하는 인물들은 이용, 영팔, 김영만과 같은 농민, 윤보, 송관수, 김환, 길상, 혜관, 소지감, 이범준, 장연학 등과 국

22 나병철, 『탈식민주의와 근대문학』, 문예출판사, 2006, 21쪽.

내 독립운동가, 이동진, 권필응, 장인걸, 송장환 심금녀, 유인실, 두메, 주갑, 정석, 이홍 등과 같은 국외 독립운동가 월선, 조병수, 몽치처럼 신분과 장애 때문에 받은 고통을 승화시킨 인물, 일본인이면서도 코스모폴리탄인 오가다 지로 등 무수히 많다. 작가는 이 중 이용에 대하여 아들 홍이의 입을 빌어 "사랑하고 거짓 없이 사랑하고 인간의 도리를 위하여 무섭게 견뎌야 했으며 자신의 존엄성을 허물지 않았던" 멋진 사내라고 평가하고 있다.

6. 맺는말

박경리 『토지』의 근대 정치 담론은 일본의 한반도 식민 통치를 정당화하기 위한 근대 정치 담론을 문학적으로 극복하고자 한 담론이다. 일본은 메이지 유신 이후 내부적 갈등을 극복하고 경제 부흥을 이루기 위해 반드시 한국을 정복해야 한다며 '정한론(征韓論)'을 주장하였다. 운요호 사건을 일으켜 강화도 조약을 맺고 동학농민혁명에 개입하여 친일 내각을 수립하고 러일전쟁 승리 후에 을사늑약을 맺으며 일본은 대한제국의 외교권까지 박탈하였다. 그들의 정한론이 사실상 실현된 것이다. 고종 폐위, 군대 해산, 국권 침탈 등은 사실상 그 후속 조치라 할 수 있다.

비록 일본은 대한제국의 주권은 박탈하였지만, 우리 민족의 내면까지 정복하지는 못하였다. 우리 민족은 다양한 형태의 저항을 통해서 민족적 정체성과 자존감을 잃지 않았다. 일본은 자신들이 근대화를 먼저 이루었기 때문에 아직 근대화를 이루지 못한 조선을 정복하고 지배할 자격이 있다고 주장하였다. 또한 조선은 어차피 오랜 기간 중국의 속국이었기 때문에 새삼 식민 통치를 거부할 이유가 없다고 강변하였다. 『토지』에서는 광주학생의거 당시 학생들을 취조(取調)하는 일인 형사의 입을 통하여 이와 같은 일본의 억지 주장을 드러내고 있다.

지식인들은 대화와 토론을 통해 일본의 제국주의 정치 담론을 비판하였다. 박경리는 여러 차례에 걸쳐 일본이 '만세일계'와 '현인신'이라는 거짓된 정치적 전제에 기초하여 세워진 나라라는 점을 밝혔고, 이와 같은 작가의 주장은 『토지』에 그대로 반영되어 있다. 똑같은 인간에게 신적 지위를 부여함으로써 일본이 내세우는 모든 정치적 담론들은 진실성을 잃게 된다. 그들이 부당하고 불합리한 명령에 복종하여 경신참변, 남경대학살 등을 일으킨 것이나 징용, 징병은 물론이고 성노예 동원까지 서슴지 않았던 것 역시 그들의 정치 담론 자체가 비합리적이며 맹목적인 성격을 지니고 있었기 때문이었다.

유인실은 작중에서 일본인들이 수시로 보여주는 잔인성은 '공포'에 기인하고 있고, 그들의 잔인성은 '길들여진 잔인성'에 불과하다고 공박하였다. 그녀가 일본인 남성 오가다를 진심으로 사랑함에도 불구하고 헤어질 수밖에 없었던 것은 오가다 역시 일본인으로서 한계를 극복하지 못하고 있음을 간파하였기 때문이다.

『토지』 전편에 걸쳐서 가장 힘 있게 묘사되고 있는 것은 민족의 '몸통'에 해당하는 민중들의 항쟁이다. 이들은 동학농민혁명 시기부터 국가의 주체로서의 자각을 지니게 된다. 또한 인간과 인간 간의 차별과 마찬가지로 국가와 국가 간의 차별 역시 매우 잘못된 것으로 인식한다. 그들이 보국안민(輔國安民)의 기치를 높이 들고 권귀축멸(權貴逐滅)과 척양척왜(斥洋斥倭)를 내세운 이유가 여기에 있다.

동학농민혁명에 참여한 바 있는 윤보는 조준구의 탐학에 맞서 봉기를 일으키고 의병 항쟁을 전개하다가 죽는다. 송관수는 윤보와 함께 봉기와 의병 항쟁에 참여하였다가 백정의 사위가 되고 형평운동, 노동운동의 주축이 되며 국내 독립운동과 해외 독립운동을 잇는 가교역할을 정석, 강쇠, 김한복 등과 함께 수행한다. 이들은 이범준과 같이 현실과 민중에 뿌리내리지 못하는 투쟁방식도 거부한다. 이들은 오직 "몸으로 발바닥으로 배우고 깨달은 내용"만을 믿고 좌고우면(左顧右眄)하지 않고 일제에 항거한다. 직접 참여하지는 않지만, 대다수의 민중 역시 일본인을 '왜놈'이라고 칭하며 일제의 멸망을 확신하면서 인고의 세월을 견뎌낸다. 작가는 순결한 영혼을 지닌 민중들이 자신이 접하는 대상에 생명을 불어넣고 그것과의 관계를 유지하는 능동적 공동체를 스스로 만들어 가는 과정을 그리고 있다.

『토지』에는 조준구를 비롯한 친일파 인사들이 다수 등장한다. 조준구가 최참판댁의 재산을 가로채고 마을 사람들의 분열과 차별 대우를 통해 지배해 가는 양상은 1910년 이후 일제 총독부가 시행한 식민 통치 방식과 유비 관계를 형성하고 있다. 또한 조준구와 같은 인물은 일제 강점기 내내 일제에 협력하고 동족을 괴롭히고 착취한다. 김두만과 김기성 부자는 친일단체에 가입하여 재산 증식을 도모하고 우개동은 면서기라는 직함을 이용하여 수탈을 일삼는다. 작가는 이들에 대해서는 민중들 사이에 유포되는 평판과 악담을 통하여 심판의 담론을 펼치고 있다.

박경리는 자신이 분명한 반일 인사이지만 반일본인 인사는 아니라고 강조한 바 있다. 그렇다고 박경리가 일본인을 증오하는 것은 아니다. 오직 일본의 그릇된 체제와 인식을 비판하고 공격할 뿐이다. 일본은 선량한 국민을 전쟁터로 내몰고 잔인한 광기에 휘말리도록 하였다. 이와 같은 정치·군사적 행위들은 생명의 원리를 스스로 거스르는 것들이다. 생명은 거짓을 용납하지 않으며 타자를 위협하거나 억압하지 않는다. 생명은 '소유'보다 '존재'를 중시하기 때문에 베풀고 나누며 희생하면서 더불어 잘 사는 길을 모색하고 실천하고자 한다.

『토지』는 분명히 일제와 친일파의 정치 담론 비판·공격하고 있지만 협소한 민족주의나 국수주의에 의거하여 그들의 정치 담론을 비판·공격하는 것은 아니다. 한국과 일본이, 그리고 한국인과 일본인이 서로 존중하고 배려하며 살아가는 것이 상생의 길임에도 불구하고 일본이 그것을 거부하기 때문에 비판·공격하는 것이다. 따라서 『토지』의 근대적 정치 담론은 진실에 기반하면서 상생과 협력의 원리를 존중하는 가운데 문명을 발전시키고자 하는 담론이라 할 수 있다.

Ⅱ. 치유와 회복의 시대의 『토지』 읽기

1. 머리말

『토지』는 원고지 4만 매가 넘는 분량의 소설일 뿐 아니라, 보는 관점에 따라 새롭게 해석될 수 있는 다층적·다성적(多層的·多聲的)소설로 평가되고 있다.[1] 그동안 연구자들에 의해 『토지』를 읽는 다양한 방식이 제시된 바 있다. 최유찬은 '빅뱅', '예형과 본형', '한의 작동 원리', '해골 골짜기의 생명나무', '진흙 속의 연꽃' 등의 개념을 동원하여 『토지』가 지닌 다양한 패턴들을 분석하는 성과를 거두고 있다.

최유찬에 의하면, "『토지』 1부는 빅뱅이란 대폭발의 국면에 해당하고, 2부는 불덩어리들이 힘차게 밖으로 뻗어나가다 완만하게 선회하는 형상이

1 2014년에 창립된 '토지학회'에서 개최한 학술대회만 하더라도 정치, 사상과 종교, 역사 사회학적 접근이 이루어졌고, 『토지』의 구성, 공간, 주제 등에 대한 다양한 해석이 시도된 바 있다. 개인 연구자별로는 훨씬 다양한 접근과 해석이 이루어져 왔다. 김진석에 의한 철학적 접근을 비롯해 법학적 접근, 여성주의적 접근, 생태주의적 접근 등의 연구 업적들이 축적되어 가고 있다.

며, 3부는 불꽃이 조금씩 사그라지면서 곳곳에 덩어리로 응결하는 양상, 4, 5부는 움직임이 잦아들어 별들이 숨을 죽인 채 깜빡거리기만 하는 형태가 되는데, 이 전체 과정은 물의 압력을 받은 씨앗이 싹을 틔우고 자라서 무성한 잎으로 우거진 다음, 꽃을 피우고 열매를 맺어 씨를 남긴 뒤 스러지는 식물의 일생으로 표상할 수도 있다."[2]라고 하였다. 이와 같은 『토지』 독법은 이 작품의 전체상을 체계적으로 바라볼 수 있게 해 주었다.

중국 우한에서 시작된 것으로 추정되는 신종 코로나19 바이러스 질환은 우리나라는 물론 전 지구적 차원의 피해가 늘어나고 있다. 세계 곳곳을 잇는 인적자원과 물류의 흐름은 끊기거나 축소되었으며 각국의 경제 지표는 마이너스 성장 지표를 가리키고 있고 적지 않은 사람들의 생존이 위협받고 있다.

코로나19 재난 사태 피해 당사자들은 물론이거니와, 평범한 일반인들이 겪는 불안감과 상실감도 날로 커지고 있다. 그동안 익숙하게 여겨오던 많은 관습과 규칙이 깨지고 그 자리에 새로운 풍조와 분위기, 그리고 규범들이 자리 잡아가고 있다. 모임과 행사는 최소화되거나 비대면으로 전환되었고, 집 바깥에서 이루어지던 업무와 장보기, 회의, 수업 등이 오히려 집안에서 더 빈번하게 이루어지고 있다.

감염병이 창궐하고 경제적 불황이 지속되며 사회적 불안감이 커지는 가운데 '육체적·정신적 치유와 회복을 위한 『토지』 읽기 방안'을 제시하고자 하는 것이 이 글의 목적이다. 코로나19 재난 사태는 사회적 약자들에게 더욱 가혹하게 다가오고 있다. 문 닫는 상점이 늘어나고 실업자들이 늘어나는 가운데 사회적 불평등은 더욱 심화되고 복지 사각지대도 늘어나고 있다. 코로나19 재난 사태 못지않게 기후 변화로 인한 재해도 인류의 생존을

---

2 최유찬, 『세계의 서사문학과 『토지』, 나남, 240쪽.

위협할 정도의 심각한 수준에 이르고 있다.

코로나19 백신과 치료제가 개발되어 접종이 진행되고 있지만 집단 면역이 형성되기까지는 상당한 시간이 필요해 보인다. 또한 연이어 발생하는 코로나19 바이러스의 변이양상도 낙관적 전망을 쉽사리 허락하지 않는다. 이제 인류는 재난 사태가 이어질 수밖에 없는 문제의 핵심을 파악하고 사태의 근본적인 해결 방안을 모색해야 한다. 과학과 기술의 발전이 코로나19 재난 사태와 기후 변화 문제를 모두 해결해 줄 수 없다. 인간과 세계를 바라보는 인식의 근본적 전환이 이루어지지 않은 상태에서의 자연의 섭리를 거스르는 과학과 기술의 발전은 오히려 위험하다는 것을 인류는 현재 뼈저리게 체험하고 있다.

육체적·정신적 질환으로 인해 고통받고 있는 사람들에게 『토지』는 과연 '치유와 회복'의 기능을 발휘할 수 있을 것인지를 알아보기 위해 이 글은 데이비드 호킨스의 『치유와 회복』에서 제시하고 있는 '의식의 지도', 에마뉘엘 레비나스 철학이 제시하는 '타인의 얼굴', 카렌 암스트롱이 『축의 시대』에서 제시하고 있는 '세계 종교의 보편적 특질' 등을 참조하고자 한다. 그럼으로써 『토지』를 읽는 독자들과 각종 재난 사태로 고통을 겪고 있는 이들이 작가 박경리가 전 『토지』를 통해 전달하고자 하는 '치유와 회복'을 가능하게 하는 내용을 살펴보고자 한다.

2. '의식의 지도'와 『토지』 읽기

세계적인 영적 지도자인 데이비드 호킨스는 『치유와 회복』에서 '의식의 지도'를 제시하고 있다.[3] 의식의 가장 낮은 단계에 해당하는 의식으로는 수치심(20), 죄의식(30), 무기력(50), 슬픔(75), 두려움(100) 등이며, 욕망(125), 분노(150)도 낮은 단계에 속하고, 자존심(175) 역시 낮은 단계의 의식으로 분류하였다. 호킨스는 용기(200)부터 긍정적 단계의 의식이라 하였고, 이어서 중용(250), 자발성(310), 포용(350), 이성(400), 사랑(500), 기쁨(540), 평화(600) 등이 높은 단계의 의식에 해당하며 깨달음을 얻어 언어 이전의 '순수의식' 상태에 돌입하여 새로운 자아를 갖게 되는 단계를 700 이상 1000의 단계라고 도표를 통해 설명하였다.[4]

2-1. 부정적 에너지 장의 인물들 — 귀녀, 임이네, 조준구

낮은 단계의 의식과 정서는 부정적 에너지의 장(場이)며 부정적인 것들이 서로 얽히고설키면서 자기혐오와 자기 파괴의 과정을 상승시키며 동시에 서로 부추긴다. 이와 같은 부정적 에너지의 장에 휩쓸리게 되는 사람들은 자신만 고통을 겪는 것이 아니라, 타자에게도 부담을 주거나 심지어 위해를 가할 수 있다. 부정적 단계의 의식에서 벗어나지 못한 이들은 세계를 희망 없는 곳으로 보고 삶의 의지를 상실한 상태에서 우울증에 빠지게 된다. "우울의 저변에 깔린 두려움을 용기 있게 직시하고 적극적으로 해결하려고 노력하는 것"만이 이러한 우울에서 벗어나는 길이라고 호킨스는 말한다.

『토지』에서 최참판댁의 평온함을 먼저 깨뜨리는 인물은 귀녀이다. 귀녀는 구천과 별당아씨 사이의 관계를 은밀하게 소문냄으로써 가장 큰 걸림돌이었던 경쟁자를 제거한다. 이후 최치수를 유혹하여 아기를 갖는 일에 실

---

3 데이비드 호킨스, 박윤정 옮김, 『치유와 회복』, 판미동, 14쪽.
4 위의 책, 505쪽.

패하자 귀녀는 김평산을 끌어들여 최치수를 살해한다. 임신하는 과정에서 귀녀는 애초의 계획과는 달리 최칠성이 아닌 강포수의 아이를 갖게 된다. 윤씨 부인의 날카로운 추리와 집요한 추궁으로 인해 최치수 살해 사건의 전모가 드러나고 귀녀는 자신의 순결을 짓밟은 최칠성도 살인 공모자라고 허위로 자백한다. 귀녀는 결과적으로 세 집안을 파멸로 내몬다. 최치수는 살해되고 김평산과 최칠성은 처형당하는데 이 모든 일이 귀녀의 야심으로부터 비롯되었기 때문이다.

귀녀는 하녀라는 낮은 신분에서 벗어나기 위해 수단과 방법을 가리지 않는다. '뱀처럼 징그럽게 느껴지는' 칠성과 여러 차례 관계를 맺고, 김평산을 시켜 최치수를 목 조르게 하고, 강포수와 사이에서 태어난 아이가 최치수의 아이라고 거짓말한다. 1894년, 동학농민혁명 후에 취해진 갑오개혁으로 인해 노비제도는 형식적으로 없어졌지만, 경제적 자립이 어려운 노비들의 삶은 실제로 달라지지 않았다. 최참판댁을 떠나 독립하여 신분적 한계를 정당한 방법으로 벗어나려 하지 않고 귀녀가 살인 범죄를 저지른 이유는 신분 해방에 대한 열망 못지않게 양반계급에 대한 '분노' 의식과 자신의 처지에 대한 '열등감'이 강했기 때문이다. 호킨스에 의하면 '욕망'의 지배를 받거나 '분노 에너지'가 분출할 경우, 자신과 타자를 망치는 경우가 많다고 한다.

데이비드 호킨스에 의하면 '치유'는 자신과 타인에 대한 비난을 놓아 버리고 비판과 자기연민, 분노, 후회나 걱정, 불안, 슬픔, 자기 비난, 자기혐오 같은 부정적인 감정을 놓아 버리는'용기'와 '자발성'을 통해서 가능하다고 한다. "부정적 에너지를 놓아 버려야 치유를 불러오는 긍정적 에너지의 장으로 변한다."[5]는 것이다.

---

5 위의 책, 66쪽.

포악스럽게 굴던 귀녀는 옥 안에서 강포수의 진정을 받아들인다. "포전 쪼고 당신하고 살 것을, 강포수 아, 아낙이 되어 자식 낳고 살 것을, 으으 흐흐……." 라고 하며 진정으로 참회한다. 그녀는 삶의 마지막 단계에 이르러서야 인생의 참된 가치에 비로소 눈을 뜬 것이다. 너무 늦었다고도 볼 수 있겠지만, 귀녀는 죽음 직전에 '욕망과 분노'로부터 해방되어 인간으로서의 자연스러운 본성을 되찾았기에 "세상을 원망하지 않고" 죽을 수 있었다. 최유찬은 이와 같은 귀녀의 모습을 두고 "세상을 살면서 원한에 사로잡혔던 여자가 처음으로 자신의 운명을 순순하게 받아들이고 본래의 자기로 돌아가는 장면"이라고 분석하였다.

귀녀가 세상을 원망하지 않고 죽은 데 반해서 김평산, 김두수, 조준구 등 세 악인은 세상에 대한 원망과 저주, 원한, 비굴함과 추악함을 끝까지 버리지 않고 이승에서 사라져 가거나 스스로 무너져 간다. 살인죄인 김평산의 큰아들 김두수는 자신이 지닌 한을 '원한'으로만 받아들여 세상에 대한 공격적 대응과 보복 행위를 일삼는다. 최참판댁 재산을 통째로 가로챈 조준구는 오로지 자신의 이기적 욕망을 채우기 위해 타자를 곤경으로 내몰며 괴롭힌다. 김평산, 김두수, 조준구는 타자가 자신들로 인해 당하는 고통에 대한 '공감' 능력을 전혀 지니고 있지 않다.

이들 셋은 서로 다른 삶을 살았지만, 모두 '의식의 지도'의 가장 낮은 단계 의식인 '수치심(200점)'을 겪었다는 공통성을 지니고 있다. 수치심을 겪는 사람은 자기혐오와 자기 파괴의 감정에 휩쓸리게 마련이다. 김평산은 양반 출신이지만 게으르고 무능력한 데다가 포악(暴惡)하기까지 한 탓에 존중받기는커녕 비웃음과 조롱의 대상이 된다. 김두수는 살인범의 아들로서 당한 치욕을 잊지 못하며 조준구는 최치수와 윤씨 부인에게 당한 수모를 최참판댁과 평사리에 대한 지배를 통해 철저히 앙갚음한다.

칠성의 아내 임이네는 남편이 처형당한 후 평사리를 떠나 사는 동안 그녀는 생존을 위해 온갖 험한 일을 다 겪는다. 평사리에 돌아와서도 살인자의 아내라는 굴레는 그녀를 여전히 수치스럽게 만들었다. 임이네는 용이의 아들 홍이를 낳음으로써 귀녀처럼 긍정적 의식을 지닐 수도 있었지만, '용이의 월선에 대한 지극한 사랑'이라는 장벽에 가로막혀 본래의 자연스러운 생명력을 잃어버리고 날이 갈수록 물질적 가치와 끝 모를 탐욕에 매몰된다.

그녀는 화재 현장에서 아들 홍이를 불길 속에 놓아두고 돈이 든 베개를 꺼내올 정도로 물욕에 사로잡힌다. 그녀는 자신의 욕망이 뜻대로 채워지지 않을 경우, 자신을 방해한 이들은 물론이고 세상 모든 이들에 대한 '원망과 분노'를 키운다. 그녀의 정신적 황폐함은 임종 직전에 의료진이나 가족들에게 보인 온갖 패악질을 통해 적나라하게 드러난다. 그녀의 죽음은 조준구의 죽음과 함께 부정적 에너지의 장에서 끝내 벗어나지 못한 악인들이 맞이하는 추악하고 비참한 최후이다.

임이네와 임이, 조준구와 홍씨, 삼수, 김두수, 우개동, 홍성숙, 배설자 등 『토지』에 등장하는 악인들은 모두 행복의 근원이 자신의 외부(돈, 지위, 권력 등)에 있다고 보는데, 이런 태도를 버리지 못하는 가운데 자신이 본래 지녔던 고유한 힘까지 잃어버리고 만다. 그러면서 삶의 의미와 행복의 근원, 가치 이곳, '여기'에 있다고 생각하지 않고 외부의 '저기' 어딘가에 있는 것으로 여긴다. 이런 태도는 '근본적인 결핍감'에서 비롯되는 것이다.[6]

호킨스에 의하면 "부정적 경험들은 충격이나 불신, 부정, 분노, 죄책감, 긴장감, 자기 비난, 억울함, 망가지거나 버려진 존재라는 느낌, 신과 자신을 향한 분노, 자기연민, 세상과 가족을 향한 분노 같은 부정적인 감정들

6 위의 책, 97쪽. 또한 노자를 이를 두고 '거피취차(去彼取此)'라 하였다. 노자는 거창한 명분이나 목적에 휘둘리지 말고 지금, 여기 내 눈앞에 있는 일에 집중하라고 한 것이다. 외부의 무엇으로부터 욕망을 충족시키려는 자아를 '몸나', 이타적 행위를 통해 내면의 기쁨과 평화를 추구하려는 자아는 '얼나'라고 다석(多夕) 유영모는 말하였다.

의 분출을 촉발한다. 상실에 대한 슬픔은 죄책감과 가망 없음, 미래에 대한 두려움, 사건의 전말(顚末)을 바꾸고 싶은 욕망, 분노까지 불러일으킨다. 자신을 덮치는 무시무시한 위기 상황 속에서 부정적인 의식 전체가 폭발하는 것이다. 이렇게 에너지들의 거대한 분출 탓에 혼란 속으로 빠져드는 것이야말로 정말로 심각한 문제"라는 것이다.[7]

2-2. '자존심'에 매몰된 인물과 벗어나는 인물 — 조용하, 조찬하, 임명희

데이비스 호킨스는 "자존심이 부정적인 감정과 관련되어 있으며 본질적으로 파괴적이다."라고 지적한다. 그리고 의식 속에서 팽창의 과정이 일어나기 때문에 자존심은 흔히 오만이나 경멸 등으로 표출된다. 자부심이 강한 사람은 극단적·폐쇄적·방어적 태도를 지니는 경우가 많으며, 차츰 분노에 찬 사람으로 변해 간다. 이들은 옳음과 그름, 승과 패가 분명하게 갈리는 세계에 살기 때문에 자신만 옳다고 생각한다. 또한 이들의 내면에는 항상 스트레스가 자리 잡고 있다. 자신이 생각하는 지위의 중요성이나 소유와 관련해서 모든 관계의 상호작용, 거래를 오직 승패의 관점에서 바라보기 때문이다.[8]

친일 귀족의 아들 조용하에 대해 작중 화자는 "어떤 경우에도 상실이 없다. 상실이 없다는 것은 상실할 아무것도 갖고 있지 않다는 뜻이 될지 모른다. 항상 모든 것의 포만 상태에 있는 그를 두고 극단적으로 표현하자면 사랑이 없다, 하면 납득될 것이다."라고 서술하고 있다. 그는 임명희를 사

---

7 위의 책, 239쪽.
8 위의 책, 96쪽.

랑해서라기보다 동생 조찬하와의 경쟁에서 이기기 위하여 그녀와 결혼한다. 자신은 아내가 이미 있었고 미혼이었던 찬하가 임명희에게 호감을 지닌 줄 뻔히 알면서도 서둘러 본처와 이혼하고 임명희를 차지한 것이다.[9] 이상현과의 사랑에 실패한 임명희 역시 자포자기하는 심정으로 조찬하와 결혼한다.

> 남이 탐내니까 더 값지다. 그건 그 사람의 철저한 체질이야. 인간에 대한 가치 기준이 물건에 대한 가치 기준과 다를 게 없었어. 가진다는 것은 지배하는 것, 그러니까 오히려 그는 그런 변태적 삼각관계를 즐기는 편이었다 해야 할 거야. (14권, 216쪽)

임명희와 결혼 이후에 건조한 결혼 생활을 이어가던 조용하는 홍성숙과 불륜 관계를 맺는다. 임명희의 질투를 유발하기 위하여 그랬던 것인데 그녀가 전혀 질투하지 않자 미련 없이 홍성숙을 버린다. 또한 임명빈과 조찬하 앞에서 이혼을 선언하는가 하면, 임명희를 정신적으로 학대하고 심지어 그녀와 강간에 가까운 관계를 맺기도 한다. 암(癌)에 걸리기도 하였지만, 정신적으로 먼저 무너진 조용하는 스스로 목숨을 끊음으로써 부정적 의식에서 끝내 벗어나지 못할 뿐만 아니라, '수치', '분노'와 같은 더 낮은 단계의 부정적 의식으로 떨어진다.

그의 동생 조찬하는 일본인 여성 노리코와 결혼한 후 딸을 낳고 이어서 오가다와 유인실 사이에서 태어난 아들을 입양하여 키운다. 그는 조영하가 죽자 사실상 이혼 상태였던 임명희에게 거액의 유산이 돌아가도록 조치함

---

9 이를 두고 임명희는 "남이 탐내니까 더 값지다. 그건 그 사람(조용하)의 철저한 체질이야. 인간에 대한 가치 기준이 물건에 대한 가치 기준과 다를 게 없었어. 가진다는 것은 지배하는 것, 그러니까 오히려 그는 그런 변태적 삼각관계를 즐기는 편이었다 해야 할 거야."라고 말하고 있다.

으로써 친일 귀족 가문이 누렸던 부귀와 영화를 자신의 손으로 끝내고 친일 귀족 가문을 말살한다. 임명희는 그 유산의 대부분을 지리산 독립운동 세력에게 기부한다. 조용하와 달리 조찬하와 임명희는 '용기'와 '자발성'의 단계로 나아간다, 자신의 운명을 스스로 개척하고 타자에게 베풀며, 잘못 맺어진 고리를 단호히 끊음으로써 긍정적 의식의 세계로 당당히 나아간 것이다.

임명희처럼 자살을 기도할 정도로 힘든 경험을 겪어 낸 사람은 '자존심'이라는 부정적 의식에서 탈피한다. '자부심'에서 벗어난 이후에 그녀는 악몽 같았던 지난날의 기억으로부터 자유로워지며 고통과 절망 때문에 쉽게 무너지지 않는다.[10]

임명희와 조찬하는 '자부심'에서 벗어나 '중립' 단계에 이른다. 호킨스가 말하는 '중립'이라는 의식 상태에서는 "상황을 자발적으로 직면하여 이겨내고 다룸으로써 힘을 얻는다."[11]부정적 에너지들을 기꺼이 내려놓을 때 인간은 '용기'와 '중립'과 같은 긍정적 단계로 나아갈 수 있다. 이 단계에서는 '분노'와 '오만'과 같은 부정적 의식을 정리하고 혐오나 열망에서도 벗어난다. '중립'의 단계에서 임명희와 조찬하는 고통스러운 감정 때문에 힘들어하지 않으며 부정적 의식들을 내려놓고 자유를 얻음으로써 더욱 큰 힘을 얻게 된다.

임명희는 조영하 사후에 여유롭게 유치원을 경영하기도 하고 지리산 독립운동 세력에 거액을 기부하기도 하면서 자신을 스스로 치유해 간다. 이 모두 "상황을 자발적으로 직면·극복하고 다룰 수 있게 되는" '중립' 단계에 그녀가 도달했기 때문에 가능한 것이었다. 조영하의 동생 찬하는 오가다와

---

10 데이비드 호킨스, 앞의 책 255쪽.
11 위의 책, 97쪽.

유인실 사이에 태어난 아들 쇼지를 자신의 친자 못지않게 훌륭히 키운다. 조영하 유산 처리 과정에서도 상황을 '자발성'을 가지고 처리한다. 상당액의 유산이 임명희에게 가게하고 또 그 돈이 독립운동 자금으로 이어지게 하였다.

2-3. 부정적 의식을 극복하는 인물들 — 조병수, 김한복, 길상

데이비드 호킨스의 '의식의 지도'에서 '수용'의 단계는 세상이 돌아가는 방식을 기꺼이 인정하고, 분노에 휩싸이는 어리석음도 알아서 피하는 단계를 가리킨다.[12] 『토지』에서 사실상 가장 악한 인물로 그려지는 부친 조준구로부터 늘 무시당하던 조병수는 불구의 몸이다. 신체적 약점보다 부모의 악행은 그를 더욱 무참하게 만든다. 그는 수치, 죄의식, 무기력, 슬픔, 두려움 등과 같은 매우 낮은 단계의 부정적 의식에 사로잡혀 고통스러운 삶을 살아야 했다.

자살까지 여러 차례 기도했던 그는 소목 일을 배우게 되면서 자신을 높은 단계의 긍정적 의식의 상태로 끌어올린다.

> 불구자가 아니었다면 나는 꽃을 찾아 날아다니는 나비같이 살았을 것입니다. 화려한 날개를 뽐내고 꿀의 단맛에 취했을 것이며 세속적인 거짓과 허무를 모르고 살았을 것입니다. 내 이 불구의 몸은 나를 겸손하게 했고 겉보다 속을 더 그리워하게 했지요. 모든 것과 더불어 살고 싶었습니다. 그러다 결국 나는 모든 것과 더불어 살게 되었고 그리움, 슬픔, 기쁨까지 그 나뭇결에 위탁하였지요. 그러고 보면 내 시간이 그리 허술했

12 위의 책, 101쪽.

다 할 수 없고. (21권, 113쪽)

조병수는 '그리움, 슬픔, 기쁨을 나뭇결에 위탁하는 소목 일을 통해 '겸손', '겉보다 속을 더 그리워하기'. '모든 것과 더불어 살기' 등을 배우고 실천한다. 그가 말하는 '겸손'은 '포용과 용서'와 통하고, '겉보다 속을 그리워하기'와 '모든 것과 더불어 살기'는 '사랑, 포용, 기쁨, 평화' 등과 같은 매우 높은 단계의 긍정적 에너지들과 통하는 삶을 가리킨다.

> 크나큰 고통은 자기 자신이 죄인이라는 의식이었다. 부모의 큰 죄는 바로 자신의 죄요, 부모의 악업으로 얻은 재물로 자신이 연명되고 있다는 그 뼈를 깎는 고통, 더러운 곡식을 아니 먹으려고 수없이 기도했던 자살, 그러나 생명에의 집착 때문에 스스로 죽음을 포기하였고, 더러운 물 더러운 곡기를 미친 듯 빨아당기지 아니했던가. 병수는 죽지 못하는 치욕 때문에 미쳐 날뛰었다. 그를 구원한 것이 바로 이 소목 일이었다. 이제 병수는 용서를 받은 것이다. 자학은 일(예술)에서 승화되었다. 일은 그에게 만남이었다. (12권, 251쪽)

이처럼 부정적 에너지는 본인의 노력 여하에 따라 얼마든지 긍정적 에너지로 전환될 수 있다. 그 전환되는 과정에서 '용기, 중용, 자발성, 포용' 등과 같은 긍정적 에너지들의 충전이 필요하다. 조병수는 불구인 자신의 몸을 스스로 포용하는 용기와 일에 대한 사랑을 통해 새로운 삶을 살아간다. 그는 정숙한 아내와 믿음직한 아들들까지 두고 행복하게 살아간다. 이처럼 평온하게 살아가던 그 앞에 조준구가 다시 나타난다. 중풍에 걸려 죽음의 그림자가 어른거리자 그의 횡포는 똥 기저귀를 병수 면상에 던질 정도로 악랄한 것이었지만, 정작 병수는 묵묵히 부친의 무지막지한 요구를 수용하고 고통을 감내하며 끝없이 자신을 낮춘다. 김진석의 표현대로 "자신의 내면을 소방(疏放)하게 만들면서 포월(匍越)함으로써 자신의 한계를 늠름하게

넘어서는 것"이다.[13]

조준구처럼 악한 인물조차 용서하는 조병수의 마음은 노자가 말하는 '상선약수(上善若水)'의 물을 연상시킨다. 노자(老子)에 의하면 '물'은 "낮은 곳에 거하면서 더러운 것들을 정화하고 새로운 것을 생성하는 기능"을 발휘한다. '용서'는 타자의 인간적인 약점을 기꺼이 받아들이도록 북돋아 주고 더불어 부정적으로 느껴지던 자신의 인간적인 면모도 수용할 수 있게 만든다. 고요해진 조병수의 내면에서 모든 생명을 향한 연민이 일어난다. 또한 생명이 지닌 믿을 수 없는 아름다움이 지닌 완벽함에 대한 자각이 커지면서 조병수는 생명의 입체성과 통일성도 경험한다.[14]

엄청난 파국을 극복하고 긍정적 에너지의 장으로 나아가는 반전(反轉)의 핵심은 완전한 내려놓음을 통해 '개인적인 나'보다 더욱 위대한 어떤 것을 발견하는 데 있다. 파국을 완전하게 겪어내면, 당면한 경험이 아무리 비극적인 것처럼 보여도 우리 안에는 견뎌 낼 힘을 지닌 무언가가 있음을 깨닫고 이것과 연결된다. 이로 인해 해결 불가능할 것 같은 상황에서도, 이것을 뚫고 나가도록 우리를 지탱해 주는 힘을 지닌 어떤 것, 어떤 현존이나 품성, 내적인 삶의 어떤 모습이 있음을 자각하고 조병수처럼 "겉보다는 속을 더 그리워하게 되는" 것이다.

조병수와 더불어 부정적 에너지를 긍정적 에너지로 바꾼 대표적 인물이 김한복이다. 김한복은 김평산의 아들이며 김두수(김거복)의 동생이다. 그는 살인자의 아들로서 평사리 마을 사람들에게 핍박받고 배척당하기도 하였지만, 착한 성품과 성실한 자세로 점차 신뢰를 얻어가며 평사리 마을에 돌아

---

13 김진석은 소내를 성기게 하고 소방하게 한다고 표현한다. 세상의 갖가지 욕망들, 관계들과 접촉할 수 있는 면적이 넓어지고 깊어지게끔 자기의 내면이 수용성을 극대화하면서 자신의 욕망 자체는 텅 비우게 되는 상태가 되었다는 해석이다. 조준구는 그와 같은 방식으로 자신의 한을 안으로 삭이면서 극복해 간다.

14 데이비드 호킨스, 앞의 책, 102~103쪽.

와 뿌리를 내리며 살아간다. 이와 같은 태도는 '수치'와 '분노'를 끝내 극복하지 못하고 욕망의 노예가 되어 살아가는 한복의 형 김두수의 태도와 극명하게 대조된다.

> 어린 방랑자, 철새같이 옛 둥우리를 잊지 못해 찾아오는 한복이를 마을 사람들은 누구나 다 가엾게 생각했다.
>
> "어머니 잠든 곳에 뿌리를 박고 살아야 한다. 욕스러운 전사(前事)를 내 자신이 지워버려야 한다."라고 한복의 어린 마음은 발버둥친다. 결코 형과 같이 남에게 손가락질받는 사람이 되어 어머니께 한을 더 보탤 수는 없다고, 거복의 행실은 한이 맺힌 곳에 또 한을 맺게 하는 고통이었다. (2권, 52쪽)

결혼도 하고 자녀도 얻으며 평사리에서 안정적으로 살아가던 한복에게 송관수가 찾아와 독립운동자금을 간도, 연해주 일대에서 활동하는 독립운동가들에게 전달하는 역할을 맡아줄 것을 제안한다. 일제의 밀정인 김두수를 역이용하는 전략을 제시한 것인데 한복은 이를 받아들이고 여러 차례 자신에게 맡겨진 임무를 완벽하게 수행한다. 그는 만주로 가자마자 그곳에 독립운동가로 활동하는 길상을 만난다. 길상은 한복이 부정적 의식에서 벗어날 수 있는 중요한 말을 해 준다.

> 너의 가난과 너에 대한 핍박을 너의 아버지 너의 형 탓으로 돌리는 것은 네가 없다는 얘기가 된다. 네가 없다는 것은 죽은 거다. 아니면 풀잎으로 사는 거다. 너는 너 자신을 살아야 하는 게야. 너의 아버지는 너 한 사람을 가난하게, 핍박받게 했지만, 세상에는 한 사람이 혹은 몇 사람이 수천만의 사람들을 가난하게 하고 핍박받게 한다는 것을 왜 모르느냐 말이다.(10권, 377쪽)

길상은 한복에게 개인적 수치심과 죄의식을 넘어서서 '자신의 삶'을 주체적으로 살아가라고 권고한다. 수치심과 죄의식, 슬픔 등은 호킨스의 '의식의 지도'의 가장 밑부분에 해당하는 부정적 의식이다. 한복은 이와 같은 부정적 에너지를 '용기'와 '자발심' 등을 통하여 극복하고 '사랑'과 '평화'와 같은 높은 단계의 긍정적 에너지로 전환한다. 특히 그의 아들 영호가 광주학생의거에 참여하여 제적당하게 되면서 마을 사람들과 한복 부자(父子)는 완벽하게 화해하게 된다.

> 한복의 부자가, 또 안사람 모녀가 아무리 성실하고 겸손하게 처신하여도 결코 회복될 수 없었던 인간으로서의 존엄성, 마을의 일원으로서 동등한 권리, 이제 그 존엄성을 찾았고 동등한 권리를 얻은 것이다. 진정한 뜻에서 한복의 일가는 마을 사람들과 화해한 것이다. 아니, 오히려 긴 세월 핍박한 몫까지 합쳐서 사람들은 한복의 일가를 인정하려고 서둘며 과장하기까지 하는 것이다. 그것은 이들의 한 때문이며 또한 그것은 환(幻)인 것이다. (13권, 77쪽)

이처럼 조병수와 김한복은 부정적 에너지를 긍정적 에너지로 바꾼 인물들이다. 데이비드 호킨스는 고통을 회피하거나 고통으로부터 숨으려 들지 말고 용기를 갖고 문제에 정면으로 맞설 것을 권한다. 고통을 주는 시련과 역경은 내면의 부정적 요소들을 제거하는 순기능을 오히려 발휘할 수 있다. 마치 압축되었던 가스가 분출하는 것처럼 고통을 통하여 수치심, 죄의식, 무기력, 슬픔, 두려움, 욕망, 분노와 같은 부정적 에너지들은 빠져나가고 그 자리는 긍정적 에너지들로 다시 채워지게 되는 것이다.

3. 타자의 얼굴과 『토지』 읽기

3-1. 에마뉘엘 레비나스의 타인의 얼굴

강영안은 『레비나스의 철학-타인의 얼굴』에서 레비나스의 말을 인용하여 "타인은 나의 주인이다. 나는 내 자신을 벗어나 그를 모실 때 비로소 그때 그와 동등할 수 있다. 타인은 거주와 노동을 통해 이 세계에서 나와 내 가족의 안전을 추구하는 나의 이기심을 꾸짖고 윤리적 존재로서 타인을 영접하고 환대하는 윤리적 주체로서 내 스스로를 세우도록 요구한다. 타인은 나의 존재를 위협하는 침입자가 아니라, 오히려 내면성의 닫힌 세계에서 밖으로의 초월을 가능케 해 주는 존재이다.[15]"라고 말하고 있다.

『토지』의 최참판댁은 굶주린 자녀들을 데리고 끼니를 구하던 여인의 요청을 냉혹하게 내쳤던 일로 말미암아 자손이 끊어질 것이라는 저주를 받았던 집안이었다. 남편이 일찍 죽어 청상과부가 되었던 윤씨 부인은 적어도 인색하다는 평판은 듣지 않았다. 그러나 최참판댁 재산을 가로챈 조준구는 인색할 뿐만 아니라, 마을 사람들을 대상으로 편 가르기를 시도함으로써 마을 사람들의 원성을 사게 되었다. 윤보, 이용 등이 중심이 되어 곳간을 부수는 일과 조준구를 습격한 사건들은 이와 같은 조준구의 행태에 분노한 마을 사람들의 항거였다.

에마뉘엘 레비나스(1906~1995)는 타인의 고통을 외면하는 것은 곧 주체성을 잃어버리는 일이라고 경고한다.

> 상처받을 수 있다는 것은 한마디로 타인에 의해 사로잡히고, 타인을 위해 고통받고, 타인을 위해 대신설 수 있다는 뜻이다. 타인을 위해 고

15 강영안, 『레비나스의 철학 타인의 얼굴』, 문학과지성사, 2005. 37쪽.

통받는다는 것은 타인의 짐을 짊어지고 그를 관용하고 그의 자리에 선다는 것을 뜻한다. 이러한 의미에서 상처받을 수 있다는 것, 타인을 위해 책임질 수 있다는 것, 타인을 대신해서 고통받을 수 있다는 것, 이것이 주체성의 '의미'라고 레비나스는 강조한다.[16]

레비나스는 "타자의 곤궁과 궁핍은 하나의 명령으로 나에게 다가온다. 나는 타자 얼굴의 호소를 거절할 수 있다. 그러나 이것은 불의를 자행하는 것이다."라고 말한다. 이어서 그는 "우리의 행위가 갖는 의미는 타자의 윤리적 호소에 의해 규정된다. 타자는 타자로서 높음과 비천함에 처해 있다. 영광스러움과 비천함, 타자는 가난한 자와 나그네, 과부와 고아의 얼굴을 하고 있고 동시에 나의 자유를 정당화하라고 요구하는 주인의 얼굴을 하고 있다."라고 말하며 인간의 진정한 주체성이 정립되는 과정을 설명한다.[17]

『토지』에서 타자의 얼굴에 성실하게 응답하는 인물들은 길상, 윤보, 송관수, 이용, 영팔 등이다. 이 밖에도 『토지』에는 이동진, 권필응, 장인걸, 송장환, 심운회 등과 같은 독립운동가들 역시 자신의 귀중한 목숨을 걸고 타자의 고토에 성실하게 응답한 사람들이라 할 수 있다.

3-2. 인간의 도리를 지키기 위하여 무섭게 견디는 인물 — 이용

윤보, 이용, 영팔 등은 김평산의 아내이자 한복의 모친인 함안댁이 스스로 목숨을 끊었을 때 시신을 처리하고 무덤을 써 주고 장례까지 치러준다. 몸에 좋다고 함안댁이 목을 맨 나뭇가지를 챙긴 봉기와 같은 인물들, 최참

---

16 강영안, 앞의 책, 79쪽.
17 강영안, 위의 책, 100쪽.

판대 서슬이 무서워서 감히 나서지 못한 마을 사람들에 비교할 때 이들의 행위는 분명 '타인의 얼굴'에 응답하는 행위가 아닐 수 없다. 한복은 물론 훗날 일제의 밀정이 되어 갖은 악행을 저질렀던 김두수마저 이들에 대해서는 평생 고마워하는 마음을 간직할 정도였다.

이 중에서도 이용은 까다롭기로 정평이 난 최치수에게조차 "사람이 존엄하다는 것을 용이 놈은 잘 알고 있지요. 그놈이 글을 배웠다면 시인이 되었을 게고 말을 타고 창을 들었으면 앞장섰을 게고 부모 묘소에 벌초할 때마다 머리카락에 울음이 맺히고 여인을 보석으로 생각하는, 그렇지요. 복 많은 이 땅의 농부"(2권, 21쪽)라는 평을 들었던 인물이다.

그는 인간으로서의 기본에 충실하고 주어진 여건에서 자기가 할 수 있을 만큼 최선을 다함으로써 위대해지는 진리를 입증한 인물이기도 하다.[18] 그는 세 여인 사이에서 바람 잘 날 없는 나날을 보냈었지만, 최선을 다해 세 여인에 대한 자신이 해야 할 도리를 다한다. 조강지처인 강청댁과 자신의 아이를 낳아준 임이네를 돌보는 일을 소홀히 하지 않았으며, 이들이 도리를 지키지 않는 경우, 단호히 응징하였다. 그는 특히 임이네의 물욕(物慾)을 늘 경계하고 차단하였으며 아들 홍이의 양육을 친모인 임이네가 아닌 월선에게 맡기기도 하였다.

그가 가장 사랑한 여인은 월선이었지만 무당의 딸이라 하여 어머니가 반대하자 강청댁과 결혼하였다. 서로 잊지 못한 두 사람이 다시 만나게 되자 강청댁의 질투와 분노는 극에 달한다. 임이네는 아들 홍이를 낳았음에도

---

18 노자는 가능성의 극대치를 지닌 경지를 '통나무와 같은 경지'(敦兮 其若樸, 『노자』 15장)라 하였다. '통나무'는 "무엇이든지 될 수 있는 원초적 가능성, '허(虛)'가 극대화되어 있는 형체 미분(未分)의 질후(質厚)한 잠재태(潛在態)를 노자가 비유적으로 표현한 것이다. (김용옥, 『노자가 옳았다』, 통나무, 2020, 209쪽). 이용은 결코 도리에 어긋나는 법이 없고, 상황을 복잡하게 인식하지 않으며, 좌고우면하지 않고 단호하게 결정하고 행동한다는 점에서 노자가 말하는 '통나무'의 경지에 이르렀다 할 수 있다.

불구하고 이용으로부터 따뜻한 사랑을 받지 못하고 점차 물욕에 빠져든다. 평생을 그리워하고 애틋한 정을 나누었던 월선은 암에 걸려 사경을 헤매게 된다. 월선은 애타게 이용을 기다리지만, 그는 하던 일을 마저 끝내고 뒤늦게야 월선을 찾는다. 그야말로 무섭게 견딜 대로 견디다가 이용은 월선의 곁으로 온 것이다.

> 내 몸이 참제? 아니요. 우리 많이 살았다. 야 내려다보고 올려다본다. 눈만 살아 있다. 월선의 사지는 마치 새털같이 가볍게, 용이의 옷깃조차 잡을 힘이 없다.
> 니 여한이 없제?
> 야, 없십니다.
> 그라믄 됐다. 나도 여한이 없다. (8권, 233쪽)

이용도 물론 월선의 소식을 듣고 곧바로 월선에게 달려오고 싶었을 것이다. 그러나 그가 온다고 해서 사실 달라질 것은 없었다. 이미 병세를 돌이킬 수 없을 바에야 서로 보고 싶은 마을을 키울 대로 키우는 것이 그들만의 사랑법이었다. 이용이 월선에게 "니 여한이 없제?"라고 묻고 월선은 "야, 없십니다."라고 대답한 이유가 여기에 있다. 반드시 만나고 육체적으로 접촉하고 결혼해야만 사랑이 깊어지는 것은 아니라는 것, 간절히 그리워하고 진정으로 상대를 배려하는 것이야말로 진정한 사랑이라는 것을 월선의 임종 장면은 보여주고 있다. 그들은 서로가 서로에게 '타인의 얼굴'이었다.

타인의 얼굴에 응답하는 사람은 의롭게 행동한다. 윤보 등은 조준구의 횡포에 맞서는 일에 앞장서기도 하고, 일본 헌병에 쫓기는 몸이 되자 지리산에 숨어들어 의병 활동을 전개하기도 한다. 이들은 길상, 서희 등과 함께 간도로 이주하였다가 서희가 귀환할 때 함께 고향으로 돌아온다. 이용이 죽은 후 아들 홍이는 부친이 지녔던 진정한 가치를 깨닫는다.

> 인간 이용이, 홍이는 멋진 남자였다고 생각한다. 뇌리를 스쳐가는 간도 땅에서 수많은 우국열사들, 흠모하고 피가 끓었던 그 수 많은 얼굴들, 그러나 홍이는 아비 이용이야말로 가장 멋진 사내였다고 스스럼없이 생각한다. 열사도 우국지사도 아니었던 사내, 농부에 지나지 않았던 한 사나이의 생애가 아름답다. 거짓 없이 사랑하고 인간의 도리를 위하여 무섭게 견뎌야 했으며 자신의 존엄성을 허물지 않았던, 그 감정과 의지의 빛깔, 홍이는 처음으로 선명하게 아비 모습을, 그 진가(眞價)를 보는 것 같았다. (10권, 76쪽)

열사도 우국지사도 아닌 평범한 농부에 지나지 않았지만, 홍이는 부친이야말로 아름다운 생애를 산 사람이라고 평가한다. 이용은 거짓 없이 사랑하였다. 월선은 물론이거니와 살인자의 아내 함안댁에게 온정을 베풀고 인간으로서 해야 할 도리를 다하였다. 또한 인간의 도리를 무섭게 지키기 위하여 돈이 가득 들어있는 베개를 불구덩이에 내던지기도 하고, 월선이 남긴 유산을 독립운동에 쾌척하기도 하였다. 그리하여 끝내 자신의 존엄성을 허물지 않았던 이용은 타자인 얼굴에 늘 성실하게 답함으로써 스스로 드높아진 인물이었다.

3-3 미물(微物)의 고통에 공감하는 인물 — 김길상

길상은 인간은 물론이거니와 미물(微物)에 대해서도 애틋한 마음을 숨기지 않는다. 그는 생존을 위해서 먹이사슬을 형성하는 자연의 원리를 인정하면서도 먹이로 희생되는 생명체에 대해 연민의 감정을 갖는다. 길상은 서희와 서희의 야망을 위해 헌신하면서도 서희의 곡물 매점매석(買點賈惜)이나 부동산 투기에 대해 불편한 심기를 감추지 않는다. 서희가 재물을 모으는 과정에서 큰 손해를 볼 수밖에 없는 사회적 약자를 외면할 수 없었기 때문이다. 길상의 약자에 대한 연민과 타자에 대한 사랑은 천수관음상(千手觀音像) 조성을 통해 집약적으로 표현된다. 독립운동을 전개하다가 '계명회 사건'에 연루되어 체포·수감된 후, 간도로 돌아가지 못하고 진주에서 무력한 삶을 영위하던 길상은 인간과 세상에 대한 자신의 소망을 담아 천수관음상을 조성한다. 길상의 그림이 '원력(願力)의 소산'이라고 말한 이는 소지감이다.

> 자네 말이 맞네. 원력을 걸지 않고는 그같이 그럴 수는 없지. 삶의 본질에 대한 원력이라면 슬픔과 외로움 아니겠나.
> 식(識)을 맑게 간직하고 닦아온 자네 부친의 세월. 사람들은 대부분 본래의 때묻지 않는 생명에 대를 묻혀가며 조금씩 망가뜨려 가며 사는데 결국 낡아지는 것을 물리적인 것으로 인식하지. 생명은 과연 물리적인 것일까? (17권, 383쪽)

소지감은 "예술가도 어떤 면에서는 자유를 얻기 위한 투쟁이다. 그러나 자유는 쓸쓸하고 고독한 거야."라고 윤국에게 말한다. 에마뉘엘 레비나스는 "타자의 곤궁과 무력함에 부딪칠 때 나는 내 자신이 죄인임을, 부당하게 나의 소유와 부와 권리를 향유한 사람임을 인식한다고 한다. 타자의 경험은 자신의 불의와 죄책에 대한 경험과 분리할 수 없다. 이 죄책은 그러나 실패나 좌절을 초래하지 않는다."라고 하였다. "타자의 얼굴에 직면할 때 나는 그곳에서 모든 사람을 만날 뿐 아니라, 나의 재산과 기득권을 버림으로써 타자와 동등한 사람이 된다. 타자의 얼굴을 받아들임으로써 나는 인간의 보편적 결속과 평등의 차원에 들어간다."라는 것이다.[19]

하나의 벌레나 미물들조차 생명을 지닌 존재로 동등하게 대우하며 그것들에 대해 연민의 정을 길상은 지니고 있다는 점에서 길상은 분명은 타자의 고통에 성실하게 응답하는 인물이다. 그는 "사고무친(四顧無親)한 남의 땅에, 타민족이 오고 가고, 이십이 못 된 천애 고아의 처녀가 강했으면 얼마나 강했겠느냐?"라고 아들에게 말하며 자신이 서희와 결혼한 참 이유를 밝힌다. 천애의 고아 처녀 서희가 당시로는 유일하게 믿고 의지할 수 있는 남성이었기에, 서희와의 결혼이 자신의 자유를 속박할 수 있음을 너무나 잘 알았으면서도 길상은 서희의 고통에 응답하였다.

4. 카렌 암스트롱의 『축의 시대』와 『토지』 읽기

4-1. '축의 시대'의 황금률과 자비

카렌 암스트롱(1944~)은 7년 간 수녀 생활을 하다가 환속한 영국의 종교 전문가이다. 옥스퍼드대학교에서 영문학 박사과정을 이수하였으나 학위는 받지 못하였다. 대학 교수가 되고자 했던 꿈이 좌절된 후 사립고등학교 영어 교사로 근무하였으나 그마저도 질병(측두엽 간질) 때문에 사직하였다. 우연한 기회에 바울 사도의 행적을 담은 T.V. 프로그램 작가로 참여한 이후 종교 간의 대화와 소통에 관심을 가지고 저술 활동과 강연 활동 및 봉사활동을 해 왔다, 『축의 시대』는 카렌 암스트롱을 대표하는 책으로서 야스퍼스가 명명한 '축의 시대'에 활동한 종교인과 철학가들의 생애와 사상을 다루고 있다.

---

19 강영안, 앞의 책, 151쪽.

'축의 시대'는 기원전(BC) 900년 전부터 기원전 200년 사이에 이르는 시기로서 네 문명권에서 위대한 사상과 종교가 출현한 시기이다. 공자, 맹자, 노자, 장자 등의 중국 사상, 인도의 불교 사상과 힌두교 사상, 마호메트로 대표되는 이슬람 사상, 예수와 바울로 대표되는 기독교 사상, 소크라테스, 플라톤, 아리스토텔레스로 이어지는 그리스 철학 등이 출현한 시기이다. 이 시기에 이루어진 사상과 종교는 21세기에 이르도록 여전히 인류에게 지대한 영향을 주고 있다.

'축의 시대'에 출현한 모든 사상과 종교는 한결같이 "네가 당하고 싶지 않을 일을 남에게 하지 말라."라는 '황금률(黃金律)'과 사회적 약자에 대한 '공감 능력' 및 '자비(慈悲)'를 강조한다. '축의 시대'의 현자(賢者)들에게 종교란 정통적인 믿음이 아니라, 모든 존재의 신성한 권리를 존중하는 것이다. 사람들이 다른 사람에게 친절하고 관대하게 행동하면, 세상을 구원할 수 있다는 것이 이 시대 현자들의 주장이다.[20]

카렌 암스트롱은 '축의 시대'의 믿음을 되찾기 위한 세 가지 조건을 제시한다. 첫째, 철저한 자기비판이 있어야 하고, 둘째는 토론과 대화, 교육 등을 통해 우리 모두 자비로운 전망을 회복하고 그것을 혁신적이고 영향력 있는 방식으로 표현할 방법을 찾으며, 셋째, 피할 수 없는 사실인 고난을 피하지 않고 직면하는 것이다. 왜냐하면 우리는 고통을 인정할 때, 타인과 공감할 수 있기 때문이다. 사방에서 밀려 들어와 우리 의식을 공격하는 슬픔을 인정하지 않으면 우리는 영적인 탐구를 시작할 수 없다. 우리의 고통이 곪아서 폭력, 불관용, 증오로 터지도록 놓아두는 대신, 그것을 생산적으로 이용하려는 노력이 필요하다, 원한에 사로잡혀 냉정함을 잃어버려서는 안 될 것이다. 복수(復讎)는 답이 아니기 때문이다. 다른 사람들의 고통이

20 카렌 암스트롱, 정영목 옮김, 『축의 시대』, 2010, 교양인, 16쪽.

우리 자신의 고통만큼이나 중요하다는 것을 우리는 모든 종교가 강조하는 '황금률'과 공감 능력 및 자비를 통해 알게 된다.[21]

4-2. 고통을 정면으로 마주하며 극복하는 인물 ― 김환

『토지』에는 각종 종교가 등장한다. 김개주, 김환, 강쇠, 윤도집, 송관수, 손태산 등의 동학과 우관, 혜관, 해도사, 소지감, 윤씨 부인, 서희 등이 믿는 불교를 비롯해 임명희와 그녀의 친구 여옥의 신앙인 기독교도 등장한다. 김환은 동학도인 아버지와 고승인 큰아버지를 두었다. 출신 성분만으로는 깊은 종교성을 지닐 수 있는 인물이지만, 김환은 특정 종교에 구애받지 않고 독자적인 세계관을 구축해 나갔다. 강쇠의 꿈에 등장하는 김환은 종교적 경계를 해체하고 있다. 이런 점에서 김환의 입장은 종교 간 대화를 강조하는 카렌 암스트롱의 입장과 통하는 면이 있다.

> 부처는 대자대비(大慈大悲)라 하였고, 예수는 사랑이라 하였고 공자는 인이라 했느니라. 세 가지 중에는 대자대비가 으뜸이라. 큰 슬픔 없이 사랑도 인(仁)도 자비도 있을 수 있겠느냐? 어찌하여 대비라 하였는고. 공(空)이요 무(無)이기 때문이며 모든 중심이 마음으로 육신으로 진실로 빈자이니 쉬어갈 고개가 대자요 사랑이요 인이라. 쉬어갈 고개도 없는 저 안일 지옥의 무리들이 어찌하여 사람이며 생명이겠는가' (13권, 45쪽)

김환은 최참판댁에 구천이라는 이름을 쓰며 하인으로 들어간다. 그는 동

21 카렌 암스트롱, 위의 책, 670쪽.

학군 대장 김개주가 겁탈하였던 윤씨 부인의 몸에서 태어났다. 어머니 없이 김개주에 의해 양육된 김환은 동학농민전쟁에도 참여하였다. 김개주가 처형당한 후 방황하던 김환은 자신을 버린 어머니에 대한 한을 품고 최참판댁에 들어온 것이다. 그러나 그 역시 윤씨 부인은 물론 최참판댁 내 모든 이들에게 씻을 수 없는 충격과 상처를 주었다. 그가 최치수의 아내이자 서희의 모친인 별당아씨와 더불어 지리산 일대로 도주했기 때문이다.

김환과 별당아씨는 신분의 경계 너머 지고지순한 사랑을 나누었다. 그러나 병약하였던 별당아씨는 묘향산에서 가난하게 살다가 숨을 거두고 김환은 홀로 남게 된다. 그는 지리산으로 돌아와 동학 잔당을 모아 국내 독립운동 세력을 규합한다. 본격적으로 활동하기에 앞서 그는 일부러 평사리에 나타나 그를 발견한 마을 사람들에게 초주검에 되도록 얻어맞는다. 그 나름의 속죄의식을 공개적으로 펼친 셈이다.

속죄의식을 치른 그는 치밀한 전략과 신속한 판단을 앞세워 독립운동을 전개하는 한편, 서희의 재산 탈환을 적극적으로 돕는다. 역술인 행세를 하며 조준구 앞에 나타나 그를 더욱 곤경에 빠뜨린다. 그는 또한 길상과 서희가 사는 용정으로 가서 해외 독립운동 세력과 국내 운동 세력을 연계시킨다. 그는 용정에서 자신이 윤씨 부인의 아들임을 밝히고 길상과 해란강가를 사흘 낮 사흘 밤을 뒹굴며 혈육 이상의 깊은 관계를 맺는다.

상처받으며 힘겹게 살아온 이들만이 가질 수 있는 높은 정신적 단계에서 그들은 서로 의기투합한 것이다. 또한 윤씨 부인, 별당아씨, 서희 등이 혈연 중심으로 이어진다면, 김개주, 김환, 김길상 등 최참판댁과 깊은 관련을 맺고 있는 세 남성은 사상적으로 이어지고 있다. 따라서 최서희와 김길상이 서로 결혼하고 성을 맞바꾼 사건이 지니는 의미는 자못 크다. 왜냐하면 두 사람의 법적 혼인으로 말미암아 그 이전까지 불법적이었던 신분의 해체가 적법성을 띠게 되었을 뿐만 아니라, 사상의 전승과 혈통의 승계가 통합

되었기 때문이다.[22]

> 두 사내는 붙어 다니면서, 사흘 밤 사흘 낮을 마시고, 강가에 나와 외치고 함께 뒹굴고, 기묘한 시합을 계속하였다. 공노인 말로는 백중지세에 이르렀다는 것이다. 그리고는 그 정도로 끝내는 게 어떠냐 하며 흐물흐물 웃는 것이다. 참으로 기괴망칙한 일이었다. 미친 지랄이었다. 환이도 길상도 세상에 나와 그렇게 껍데기를 훌랑 벗어본 일이 없다. 그것은 일종의 치료였는지 모른다. 아픔의 치료. 그리고 길상은 환이로부터 오는 갖가지 저항을 극복할 수 있었고 숭배감과 증오가 얽힌 감정을 극복할 수 있었고 정체를 알 수 없는 신비의 장막을 걷고 환의 실체를 파악할 수 있다. 환이는 만주 문턱에 아서 술 목욕과 모래 목욕을 썩 잘했다 하며 웃었다. (8권, 285쪽)

이와 같은 김환의 삶은 '치유와 회복'의 과정을 잘 보여준다. 육체적 질병과 마찬가지로 정신적 고통 역시 고통의 원인과 실체를 정면으로 마주 대해야만 치유가 비로소 가능해진다. 고통을 회피하거나 상대를 두려워해서는 안 된다. '자신의 껍데기'를 훌랑 벗어 던지고 참된 자아를 구축해야 한다. 김환은 지리산으로 돌아와서 항일운동을 지속하던 중 사이비 종교 교주 지삼만의 밀고로 일경에 체포되어 수감된 상태에서 스스로 목을 조른다. 조직의 기밀을 지키고 핵(核)을 보전하기 위해 죽음마저 이타적인 방식을 선택한 것이다.

김환을 따르던 강쇠는 "성님은 삼강오륜이나 목구멍 때문이 아니라 한을

---

22 서희와 길상의 아들인 환국과 윤국이 어머니의 성씨를 물려받았으면서도 아버지의 민족주의 사상을 더욱 존중하는 모습이 이를 증명한다. 서희는 자신의 성과 길상의 성을 맞바꾸어 두 아들에게 최참판댁의 성씨를 물려주었지만 두 아들은 이를 자랑스럽게 여기지 않는다. 그러나 자신이 독립운동가의 아들이라는 사실에 대해서는 무한한 자부심을 느낀다.

풀기 위해 죽었다."라고 말한다. 그는 사생아로 태어나자마자 모친에게 버림받았고, 아들이면서도 머슴 생활을 해야 했고 최참판댁으로부터 용서받을 수 없는 사랑을 하였다. 그러나 그는 자신에게 주어진 운명을 회피하지 않았다. 그는 동학군으로서, 머슴으로서, 지아비로서 최선을 다하였으며, 남은 생애는 지리산 동학운동 세력을 이끌고 조국의 독립을 위해 온몸을 던지며 일제의 폭압에 시달리던 모든 이들의 고통에 응답하였다.

4-3. 지속적인 영적 성장을 보여주는 인물 ― 최서희

서희는 어려서 어머니의 출분(出奔)과 아버지와 할머니의 죽음을 겪고 어린 나이에 삼우제, 졸곡(卒哭), 소상, 대상의 행사와 조석상식(朝夕上食) 등 과중한 일들을 통하여 정신이 단련되고 생각이 성숙해져 갔다. 어린 나이임에도 불구하고 조준구와 그의 처 홍 씨에게 당당히 맞서며 자기주장을 굽히지 않을 뿐만 아니라, 곳간 파괴 사건이나 조준구 습격 사건에 관여할 수 있었던 것도 시련과 고통으로 단련된 내면의 힘과 높은 자존감이 그녀에게 있었기 때문이다. 그녀의 잠재력은 평사리를 벗어나 용정으로 이주한 후 더욱 탄력을 받는다.

할머니가 농발 자리에 숨겨둔 귀금속, 능수능란한 공노인의 도움, 길상의 끝없는 헌신 등이 있어서 가능한 것이었지만 서희는 정확한 계산과 판단, 과감한 결단과 추진력, 그리고 친일 협력조차 마다하지 않는 교활함 등을 동원하여 자신의 목표를 이루어간다. 그녀는 마침내 조준구에게 빼앗겼던 최참판댁 재산을 되찾고 진주에 정착한다. 목적을 달성하는 과정에서 서희는 길상과 결혼하여 부부가 된다. 자신을 연모하던 양반 출신 이상현에게 수모를 당하고 김훈장으로부터 야합했다는 비판까지 들으면서도 그녀는 자신의 뜻을 이루기 위해 이 모든 것을 감내한다. 서희는 기생이 된 봉순이 찾아왔을 때 착잡한 심경을 드러낸다.

> 시녀였던 그 아이가 사모하던 하인이 지금은 내 남편이야.
> 그도 내 편에서 애걸복걸한 혼인이라면? 모멸의 뭇시선 속에서 그러나 난 이렇게 높은 자리에 앉아 있는 게야. 나는 손상당하지 않어! 최 참판 가문은 손상되지 않는단 말이야! 알겠느냐? 나는 지키는 게야. 최서희의 권위를. 최 참판 가문의 권위를 지키는 게 아니라 되찾는 게야. 영광도 재물도. 권위 의식의 뿌리는 깊게 아주 깊은 곳으로 뻗어만 가는데 그러나 서희는 날이면 날마다 깊은 뿌리를 썰어대는 톱질소리를 듣는다. (7권, 99쪽)

서희는 자신이 비록 하인과 결혼을 하였지만, 자신의 존엄성은 손상되지 않았다고 강변하는 것이지만 재산을 되찾고 진주에 정착한 이후에 깊이 모를 절망감과 회의를 느끼며 심리적 불안정 상태에 빠진다.

> 앞으로 더욱 빈번하게 서희는 절망에 빠질 것이며 회의의 늪 속을 헤맬 것이며 바스러질 듯 감성이 메말라질 것이며, 때론 극도로 예민하고 때론 극도로 둔감해지는 불균형도 예상할 수 있는 일이지만, 그러나 그가 구축해 온 가치관에 의한 판단은 여전히 선명할 것이다.
> 조선 오백 년 동안 구축해 놓은 반가의 독선이 빚은 뿌리 깊은 정신구조라 할 수 있을 것 같다.(9권, 224쪽)

서희는 과감하게 반상의 구별이라는 '껍데기'를 찢어발기고 '가문 계승의 핵'을 보존키 위해 하인과 혼인하였으며, 양반들이 천시하던 상업에 뛰어들어 곡물과 두류에 투자하여 일확천금을 얻었고, 교활한 술수도 서슴지 않았다. 그 술수 덕분에 서희는 조준구로부터 재산을 되찾고 진주로 돌아올 수 있었다. 진주로 돌아온 후에도 서희의 '최참판댁의 뼈대 세우기'는 계속되었다. 일제 고위층과 친교를 맺었고, 길상과 성을 맞바꾸어 아들들이 최씨 성을 갖게 하였다. 환국이 결혼한 후에는 사돈의 회사에 투자하여 부를 늘려나갔다. 그러나 서희의 내면은 날로 황폐해 갔다.

> 왜 나만 혼자 남겨두셨소. 모두 다 어깨의 짐을 풀어놓고 나한테만 더 맡겨놓고 가시지 않았습니까? 형식이지만 최씨네 가문…… 이제 뼈대는 세우지 않았습니까? 그러나 내가 받은 수모, 상처, 설움, 아아 나는 지치고 피곤하고 더 이상은 부대끼며 살고 싶지가 않소. 그 부끄럽고 끔찍스럽고 저주스런 일을 지우고 싶소! 지워 주시오! 지워 주시오! (9권, 335쪽)

아들 환국이 친구 순철의 머리를 내려친 사건으로 인해 서희는 절망감과 허무 의식에서 벗어나기 시작한다. 순철이 환국에게 '종의 자식'이라 놀리자 환국은 순철을 공격했다. 순철 모친이 이 사실을 따지자 서희는 순철이 입원한 병원을 찾아 순철로부터 자초지종을 듣는다.

> 그렇다면 환국이 잘못한 것은 없구나. 네 잘못이야. 왜냐하면 환국이 아버님은 종이 아니었거든. 그리고 나라 위해 몸 바친 분이었단다.
>
> 박의사는 눈길을 떨어뜨렸다. 강인한 억제. 마지막의 말은 모든 것을 건 모성의 승리였다. (중략)
>
> 여보 당신이 그곳에 남은 뜻을 이제 확실히 알겠소. 하지만 장하지 않아요, 당신 아들 환국이가.
>
> 찬 바람 속에 서서 서희는 오랫동안 흐느껴 울었다. (11권, 344-345쪽)

서희는 모든 것(최참판댁 뼈대 세우기)이 흔들려도 상관이 없고 아이의 영혼만은 지켜주고자 길상이 독립운동가임을 공개적으로 밝히고 만 것이다. 이는 길상뿐만 아니라 자신의 신변의 안전을 위협할 수도 있을 정도로 매우 무모한 행위였다. 그러나 환국과 윤국은 이 사건 이후 아버지 길상에 대한 무한한 존경심을 갖게 되었고 자신들이 최참판댁의 성(姓)을 물려받은 최씨인 것보다 독립운동가 아버지의 아들이라는 것을 더욱 자랑스럽게 여기게 되었다. 최서희의 모든 것을 건 한 마디로 인해 두 아들의 영혼이 지켜지고 평생 못 씻을 수도 있었던 열등감에서 벗어나게 된 것이다. 무엇보다도 그들의 소중한 자존감이 커질 수 있었다.[23] 한때 서희와 길상의 결혼을 비웃었던 이상현마저 환국이 아비지 길상을 진심으로 추앙하는 모습을 보고 시대의 변화를 받아들여야 했을 정도였다.[24] 환국과 순철 사이에서 벌어진 사건으로 인해 타자성을 갖게 된 서희에게 치명적인 타격을 입힌 것은 둘째 아들 윤국이었다.

> 하지만, 하지만 말입니다. 꼭 한 가지 말씀드리고 싶습니다. 아버님을 어머님 계급으로 끌어올릴 생각은 마십시오. 어머님이 내려오셔야죠. 저는 때때로 슬프지만, 아버님의 출신을 부끄럽게 생각한 적은 없었습니다. 나으리 마님, 사랑양반, 그것은 아버님에 대한 모욕입니다! 조롱입니다.(14권, 250쪽)

---

23 최서희의 집념은 창 없는 전사, 노 잃은 사공, 최참판댁 영광과 오욕과는 상관없이 단절된 채 아이들은 자랐다. 아버지의 존재만이 그들 가슴 속의 신화요, 아버지의 존재로 하여 아이들 가슴 속에는 민족과 조국에 대한 강렬한 의식이 자리 잡고 있다.

24 지난날 서희와 길상의 결혼을 비난했던 이상현은 아버지에 대해 질문하는 환국의 모습을 보고 "양반? 뭐 말라 죽은 게 양반이냐? 지금 눈앞에는 옛날 하인이었던 사내의 자식이 어느 귀공자 못지않게 슬기를 가득 담은 눈망울을 빛내며 앉아 있는 것이다. 아비에 대한 숭배감, 절대적인 존재로서의 아비, 한 치의 의혹도 없는 강하고 또 강한 핏줄의 연결, 저 슬기로운 눈망울이 자신을 겨냥하고 있지 않은가. 세월도 많이 흘렀지만, 세월보다 더 빠르게 더 많이 변한 것이 인사(人事)로구나"(11권, 18쪽)라고 생각한다.

서희는 윤국으로부터 이 말을 듣고 윤국의 종아리를 치는 것이지만, 그것은 양반의 지위와 껍데기에 불과한 혈통에 집착했던 자기 자신을 매질하는 것과 다름이 없었다. 훗날 서희는 윤국과 양현의 결혼을 반대하는 길상의 말을 듣고 자신이 아직도 얼마나 과거의 집착에 사로잡혀 있는지 깨닫게 된다. 실제로 양현은 윤국을 오빠로 여길 뿐, 백정을 외할아버지로 둔 송관수의 아들 영광을 사랑하게 된다. 서희는 일제가 항복하고 조국이 해방되었다는 소식을 듣고 온몸에 휘감겼던 사슬이 풀리는 듯한 환상을 본다.

서희의 일생은 『토지』의 중추(中樞)를 이루고 있다고 해도 과언이 아니다. 『토지』에는 물론 700명이 넘는 인물이 등장하는 것이지만, 작품의 첫머리부터 등장하여 대단원의 막이 내릴 때까지 등장하는 인물은 서희뿐이다. 작가가 가장 심혈을 기울여 그린 인물이 서희임은 물론이고 『토지』의 핵심 주제가 서희를 통해 구현되는 것도 이상한 일이 아니다.

서희는 양반가의 무남독녀 외동딸로 귀하게 태어났지만 성장 과정에서 씻을 수 없는 상처를 입는다. 어느 날 갑자기 어머니가 사라졌고 아버지가 살해당했다. 믿고 의지했던 사람들이 전염병으로 목숨을 잃었으며 무엇보다도 집안의 기둥인 할머니가 쓰러졌다. 이 틈을 타서 식객에 불과했던 조준구는 최참판댁 재산을 가로채고 집안뿐만 아니라 마을 전체를 지배하기 시작하였다. 그의 배후에는 일제의 물리력이 자리 잡고 있었다. 조준구 습격 사건이 실패로 돌아가고 주축 세력들이 지리산으로 숨어들자 서희는 더욱 고립무원의 처지에 빠진다. 그녀의 용정행은 이 같은 상황에서 선택의 여지가 없는 것이었다.

이후 서희는 양반의 신분이나 권위에 집착하지 않고 무서운 집념과 교활한 술수를 총동원하여 재산을 되찾고 진주에 정착한다. 조준구를 불러 굳이 주지 않아도 되는 거액을 던지다시피 주면서 마지막으로 최참판댁 저택을 되찾는다. 복수의 통쾌함을 맛보기 위한 것이지만 뜻대로 되지 않았다.

서희의 영혼이 성숙해지기 시작하는 것은 바로 이 시점부터이다. 환국이 순철을 때린 사건, 윤국의 도발, 길상의 지적 등을 당하면서 서희는 "최참판댁의 뼈대"를 다시 세웠다는 자부심에 상처를 입는다. 그리고 그 자리에 '타자성'이 자리 잡는다.

결국 영혼이 성장하는 과정은 타자의 고통에 응답하며 타자성이 자라나는 과정이다. 자신을 비우고 낮춘다. 다석(多夕) 유영모는 이기적 욕망을 내려놓고 정신적으로 자유로운 초월적 경지에 들어서는 것을 '빈탕한데 맞혀노니는 것'이라고 하였다. 서희가 조국의 해방되었다는 소식을 접하는 순간, 자신을 휘감고 있는 쇠사슬이 풀리는 것을 느끼는 것은 그녀가 자신을 옭아매었던 번뇌와 갈등에서 벗어나 새로운 경지, 곧 '빈탕한데'에 도달했음을 의미한다.[25]

---

25 다석(多夕) 유영모(1890~1981)는 젊어서 기독교에 입신(入信)하였지만 기독교뿐만 아니라 불교와 노장(老莊)사상, 공맹(孔孟)사상 등 동서고금의 종교·철학사상을 두루 탐구하여 이 모든 종교와 사상을 하나로 꿰뚫는 진리를 깨달아 사람이 다다를 수 있는 정신적인 최고의 경지에 이르렀다. 그는 인간에게는 3개의 보배가 있는데 그것은 '몸성히', '맘놓이', '바탈태우'라 하였다. 이중 '바탈태우'는 3독 5욕에 빠져 있는 '몸나'로부터 탈피하여 '얼나(참나)'에 도달하여 정신적·영적 자유를 구가하는 상태를 말한다. 또한 '바탈태우'의 경지는 "'빈탕한데' 맞혀 노니는 경지"인데, '빈탕한데'는 노자의 '무(無)' 혹은 '태허(太虛)'에 해당한다. '빈탕한데'는 단순히 비어 있는 공간이 아니라 '무'를 통하여 '유'를 생성하고(有無相生), 순환, 발전, 창조가 활발히 이루어지는 생명의 공간, 곧 '스스로 그러함(自然)으로 충만한 상태'를 말한다.(박영호, 『진리의 사람 다석 유영모 (상·하)』, 두레, 2001. 참조)

5. 맺는말

코로나19의 백신과 치료제가 보급되고 있음에도 불구하고 코로나19 재난 사태는 좀처럼 진정되지 않고 있다. 그러나 변이가 자주 일어나고 무증상 감염이 적지 않은 코로나19 바이러스의 속성을 고려할 때 백신과 치료제만이 완벽한 해결일지 의문이 든다. 전문가들은 마스크와 사회적 거리두기 등이 오히려 더 유효한 수단이라고 제안한다. 자연과학적 지식과 인문학적 소양을 지닌 사상가나 환경운동가 및 동물보호 운동가들은 이보다 더 본질적인 것에 눈을 돌려야 한다고 주장한다.

박쥐나 설치류에 서식하던 바이러스가 인체에 유입되는 과정에서 변형되어 신종 바이러스인 코로나19가 발생하였다는 것이 지금까지의 통설이다. 결국 제 자리에 있어야 할 것이 제 자리에 있지 아니하고 원금(元金)에 해당하는 자연을 잘 보존하면서 이자로 살아가야 할 인간이 원금을 훼손하고 축내는 일이 지속된다면 신종 바이러스는 계속 발생하고 기후 변화에 따른 재난은 더욱 가속화될 수밖에 없다는 것이 전문가들의 경고이다.

이러한 시기에 『토지』는 어떤 '치유와 회복'의 메시지를 우리에게 전해주고 있는지 앞에서 살펴보았다. 『토지』에서 가장 큰 비중을 지닌 인물은 서희이다. 작가는 서희가 상처 입고 회복되는 전 과정을 통하여 그의 영혼이 성장하는 모습을 독자들에게 보여주고 있다. 그리고 영혼이 성장한 서희가 도달한 곳은 다석 유영모가 말하는 '빈탕한데'였음이 밝혀졌다. 최유찬이 지적한 바와 같이 이 작품은 끊임없이 '예형(豫形)을 통해 본형(本形)을 미리 보여주는 양상(패턴)'이 이어진다. 최서희가 '빈탕한데'에 도달하는 것이 '본형'이라면 '예형'에 해당하는 경지를 보여주는 인물은 주갑이다.

"어떻게 보면 주 서방 그 사람은 모든 인간적 요소를 다 갖추었다고나 할까요? 욕심만 빼고, 그런데 조금도 위대하진 않단 말입니다. 비극적인 요소를 낙천적으로 발산하기 때문에 그런지 모르지만, 어린애같이 무심한가 하면, 수천 년 묵은 구랭이 같고."

"좋으면 화를 내고 싸움할 때 존대 쓰고."

"네 맞아요. 하하하핫…… 염치 바르고 마음이 여리고 소심하면서 자존심은 하늘을 찌르지요."(12권, 159쪽)

주갑은 자유롭게 떠돌면서 노동과 독립운동을 병행한다. 그는 전라도 사투리를 구수하게 사용하며 수시로 판소리를 불러댄다. 그의 내면적 힘은 "욕심만 빼고 조금도 위대하지 않고, 비극적 요소를 낙천적으로 발산하는"데 있다. 그 결과 "좋으면 화를 내고 싸움할 땐 존대 쓰게" 되는 것이다. 그는 누구에게도 지배받지 아니하고 어떤 욕망에도 사로잡히지 않는다. 그에게는 서희처럼 회복해야 할 가문도 없었고 되찾아야 할 재산도 없었다. 천지 만물 그대로 놓아두고 즐기며, 자신이 해야 할 도리를 성심껏 해내는가 하면, 다른 사람에게 폐를 끼치는 것을 무엇보다 싫어하며 어린이에게 사랑받는 것을 가장 큰 기쁨으로 여긴다. 이러한 경지가 바로 '빈탕한데 맞혀 노니는 것'이 아닐 수 없다.

이제 쇠사슬이 풀린 서희가 가야할 곳은 분명하다 그것은 주갑이 미리 보여준 경지이자 아들로부터 인정받은 이용과 길상이 애써 도달하고자 한 곳이다. 가장 낮은 단계의 부정적 에너지인 '수치'의 수렁에서 빠져나와 가장 높은 단계의 사랑, 포용, 평화의 경지를 거쳐 더 높은 단계에 '빈탕한데' 도달한 조병수와 김한복이 보여준 삶을 쇠사슬이 풀린 서희가 반드시 따라가야 할 삶이다.

Ⅲ. 『토지』에 나타난 '恨'과 '生命思想'

1. 머리말

박경리의 『토지』는 여느 장편소설치고도 유난히 긴 소설이다. 이러한 소설을 대개 '대하소설(大河小說)'이라고 부르거니와 때로는 '다하소설(多河小說)', 혹은 '총체소설(總體小說)' 등으로 규정되기도 한다. 대하소설이 단순히 외적인 측면만 가리킨다면, '다하소설'이나 '총체소설'이라는 개념은 소설의 양적인 측면뿐 아니라, 작품 내 구조적 특질까지 아우르는 명칭이라 할 수 있다. "강의 줄기가 여러 개인 것처럼 한 소설 내에서 여러 이야기의 흐름이 존재하되 이야기의 각 줄기가 독립적인 존재의의와 생명력을 지니고 있다는 점에서 『토지』는 '다하소설' 혹은 '총체소설'로 규정하는 것이 적절하다."라고 김진석은 주장한 바 있다.[1]

1 김진석, 『소외에서 소내로』, 개마고원, 2004, 187. "이 소설 속에 어떤 긴 흐름, 어떤 한 줄기가 있기는 하나, 그러나 그것은 결코 끊이지 않는 물줄기의 모습을 띠면서 점점 굵어지고 또 다른 자잘한 흐름들과 줄기들을 남김없이 모두 스스로를 안에 통합하는, 그리고는 결국 바다로 들어가는 강 같은 유일한 그런 흐름이 아니고, 긴 흐름이 있다면 그것은 군데군데 끊어지고, 여기저기 굽이치면서 맴돌고, 때로는 아예 모래 속으로 사라졌다가 겨우 다시 나타나면서 그물처럼 엮어지는" 소설이라는 점에서 김진석은 『토지』를 대하소설로 보고 있다.

경남 하동 평사리라는 좁은 공간에서 이야기가 시작되는 『토지』는 점차 무대를 지리산 일대, 진주, 부산 등으로 넓히다가 2부 이후에는 서울을 비롯한 국내 각 지역뿐만 아니라, 만주, 중국, 일본 등을 자유롭게 오가며 사건이 전개되는 모습을 보인다. 등장인물도 『토지』는 700명이 넘는 것으로 조사되고 있다. 김진석은 "『토지』에는 많은 개별적 인물들이 등장하고 다양한 사건이 일어나지만, 그들은 스스로를 초월하면서 시대의 역사를 남김없이 표현하거나 드러내는 총체성 안으로 거듭 흡수되지는 않는다."라고 하였다. 『토지』의 주인공을 특정하기 어려운 이유도 바로 여기에 있다.

부분과 부분은 서로 연결되어 전체를 이루고, 또 전체는 각 부분이 지닌 의미와 기능을 규정한다. 따라서 작품의 부분만 봐서는 작품 전체가 지닌 의미를 제대로 파악할 수 없다. 전체와 부분을 서로 조명하고 참조해야만 작품이 지닌 의미와 가치를 온전히 파악할 수 있다. 그동안 『토지』 전체를 관통하는 원리로 제기된 것들로는 '음양오행 사상', '원심력과 구심력', '한(恨)과 생명사상(生命思想)' 등을 들 수 있다. 이 글에서는 이 중 '한'과 '생명사상'을 중심으로 『토지』를 살펴보고자 한다.

'한(恨)'은 무의식 밑바닥에 맺힌 삶의 응어리이다. 그것은 오랜 세월 쌓이고 쌓인 아픔, 분노, 좌절, 상실의 감정이며, 이 세상의 삶에 대한 미련과 아쉬움의 감정, 그리움과 바람의 집념 어린 감정이다. 그것은 한민족의 삶과 혼의 상처이고, 상흔이며 한숨과 탄식, 체념과 좌절, 원망과 미움, 자학(自虐)과 가학(加虐)의 원천이다. 그것은 건강하고 활달한 삶을 위해 치유하고 극복해야 할 퇴폐적이고 체념적인 패배감, 절망감의 지령일 수도 있고, 엄청난 영적 힘으로 승화될 수 있는 잠재적 생명 에너지일 수도 있다. 한은 위대한 영적 에너지로서 역사 창조와 공동체 창조의 기반을 제공한다.[2]

---

2 이경숙 외, 『한국 생명 사상의 뿌리』, 이화여자대학교 출판부, 2001, 66쪽.

2. 『토지』에 나타난 한(恨)

천이두는 '한(恨)'의 본질이 타자를 원망하고 자신을 질책(叱責)하는 마음과 같은 부정적 정서를 '삭임'을 통해서 긍정적 정서로 승화시키는 역동적 기제로 보고 있다. '삭임'은 발효시킨다는 뜻을 지닌 '삭다'의 사동형 동사인 '삭이다'의 명사형 단어로서 사전에는 나와 있지 않다. 과실이나 채소 등이 삭는 것은 일정한 기간을 기다리기만 하는 '수동적·자연적 현상'이라면, 인간 내면의 긍정적 변화를 초래하는 '삭임'은 '주체의 능동적·적극적 실천을 통해 이루어진다.

천이두는 '삭임'의 두 가지 조건으로서 '주체의 가치 지향성'과 '인욕·정진'을 들고 있다. '삭임'은 따라서 '소극적 적극성'과 '수동적 능동성'을 지니고 있다. 주체가 자신의 한을 초극하기 위해서는 가치 있는 것을 지향해야 하며, 그 목적을 달성하기 위해서 참고 견디면서 성실하게 노력해야 한다. 곧 '삭임'을 통하여 원망하고 자책하는 마음을 배려하고 소망하는 마음으로 전환하는 것이 '한'이라고 천이두는 정의한 것이다.[3]

『토지』는 '여인 3대'를 종축(縱軸, 수직적·시간적 축)으로 삼고 '남성 3대'를 횡축(橫軸, 수평적·이념적 축)으로 삼고 있는 가족사 소설로 볼 수 있다.[4] 최서

---

3 천이두, 『한의 구조 연구』, 1993. 113쪽.

4 한국 가족사소설의 원형은 염상섭의 『삼대』이다. 염상섭은 수직적인 축만 있었던 조선시대 가문소설에 수평적인 축을 추가함으로써 한국적 가족사소설을 정립하였다. 이 소설의 수직적인 축은 세대 간의 갈등과 화해를, 수평적인 축은 이념적인 갈등과 화해를 담아내고 있다. 이에 비해 『토지』는 수직적인 축으로는 여성 3대가, 수평적인 축으로는 최참판댁 관련 남성3대가 배치되는 구조를 지니고 있다. 『토지』에서의 혈동 승계는 수직적인 축으로 이루어지고 정신적 계승과 유대는 수평적인 축을 통해 구현된다. 『삼대』에서 3대인 덕기가 조의관과 조상훈 사이에 존재하듯이 『토지』에서도 3대인 최서희와 김길상이 양 축이 교차하는 중심부에 자리잡고 있다. 두 사람의 결혼을 통하여 환국, 윤국에게 가문의 혈통도 계승되고 항일운동의 정신도 계승되기 때문이다. 따라서 『토지』는 기존의 가족사소설의 구조를 창조적으로 변형시킨 소설로 볼 수 있다.

희는 윤씨 부인, 별당아씨와 성(姓)은 다르지만 분명하게 할머니와 어머니의 유전자를 물려받고 있다. 이런 점에서 『토지』는 혈통으로는 부계(父系)보다는 모계(母系)를 중시하고 있는 소설이라 할 수 있다.

'여인 3대' 중 1대에 해당하는 윤씨 부인은 요절한 남편의 명복을 빌러 천은사에 갔다가 그곳에서 동학군 장수 김개주에게 겁탈당한다. 그녀는 자신을 겁탈한 김개주를 원망하고 정조를 지키지 못한 자신을 책망하며 목숨을 끊을 수도 있었다. 그러나 그녀는 목숨을 부지하며 김환을 낳은 사실이 새어 나가지 않도록 단속한다. 남편이 부재한 상태에서 최참판댁의 권위와 재산을 굳건히 지키기도 한다. 동학 잔당을 중심으로 하는 지리산 모임에 거액을 기부한다. 자학과 냉소를 일삼는 최치수와 자신을 버린 어머니를 찾아온 김환을 바라보면서 윤씨 부인은 중심을 잃지 않고 자신의 가혹한 운명을 견뎌낸다.

윤씨 부인은 고방에 갇힌 둘째 아들과 며느리를 탈출시키고 만일에 대비해서 서희에게 금궤를 숨긴 곳을 알려준다. 서희가 훗날 간도에서 사업으로 성공할 수 있었던 것은 윤씨 부인이 서희에게 전한 은금이 있었기 때문이다. 이처럼 한은 과거에 연연해하지 않고 늘 현재를 견디면서 미래를 소망하는 성격을 지니고 있다.

별당아씨는 『토지』에서 직접적으로 그려지는 경우가 거의 없다. 그녀가 어떤 집안에서 성장하고 어떻게 최치수와 결혼하게 되었으며, 최참판댁에서는 어떤 존재였고, 딸의 양육은 어떻게 하였는지 독자는 알 길이 없다. 대단히 극적인 사건이자 중요한 사건이라고 할 수 있는 구천(김환)과 사랑을 나누는 장면도 전혀 나오지 않는다. 그녀는 구천과 더불어 지리산 일대를 전전하다가 묘향산에서 최후를 맞이한 것으로 알려졌지만, 그마저도 직접적으로 묘사되지 않고 김환의 회상이나 혜관의 전언을 통해 간접적으로 알려질 뿐이다.

이처럼 묘사되는 부분이 거의 없음에도 불구하고, 『토지』에서 별당 아씨가 최참판댁과 평사리 마을에 끼친 영향은 결코 미약한 것이 아니다. 만일 그녀와 구천과의 불륜 사건이 발생하지 않았더라면 귀녀가 감히 최치수를 살해할 생각을 갖지 않을 수도 있었으며, 서희가 고립무원의 처지에 놓이고 조준구에게 재산을 빼앗긴 후 생명의 위협까지 느끼면서 민주로 가지 않을 수도 있었을 것이다. 또한 당시 진정한 사랑을 위한 그녀의 선택은 대단한 용기가 필요한 일이었다. 작가는 최참판댁을 나온 이후에 고달프고 가난한 삶을 살았을망정 자신의 결정에 대해 후회하지 않고 끝까지 김환을 사랑하는 별당아씨의 모습을 통해 한국인의 '한'이 지닌 주체적이며 능동적인 특질을 드러내고 있다.

최서희는 조준구에게 빼앗긴 재산을 되찾고 조준구에게 복수하기 위하여 하인이었던 김길상과 결혼한다. 결혼 이후 아이를 낳게 되자. 최서희는 남편 김길상과 성을 맞바꾼다. 길상의 성이 아닌 최참판댁의 성씨(姓氏)를 아들들에게 물려줌으로써 최참판댁 가계를 형식적으로 이어간다. 그러나 환국과 윤국은 억지로 물려받은 최참판댁의 성씨를 자랑스럽게 받아들이기보다 머슴 출신이지만 독립운동가로 활동하는 길상을 아버지로 둔 것을 더욱 자랑스럽게 여긴다. 이는 작가가 족보나 문벌과 같은 낡은 제도나 형식보다 그 집안이 주변이 미치는 이타적 정신과 좋은 영향을 더 중시하고 있음을 알 수 있다.[5] 이는 또한 봉건 시대와 근대 사이의 중요한 차이이기도 하다.

서희가 조준구로부터 재산을 되찾고 복수에 성공했음에도 불구하고 남편

---

5 최참판댁 가문사에서 '전복(顚覆)'은 두 차례 일어난다고 볼 수 있다. 첫 번째 전복은 명문 양반가의 규수가 자신이 거느리던 머슴과 결혼한 것이고, 두 번째 전복은 그들의 아들들이 어머니보다 아버지를 더욱 자랑스럽게 여기고 본받으려 한다는 점이다. 이를 통해 가문이 지배하던 시대가 정신과 영성이 지배하는 시대로 전환되는 과정을 작가가 그리고자 하였음을 알 수 있다.

의 부재 때문에 허전함을 느낀다. 서희는 환국이 친구 순철로부터 '종의 아들'이라고 놀림을 받자 상대의 머리를 돌로 친 사건을 겪고 남편 길상을 진정으로 이해하기 시작한다.

서희는 조준구에게 빼앗겼던 재산을 되찾고 가문을 복원시킨 이후에 이유 모를 무력감과 허무 의식에 빠진다. 그녀는 봉순의 딸 양현을 양육하고 할머니의 뒤를 이어 독립운동 세력을 비밀리에 지원하는 이타적인 행위를 통해 스스로를 구원하려 하지만, 이 행위 역시 일정한 한계를 지닌 것이었다. 자신의 둘째 아들 윤국과 봉순의 딸 양현을 결혼시키고자 한 사건은 그녀가 지닌 한계를 드러내고 있다.

서희는 양현이 이 제안을 받아들일 것으로 예상했지만, 그녀의 예상은 철저히 빗나간다. 양현은 송관수의 아들인 송영광을 이미 사랑하고 있었고, 윤국을 단지 오라버니로만 생각하고 있었기 때문이다. 평생을 신분 문제로 인해 심한 마음고생을 경험한 길상은 윤국과 양현의 운명을 인위적으로 바꾸려는 서희를 비판한다. 윤국이든, 양현이든 각자의 운명은 분명 자신의 것이고 당연히 자신의 운명은 자신이 선택할 권리가 있고, 모든 이들은 타자의 주체적 선택과 결단을 존중해야 한다는 점을 길상이 지적한 것이다.

해방을 맞이한 서희는 "자신을 휘감은 쇠사슬이 요란한 소리를 내며 땅에 떨어지는 것"을 느낀다. 그녀는 오직 자신의 집안을 부흥시키고 발전시키는 것만이 자신의 소임이라고 생각하였고, 최참판댁의 실질적인 가장으로서의 권위와 재력을 회복하였음에도 불구하고 진정한 기쁨이나 보람을 느끼지 못한다. 서희의 남편과 아들들, 그리고 딸처럼 키운 양현 등은 가문을 지키거나 서희의 뜻에 따르기보다는 저마다 자신의 길을 주체적이고 능동적으로 선택해 나간다.

해방되었을 때 서희가 온몸에 감겨있던 쇠사슬이 풀리는 것을 느끼는 이유는 단지 해방의 감격 때문이 아니다. 가문이나 재력, 명예 등과 같은 외양에 집착하였던 서희가 그런 것들로부터 해방되어 자신을 비우게 됨으로써 느끼는 행복감을 동시에 맛보았기 때문에 진정한 해방을 알리는 내면의 소리를 듣게 된 것이다.

윤씨 부인과 별당 아씨, 그리고 서희는 저마다 한을 품고, 또한 그것을 극복하며 살았던 여인들이었다고 할 수 있다. 이들이 한을 품을 수밖에 없었던 가장 큰 이유는 자신보다 신분이 낮은 남성들과 운명적으로 맺어졌기 때문이다. 윤씨 부인은 김개주에게 겁탈을 당했고, 별당 아씨는 머슴으로 들어온 김환을 사랑하였으며, 서희 역시 머슴이었던 길상과 부부의 인연을 맺는다. 세 여인은 상대 남성들 때문에 삶 전체를 잃을 수도 있는 위기에 봉착하였음에도 불구하고 끝내 더 나은 가치를 실현하기 위해 주변의 비난이나 방해에 굴하지 않고 주체적·능동적으로 자신의 삶을 개척해 감과 동시에, 과거에 연연해하지 않고 미래의 소망을 향해 나아갔다는 공통점을 지니고 있다.

2-2. 최참판댁 관련 남성 3대의 한

최참판댁 관련 남성 중 한을 드러내고 있는 인물로는 김환과 길상을 들 수 있다.[6] 김환은 태어나자마자 어머니로부터 분리되어 아버지인 김개주에 의해 양육된다. 그는 어머니의 손길이 가장 필요한 시기에 어머니의 얼굴

---

6 실제 혈육으로 이어지는 윤씨 부인의 남편인 최가와 최치수여 2대로 끝나고 3대로 이어지지 못한다. 이는 봉건적 세대 전승이 지닌 의미가 이미 사라져 버렸음을 시사한다. 이에 반해 여인 삼대는 단지 혈육으로만 이어지는 것이 아니라, 김개주, 김환, 김길상 등과의 관계를 통해서 계급적 장벽을 허물고 새로운 시대저 까치로 나아가는 양상을 보인다.

조차 모르고 성장하였다. 동학농민전쟁 패전 이후에 아버지 김개주가 처형되자 김환은 구천으로 변성명하고 최참판댁 머슴으로 들어간다. 윤씨 부인은 직감적으로 김환이 자신의 둘째 아들임을 알아본다. 그러나 두 사람은 끝내 모자의 정을 나누지는 못한다. 김환은 형수인 별당아씨와 사랑을 나누게 된다. 불륜 사실이 드러나 고방에 갇히게 되지만, 누군가에 의해 고방 문이 열리고 두 사람은 지리산으로 피신한다. 최치수의 추적을 간신히 따돌린 두 사람은 거처를 묘향산으로 옮기고 그곳에서 별당아씨는 숨을 거둔다.

최참판댁이 몰락하고 거의 모든 재산이 조준구의 수중에 떨어진 것을 알게 된 김환은 일부러 평사리에 나타나 마을 사람들로부터 심하게 얻어맞는다. 속죄를 통해 김환은 다시 태어난다. 그는 윤씨 부인이 남겨놓은 토지를 기반으로 지리산 일대에 흩어진 저항 세력들을 규합하여 국내 항일 전선을 구축한다. 그는 만주의 항일세력과 지리산 항일세력을 연결하는 역할을 하고 서희의 재산 탈환 과정에서도 중요한 역할을 맡는다.

어머니와의 분리, 아버지의 참수, 형수와의 불륜 등을 겪은 그는 충분히 세상을 원망하고 자기 파괴적 행위를 일삼을 수도 있었지만, 그는 자신의 행위에 대한 책임을 피하지 않고 끊임없이 엄습하는 '허무(虛無)'를 극복하고자 한다. 항일운동, 동학당 활동 등은 모두 부정적 정서를 '삭임'을 통해 긍정적인 정서로 승화시킨 결과라 할 수 있다.[7]

한국인의 '한'은 어둡고 부정적인 속성에서 출발하여 끊임없이 밝고 긍정

---

7 김환이 수시로 느끼는 '허무(虛無)'는 부정적인 의미만 띠고 있지 않다. 그의 '허무'는 늘 죽음을 대면하고 있다는 점에서 하이데거가 말하는 '선구(先驅)'에 가깝다. 곧 죽음이라는 거울을 앞에 두고 매 순간 자신 앞에 놓인 일에 몰입하는 것이 김환이 자신의 분신처럼 지니고 다니는 '허무'인 것이다. 그는 이 '허무' 때문에 목숨 걸고 일제와 싸울 수 있었고, 지리산 독립운동 세력을 보존하기 위하여 자연사를 위장한 자살을 결행할 수 있었던 것이다.

적인 측면으로 질적 변화를 지속해 간다. 한국적 한은 끊임없는 초극(超克)의 과정을 통하여 긍정적 속성(남을 배려하는 '情'과 미래에 대한 소망인 '願')을 이룩해 간다. 한은 공격적·퇴영적 속성을 지닌 심리 상태에서 출발하지만, 부정적 상태에 머물지 않고 내적으로 질적 변화(인욕과 정진)를 이루고 우호성·진취성을 지닌 심리적 상태로 지향하게 되는 것은 한이 그 내재적 속성으로서의 가치 생성의 기능을 간직하고 있기 때문이다. 이 '가치 생성 기능'이 바로 '삭임'인 것이다.[8]

김환은 남을 원망하고 자신을 학대하고자 하는 한의 독소적(毒素的) 요소, 즉 공격성(怨)과 퇴영성(嘆)을 초극하여 미학적·윤리적 가치로 승화·발효시킨다. 김환은 자신의 한을 삭이면서 살아가는 과정에서 인간으로서 성숙해 간다. 그를 추종하는 인물인 강쇠가 김환에게 존경심을 넘어 두려움까지 느끼는 이유 역시 김환이 지닌 '한' 때문이다. 조직의 기밀과 조직원들의 안전을 지키기 위해 김환은 자살한다. 자살하면서도 일경(日警)이 자살이라는 것을 눈치채지 못하도록 거의 먹지 않음으로써 쇠약한 몸을 먼저 만들고 이후 자신의 목을 스스로 조른 것이다. 이처럼 죽는 순간까지 타자와 자신이 속한 공동체를 배려하는 김환의 모습은 이기적인 것을 모두 떨쳐내고 자신을 철저하게 비우고 타자에게 모든 것을 내어주는 '한(恨) 최고의 경지 곧, 그늘에 이른 경지'를 보여준다.[9]

---

8 천이두, 앞의 책, 51쪽.

9 노자에게 있어서 존재하는 것은 생성하는 것이다. 그런데 생성하는 것은 빔(虛)를 가져야 한다. 존재하는 것은 텅 비어 있는 것이다. 비어 있지 않은 것은 존재할 수 없다. '빔'이란 모든 가능성의 잠재태이며, 창조성의 원천이다. 빔이 없으면 창조는 불가능하다고 노자는 보고 있다. (道沖而用之 惑不盈 淵兮 使萬物之宗 : 『노자』 4장, 김용옥, 앞의 책, 134쪽 참조) 『토지』에서 김환이 끊임없이 '허무'를 느끼는 것도 비어 있지 않으면 김환이 김환으로서 존재할 수 없었기 때문이다. 자신을 비우고 그 자리에 타자의 고통에 응답하는 새로운 자아를 채워야만 인간은 옛 자아(몸나)를 버리고 새로운 자아(얼나)로 나아갈 수 있음을 김환의 삶은 보여주고 있다.

김환과 만주 해란강가에서 사흘 낮, 사흘 밤을 씨름하는 가운데 그로부터 정신적 유산을 상속받은 길상 역시 한의 정신을 잘 보여주는 인물이다. 사람은 누구나 세상을 살아가는 동안 그야말로 산전수전을 겪으면서 육체적으로나 정신적으로 성숙해 간다. 이렇게 성숙한 사람, 여유 있는 사람을 일러 천이두는 "그늘이 있는 사람"이라 하였다. 멋이 있는 사람, 제대로 된 사람이란 뜻이다.[10] 김환과 길상 등은 시행착오와 고난에 굴복하지 않고 오히려 그것을 통해서 인간적으로 성숙해진다는 점에서 분명히 '그늘이 있는 사람'이라고 할 수 있다. "이들이라고 해서 불행과 괴로움을 못 느끼는 것은 아니다. 그러나 불행과 괴로움이 원한을 낳지는 않는다. 그들은 세상의 안으로, 세상의 경계들이라고 생각하는 자들이 있다. 이들에게 불행과 괴로움이 느껴지지 않는 것이 아니다. 그러나 그들은 그들의 불행과 괴로움을 다른 사람에게 옮기거나 원한을 품지 않는다.

그들은 세상의 안으로, 세상의 경계선을 따라간다. 세상이 그 찬 바람 부는 경계들을 내포하고, 그 속에 외로움과 괴로움이 있다는 것을 그들은 안다."라고 김진석은 지적한다. 이들 한을 지닌 인물들은 "세상을 안으로 성기게 하면서, 자신들의 실존도 안으로 성기게 하고 소방(疏放)하게 한다."라는 것이다.

길상은 사랑은 하지만 감히 넘볼 수 없었던 여인인 서희와 결혼하였으나 마냥 행복하지만은 않았다. 주변의 시선은 늘 따가웠고 양반 출신인 김훈장과 이상현은 대놓고 그들의 결혼을 '야합(野合)'이라고 하며 매도(罵倒)하였다. 아들들이 자라나는 과정에서 길상의 옛 신분을 아는 이들로부터 종의 아들이라고 비웃음당할 것도 길상에게는 두려운 일이었다. 그는 결국 가족들과 함께 귀향하지 않고 만주에 남아 독립운동에 몸과 마음을 바친다. 계명회

10 천이두, 앞의 책, 118쪽.

사건으로 일경에 검거되어 옥고를 치르고 가족들과 합류한 길상은 이후 무력감에 시달린다. 가치 있는 일을 더는 할 수 없게 되었기 때문이다. 길상은 이를 극복하기 위해 '천수관음상(千手觀音像)' 조성에 전력을 기울인다.

마침내 조성된 '천수관음상은 조병수에 의해 "삶의 본질에 대한 원력이라면 슬픔과 외로움 아니겠나."라는 평가를 받는다. 서희와 결혼한 이후에도 신분적 열등감 때문에 괴로워하던 길상은 마침내 '예술적 초월'을 통해 열등감이나 자신을 괴롭히던 무력감과 열등감을 극복한다.

문동환은 "한이란 삶을 짓밟는 악한 세력을 향한 영혼의 꺼질 줄 모르는 분노의 불길이요, 못다 산 삶에 대한 끊을 수 없는 미련의 줄이요, 아름다운 삶을 살게 해 달라는 영원한 호소다."라고 하였다. 김환과 길상이 모두 항일운동에 깊이 연루된 이유가 바로 여기에 있다. 한은 가치 있는 일을 지향하기에 악의 세력과 결코 타협할 수 없고 이기적 탐욕에 함몰되지 않으며 타자의 고통을 외면하지 않고 공동선과 사회적 정의를 지향하게 마련인 것이다.

3. 평사리 민중들의 '한(恨)'

3-1. 죽어서 소망(素望)을 이룬 또출네

평사리에 사는 민중들은 저마다 한을 지니고 살아간다. 또출네는 아들이 동학농민전쟁에 참여하였다가 목숨을 잃은 이후 실성한 여성이다. 그는 끝내 정신이 돌아오지 않은 상태에서 최참판댁 사랑채에 난 불에 타 죽는다. 사랑방 안에는 이미 김평산에 의해 살해된 최치수의 시신이 누워 있었다. 또출네는 사랑채가 전소(全燒)되면서 함께 불길에 휩싸이게 되는 바람에 한

때 최치수 살해범으로 의심받는다.

양반집, 그것도 종갓집 사랑채는 양반 권력을 상징하는 공간이다. 현재 경남 하동군 평사리에 조성된 최참판댁 사랑채 역시 악양 들판을 조감할 수 있는 높은 곳에 있다. 양반댁 종손인 최치수와 양반 중심 체제를 무너뜨리려 했던 동학농민군 대장 또출의 어머니가 함께 타 죽은 것은 의미심장하다. 두 사람은 일종의 화목제(和睦祭)의 희생양으로 바쳐진 것이다. 화목제는 이스라엘 구약 시대에 소나 양을 태워 지내는 제사로서 신과 인간, 혹은 인간과 인간의 화목을 도모하기 위해 행해지는 제사이다.

또출네는 실성하였지만 새로운 세상을 열기 위하여 온몸을 던져 산화(散花)한 아들에 대한 자랑스러운 마음을 감추지 않는다. 그러나 아들은 죽었고 새로운 세상은 올 듯하다가 결국 오지 않았기에 그녀는 실성할 수밖에 없었다. 최치수는 봉건제의 혜택을 마지막으로 누린 최참판댁 사랑방의 주인이다. 자신의 능력으로 그 자리에 선 것이 아니라, 단지 최참판댁의 혈통을 이어받았다는 이유로 광활한 농지와 막강한 권위를 소지한 최참판댁 당주(堂主)가 되었다. 하지만 수단 방법을 가리지 않고 신분을 상승시키고자 했던 귀녀와 재물욕에 눈이 어두운 김평산에 의해 최치수는 살해되고 최참판댁 남성은 절손된다. 또칠은 양반들에게 죽임을 당했지만, 최참판댁에서는 신분 상승을 꿈꾸던 귀녀의 주도면밀한 계획에 의해 양반인 최치수가 목숨을 잃는다.

훗날 최참판댁을 지키는 이는 양반이 아닌, 평민 이용이다. 이용은 어린 시절 힘이 더 셌음에도 불구하고 늘 최치수에게 얻어맞으며 성장하였다. 아들의 억울한 사정을 듣고도 그의 모친은 "네가 무조건 참아야 한다."라고 말하는 수밖에 없었다. 이용과 최치수 사이에 가로놓인 신분의 벽은 그만큼 높았다. 하지만 최치수는 죽고 길상과 결혼한 최서희는 만주 용정을 거쳐 진주에 정착한다. 조준구를 내쫓은 후 서희는 몸이 불편한 이용이 임이네의 악행에서 벗어나 최참판댁에 머물도록 배려하였다. 이곳에서 그는 양반 출신 여성인 보연을 며느리로 맞이하고 비교적 평온하게 지내다가 세상을 떠난다.[11]

또출네는 비록 광인(狂人)으로서 조롱받고 걸식하다가 타 죽었지만, 그녀와 그의 아들이 꿈꾸던 평등한 세상은 그녀가 죽은 이후에 좀더 가까이 다가왔다. 따라서 또출네와 최치수의 죽음은 한 시대의 종언(終焉)과 새로운 시대의 출범을 알리는 '화목제'였던 것이다. 살아서는 결코 가까이 지낼 수 없던 두 사람이 같은 공간 안에서 불태워진 것은 다음 세대에 다가오고야 말 '평민과 양반 계층의 화목(和睦)'을 예고하는 것이었고, 구천(김환)과 별당아씨의 사랑을 거쳐 김길상과 최서희가 서로 합법적 결혼을 하고 성을 맞바꾸는 의식을 통해 '화목'은 실제로 이루어진다. 또출과 또출네의 신분 해방에 대한 소망은 반드시 이루어질 수밖에 없는 역사적 필연성을 지닌 것이기에 그들의 희생 또한 헛되지 않았다.

3-2. 비련의 주인공 봉순이의 '한(恨)'

봉순이는 최서희의 수발을 드는 몸종이자 유일한 친구이기도 하였다. 일찍이 모친을 잃어버리고 부친과 조모가 세상을 하직하면서 서희는 고립무원(孤立無援)의 처지에 놓인다. 서희는 콜레라로 모친 대신 자신을 자상하게 돌

---

11 최참판댁에 정작 최서희 가족이 살지 못하고 이 집을 이용이 지키게 된다는 사실은 조선 시대를 지배하던 양반이 상민(常民) 위에 군림하며 권위를 내세울 수 있는 공간이 사라졌음을 의미한다. 최참판댁 건물 중 당주가 거하던 공간은 주인과 함께 소실되었고 이후 이 집을 평민 이용이 지킨다는 것은 또한 또출을 비롯한 동학농민군의 희생이 헛되지 않았음을 의미한다.

보던 봉순네마저 잃어버린다. 조준구와 그의 아내 홍 씨의 횡포와 야비한 술책과 야심에 찬 삼수의 횡포는 어린 서희를 더욱 곤경으로 몰아넣었다.

서희는 길상과 봉순에게 더욱 의존할 수밖에 없었다. 서희는 겉으로는 이들을 주종(主從)관계로 대하였지만, 실질적으로 서희의 심신을 지키는 이들은 길상과 봉순이었다. 봉순이는 동성(同性)이기 때문에 서희와 더 긴밀해질 수밖에 없었다. 훗날 서희가 봉순을 끝까지 돌보고 그녀의 딸 양현을 자신의 친딸 이상으로 사랑하게 된 것은 두 사람 사이의 관계가 혈연에 버금가는 것이었기 때문이다.

봉순이가 서희와 떨어지게 된 것은 서희가 간도로 탈출하면서부터이다. 조준구는 아들 조병수와 서희를 결혼시킴으로써 합법적으로 서희의 보호자가 되어 최참판댁 재산을 모두 차지하려고 하였다. 조준구의 계획에 따를 수 없었던 서희와 길상은 평사리를 벗어나 간도로 갈 것을 모의했고 이 과정에서 봉순은 조준구의 추적을 따돌리는 역할을 맡았다. 봉순은 성공적으로 조준구의 추적을 따돌리고 서희를 탈출시키지만 정작 합류하기로 약속한 장소에 나타나지 않는다.

봉순은 기화로 이름을 바꾸고 명기(名妓)가 된다. 한 시절 소리꾼으로 성공할 것으로 기대받았지만, 나이 들고 이상현의 딸까지 출산하고 난 이후 봉순은 기생으로서의 주가를 상실하고 급속히 무너진다. 마침내 마약까지 복용하는 지경에 이르게 되자 서희는 정석에게 봉순을 평사리로 데려오게 한다. 자신이 어린 시절을 보내던 평사리 최참판댁에서 봉순은 안식을 느낄 법도 하였지만, 그녀는 끊임없이 평사리로부터의 탈주를 시도한다. 봉순임을 알아본 주민들에 의해 최참판댁으로 되돌아오기를 반복하던 봉순은 결국 섬진강에 몸을 던져 스스로 목숨을 끊는다.

겉보기에 봉순의 삶은 철저히 실패한 삶으로 보인다. 어린 시절 자신의 배우자가 되어 줄 줄 알았던 길상은 봉순을 자기도 모르게 밀어낸다. 봉순은 본능적으로 길상의 마음에 서희가 자리 잡고 있음을 간파한다. 봉순이 서희 일행과 합류하지 않고 진주에 남아 기생이 된 이유가 여기에 있다. 기생이 된 지 수 년이 지난 후 혜관과 더불어 방문한 용정의 서희의 집에서 봉순은 부부가 된 두 사람을 직접 보고 자신의 예감이 틀리지 않았음을 확인한다.

그녀는 귀국한 후 길상과 서희의 혼인으로 상처를 입은 또 다른 인물인 이상현과 애절하면서도 황폐한 사랑을 나눈다. 임신한 사실을 숨기고 혼자서 딸을 낳은 봉순을 남겨두고 이상현은 도망치듯이 조선을 빠져나간다.

함정임은 『토지 인물열전』에서 다음과 같이 봉순의 삶을 평가한다.

> 석이 인생의 안식처가 되었던 봉순의 비극적 최후는 길상도 서희도 아닌, 주막에 흘러들어온 풍문처럼 미심쩍게, 술상의 안주처럼 우습게, 주객들에게 전해진다. 소설에서 차지하는 봉순의 역할과 의미에 비해 마지막은 허망하기 짝이 없다. 길상도, 상현도, 서희도 아닌 용인의 처연함과 석이의 울음과 절규만이 봉순의 죽음을 알릴 뿐이다. 봉순이 평생 서희와 길상에게 품었던 마음의 역사는 무엇인가? 순종이었던가, 순정이었던가?, 아니면 미망(迷妄)이었던가.[12]

함정임의 지적처럼 봉순의 죽음은 매우 허망하게 느껴지는 게 사실이다. 봉순은 길상과 상현으로부터 버림을 받았고, 주갑과 정석, 심지어 승려인 혜관으로부터도 사랑을 받았지만, 연인으로 이들과의 관계가 진전되지는 않았다. 그는 기생으로 큰돈을 모으지 못했고 소리꾼으로 대성(大成)하지도 못하였다. 다만 명창이 될 가능성은 충분히 인정받았기 때문에 스승으로부터 늘 "아깝다."라는 평을 받았다.

12 토지학회, 『토지 인물열전』, 마로니에북스, 2019, 155쪽.

자신이 낳은 딸의 아버지로부터 버림받을 정도로 누구보다 한이 깊었지만, 그녀는 아무도 원망하지 않았다. 다만 자신이 서희의 보호와 사랑을 받을 자격이 없고, 자신이 살아있는 것보다는 죽는 것이 딸 양현에게 도움이 될 것 같기에, 무엇보다도 더 목숨을 이어가는 것이 의미가 없다고 판단하였기 때문에 죽음을 선택했을 뿐이다. 딸을 위한 봉순의 죽음은 정확히 아들의 비밀을 위해 죽음을 택한 강포수의 희생과 닮은꼴이다. 두 사람 모두 자녀의 앞날을 위해 스스로 이 세상을 떠난다.

봉순의 삶이 '반드시 실패한 것만은 아니디.'라고 관점을 바꿔 해석할 필요가 있다. 봉순은 서희를 깊이 연모하는 길상을 떠나보냈다. 자신보다 서희에게 길상이 더 필요한 존재임을 봉순을 알고 있었기 때문이다. 반상(班常)의 차별쯤은 두 사람이 얼마든지 극복할 수 있을 것으로 예측하고 봉순은 길상을 놓아준 것이다. 그렇다면 봉순은 서희와 길상의 결합을 가장 먼저 내다보고, 두 사람이 결혼에 가장 크게 이바지한 인물로 볼 수 있다. 만일 봉순이 국내에 머물지 않고 용정에 함께 갔더라면 서희와 길상의 관계가 결혼으로 이어지지 않았을 것이다.

이상현이 조선을 떠남으로써 마치 봉순은 버림받은 것처럼 보이지만, 정작 좌절에 빠지고 알코올 중독자로서 무너진 모습을 보이는 것은 이상현이다. 그는 속죄의 뜻으로 소설의 원고료를 임명희를 통해 딸에게 보내지만 그렇다고 그의 책임이나 잘못이 없어지는 것은 아니기 때문에 그는 갈수록 더욱 비참해진다. 이에 반해 봉순은 딸을 위해 자신을 철저히 버리고 희생함으로써 양현이 최서희의 양육을 받아 누구나 부러워할 만한 반듯한 여성으로 성장하는 길을 열어주었다.

이처럼 자기를 비우는 봉순과 강포수의 행위는 언뜻 미련하거나 어리석어 보이지만 결과적으로 타자를 살리고 앞길을 열어주는 행위이다. 실제 삶 속에서도 봉순과 강포수처럼 자신을 내어주고 타자의 앞날을 위해 길을 열어주는 인물들의 역할에 의해 공동체가 큰 유익을 얻는 경우가 적지 않다. 그들은 스스로 자신의 공로를 내세우지 않지만, 그에게 도움받은 사람들은 그를 잊지 못한다.

이런 의미에서 봉순은 『토지』라는 텍스트 이면(裏面)에서 가장 빛나는 인물인지도 모른다. 서희처럼 목표를 달성하는 인물도 대단하지만, 봉순과 강포수처럼 타자를 위해 자신을 비우고 열어놓는 인물의 역할 역시 중요하다. 봉순이를 연모하였지만, 더 가까이 다가서지 못하였던 정석과 주갑은 봉순의 죽음을 가장 안타깝게 여기며 슬퍼한다. 그들 역시 자신을 낮추고 비울 줄 아는 이들이기 때문에 겉으로 어리석어 보이지만 속은 충만하였던 봉순의 진정한 가치와 내면의 아름다움을 알 수 있었던 것으로 보인다.

4. 맺는말

이상으로 박경리 소설 『토지』에 나타난 '한'과 '생명사상'에 대해 알아보았다. 이 글에서는 지면 관계상 본론에서는 다수의 중요한 인물들을 언급하지 못하였다. 흔히 『토지』에 나타난 '한'과 '생명사상'을 언급하는 자리에는 늘 이용과 월선의 사랑과 월선의 임종 장면, 살인범의 아들로 천대받으면서도 평사리를 떠나지 않고 꿋꿋하게 성장하여 마침내 항일 독립운동의 일익을 담당하게 되는 김한복, 꼽추라는 장애를 가지고 있었고 악독한 부모의 자식으로 태어났지만, 소목 일을 하며 물아일체의 경지에 돌입함으로써 '포월(匍越)과 소내(疏內)'의 경지를 선명하게 보여준 조병수의 삶 등이 늘 거론되었다.[13]

또한 별당아씨와의 불륜 관계를 맺음으로써 최참판댁 몰락의 주요 원인을 제공했던 김환이 평사리 마을 사람들에게 뭇매를 맞음으로써 스스로 속죄의식을 치르고 동학당 중심의 지리산 독립운동 세력을 이끌어 가는 모습과 끝까지 조직과 타자를 배려하는 김환의 모습도 '한'과 '생명사상'을 드러내는 대표적인 예에 해당한다. 무엇보다도 텅 비어 있는 것처럼 보이지만, 사실은 속이 충실한 삶을 살아가는 주갑이야말로 '한'과 '생명사상'의 절정을 보여주는 인물이다.

『토지』는 이처럼 최참판댁 여성들과 남성들, 평사리마을 사람들, 간도에서 활동하는 사람들을 통해 '한'과 '생명사상'을 드러내고 있다. '한'은 부정적 정서를 '삭임'이라는 과정을 거쳐 긍정적 정서로 진환 시키는 역동적 기제를 가리키고, 생명사상은 타자를 위해 자신을 내어놓고 비움으로써 타자와 공동체의 생명을 살리고 미래를 밝히는 사상을 말한다. 또한 생명의 가장 중요한 원리는 '순환'이다. '순환'을 통하여 잘못된 것들이 바로 잡히고, 더러운 것들은 정화되게 마련이다.

부자간인 조준구와 조병수가 악과 선의 양극단에 배치된 점도 흥미롭다. 약간의 동정할 여지가 있거나 참작할 만한 사유가 있는 귀녀, 임이네, 조영하, 김두수와는 달리 조준구는 절대 악에 가까운 인물에 해당한다. 오직 자신의 이기적 욕구를 충족시키기 위하여 타인의 재산을 빼앗고, 삼월의 정조를 유린하고, 정한조 같은 무고한 농민을 죽음으로 몰고 간 조준구의 행위는 악의 극치를 보여주고 있다. 조준구는 자신이 평생 홀대하고 핍박했던 조병수에게 말년을 의탁하며 끝까지 아들을 괴롭힌다. 조병수는 단지 조준구가 아버지라는 이유만으로 그의 행악을 참고 견디며 임종까지 지킨

---

13 '포월과 소내'는 모두 철학자 김진석의 용어이다. 초월이 상정하고 있는 바깥쪽에서 소외의 슬픔과 아픔에 대하여 투정하지 말고, 고독하고 막막하지만, 안에서 제 안의 상처를 껴안고 기면서 나름의 힘과 긍정성을 확보하는 경지가 '포월과 소내'라 할 수 있다. (김진석, 『초월에서 포월로』, 솔출판사, 1994. 참조)

다. 작가 박경리는 조준구와 같은 절대악(絶對惡)마저 조병수처럼 인욕·정진('삭임'의 실천)하는 인물을 통해 정화될 수 있음을 보여주고 있다.

민중 계층의 인물 중 또출네가 최참판댁 사랑채에서 당주인 최치수와 함께 불타 죽은 것은 의미심장하다. 또출네의 아들은 동학농민전쟁에 참전했던 장수로서 새로운 세상에 대한 열망을 품었지만 끝내 좌절하고 만 인물이다. 집강소 통치를 통해 잠시 새 세상을 경험하였지만, 일본군과 관군의 연합군에 의해 패퇴하고 말았다. 실성했으면서도 아들에 대한 무한한 자긍심을 지녔던 또출네와 최치수는 일종의 봉건제가 몰락하는 과정에서 일종의 '화목제'로 바쳐진 것으로 볼 수 있다. 이들의 죽음 이후에 최참판댁은 절손되었고 하인이었던 길상과 서희가 성(姓)을 서로 바꿈으로써 양반과 상민 사이의 장벽은 해체되었기 때문이다.

봉순이의 삶 역시 '한'과 '생명사상'을 실천하고 있다는 점에 주목할 필요가 있다. 표면적으로는 좌절하고 실패한 인생처럼 보이는 봉순의 삶은 길상, 서희, 양현 등의 앞길을 열어주기 위하여 자신을 비우고 내어준 희생적 삶이라 할 수 있다. 길상, 서희, 양현의 삶이 '양(陽)' 혹은 '표면과 유(有)'에 해당하는 삶이라면 봉순의 삶은 '음(陰)' 혹은 '이면과 무(無)'에 해당하는 삶이다. 노자가 말하는 '유무상생(有無相生)'의 원리에 따르면 무는 유를 생성하게 마련인데, 바로 봉순의 희생적 삶이 세 사람의 성취를 가능하게 한 '생성적 무(無)'였다고 할 수 있다.

Ⅳ. 『토지 인물열전』 발간의 의미

1. '토지학회'의 창설과 『인물열전』 발간

1969년부터 집필을 시작해 1994년에 완성한 박경리(朴景利, 1926~2008)의 『토지』는 독일, 영국, 프랑스, 중국, 일본 등의 여러 언어로 번역되어 국제적 조명을 받았으며, 영화, 드라마, 서사 음악극, 만화, 동화 등 다양한 양식으로 변형·수용되고 있다. 이처럼 『토지』와 박경리 문학은 세계 속 우리 문학의 자존심이며, 우리 문화사의 고귀한 정신적 자산으로 평가되고 있다.

토지학회는 2014년 8월 13일 창립 대회를 개최한 이래, 경상남도 하동, 강원도 원주 등에서 매년 2회 이상의 정기학술대회를 개최해 왔다. 또한 2016년에는 통영에서 특별 학술대회를 개최한 바도 있다. 토지학회는 원주에서 거행되어 오던 '박경리문학제'의 기획을 이어받아 매년 가을 '토지문화재단'과 공동으로 원주에서 학술대회를 2019년까지 개최해 왔다. 2020년에는 '코로나19 재난 사태' 때문에 일정이 연기되었지만, 하동군과 원주시의 지원을 받으며 2회의 '토지학회 학술대회'를 비대면으로 개최하였다. 두 학술대회의 영상은 유튜브(Youtube)에서 '토지학회'를 검색하면 찾아볼 수 있다. 특히 2020년 11월에는 토지의 주요 무대인 지리산, 섬진강, 하동 악양 들판, 고소성 등을 토지학회 회원들이 돌며 해당 공간이 지닌 문학적 의미를 설명하는 동영상을 제작하여 하동군에 제출하였다. 하동군에서의 『토지』 관련 콘텐츠 제작은 2021년에도 이어질 예정이다.

박경리 작가가 18년간 머물던 원주 단구동 자택이 도시계획으로 인해 헐릴 위기에 처하자 원주시는 매지리에 '토지문화관'을 건립하고 박경리 작가를 위한 새로운 주거공간을 마련해 주었다. 박경리 작가는 이곳에서 2008년 5월, 타계할 때까지 머물렀다. 박경리 작가가 말년을 보낸 매지리 집은 현재 그대로 보존되어 있다. 헐릴 예정이었던 단구동 자택도 다행히 보존되면서 지금은 '박경리문학공원'의 일부 시설로 활용되어 관람객을 맞이하고 있다. '토지문화관'은 작가들이 창작을 지원하는 사업을 중점적으로 전개하고 있고, 창작가들이 가장 창작을 위하여 가장 머물고 싶은 공간으로 알려져 있다. '박경리문학공원'은 매년 '소설 토지학교'와 '청소년 토지학교' 등을 운영하고 있다. 이들 사업을 총괄하는 '토지문화재단'은 전 세계 작가들을 대상으로 '토지문학상'을 매년 수상하고 있다.

원주시 토지문화재단의 후원하에 매년 토지문화관에서 '토지학회 가을 학술대회'가, 하동군 평사리에 있는 '평사리문학관'에서는 매년 5월 '토지학회 봄 학술대회'가 열린다. 또한 이들 학회에 맞추어서 '토지연구총서'들이 발간되고 있다. '토지연구총서'는 『토지』에 대한 토지학회 연구 성과를 주제별로 묶어 편찬하는 것이다. 2020년 5월 현재 총 4권(공간, 구성, 젠더, 전쟁 편 등)이 간행했다. 또한 2019년에는 『토지 인물열전』을 처음으로 발간했다.

이 책은 2011년부터 원주시에서 열리고 있는 '박경리문학제문학포럼'에 발표된 22개의 '인물열전' 발표문들을 모은 책이다. 이 책을 간행하기 위해 '토지학회'는 2018년부터 발표자들에게 자신의 발표문을 수정·보완하도록 했다. 책임 편집자인 이승윤에 의하면 "이 책에 실린 글들은 발표 당시의 원고를 기본으로 했으나 출판을 위해 전면적으로 수정되거나 아예 처음부터 새롭게 쓰이거나 제목을 바꾼 원고도 있다."라고 한다.

박경리의 『토지』에는 700여 명의 인물이 등장하고 있다. 작품에 등장하는 인물들이 차지하는 작품 내 비중과 역할은 당연히 다르다. 최서희, 김길상 부부를 주인공으로 볼 수도 있고, 최참판댁에 속한 인물들(윤씨 부인, 별당 아씨, 최치수, 김환, 최서희, 김길상, 최환국, 최윤국 등)이 『토지』의 핵심 인물들로 보는 견해도 있을 수 있지만, 일반적으로 『토지』의 주인공을 특정하기 어렵거니와 특정하는 것이 무의미하다는 의견이 지배적이다.

현실 세계나 작품 세계 내의 모든 사람은 각자 모두 소중한 존재이고 세상의 중심이며 주체적·능동적으로 살아갈 권리와 의무를 지니고 있다. 『토지』의 저자 박경리는 자신이 창작한 작품에 등장하는 인물들에 대해 다음과 같이 이야기하고 있다.

> "제 소설을 두고 역사를 많이 운운하지만, 작가의 입장에서 저는 작품을 쓸 때 미리 어떤 역사적인 사실을 전제해 두고 거기에 개인을 맞추어 넣지는 않아요. 왜냐하면 저는 역사가도 아니고, 사상가도 아니기 때문입니다. 사람 하나하나의 운명, 그리고 그 사람의 현실과의 대결을 통해서 역사가 투영됩니다. 열 사람이면, 백 사람이면 백 사람을 모두 이렇게 주인공으로 할 경우 비로소 역사라는 것이 뚜렷이 배경으로서 떠오르게 되지요."

이승윤은 '인물열전'의 기획이 윗글에서 제시된 박경리 작가의 취지에서 비롯된 것이라고 했다. 곧 "나름의 존재 값을 지닌 '사람 하나하나의 운명'" 그들을 중심으로 『토지』를 읽어 보고자 '인물열전'이 애초에 기획되었다는 것이다. '열전'이란 여러 사람의 전기(傳記)를 차례로 벌여서 기록한 책을 일컫는다. 『토지 인물열전』의 경우도 이와 크게 다르지 않다. 이승윤은 또한 이 책의 서문에서 "22명의 필자들이 자신이 담당한 인물을 자신의 방식으로 풀어가는 각각의 개성 또한 이 책을 읽는 재미"라고도 했다.

조윤아는 「원작 해체를 통한 대중문화 콘텐츠의 확대 가능성」(『대중서사연구』 24권 4호, 2018. 11)에서 2011년부터 2018년까지 발표된 '『토지 인물열전』' 들을 네 가지 유형으로 분류했다. 첫째는 발표자가 최소한으로 개입해 원작을 그대로 인용하면서 재구성하는 유형이다. 둘째는 원작에 없던 내용을 발표자가 상상해 넣음으로써 외전(外傳)의 성격을 보이는 유형이고, 셋째는 발표자가 이야기꾼으로서 인물의 생애를 전해 주는 유형이며, 넷째는 전문적인 분석과 해설로 독자의 '원작 이해'를 도와주는 유형이다. 이와 같은 분류는 주로 '인물열전'의 형식이나 스타일에 따른 분류법이라 할 수 있다. 이 서평에서는 조윤아의 분류법을 참조하되 내용적인 측면을 주로 고려해 다시 분류해 보고자 한다.

『토지 인물열전』— 박경리 대하소설 『토지』를 읽는 또 하나의 방법

토지학회 | 마로니에북스 | 2019년 10월 12일

▌차례▐

- 나의 할머니가 살아온 이야기 : 윤씨부인 이야기 | 박은정
- 운명을 마주한 당랑거사(螳螂居士) : 최치수 이야기 | 김연숙
- 꽃이 아니라 새(鳥)로 태어날 거요 : 별당아씨 이야기 | 강은모
- 한(恨)과 생명의 대자대비(大慈大悲) : 구천이 이야기 | 김성수
- 운명의 비밀을 찾아서 : 최서희 이야기 | 이상진
- 생명을 모시는 생명 : 김길상 이야기 | 이인재
- 순종과 순정 사이, 어떤 사랑의 역사 : 봉순이(기화) 이야기 | 함정임
- 욕망대로 살다가 요지경이 된 인생 : 조준구 이야기 | 정혜원
- 작은 사내가 들려주는 가락과 장단이 있는 인생 : 조병수 이야기 | 장미영
- 당위와 현실 사이, 부유(浮游)하는 시간들 : 이상현 이야기 | 이승윤

- "이만하믄 괜찮기 살았다" : 송관수 이야기 | 김승종
- 슬퍼하고 괴로워한 정(情) 많은 사내 : 이용 이야기 | 양문규
- 꽃상여길, 외로움을 이겨낸 삶 : 공월선 이야기 | 서현주
- 곡절 많은 내 삶, 미워도 다시 한 번 : 임이네 이야기 | 조윤아
- 백옥심덕(白玉心德)한 사람 : 강포수 이야기 | 이호규
- 허망(虛妄)을 꿈으로 품은 계집종 : 귀녀 이야기 | 최유희
- 후회를 모르는 악당 : 김두수 이야기 | 박상민
- 갈색의 세월 : 유인실과 오가타, 쇼지의 이야기 | 이덕화
- 무욕(無慾)의 자유인 : 주갑이 이야기 | 이태희
- 푸른 다브잔스를 입은 여인 : 심금녀 이야기 | 문윤희

2. 최참판댁 관련 인물들의 '인물열전'

조윤아가 분류한 첫 번째 유형의 '인물열전'은 원작 『토지』의 훼손을 최소화하면서 프로그램 기획 의도와 취지에 맞추고 있다. 이 유형에 속하는 '인물열전'으로는 이상진의 「운명의 비밀을 찾아서 : 서희 이야기」, 이인재의 「생명을 모시는 생명 : 길상 이야기」, 박은정의 「나의 할머니가 살아온 이야기 : 윤씨 부인 이야기」 등이 있다.

이상진은 「운명의 비밀을 찾아서 : 서희 이야기」에서 『토지』 전(全) 권에 걸쳐 등장하는 핵심 인물인 최서희의 '운명의 비밀'을 원작에 충실하게 인용하면서 추적하고 있다. 이상진의 글은 최초의 '『토지 인물열전』' 이라는 점에서 큰 의미를 지닌다. 이 발표는 작품에 등장하는 인물의 한 사람을 중심으로 원작을 해체해 재구성하는 시도 자체가 한국 최초의 사례일뿐더러 '『토지 인물열전』'이 원주 학술대회의 정규 프로그램의 하나로 당당히

자리를 잡는 데 이바지하였다.

이상진은 1권(마로니에출판사)의 최서희의 어린 시절부터 1945년 8.15해방을 맞이하기까지 최서희의 일생을 본문을 인용해 가면서 시간 순서대로 엮어내고 있다. 어머니는 집을 나가고 아버지와 할머니는 세상을 하직한 후 최서희는 고립무원의 처지에 놓인다. 설상가상으로 조준구는 최참판댁 재산을 가로채고 평사리를 지배한다. 마을 사람들이 조준구를 처단하기 위해 나섰으나 일본 헌병의 개입으로 말미암아 실패하고 윤보, 이용, 김길상, 송관수 등은 산으로 쫓긴다. 산에서 윤보, 이용, 영팔, 송관수 등과 함께 의병으로 활동하던 길상은 조준구의 추적을 피해 최서희를 간도 용정으로 이주시킨다.

용정에서 사업에 성공한 서희는 하인 신분이었던 길상과 결혼하고 조준구를 함정에 빠지게 해 빼앗겼던 재산을 되찾고 두 아들과 함께 진주로 돌아온다. 이 과정에서 월선의 작은아버지인 공노인, 임명희의 부친인 임역관, 별당아씨와 함께 달아났던 김환, 조준구로 인해 비명횡사한 정한조의 아들 정석 등이 조준구를 함정에 빠뜨리고 미혹에 빠지게 만든다. 마침내 대부분의 조준구 소유의 재산이 최서희에게 넘어오자 그녀는 귀국을 결심하고 아들들과 함께 진주에 새 터전을 마련한다. 그러나 남편 길상은 귀국하지 않고 만주에 남아 독립운동을 전개한다.

서희는 적지 않은 위험을 감수하고 오직 어머니로서 아들의 자존감을 회복해 주기 위해 "환국이 아버지는 나라 위해 몸 바친 분"임을 당당히 밝히기도 한다. 이후 환국이 높은 자존감을 지니고 살아가면서 아버지를 더욱 자랑스럽게 여기게 되었음은 물론이다. 이처럼 고난, 치부, 결혼, 재산 회복과 복수, 귀국 후 자녀 양육과 안정적 삶의 영위로 이어지는 서희의 삶을 이상진은 순차적으로 정리하고 있다. 서희는 재산을 되찾고 가문의 회복을 이룬 후 이유 모를 무력감과 허무 의식에 빠진다. 그러나 그는 봉순의 딸 양현을 의사가 될 때까지 훌륭하게 키우고 남편에게 은밀하게 독립운동자금을 보내고 할머니의 뒤를 이어 지리산 독립운동 세력을 지원하는 이타적인 행위를 통해 허무 의식과 무력감에서 서서히 벗어나기 시작한다. 어쩌면 이러한 자기 구원 행위가 이상진이 말하는 '운명의 비밀'일지도 모른다. 해방을 맞이한 그녀가 "자신을 휘감은 쇠사슬이 요란한 소리를 내며 땅에 떨어지는 것을 느낀다."라는 『토지』의 마지막 문장을 인용하며 이상진의 '최서희 이야기'는 끝이 난다.

역사학자인 이인재는 「생명을 모시는 생명 : 김길상 이야기」에서 길상의 삶을 다양한 형태의 연표를 통해 제시하고 있다. 임명희, 임명빈, 환국 등이 길상을 어떻게 바라보고 있는지 기술하고, 길상의 관음 탱화 제작, 만주와 국내에서의 비밀조직 활동, 가정생활, 서희와의 관계, 길상의 공상 등에 대해서는 연표의 형식으로 정리하고 있다. 이인재는 이처럼 길상의 삶을 연령대별로 정리하되 여러 각도에서 동시에 조명함으로써 길상이라는 인물이 다각적으로 드러나게 했다. 서희와 길상의 삶은 『토지』의 '척추'에 해당한다는 점에서 '최서희 이야기'와 '김길상 이야기' 이 두 '인물열전'은 『토지 인물열전』의 근간에 해당한다.

박은정의 「나의 할머니가 살아온 이야기 : 윤씨 부인 이야기」는 이 책의 첫 장에 해당하는 인물열전이다. '윤씨 부인 인물열전'은 최서희의 시각으로 윤씨 부인의 삶을 정리하고 있다. 친정 식구들이 천주교 박해 시기에 처형당하고 남편은 노루고기 동티로 죽은 데다가 동학 장수 김개주에게 겁탈당하고 회임(懷妊)까지 하게 되면서 윤씨 부인은 일생일대 최대의 위기를 맞이한다. 아들 최치수는 어머니의 비밀 출산을 눈치채고 방황하며 냉소적이면서도 자학적으로 살아간다.

윤씨 부인은 남편이 죽은 후 최참판댁의 재산과 소작인들을 관리할 뿐 아니라 평사리 마을을 실질적으로 지배한다. 그러나 큰며느리와 김환의 불륜과 출분(出奔), 최치수가 살해당하는 사건 등은 윤씨 부인에게 심각한 정신적 타격을 가한다. 조준구가 호시탐탐 최참판댁의 틈을 노리는 가운데 윤씨 부인은 손녀인 최서희만 남기고 콜레라로 세상을 하직한다. 임종을 앞두고 서희에게 농 밑에 황금을 숨겨놓은 사실을 알려줌으로써 서희가 훗날 재기할 수 있도록 조치한다. 박은정의 '윤씨 부인 이야기'는 윤씨 부인의 재산과 정신을 실질적으로 이어받게 되는 최서희의 눈으로 윤씨 부인을 바라보게 함으로써 윤씨 부인의 삶과 정신이 최참판댁 후대에 미친 영향을 오롯이 드러낸다.

김연숙은 「운명을 마주한 당랑거사(螳螂居士) : 최치수 이야기」에서 자신을 1인칭 화자로 설정하고 "이용 다음으로 싫어했던 최치수 어른이 상처를 보듬고 살아온 세월"에 대해 구어체로 기술하고 있다. 김연숙은 어머니 윤씨 부인의 비밀스러운 냉정함과 아내 별당아씨의 배신으로 받은 상처가 최치수의 '선병질적(腺病質的)이고 괴팍한 성격'을 형성한 원인이었음을 지적하고, 이용을 괴롭히면서도 한편으로 존중하고 부러워하는 양가적(兩價的) 내면 심리도 적절하게 드러내고 있다. 김연숙은 그리하여 "자신과 상관없이 얽매인 자신이 가진 날카로운 앞발 하나만을 곧추세우고 버틴 '당랑거사'" 라고 규정한다. 이와 같은 김연숙의 '인물열전'은 자칫 지나치기 쉬운 최치수를 깊이 있게 바라보게 하는 효과를 빚어내고 있다.

강은모의 「꽃이 아니라 새(鳥)로 태어날 거요 : 별당 아씨 이야기」는 경어체를 사용하는 3인칭 화자 시점을 통해서 "그녀에게 관련된 모든 정보는 주로 기억, 꿈, 소문을 통해 주변 인물의 목소리로 제시"되기 때문에 불확실한데다가 소설 속에서 차지하는 분량조차 적은 별당 아씨를 재구성하고 있다. 강은모는 『토지』 텍스트에는 드러나 있지 않지만, 별당아씨가 어린 서희에 대해서는 죄책감을, 어머니로 인해 깊은 상처를 입은 구천에게는 모성애를 지니고 있었을 것으로 추정한다. 또한 불편했을 최치수와의 부부

관계도 합리적으로 추정해낸다. 이처럼 강은모의 글은 주로 '추정'에 의지하고 있지만, 작품의 문맥을 충분히 고려하였기 때문에 상당한 타당성을 지니고 있다. 필자가 『토지』 텍스트 이면에 숨겨져 있는 작가의 의도나 감정을 잘 읽어내고 있고, 또 『토지』의 독자들 역시 그 추정에 충분히 공감할 수 있기 때문이다.

김성수는 「한(恨)과 생명의 대자대비(大慈大悲) : 구천 이야기」에서 토지 전문학자의 시선으로 구천을 분석적으로 기술하고 있다. '구천의 출생과 신분의 내력, 그리고 행적', '불륜의 애정과 비련(悲戀)의 운명 : 꽃과 나비의 사랑', '주유천하(周遊天下)와 독립운동의 행적', '산중문답(山中問答)과 대자대비(大慈大悲)의 해한(解恨): '탱화'의 상징성' 순으로 구천의 삶을 총체적으로 조망한 후, 김성수는 구천을 "불륜의 인연으로부터 태어나 별당아씨와 '꽃과 나비'의 사랑을 나누는 한편, 독립운동하기 위해 한반도 전역의 이곳저곳, 이 산 저 산을 넘나든" 인물로 정리했다.

소설가이자 문학 연구자인 함정임은 「순종과 순정 사이, 어떤 사랑의 역사 : 봉순이 이야기」에서 먼저 작가 박경리와의 각별한 인연을 소개하고 있다. 함정임은 봉순이 등장하는 부분을 거의 발췌하여 인용하고 그에 대해 설명을 덧붙이는 방식으로 봉순의 일생을 재구성하는 방법을 사용하고 있다. 함정임은 봉순을 "비록 서희의 몸종이기는 하나 미정형(未定型)이지만 한 차원 높은 단계로 상승할 기질과 품성이 있었으나 시간이 흐르면서, 곧 세상의 위계질서에 고정된 신분의 한계를 깨닫는 순간부터는 갈등과 고통의 역할만을 줄기차게 전달함으로써 평면 인물로 전락하고 만다"라고 평가했다.

3. 『토지』에 등장하는 악인들의 '인물열전'

『토지』에는 김길상, 김환, 이용, 월선, 조병수, 김한복, 심금녀, 주갑 등과 같이 '한(恨)의 긍정적 측면을 드러내는 인물, 곧 '삭임'(올바른 가치 지향성, 인욕, 정진)이라는 단계를 거쳐서 '부정적 정서(원망과 자책)'를 '긍정적 정서(배려와 소망)'으로 승화시키는 '연꽃 속의 보석' 같은 인물들이 있다. 그런가 하면 그 연꽃을 더욱 빛나게 하는 더러운 물, 혹은 '한'의 어두운 측면을 드러내는 악한 인물들이 있다. 악한 인물들은 소설의 플롯 전개를 위해 필수적으로 등장해야 하는 인물들이기도 하다. 최유찬은 악행을 일삼는 인물들로 귀녀, 임이네, 김두수, 조준구와 같은 인물들을 들고 있다(최유찬, 『세계의 서사문학과 『토지』』, 서정시학, 2008).

『토지 인물열전』에서 조윤아와 박상민은 각각 임이네와 김두수를, 정혜원과 최유희는 각각 조준구와 귀녀를 다루고 있다. 조윤아는 "자신이 작성한 「곡절 많은 내 삶, 미워도 다시 한번」이 '외전(外傳) 지향의 텍스트'에 해당한다."라고 했다. "『토지』에서 사랑받지 못한 인물, 주위에 해악을 끼쳐 미움을 받은 인물이어서 그를 분석하고 비판하기보다는 임이네의 입장이 되어 그녀의 삶을 대변하고자" 조윤아는 임이네를 1인칭 화자로 설정한 것이다. 그 결과 「임이네 이야기」에서는 원작자도 모르고 독자도 모르는 내용, 즉 어떤 한 상황에서의 임이네의 속마음이 필자의 상상으로 추가됨으로써 "본전에서 빠진 이야기의 보충을 의미하는 '외전'의 성격을 보이게 된다.

박상민의 「후회를 모르는 악당 : 김두수 이야기」 역시 김두수를 1인칭 화자로 설정해 '자서전적 성격의 인물열전'을 기술하고 있다. 귀녀, 조준구, 임이네, 김두수 등은 『토지』에 등장하는 대표적인 악인들이다. 임이네와 김두수는 분명한 악인이지만, 나름대로 깊은 상처와 아픔을 지닌 인물들이다.

김두수의 부친 김평산은 최치수 살해의 주범으로서 평소에 아내와 이웃에게 폭행과 폭언을 일삼는 인물이었다. 그는 조준구의 은근한 사주와 귀녀의 신분 상승 욕구에 편승해 일확천금을 노리고 최치수를 살해한 죄로 처형된다. 김평산이 체포되자마자 김두수의 어머니 함안댁은 자결한다.

평사리 주민들과 친척들의 질시와 반목을 당하며 김두수는 오직 복수만을 꿈꾼다. 그는 조선인 전체를 적대시하고 일제의 밀정이 되어 수많은 독립투사를 잡아들이거나 죽음으로 내몬다. 그러나 그가 심금녀에게 집착하고 동생 한복을 믿고 의지하는 것은 그 역시 나약한 인간 중 한 사람임을 증명한다. 심금녀로부터 어머니의 이미지를 발견했기에 그녀에게 집착했고, 유일한 혈육인 한복 외에는 신뢰할 사람이 전혀 없다고 생각한다. 그러나 한복은 김두수의 이러한 신뢰를 역이용해 독립운동에 가담한다.

조윤아, 박상민 등은 악인들조차 완전히 상실하지는 않은 인간적 면모를 드러내기 위해 1인칭 시점을 사용했다. 작가 박경리는 아무리 사악한 인간이라도 인간적 면모가 완전히 없어지는 것은 아니며, 그들이 그렇게 행동할 수밖에 없었던 특수한 처지를 일정하게 인정하는 것으로 보인다. 그렇다고 해서 그들의 악행 자체가 용서받을 수 없는 것임은 물론이다. 악인들이 모두 귀녀처럼 처형되지는 않는다. 김두수는 작품 내에서 살인, 강간, 폭행을 비롯한 수많은 악행을 저지르지만 처단되지 않고 수를 누린다. 임이네는 복막염이 복부 전체로 퍼지면서 고통스럽게 죽게 되는 것이지만, 마지막 순간까지 온갖 비방을 마다하지 않으며 패악을 떠는 등 결코 반성하거나 기죽지 않는다. 작가 박경리는 이들 악한 인물들조차 입체적으로 조망하는 가운데 선하고 의로운 인물들을 더욱 빛나게 하는 역할을 부여하고 있음을 조윤아와 박상민의 인물열전을 통해 알 수 있다.

『토지 인물열전』 중 가장 흥미로운 '인물열전'은 정혜원의 「욕망대로 살다가 요지경이 된 인생 : 조준구 이야기」다. 같은 악인이더라도 귀녀는 신분사회의 모순을 극복하고자 하는 명분이 있었고, 더욱이 임종을 앞두고는 진정성을 가지고 참회하는 모습을 보인다. 그녀와 지순한 사랑을 나눈 강포수는 둘 사이에서 태어난 두메를 훌륭하게 키웠을 뿐만 아니라, 아들의 비밀을 지키기 위해 자신의 목숨마저 내놓는다. 임이네 역시 악인이지만 남편이 살인 공범으로 처형된 이후 생존을 위해 참혹한 삶을 살아야 했고, 이용의 아들을 낳았으면서도 그의 사랑은 받지 못했던 사정 때문에 나날이 물욕이 늘어날 수밖에 없었던 정상을 어느 정도 참작할 수도 있다. 민족반역자이자 포악하고 잔인하기 이를 데 없는 김두수마저도 심금녀와 동생 한복에게만큼은 인간적 면모를 내비치고 있다.

하지만 조준구에게는 정상을 참작하거나 동정할 여지가 전혀 없고 최소한의 인간적 면모나 양심도 찾아보기 어렵다. 그는 최치수 살해를 사주하고 최참판댁 재산을 가로챈 후, 일제의 권력에 편승하여 자신의 탐욕을 채우기에 여념이 없는 모습을 보인다. 그는 삼월을 성적으로 유린하고 무책임하게 버리고, 마을 사람들을 분열시키고 자기 편으로 줄 세우는 한편, 자신에게 불손했다는 이유만으로 선하고 평범한 농민인 정한조가 일본 헌병에게 총 맞아 죽게 만든다. 평사리를 떠나 경성으로 이주한 이후에도 조준구의 물욕과 색욕은 그칠 줄 모른다. 욕망에 눈이 어두웠던 그는 최서희, 공노인, 김환 등이 파놓은 함정에 빠져 경제적으로 몰락한다. 평사리 최참판댁 종택을 처분한 돈을 밑천 삼아 전당포를 운영하던 그는 말년에 아들 조병수 집에 거하며 온갖 패악을 일삼는다.

정혜원은 어린이 대표, 장애인 대표, 여성 단체 대표, 경제인 대표, 그리고 토지학회 대표 등과 조준구가 인터뷰하는 형식으로 완벽한 악인이라 할 수 있는 조준구의 악행을 다각적으로 파헤치는 성과를 거둔다. 어린이 대표는 어린 서희를 괴롭히고 그녀의 재산을 빼앗은 사실을 비난하고, 장애인 대표는 아들 조병수를 학대하고 감금해 사육하다시피 키운 사실을 따진다. 또한 말년에 찾아와서 온갖 민폐를 끼친 사실도 지적하며, 여성 단체 대표는 조준구가 삼월을 겁탈하고 욕보인 것과 가는 곳마다 여자를 두고 문란한 삶을 산 것을 비판했다. 경제인 대표는 부당하게 최참판댁 재산을 가로채었다가 욕심에 눈이 머는 바람에 서희에게 그 재산을 모두 빼앗긴 경제적 무능을 조롱하고, 토지학회 대표는 친일 행위, 도덕적 타락 등을 총체적으로 비판한다. 조준구는 이러한 비판과 조롱에 할 말을 잊고 억지를 부리거나 쩔쩔매는 모습을 보인다.

4. '한'과 '생명사상'을 드러내는 인물들의 '인물열전'

『토지 인물열전』에 실린 글 중 가장 창의적인 '인물열전'은 이덕화의 「갈색의 세월 : 유인실과 오가타, 쇼지의 이야기」이다. 이 '인물열전'은 새롭게 독립적으로 재탄생된 단편소설이라 할 수 있다. 실제로 이덕화는 '인물열전'을 쓰기 위해 작품의 배경이 되고 있는 히비야 공원을 직접 답사하기도 했다. 쇼지는 일본인 오가타와 한국인 여성 유인실 사이에서 태어난 혼혈아다. 오가타는 일본인이면서도 한국인들이 겪는 고통에 공감하고 일본인들의 거짓됨과 잔인함을 비판하는 코스모폴리탄이며 유인실은 사회주의 계열의 조선 독립운동가이다. 두 사람은 숙명적인 사랑을 하고 아들까지 낳지만 민족적 현실을 외면하지 못한 끝에 오랜 기간 소식조차 알지 못한다. 둘 사이에 태어난 쇼지는 한국인 남성인 조찬하와 일본인 어머니에 의해 친아들처럼 구김살 없이 성장한다.

「갈색의 세월 : 유인실과 오가타, 쇼지의 이야기」는 태평양전쟁이 종전된 후 폐허가 된 동경을 배경으로 유인실, 오가타, 조찬하 등을 쇼지의 눈으로 바라보는 형식을 취하고 있다. 이와 같은 작업은 텍스트를 가장 능동적으로 읽어내야만 가능한 것이다. 이덕화는 『토지』에 전혀 언급되지 않은 시간적 배경을 설정하고 그 시기에 일어날 수 있는 사건과 인물들의 행동과 심리를 묘사함으로써 작가가 미처 다루지 못한 영역을 가시화함으로써 『토지』라는 텍스트의 외연을 확장하고 있다.

양문규는 「슬퍼하고 괴로워한 정 많은 사내 : 이용 이야기」에서 이용을 초점화자로 설정함으로써 1인칭 시점의 한계를 극복한다. 곧 이용에게 감정이입을 하면서도 3인칭 화자를 설정해 이용과 일정한 거리를 유지함으로써 '주관성'과 '객관성'을 동시에 획득하고 있다. 이용과 월선을 서로 사랑하면서도 강청댁과 결혼하고 임이네와 사이에 아들을 낳는 바람에 그녀와 부부 인연을 맺지 못한다. 강청댁에게 폭행당하고 임이네 때문에 힘들게 살아야 했던 월선의 임종을 앞두고 이용은 여한이 없냐고 묻고 월선은 여한이 없다고 답한다. 이용의 아들 홍이는 이런 아버지를 "인간의 도리를 위해 무섭게 견디어야 했으며 자신의 존엄성을 허물지 않았다."라고 평가한다.

김승종은 작가 박경리에게 띄우는 편지의 형식으로 「이만하믄 괜찮기 살았다 : 송관수 이야기」를 썼다. 최서희와 김길상이 『토지』 전체를 지탱하는 척추에 해당하는 인물이라면 송관수, 강쇠, 몽테 같은 민중 계층 인물들은 '근육'에 해당하는 인물들이라 할 수 있다. 그는 장돌뱅이의 아들로 태어났고 일찍 아버지와 어머니를 여의고 의병 활동에 참여했다가 백정의 사위가 된다. 백정이 겪어야만 했단 온갖 차별과 소외를 겪으며 그는 민중운동에 적극적으로 참여한다. 형평운동을 진주에서 노동운동을 부산 부둣가에서 전개하는가 하면, 동학당의 항일운동과 만주에서의 독립운동에 적극적으로 참여하다가 호열자(콜레라)에 걸려 죽는다.

그는 말보다는 행동을 앞세우며, 이론보다는 온몸으로 체득한 깨달음을 중시한다. 그러면서도 자식들이 백정의 후손으로서 겪을 수밖에 없는 냉대와 차별 때문에 이성을 잃을 정도로 흔들리는 모습을 보이기도 한다. 김승종은 작가에게 보내는 편지 형식을 통해 독립투사이면서 한 여자의 남편, 그리고 자녀들의 아버지로서의 모습을 총체적으로 보여주고 당당하면서도 때로는 괴로워하고 고뇌하는 내면을 솔직하게 드러냄과 동시에 죽음을 앞두고 쓴 유서에서 "이만하믄 괜찮기 살았다."라고 고백할 정도로 악한 상황 속에서도 최선을 다했던, 그럼으로써 스스로 빛나는 존재가 된 송관수의 가치지향적 삶을 조명하고 있다.

장미영은 조병수를 1인칭 화자로 설정한 「작은 사내가 들려주는 가락과 장단이 있는 인생 : 조병수 이야기」에서 부모에게조차 무시당했던, 그러나 『토지』에 등장하는 인물 중에서 가장 영혼이 맑고 아름다운 '꼽추 도령' 조병수를 다루고 있다. 고립된 상태에서 어린 시절을 보냈고, 서희를 사모했으나 상처만 입었으며 자신의 신체와 처지를 비관해 여러 차례 자결하려 했던 조병수는 소목 일에 전념하게 되면서 물아일체의 경지를 경험하고 고결한 인격을 지니게 된다. 부친인 조준구가 찾아와 기식하면서 온갖 행패를 부리고 조병수를 괴롭혔음에도 불구하고 그는 끝내 무너지지 않고 묵묵히 견디면서 고행에 가깝게 부친 조준구의 포악과 무리한 요구를 받아내며 자식으로서 해야 할 도리를 다한다.

조병수의 아들조차 아버지의 행동을 이해하지 못한다. 조병수는 어떤 오물도 정화할 수 있는 골짜기의 물처럼 고난을 통해 영적으로 높은 단계에 이른 인물이 된 것이다. 조병수는 "저 같은 사람도 살아야 할 이유가 있었듯이, 누구든지 이 땅에 온 이유를 반추하기 위해" 자신과 같은 존재가 태어났다고 생각한다. "절망하지 말라고 이 세상에 이유 없이 핀 꽃은 없다고, 상처투성이인 제 삶이 축복이 되는 그 순간, 인생을 새롭게 볼 수 있는 혜안이 열리게 되었던 것처럼." 그리하여 장미영은 조병수로 하여금 '가락과 장단이 있는 제 흥에 겨운 자신의 삶'에 대해 "깊이 감사하고 행복하다."라고 고백한다.

이승윤은 「당위와 현실 사이, 부유(浮遊)하는 시간들 : 이상현 이야기」에서 이상현이 '독자에게 그리 매력적이지 않은 인물'임을 전제한다. "아버지 이동진에 대한 열등감, 양반 혹은 지식인으로서의 도리와 명분, 여러 여성 인물들과의 애정 관계, 평사리·간도·경성·만주를 전전했던 시간이 상현을 구성하고 있다"라고 했다. "상현의 좌절과 절망, 무기력은 역사적 맥락이나 시대적 요구와는 동떨어져 있다. 오히려 그것은 개인적인 기질에 닿아 있으며, 자의식이 강하고 우유부단하며 허무에 가득 찬 캐릭터를 상현이 지니고 있다"라는 것이다. 앞에서 다룬 유인실, 이용, 송관수, 조병수 등이 자신이 당한 고통을 무섭게 견디며 자존감을 지키는 한편 올바른 가치를 지향하는 행위의 실천을 통해서 '한'과 '생명사상'을 드러내는 인물들이라면 이상현은 좋은 환경과 훌륭한 재능을 지니고 있음에도 불구하고 계급적 장벽에 가로막힌 나약한 의지와 우유부단함으로 인해 스스로 무너지는 모습을 보인다.

이 밖에도 서현주, 이호규, 최유희, 이태희, 문윤희 등은 각각 공월선, 귀녀, 주갑, 심금녀 등이 인물열전을 작성했다. 이들이 다룬 인물들은 『토지』에서 상대적으로 자주 등장하지 않는 인물들로서 독자들이 많은 정보를 얻을 수 없는 인물들이다. '인물열전' 필자들은 상상력과 추리력을 동원해 부족한 정보에도 불구하고 자신이 맡은 인물을 온전하게 복원해 내고 있다. 이와 같은 노력은 그렇지 않아도 방대하고 웅숭깊은 면모를 자랑하는 『토지』라는 텍스트를 더욱 풍성하게 만들어 가고 있다.

5. 맺는말

이상으로 2019년에 토지학회에서 간행한 『토지 인물열전』의 내용을 간략하게 소개했다. 『토지』는 21권(마로니에북스 판)이나 되는 방대한 분량의 소설이다. 흔히 '대하소설(大河小說)'이라고 하지만 '다하소설(多河小說)'이라고 하는 학자들도 있다. 워낙 길고 복잡다단한 줄거리를 지닌 소설이다 보니 한 번 읽고 내용을 충분히 파악하기는 사실상 불가능하다. 여러 차례 읽으면서 미처 파악하지 못했던 내용과 작가의 의도 등을 파악해 가면서 자신의 생각과 느낌을 보완해 나가야 한다.

이 과정에서 『토지 인물열전』은 '『토지』를 읽는 새로운 길'을 제시할 수 있다고 본다. 물론 『토지』를 연구한 수많은 논문과 저서가 있다. 또한 『토지』를 읽는 이들에게 이들 학술 업적은 큰 도움이 될 수 있다. '토지학회'를 비롯한 여러 학술단체에서 지속적으로 『토지』를 연구해 나감으로써 『토지』가 지닌 깊고 풍성한 의미들을 발견하고 드러내야 한다.

또 한편으로 『토지 인물열전』과 같이 작품의 외연을 확장하고 틈새를 보충해 나가는 작업과 작품이 지닌 가치와 작품이 담고 있는 사상과 정서를 대중적으로 널리 알리는 작업도 병행되어야 한다. 이미 『토지』를 원작으로 하는 영화, 드라마, 뮤지컬, 만화, 청소년 『토지』 등이 제작된 바 있거니와 이와 같은 작업은 더욱 다양한 방식으로 지속해야 할 것이다.

『토지 인물열전』에는 『토지』에 등장하는 인물 중 22명만 다루고 있을 뿐이다. 따라서 '인물열전'의 발표는 계속 이어져야 한다. 앞으로 다룰 인물들은 그동안 다룰 인물들에 비해 작품을 통해 알 수 있는 정보가 제한적인 경우가 많다. 그 때문에 독자의 더 깊은 독서와 활발한 상상력, 추리력, 분석력 등을 요구할 수밖에 없다. 당연히 전문학자 외의 일반 독자와 학생들의 광범위한 참여가 필요하다.

첫 번째 『토지 인물열전』에서와 같이 형식도 정해져 있지 않다. 발표자가 전기, 연대기, 인터뷰, 편지, 단편소설, 희곡, 신문 기사 등 다양한 형식을 사용할 수 있고 다양한 시점과 화자를 설정할 수 있으며 방언, 경어체, 율문체 등 문체도 자유롭게 구사할 수 있다. 또한 이러한 독서법과 글쓰기가 『토지』를 더욱 깊이 있고 풍요롭게 읽는 수단이 될 수 있다면, 대상 작품을 『토지』 외의 다른 작품으로 확산시킬 수도 있을 것이다.

제2부

전북문학을 위하여

Ⅰ. 전북문학의 ‘창조적 변방성’과 『혼불』의 장소성

1. 전북지역 문인과 한국 문단

오하근은 ‘전북문학’이 전북에서 나서 자라고 죽는 사람이 전북 방언으로 전북인만의 고유한 삶을 기록한 문학만을 가리키는 것은 아니라고 하였다. 오하근은 따라서 ‘전북문학’을 “전북인에 의한 한국문학”으로 폭넓게 바라보아야 한다고 주장하였다.[1]

1920년대에 전주 출신 시인 유엽(1902~1975)은 『금성』의 편집인으로 활동하였으며 이 시대에 유행하였던 감상적 낭만주의 시를 창작하였다. 익산 출신 이병기(1892~1968)는 국문학자이면서 ‘시조부흥운동’에 참여하였고 시조의 현대화에 이바지하였다. 파스큘라(PASKYULA)의 일원이었던 전주 출신 소설가 이익상(1895~1930)은 카프(KAPF) 창설에 이바지하였다. 전주 출신 시인 김창술(1903~1905) 역시 카프에 가입하여 선전·선동의 성격을 지닌 계급시(階級詩)를 남겼다. 감상적 낭만주의 문학과 민족주의적 국민문학, 그리고 사회주의적 계급문학은 1920년대 문학의 큰 흐름이라 할 수 있는데, 전북

1 오하근, 『전북현대문학·상』, 신아출판사, 2010, 10~11쪽.

지역은 수도권 지역과 상당한 거리를 두고 있음에도 불구하고 한국근대문학의 전개 및 분화 과정에 적극적으로 참여하였다.[2]

1930년대에 등단한 신석정(1907~1974), 서정주(1915~2000), 채만식(1902~1950) 등을 전북지역에 국한된 문인으로 볼 수 없다. 이들은 한국문학을 대표하는 시인, 소설가이기 때문이다. 그러면서도 이들의 문학세계에는 지역적인 색채가 짙게 배어있다. 무주 출신의 김환태(1909~1944)와 남원 출신 천이두(1930~2017) 역시 전국적으로 명성을 떨친 평론가들이다. 구인회(九人會) 회원이기도 하였던 김환태는 목적주의 문학을 철저히 배격하고 비평과 문학의 독립성을 옹호하였다. 1959년 『현대문학』을 통해 등단한 천이두는 1974년에 간행한 『종합에의 의지』를 통해서 황순원 소설과 서정주 시에 대한 출중한 분석 능력을 보여 준 바 있다. 1993년에 간행된 『한(恨)의 구조 연구』를 통해서는 '한(恨)'에 대한 새로운 이론 체계를 정립하였다. '한'은 애상적으로 체념과 절망에 빠지는 소극적·정태적 정서가 아니라, 부정적 정서(怨, 嘆)를 '삭임'이라는 과정을 통해 긍정적 정서(情, 願)로 전환하는 역동적 기제이며 '소극적 적극성'과 '수동적 능동성'을 지닌 양가적(兩價的)인 정서라는 것이 천이두의 견해이다.

전주 출신 소설가인 최일남, 이정환, 양귀자, 최명희, 완주 출신의 이병천, 익산 출신 유현종, 최창학, 정읍 출신의 소설가 윤흥길, 신경숙과 다양한 현대시조를 실험한 장순하, 고창 출신의 은희경, 군산 출신 고은, 임실 출신의 김용택 등과 같은 소설가와 시인들도 전국적인 명성을 얻었고 문학사적으로 인정받는 작품들을 창작하였다. 전주 출신은 아니지만, 전북지역에서 학창 생활을 보냈거나 직장생활을 한 문인들도 적지 않다.[3] 이들 역

---

2 오하근, 위의 책, 19쪽.

3 신동엽, 박동화, 서정인, 박봉우, 안도현 등은 전북 출신은 아니지만, 전북지역에서 학창 생활을 보냈거나 오랜 기간 문단 활동을 전개한 바 있다.

시 전북을 배경으로 한 작품이나 전북인의 삶을 소재로 한 작품, 그리고 전북의 역사·사회적 배경과 분위기 및 언어와 정서를 드러내는 경우가 많았다.

전북지역 문인들은 전북지역 사람들의 삶과 생각, 감정, 정서, 언어 등을 작품을 통해 표현하되, 전북지역이라는 공간에 한정된 창작 활동을 한 것은 아니었다. 1920년대부터 전북 작가들은 민족적인 문제와 계급적인 문제들을 자신들의 창작 활동을 통해 담아내고자 하였다. 1930년대 이후 전북 작가와 시인들은 식민 체제를 비판하고 식민 체제에 저항하는 민족 담론을 창작 활동을 통해 선도하였다.

이 글에서는 전북지역 출신 작가들이 지역민의 삶과 생각, 감정, 정서, 언어 등을 작품을 통해 드러내면서 한국문학의 흐름을 주도하고 한국 사회의 주요 모순을 날카롭게 파악할 수 있었던 원동력이 전북지역이 지닌 공간성인 '창조적 변방성'과 '한'의 정신에 있음을 규명해 보고자 한다. 또한 최명희의 『혼불』에 사용된 '꽃심'이라는 단어가 2016년 정립된 전주정신의 주요 내용이 되었던 과정과 전주정신 정립의 의의를 함께 살펴보고자 한다.

2. '창조적 변방성'과 '한(恨)'의 전북문학

전북지역은 마한 시대로부터 조선 왕조에 이르는 동안 '창조적 변방성'을 지닌 공간이었다.[4] 전북지역은 드넓은 평야에서 산출되는 쌀, 부안·고창의

---

4 신영복은 이처럼 중앙에 위치하지 않으면서도 중앙 못지않은 높은 자존감과 자긍심을 지니면서 높은 수준의 학문과 예술을 발전시킨 지역을 '창조적 변방성'을 지닌 지역으로 규정하였다. 로마는 그리스의 변방이었지만 고유한 문화적 역량을 바탕으로 제국을

염전에서 제조되는 소금, 장수·운봉의 광산에서 채굴되던 철을 비롯한 물자가 풍부하고 교역이 활발하게 이루어지던 지역이었다. 판소리, 완판본, 부채, 한지, 목공예, 서화, 음식문화 역시 전국 최고 수준으로 발달하였던 지역이었으며, 개방적·포용적·진보적 세계관을 지닌 지역으로서 계층 간의 소통과 교류가 활발하게 이루어졌을 뿐만 아니라,[5] 선진 문화를 민첩하면서도 세련되게 수용하였고 수직적·봉건적 인습과 제도가 지닌 폐단과 모순을 가장 먼저 깨달은 지역이기도 하였다. 단지 진보적 세계관을 깨닫고 인식하는 수준에 머물지 않고, 대동계와 동학농민혁명 등을 통해 새로운 세상을 만들고자 한 지역이었다. 그 때문에 전북지역은 봉건 세력과 일제를 비롯한 외세와 가장 첨예한 갈등을 겪을 수밖에 없었고 가혹한 시련과 참담한 비극을 여러 차례 겪었으며, 차대와 소외 속에서 '한'을 품고 살 수밖에 없었던 지역이기도 하다.

조선 건국 초기에 전주는 이성계의 본향으로서 경기전이 건립되었고, '풍패지향(豐沛之鄕)'으로 존중받았다.[6] 그러나 전주 출신 정여립이 역적으로 몰려 체포당하기 직전에 자결하고 그가 조직한 대동계의 계원들을 비롯한 지역의 지식인들이 1,000명 가까이 희생된 '기축옥사' 이후 전북지역은 중앙

건설하고 중앙의 자리를 차지한 바 있다. 중앙 지역이 호남지역을 철저히 견제한 이유도 바로 여기에 있었다고 할 수 있다. 동학농민혁명은 창조적 변방성을 지닌 호남이 중앙으로 나아갈 수 있었던 마지막 기회였으나, 일제의 개입으로 말미암아 좌절된 것은 호남지역만이 아닌 한국근대사의 가장 큰 아픔이 아닐 수 없다.

5 광대 중심의 하층 문화였던 판소리가 양반에 의해서도 향유되고, 양반들의 독점물이었던 서책이 완판본 출간과 더불어 민중 계층에게 보급될 수 있었던 것이 그 대표적인 예이다. 이 과정에서 통인이나 아전과 같은 중인 계층의 활약이 두드러졌던 것도 전북지역의 중요한 특징 중 하나이다.

6 경기전은 태조 이성계의 제사를 모시는 곳으로서 태조 어진이 봉안되어 있으며, 전주이씨의 시조인 이한을 제사하는 '조경묘', '조선왕조실록'을 보존하던 '전주사고' 등이 자리하고 있다. '한 고조 유방이 태어나고 자란 곳'이라는 뜻을 지닌 '풍패'에 연원하여, '풍남문', '풍패지관', '패서문' 등과 같은 명칭이 전주의 주요 시설에 명명된 바 있다.

으로부터 집중적인 견제를 받았다. 정여립은 누구나 임금이 될 수 있다고 주장하며 기존 신분 질서를 부정하고 서로를 배려하는 대동사회를 건설하고자 하였다. 선조를 비롯한 당대 지배 세력들이 이와 같은 진보적 사상을 용납할 리 없었기 때문에 '기축옥사'라는 참사가 빚어지고 만 것이다.

이후에도 전북지역은 천주교와 개신교의 수용에 앞장섰고, 동학농민혁명을 통해 새로운 세상을 꿈꾸었다. 천주교 신자들은 하나님 앞에서 누구나 똑같은 인간이라는 교리를 신봉하며 기꺼이 순교의 길을 택했다. 1894년에 고부에서 발발한 동학농민혁명은 근대의 출범을 알리는 중대 사건으로서 '인내천(人乃天)' 사상을 바탕으로 모든 인간이 평등하게 살아가는 가운데 외세와 부패한 봉건 세력들을 축출하고자 하였다.

정여립의 대동계, 전봉준의 동학농민혁명 등에 참여했던 전북인들이 지녔던 새로운 세상에 대한 열망과 의지는 지역적 한계를 초월하여 한국 사회가 근대 사회로 나아가는 주요한 추동력이 되었다고 할 수 있다. 전북문학 전반에도 당연히 이와 같은 개방적·포용적·진보적 성격이 담겨 있을 수밖에 없다.

전주, 남원, 고창 등은 세계무형문화유산인 판소리의 본고장으로 지금까지 인정받고 있다. 「춘향전」, 「흥부전」, 「변강쇠전」 등의 배경이 전북지역일 수밖에 없는 이유와 전북 방언이 사용되고 있는 이유도 전북지역 특유의 개방적·포용적·진보적 성향과 분위기에서 찾아야 할 것이다. 다른 지역에도 수많은 설화와 무가가 존재하였지만 유독 호남지역만이 떠도는 설화와 무가를 종합하여 공연 예술인 판소리를 생성·발전시킨 것이다.

근대작가 중에서도 앞에서 거론한 이익상과 김창술 외에도 김해강, 이근영, 윤규섭, 유진오 등이 진보적인 문학을 추구하였고, 채만식은 풍자를 통해 부정적인 현실과 인물들을 공격하였으며, 김용택, 안도현 역시 현실 비판적인 시의 창작을 통해 한국 사회의 모순을 문학 고유의 방법을 동원하여 적극적으로 드러내고 고발하였다. 이는 전북 문학이 전북지역의 공간적 특징인 '창조적 변방성'과 '한(恨)의 정신'을 지니고 있었기 때문에 가능한 것이었다.

채만식이 일제 강점기에 판소리의 서술 양식, 전라도 방언 등을 활용하여 '자본의 왜곡된 흐름'과 같은 식민지 자본주의의 본질을 포착할 수 있었던 것은 다른 지역 작가보다 채만식이 높은 자존감과 더불어 시대를 앞서가는 진보적 인식을 지니고 있었기 때문이다. 해방기에는 시인 신석정이 「꽃덤불」을 통해 누구보다도 정직하고 진솔하게 고통스러웠던 식민 통치 시절을 되돌아보면서 '진정한 민족 공동체의 건설'을 노래할 수 있었던 것도 그가 '창조적 변방성을 지닌 도시'인 전주에서 거주하고 있었기 때문이라 할 수 있다.

조선 시대부터 판소리를 비롯한 전북지역 예술에는 '한'의 정서가 담겨 있다. 천이두에 의하면 한이란 원망(怨)과 자기 비하(嘆)와 같은 부정적 정서를 '삭임'이라는 단계를 거쳐 소망(願)과 배려(情)라는 긍정적 정서로 승화시키는 정신적 기제를 가리킨다. 천이두는 또한 "'삭임'의 단계에서 '한'의 주체는 '가치 있는 것'을 지향하고 '인욕'과 '정진'에 힘쓴다."라고 하였다. 정여립의 대동계, 동학농민혁명 등을 소재로 한 전북문학에는 이와 같은 '한'의 정신이 분명히 담겨 있다. 정여립, 동학농민군 등은 모두 올바른 가치를 지향하고 '인욕', '정진'의 과정을 통해 더 나은 세계를 만들고자 했던 모습들을 그리고 있기 때문이다.[7]

---

7 정여립의 대동계를 소재로 한 작품으로는 홍석영의 『소설 정여립』(2008), 최기우 각색 희곡 『홍도』(2018) 등이 있고, 동학농민혁명 소재 전북문학으로는 유현종의 『들불』(1972), 이병천의 『마지막 조선검 은명기』(1994) 등이 있다.

3. 『혼불』에 나타난 전북문학의 지역성

3-1. '장소성'과 공간의 개념

조윤아는 "문학의 공간과 관련한 연구에서 이-푸 투안을 언급하는 것은 이제 자연스러운 일이 되었다."라고 하였다.[8] 그만큼 투안이 제시한 공간과 장소에 관한 개념은 매우 유용하게 쓰일 수 있다. 그에 의하면 "공간은 장소보다 추상적이며, 미분화된 공간은 우리가 더 잘 알게 되고 가치를 부여하면서 장소가 된다."라는 것이다.[9]

문학작품 속의 공간 연구에서 이-푸 투안이 구분해 놓은 공간과 장소의 구분과 장소감을 이론적 배경으로 하는 연구는, 작가의 공간 체험이 작품 속에서 어떤 장소성으로 나타나고 있는가를 분석해 보는 연구라고 할 수 있다. 투안의 영향을 받은 연구자들은 작품 속에서 등장인물 혹은 서술자가 보여주는 장소감은 작가의 공간 체험으로부터 비롯된 것으로 보며, 저자의 공간 체류와 동선(動線)에 주목하기도 한다.

한편 장소의 정체성을 개념화한 에드워드 렐프는 『장소와 장소상실』에서 유일한 지역성을 지니는 구체적인 장소보다 집, 고향, 성소 같은 보편적 장소에 집중했다. 그리고 고유한 경험으로 인하여 사람마다 장소의 의미가 다르지만, "인간이라는 보편성으로 인해 타자의 주관성을 공감하고 이해할 수 있는 '상호주관성'이 가능하기에 장소에 대한 경험과 의미를 공유할 수 있는" 것으로 보았다. 결국 "장소 연구는 장소를 둘러싼 다양한 사회 집단 간의 경합과 갈등, 협상이라는 장소의 정치학이라고 할 수 있다."라는 것이다.[10]

---

8 조윤아, 「두 가지 층위로 나타난 하얼빈의 장소성 — 박경리의 『토지』를 중심으로」, 『비평문학』 68, 2018.

9 이-푸 투안, 『공간과 장소』, 구동희, 심승희 옮김, 대윤, 29쪽.

에드워드 렐프에 의하면 주어진 장소에서 몸으로 하는 경험을 통해 인간은 장소와 관계를 맺는다. 이러한 관계에서 장소감을 만들어내는 것이다. 장소감이란 무엇보다도 내부에 있다는 느낌이며, 개인으로서 그리고 공동체의 일원으로서 나의 장소에 속해 있다는 느낌이기도 하다. 이 장소감은 개인의 정체성에 중요한 원천을 제공하고, 이를 통해 공동체에 대해서도 정체감의 원천이 된다.[11]

그동안 이-푸 투안과 에드워드 렐프의 이론이 가장 많이 활용되어 연구된 전북의 문학작품은 최명희의 『혼불』이다. 『혼불』 연구자 중 한 사람인 정도미는 "공간의 형상화는 인물이 한 장소에서 그곳이 지닌 장소의 정체성이나 장소 표지를 인식하는 것에서 출발한다. 장소는 단순히 위치 정보를 제공하는 것 이상으로 인간의 삶의 영역에 깊이 천착(穿鑿)되어 있기 때문이다."라고 하였다. 그는 "『혼불』 속 '매안마을'이 장소와 공간의 경계에 위치하고, 장소에서 공간으로 넘어가는 과정에서 기획되어 서사의 완성을 이루어나가는 곳이라고 볼 수 있다."라고도 하였다.[12]

정도미의 지적처럼 『혼불』은 장소와 공간이 차지하는 비중이 매우 높은 작품이라 할 수 있다. 최시한은 이-푸 투안의 『공간과 장소』를 참조하여 "기본적으로 공간의 의미는 주관성과 중층성(重層性)을 띠기 쉽다. 본래 공간은 문화적 맥락 속에 존재한다. 게다가 소설에서 제시되는 공간은 단순한 지리적 처소에 그치지 않는 '조직된 의미 체계', 즉 '장소화된 공간'이므로, 그것이 작품에서 다른 요소들에 대해 지배적으로 기능할 경우, 그 의미는 더욱 넓고 근원적인 것이 된다."라고 하였다.[13]

---

10 에드워드 렐프, 『장소와 장소상실』, 김덕현, 김현주, 심승희 옮김, 논형, 2005, 98쪽.
11 위의 책, 150쪽.
12 정도미, 「『혼불』 속 매안마을의 다층적 공간 표상」, 『어문논총』27집, 34쪽.
13 최시한, 『소설분석방법』, 일조각, 2015, 115쪽.

3-2. 『혼불』의 장소성과 공간

『혼불』의 배경지인 남원 서도리 일대는 실제로 작가 최명희의 부친을 비롯한 삭령 최씨 일가들이 살고 있었던 장소이고 작품 창작을 위하여 작가가 자주 방문한 장소이며 현재 '혼불문학관'이 들어서 있는 곳이기도 하다. 『혼불』은 유난히 장소적 표지나 장소감이 분명한 작품이라 할 수 있다. 더욱이 이 작품에서 제시되고 있는 매안, 고리배미, 거멍굴 등은 단순한 공간적 구획의 결과일 뿐만 아니라, 양반, 상민(常民), 천민이라는 신분적 차별과 그에 따른 의식과 세계관의 차이를 드러내고 있다.

『혼불』에서 장소와 공간은 작품의 구성이나 주제의 형성에 깊은 영향을 주고 있는 것으로 평가된다. 에드워드 렐프는 장소의 세 가지 구성 요소로서 '물리적 환경', '활동', '의미' 등을 들었다.[14] 매안마을(노봉리, 현재 남원시에 의해 '혼불마을'로 지정되어 있다.)에 위치한 '노적봉'과 '청호', '거북바위' 등은 '물리적 환경' 곧 지리적 요소뿐만 아니라 '인물들의 활동'과 '그 공간소들이 지닌 의미'를 모두 포함하고 있다.

『혼불』의 장소와 공간의 연구는 그동안 장일구[15], 조아름[16], 김수연[17], 정도미 등에 의해서 다각적으로 이루어져 왔다. 그 결과 『혼불』의 주요 공간인 매안, 거멍굴, 고리배미의 관계와 각 공간이 지닌 장소성과 상징성 등이 정밀하게 분석된 바 있다. 페미니즘적 시각, 생태주의적 시각이 함께 동원되기도 하였다.

매안의 중심이 되는 인물들은 남성이 아닌 여성들이다. 그중에서도 청암

---

14 에드워드 렐프, 위의 책, 112쪽.
15 장일구, 『서사공간과 소설의 역학』, 전남대출판부, 2009.
16 조아름, 「『혼불』을 통해 본 여성(성)의 장소·공간 분화」, 『어문논총』27집, 2015.
17 김수연, 「<혼불>의 서사 공간 해체 구도」, 『어문논총』27집, 2015.

부인과 율촌댁, 효원, 강실, 옹구네, 백단, 공배네, 비오리네, 우례, 쇠여울네, 오유끼 등이 차지하는 비중이 크다. 노적봉은 매안마을을 굽어보면서 끌어안고 있는 지리적 환경이며 실제로 존재하는 장소이다. 그러나 청호와 거북바위는 작가가 상상력을 동원하여 만들어낸 장소로서 허구적 장소이다. 그러나 두 장소가 지닌 의미는 상통한다. 그리고 두 곳의 의미를 생성시키는 것은 '청암부인의 활동'이다.

'노적봉'이 청암부인이 가지고 있었던 양반이라는 혈통, 지위, 권위 등을 상징하는 것이라면, 청호와 거북바위는 구체적으로 청암부인이 가문과 마을공동체를 위해서 활동한 결과물이다. 청호는 청암부인이 마을의 숙원사업인 '물 문제 해결'을 위해 주변의 만류와 반대에도 불구하고 일으킨 토목사업이다. 청암부인이 이 사업을 대한제국이 주권을 상실한 시기에 맞추어 완공한 것도 주목을 끈다. 남성들이 중심이 된 국가의 운영은 '경술국치'로 인해 실패로 돌아갔지만, 여성인 청암부인은 "콩깍지가 시들어도 콩알만 살아 있으면 언제든지 새 숨을 기를 수 있다."라고 주장하면서, "나라가 망했다, 망했다 하지만 내가 망하지 않는 한, 결코 나라는 망하지 않는 것"이라고 믿었기 때문에 그녀는 재정적 부담을 무릅쓰고 저수지를 건설한 것이다.

청암부인은 수시로 가난한 사람들을 구제하기도 하였고, 외지에서 흘러들어온 타성받이들의 생일까지 기억하고 챙겨줌으로써 신망을 얻었다. 강호가 비판한 바대로, 청암부인이 토지를 넓히고 재산을 모으는 과정에서 소작인들을 착취한 것도 사실이다. 청암부인의 구제 사업이나 마을 주민에 대한 배려는 강호의 지적대로 사회적 약자들의 불만을 억제하고자 하는 고도의 술책일 수도 있다. 이처럼 매안은 청암부인의 삶의 행적에 따라 점차 확장되어 중층적이면서 양가적(兩價的)인 의미망을 축적해 나간다.[18]

노적봉과 종갓집, 청호, 거북바위 등과 같은 장소들은 청암부인의 활동으로 인해 계급 간 갈등이 최소화될 수 있었다. 그러나 『혼불』은 '계급 그 자체'가 없어지지 않는 한 언제든지 갈등이 증폭될 수 있음을 보여주고 있다. 작품이 진행되면서 확고했던 매안, 고리배미, 거멍굴 간의 경계는 무너지기 시작한다. 청암부인의 죽음과 맞물려 일어나는 공간해체의 움직임은 『혼불』의 주제 의식 구현에 유효하게 관여한다.

매안 이씨 가문이 일제의 창씨개명 요구를 받아들이게 되면서 청암부인의 기력은 급격히 떨어지기 시작하면서 때마침 가뭄 끝에 청호도 바닥을 드러낸다. 청암부인 세상을 하직하자 원뜸 양반들의 권위와 지위는 더욱 흔들리게 되고 신분을 엄밀히 구분하던 경계도 해체되기 시작한다. 이 작품의 시간적 배경은 일제 강점기 말이다. 작가는 우리 민족의 생명이 가장 위협받았던 시기가 곧 새로운 생명과 질서가 잉태되는 시기로 인식하고 있다.[19] 그런 의미에서 '혼불'과 '흡월정(吸月精)'은 서로 대조되면서 교차한다. '혼불'은 청암부인의 육체적 죽음에 즈음하여 인월댁에 의해 목도된다. '흡월정'은 청암부인의 손부(孫婦)인 효원과 양반계급에 대한 적대감이 가장 강한 춘복에 의해 행해진다.

S. 채트먼이나 최시한의 견해에 따르자면 '혼불'과 '흡월정'의 대상인 '달' 역시 공간적 요소에 해당한다고 볼 수 있다. 그리고 '혼불'과 '달' 또한 물리적 요소, 활동, 의미 등을 모두 지니고 있다. 청암부인의 임종을 앞두고 밤하늘을 가로지른 '혼불'은 앞으로 손부 효원에게 이씨 문중 수호의 책임

---

18 청호는 여성의 한계를 뛰어넘어 스스로의 권위를 증명하며 그녀의 위용을 드러낸 의식적 공간이 된다. (중략) 이는 청호가 단순한 물리적 환경이나 장소가 아닌 그녀의 정신이 담긴 공간으로 변모하였음을 의미한다. 정도미, 위의 논문, 35~36쪽.

19 작가는 "자시란, 날과 날의 경계에 선 어둠의 극이지만, 또 어젯날은 가고 새날은 아직 안 온 교차 영송(迎送)의 시간이기도 한 것이니라. 기운이 바뀌는 것이지. 그것이 어찌 하룻날의 시간에만 일이겠느냐, 한 달에도 있고, 일 년에도 있느니"(5권 14절)라고 청암 부인을 통해서 '끝은 더 이상 끝이 아니며 시작의 전제조건이 된다고 밝히고 있다. (김병용, 『최명희 소설의 근원과 유역: 『혼불』의 서사의식』, 태학사, 2009, 206쪽)

이 넘겨졌음을 의미한다. 또한 '흡월정'이 효원의 아들 철재의 수태(受胎)로 이어질 수 있었던 것은 효원에게 '종손(宗孫)을 낳고야 말겠다.'라는 간절한 기원'이 있었기 때문이다. 한편 거멍굴의 천민 춘복은 갑오개혁 이후 정부가 신분제도를 철폐하였음에도 불구하고 매안마을에 여전히 실질적으로 존재하고 있는 계급의식과 봉건적 질서를 무너뜨리고자 하는 간절한 소망을 품고 살아간다. 강실을 납치하여 겁탈하고 임신시키는 행위는 바로 춘복의 '흡월정'에 의해 이루어지는 '활동'에 해당한다.

이처럼 『혼불』은 마을을 오랜 기간 지배해 온 낡은 질서가 결국은 무너질 수밖에 없는 이유와 과정을 보여주고 있다. 청암부인 덕분에 힘겹게 유지되던 봉건 의식과 제도는 강모와 강수의 근친상간, 강모의 방황과 도피성 만주행, 무능하고 나약한 종손의 행위, 창씨개명, '덕석말이'로 대표되는 양반들의 횡포와 강압, 강태와 강호가 신봉하는 사회주의 사상, 춘복, 옹구네의 강실 납치와 강간, 백단네 부부의 투장, 평순네와 우레 등이 품고 있는 양반들에 대한 원한 등에 의해 균열과 붕괴가 진행되면서 새로운 질서의 도래를 암시하고 있다.[20]

아쉽게도 1998년에 작가 최명희가 영면(永眠)하는 바람에 '변동천하(變動天下)'가 구체적으로 생성되는 모습을 『혼불』에서 더 찾아볼 수는 없다. 이처럼 아쉬움을 남기고 종결되었지만, 『혼불』은 유기적 구성을 중시하는 소설과 확실히 구별되는 독특한 형식과 내용을 통해 '모든 생명체와 우주와 자연현상이 서로 긴밀하게 연결되어 있으며, 생명체는 모두 소중하다'라는 작품의 주제를 독자 스스로 깨닫게 하고 있다.

---

20 강호는 덕석말이를 당한 춘복과 백단이네 부부를 만나기 위해 직접 거멍굴로 찾아가서, 자신이 직접 일하여 번 돈을 약값으로 쓰라며 건넨다. 양반인 강호가 거멍굴에 직접 찾아온 것은 이제껏 금기시된 일이다. 강호의 경계 해체 시도는 거멍굴 사람들이 양반들에 대해 가지고 있던 심리적 거리를 줄이고 있다. 또한 계급의 해체가 양반과 상민 양측 모두의 노력이 있어야만 가능함을 시사한다.

3-3. 『혼불』에 나타난 '창조적 변방성'과 '한(恨)'의 정신

최명희의 『혼불』에는 앞에서 지적한 바와 같이 '창조적 변방성'과 '한'의 정신이 담겨 있다. 이 작품이 전라북도를 대표하는 작품으로 인정받고 있는 데에는 곁갈래 이야기들이 병렬적으로 이어진 서사구조, 풍부하게 담겨 있는 전북지역의 역사와 문화, 정확하고 적절하게 구사되고 있는 전북 방언 등과 같은 요인도 있지만, 전북지역의 정신이라 할 수 있는 '창조적 변방성'과 '한'의 정신이 아울러 담겨 있기 때문이기도 하다.

신영복은 '변방성(邊方性)'을 공간적 개념으로 이해해서는 안 된다고 하였다.

> "누구도 변방이 아닌 사람이 없고, 어떤 곳도 변방이 아닌 곳이 없고, 어떤 문명도 변방에서 시작되지 않은 문명이 없다. 어쩌면 인간의 삶 그 자체가 변방의 존재이기도 하다. 그런 점에서 변방은 다름 아닌 자기 성찰이다."[21]

신영복에 의하면 '중심(中心)'은 질서와 규칙을 중시한다는 점에서 늘 교조적(敎條的)이며 변화를 두려워한다. 공간도 그렇고 인간도 그렇다. 중심은 당대의 지배 질서이며 지배 권력의 이데올로기이다. 이에 비해 변방은 '변화의 씨앗을 품고 있는 세계'이다. '변방'은 또한 지배 권력으로부터 상대적으로 자유로운 창조적 공간이기도 하다. 변화와 창조는 '더 나은 공동체'를 위하여 요구되는 가치이다.

조선 시대와 일제 강점기에 전주나 남원은 중심이 아니었다. 그러나 전주나 남원은 삼국시대부터 주요 도시로 기능하였다. 전주는 후백제의 수도와 조선의 본향으로서의 높은 자긍심을 지니고 있었고 남원은 임진왜란과

---

21 이채은, 『처음 읽는 신영복』, 헤인북스, 2019, 197쪽.

동학농민혁명 시기에 조국과 올바른 가치를 수호하기 위하여 커다란 희생을 치른 지역이었다.[22] 『혼불』의 서사구조, 문체, 인물의 형상화는 일반적인 소설의 형태와는 일정한 차별성을 지니고 있다. 곧 『혼불』은 '중심성'이 아닌 '변방성'을 지니고 있다.

청암 부인은 비록 양반이지만, 여성이면서 청상과부라는 점에서 '변방성'을 지니고 있다. 그녀는 양반의 지위나 권위에 집착하지 않고 과감한 수리 사업을 벌이고 하층 계급 인물들을 포용한다. 이에 비해 이기채와 이기표 등은 양반으로서의 '중심성'을 고집하다가 점차 몰락해 간다. 이 작품에서 '변방성'을 드러내는 또 다른 인물은 춘복이다. 그는 오랜 세월 유지되어 온 양반들의 권위에 도전한다. 강실을 납치하고 그녀가 자신의 아이를 배태하게 한다. 물론 그의 행위는 결코 정당성을 획득할 수는 없지만, 계급적 장벽을 허물고자 하는 그의 시도는 일정하게 '창조적 변방성'을 지니고 있다.

청암부인은 또한 '한'의 정신을 표출하고 있기도 하다. 그녀는 혼례식을 치르자마자 남편을 잃고 청상과부로 살아가야 했다. 더욱이 시부(媤父)의 무능과 무기력으로 인해 가세도 점점 기울어가고 있었다. 얼마든지 자신의 운명을 한탄하고 세상을 원망할 수 있는 처지였음에도 불구하고 그는 매안 이씨 가문을 일으키기 위하여 패물까지 팔아가며 재산을 늘려간다. 그는 국권 상실에 실망하지 않고 오히려 대규모 수리 사업을 통해 가세는 일으

---

22 전주와 남원은 당시 체제를 위협하는 인물을 배출하였다고 하여 심각한 피해를 입은 공통점을 지니고 있다. 전주는 조선 선조 대에 정여립의 대동계와 대동사상으로 인해 1000여 명이 죽는 기축옥사를 겪었고, 남원은 조선 영조 대에 사노(寺奴)였던 찬규가 반란을 일으켰다는 이유로 남원부에서 일신현으로 강등되는 수모를 겪은 바 있다. 이처럼 전주와 남원은 모두 중앙이 견고하게 지키고자 했던 수직적·봉건적 사회체제를 수평적·민주적 근대체제로 바꾸고자 하였다는 점에서 '창조적 변방성'을 지닌 지역이라고 할 수 있으며, 새로운 사회를 꿈꾸고 소외된 이들을 품으려 하였다는 점에서 '한을 품은 공간'이기도 하다.

킴은 물론, 마을의 고질적인 문제였던 물 부족 사태를 해결하였다. 이와 같은 청암부인의 모습에서 '올바른 가치'를 지향하고 인욕(忍辱)과 정진(精進)을 통해 부정적인 상황을 긍정적으로 바꾸어 나가는 '한(恨)'의 정신을 찾아볼 수 있다.

4. 최명희의 『혼불』과 전주정신 정립

4-1. 전주정신 논의 과정과 『혼불』

2009년 10월 제10회 '전주학 학술대회' 주제로 '전주정신 대토론회'가 개최되었다. 이 학술대회에서 홍성덕은 전주를 표현할 수 있는 상징어들이 서로 충돌할 수 있는 요소들을 내포하고 있다고 지적하고 있다. 곧 충(忠)과 역(逆), 박해와 순교, 선비문화와 아전 및 민중문화, 저항과 풍류 등의 개념이 상반되거나 모순된 개념을 지니고 있으므로 전주정신은 '상생(相生)과 해원(解冤)'이 되어야 한다고 하였다.

장명수는 전주가 정여립의 모반사건 이후 심한 박해를 받았음에도 불구하고 임진왜란 때 의병을 조직하여 이치(梨峙), 웅치(熊峙) 등에서 왜병의 기세를 꺾고 전주성을 사수하고 태조 어진과 조선왕조실록을 지킨 점을 눈여겨보아야 한다고 하며, '저항(抵抗)과 풍류(風流)'가 전주정신으로 적합하다고 하였다.[23]

---

23 최명희 역시 『혼불』에서 '저항과 풍류'를 언급하였다. '저항과 풍류'. "어쩌면 이 두 가지는 아주 상반되어 보인다. 그러나 이미 이루어 가진 자는 저항하지 않으며, 억울할 일이 없는 자, 혹은 세상을 거머쥐려는 욕망으로 들끓는 사람의 검붉고 걸쭉한 혈관에는 풍류가 깃들지 못한다. 풍류는 빈 자리에 고이고, 빈 자리에서 우러나며, 비켜선

2014년 10월 30일에 전주 한벽극장에서는 '온다라인문학' 주관으로 「터 놓고 이야기합시다. 전주정신」이라는 제목으로 토론회'가 열렸다.

이날 발표에서 최기우는 조병희, 최승범, 최명희 외 전주지역 문인들의 작품들에 나타난 전주정신을 정리하였다. 작촌 조병희가 그의 수필집 『완산고을의 맥박』에서 언급한 "백제인의 가슴, 그 온유한 심성에 뿌리를 내린 멋과 예술", 고하 최승범이 「전북의 아름다움」에서 이야기한 "아늑하고 부드러운 정서와 맑고 밝은 정신", 그리고 최명희가 『혼불』 전체를 통해 강조한 "수난을 꿋꿋하게 이겨내는 힘을 지닌 아름다움과 생명력"으로서의 '꽃심' 등이 전주정신을 논의하는 데 있어서 중요하게 참조해야 할 내용이라고 정리하였다. 최기우는 또한 "기축옥사로 희생된 선비들과 자주적이고 평등한 삶을 갈망한 동학농민혁명의 주체들, 백성의 주인 되는 세상을 꿈꾸다 희생된 전주인들의 마음"을 일컬어서 "자기 입장을 당당하게 주장하고 강자에게 용감하게 맞서는 '솔찬히 아고똥한' 정신"이라고 하였다. 이 발표는 『혼불』의 핵심어로 할 수 있는 '꽃심'을 전주정신으로 거론한 최초의 발표가 되었다. 최기우는 여러 전주정신의 하나로 '꽃심'을 거론한 것이지만, 이후 전주정신정립위원회는 오랜 논의 끝에 '꽃심'을 전주정신으로 확정하였다.

언덕의 서늘한 바람닫이 이만큼에서 멀리 앉은 세상을 바라보는 마음이 아니면 울리지 않는 것이기 때문이다. 그래서 이 둘은 한 바탕 한 뿌리에서 뻗은 두 가쟁이다." (최명희, 『혼불』 4권, 46쪽)

4-2. 전주정신의 정립과 『혼불』의 새로운 활용

그동안 안동정신("정신문화의 수도, 안동"). 경북정신(화랑, 선비, 호국, 새마을)이 제정된 바 있다. 앞으로 많은 지역이 나름대로 지역 정신을 정립해 나갈 것이다. 하지만 전주처럼 작품의 중심 단어를 그 지역의 정신으로 삼는 경우는 아직 없었다. 그만큼 『혼불』이 전주지역에서 차지하고 있는 비중이 크고 '꽃심'이라는 단어가 함축하고 있는 의미가 전주의 정체성을 드러내기에 적절하다고 평가할 수 있다.[24]

2016년에 선포된 '전주정신'은『혼불』에 대한 관심을 다시 불러일으키는 계기를 마련하였다. 최종적으로 확정된 전주정신은 "한국의 꽃심 전주"이다. 이와 같은 문구가 확정되는 과정은 쉽지 않았다.[25]

전주시 민선 6기 1차 년도였던 2015년 2월 2일부터 본격적으로 활동하기 시작한 '전주정신정립위원회'는 역사, 철학, 문학, 공연, 민속, 인류학 분야의 전문가 8인의 위원으로 구성되었으며, 21차례의 회의와 2차례의 학술발표와 전주시민 대상 여론 조사, 전주지역 원로로 구성된 자문위원회의 엄중한 검증과정을 거쳐 전주정신을 정립하였다. 그 결과 전주정신을 최명희 『혼불』의 핵심어라고 할 수 있는 '꽃심'을 대표 정신으로 정하고 '대동,

---

24 전주가 다른 지역과 달리 '꽃심'이라는 문학적 표현을 빌어 지역 정신을 정립한 이유는 전주지역이 가지고 있었던 '배치성(背馳性)' 때문이다. 전주는 태조 어진과 조선왕조실록을 수호한 충(忠의) 도시이자, 정여립의 모반과 천주교 순교가 발생한 역(逆)의 도시로서의 성격을 동시에 지니고 있다. 김병용의 지적처럼, 최명희의 『혼불』 역시 '배치성'을 지니고 있다. 한 알의 씨가 땅속에 묻힘으로써 꽃이 피어나는 것이라면, '꽃심' 역시 삶과 죽음(희생)의 의미를 동시에 지니고 있다 하겠다.

25 정립과정이 순탄치 않았던 것은 정립위원들 사이에 전공과 입장의 차이가 컸기 때문이다. 어렵사리 결정된 정립위원회 안은 원로들로 구성된 자문위원회의 의견과 다시 충돌하였다. 결국 정립위원회와 자문위원회의 연석회의를 통해서 최종안이 어렵게 마련될 수 있었다.

풍류, 올곧음, 창신' 등 4대 정신을 연관 개념으로 결정하였다.[26]

전주시가 이처럼 전주정신을 정립하여 선포한 이유는 첫째 전주가 전주다움을 이어가고 발전시키기 위해서는 전주정신이 중심축이 되어야 하고, 둘째, 전주사람들에게 정체성을 확인시켜주며, 셋째, 전주사람들에게 전주사람으로서의 자긍심과 자부심을 키워주고, 넷째, '전주지역의 공동체 정신'을 강화하기 위한 것이었다.[27]

이처럼 전주정신이 '꽃심'으로 정립됨으로써 『혼불』이 담고 있는 역사의식이나 지역 사랑, 공동체 정신 등이 지역 문학 공간을 통해 활발하게 논의되는 가운데 『혼불』을 지금까지와는 다른 방식으로 활용할 길이 열렸다. 전주시는 지속적인 연구와 교육 및 홍보를 통해서 『혼불』에 담겨 있는 "어떠한 시련이 닥치더라고 굴하지 않고 대동단결하고 풍류를 즐기며 올곧은 정신으로 새로운 것을 창조해 가는 꽃심'의 정신을 전주시청의 정책으로 반영하고 시민사회에 뿌리내리기 위해 노력하고 있다.[28]

---

26 '대동'은 "타인을 배려하고 포용하며 함께 하는 정신"이고, '풍류'는 "문화예술을 애호하며 품격을 추구하는 정신", '올곧음'은 "의로움과 바름을 지키고 숭상하는 정신", '창신'은 "새로운 세상을 창출해가는 정신" 등으로 규정하였다.(전주정신다울마당, 『한국의 꽃심 전주』, 전주시청, 2018, 10~11쪽. 참조)

27 전주정신다울마당, 『한국의 꽃심, 전주』, 전주시청, 2018, 10~15쪽 참조. 이 책은 전주시가 전주정신정립위원들을 중심의 전주정신 표준안을 만들기 위해 제작한 책이다.

28 전주시는 현재 위원회라는 용어 대신 '다울마당'이라는 용어를 사용하고 있다. 동학농민혁명군이 전주성에 입성한 후 집강소 통치를 펼쳤던 것처럼 전주시는 '민관협치'의 전통을 이어가고자 하는 것이다. '시내버스 다울마당'은 고질적인 전주 시내버스 파업을 중단시켰고, '동물원 다울마당'은 친 동물적인 동물원을 만들었으며, '선미촌 다울마당'은 집창촌을 예술의 거리로 변화시켜 나아가고 있다. 민과 관이 힘을 합하여 펼치는 이러한 정책 실행에는 '꽃심'의 정신, 그중에서도 대동 정신이 반영되어 있다.

5. 맺는말

지금까지 전북지역의 문학적 특성을 개괄하는 가운데 전북문학을 대표하는 작품인 최명희의 『혼불』이 지닌 지역성과 전주정신 정립과정을 살펴보았다. 전북지역은 오랜 기간 축적된 역사적 경험을 통해 '창조적 변방성'과 '한'의 정신을 지닌 공간이 되었다.

높은 경제력, 문화 수준, 진보적 세계관 등을 지닌 사람들이 많이 살았던 전북지역은 모든 사람이 평등하고 합리적인 질서가 지배하는 세계를 꿈꾸며 대동계를 조직하고 천주교와 개신교를 포용적으로 받아들였는가 하면, 동학농민혁명 당시 집강소를 설치하여 민주적인 통치 체제를 실험하기도 하였다. 이와 같은 전통은 1920년대 이후 본격적으로 전개된 전북문학이 한국문학을 상당 부분 이끌어 가면서 계승되었다.

최명희는 1947년 10월 10일(음력) 전주시 화원동에서 태어났다. 그러나 아버지 최성무씨의 본적은 전북 남원시 사매면 서도리 노봉마을 내 560번지이다. 삭령 최씨 종가집도 있었던 노봉마을은 따라서 최명희의 정신적 뿌리가 아닐 수 없다. 『혼불』이 이곳을 주 배경으로 삼고 있는 것은 따라서 우연이 아니다. 최명희는 양반마을, 중인·상민마을, 천민마을로 엄격히 구분되어 있었던 서도리의 공간 구조를 기반으로 삼아 필생의 역작을 구상하였고 전라북도 일대의 방언, 민속, 역사, 야담, 설화, 민요, 종교 등을 광범위하게 수집한 후 『혼불』을 집필한 것으로 보인다.

김병룡의 지적대로 『혼불』을 집필하는 가운데 최명희는 자신을 비롯한 여성과 전북인의 정체성을 정립하고자 한 것으로 보인다. 이 과정에서 최명희는 소설의 일반적 문법과 기존의 역사 인식과 서구식 합리주적 세계관을 해체하고자 하였다. 그동안 연구자들에 의해 『혼불』의 구성이 아리스토텔레스나 E.M 포스터 등이 강조하는 인과관계가 분명한 유기적 구성을 따르지 않고 있음이 밝혀졌다. 이야기의 진행이 수시로 중단되고 다양한 문화적 요소와 곁이야기가 삽입되는 『혼불』의 서사를 일컬어 김병룡은 '화제(topic) 단위 서사구조'로, 김복순은 '조각이불의 형식'으로 규정하기도 하였다.

『혼불』의 구성방식과 전통적 구술문화, 혹은 판소리의 서술방식 등과의 유사성도 지적된 바 있다. 소설의 형식은 당연히 소설의 내용과 작가의 의도를 가장 효과적으로 표현하고 전달하기 위해 선택되게 마련이다. 그렇다면 『혼불』의 자연스러우면서도 자유분방한 구술적·연희적 서사방식은 작가가 이와 같은 방식이 아니면 『혼불』이 담고 있는 내용과 창작 의도를 효과적으로 표현·전달하기 위해 고심 끝에 창안해낸 형식으로 보아야 할 것이다.

『혼불』에는 상실과 좌절의 경험을 유난히 많이 겪었던 작가의 호남지역 여성으로서의 애환과 근원에 대한 그리움, 지역사 중심의 새로운 역사해석, 역사 진행의 원리와 변동의 원동력에 대한 작가의 입장이 적극적으로 드러나 있다. 작가는 이러한 내용을 일반적으로 사용되는 유기적 구성법을 사용하지 않고, 원심력과 구심력, 자연적 순환 원리, 부분의 독자성, 집중과 병렬의 원리 등과 같은 자연현상에 내재하는 형식 그 자체, 곧 원심력과 구심력, 자시로 상징되는 어둠과 밝음의 교체원리 등을 소설의 형식으로 차용하였다 할 수 있다.

『혼불』에는 '원심력과 구심력의 원리'가 가장 큰 틀에서 분명하게 작동되고 있다. 청암부인과 효원을 비롯한 원뜸의 양반들은 다양한 방식으로 자신들의 지배력을 유지하고자 한다. 이들은 청암부인처럼 대규모 마을 사업을 벌이기도 하고, 가난한 이들을 구제하는가 하면, 반대로 '덕석말이'와 같은 계급적 특권에 기초한 폭력을 사용하거나 가혹한 소작료와 고리대 등을 통해 하층민들을 억압하고 착취한다.[29] 이 과정에서 이기표가 우레를 강간

29 매안의 양반들이 하층민들에게 사용하는 폭력과 편법은 곧 일제 강점기에 일본이 우

하여 봉출을 낳게 하고, 평순네의 토지대금을 횡령하는 사건들이 발생한다. 청암부인과 이기표는 방식은 다르지만, 양반제도를 유지하고 이에 편승하여 부를 축적하려 한 점에서 구심력을 발휘하는 역할을 수행한다.

이에 비해 원심력은 다양한 방식으로 작동된다. 원심력을 주도하는 인물들은 거멍굴의 천민들이다. 춘복은 강실을 범하여 임신시키며, 옹구네는 강실을 납치하여 춘복의 마음을 사려 한다. 쇠여울네는 쇠스랑으로 종갓집 마루를 찍고 백단이 부부는 홍술의 뼈를 청암부인 묘역에 투장(偸葬)한다. 원심력의 작동에 의한 양반제도와 권위의 균열과 붕괴는 양반들 자체 내에서도 이루어진다. 강모와 강실의 상피 사건은 옹구네에 의해 온 마을에 퍼지고 강모는 스스로 매안으로부터 축출되는 길을 택한다. 한편 강태와 강호는 사회주의 사상을 신봉하며 이기채와 이기표는 물론, 청암부인마저 비판하고 빈민(프롤레타리아)의 편에 서고자 한다.

또한 자시(子時), 그믐, 동지(冬至) 등이 어둠의 끝이면서 동시에 밝음의 시작이듯이 우리 민족이 절체절명의 위기를 겪고 있는 일제 강점기 말이 새로운 질서가 시작되는 시기임을 『혼불』은 예고하고 있다. 이야기의 주요 고비 때마다(청호와 거북바위, 혼불, 흡월정과 흡혼정 등) 자연현상과 인간세계의 일이 서로 긴밀하게 연결되는 모습을 작가가 정성껏 묘사한 이유가 바로 여기에 있다. 그러나 자연 세계에서와는 달리 인간세계에서는 변동천하의 주체가 되는 인물과 집단의 희생과 헌신, 그리고 능동적이면서도 적극적인 노력과 열정이 수반되어야만 어둠은 밝음으로 교체될 수 있음을 『혼불』은 또한 밝히고 있다.

리 민족에게 사용하는 폭력 및 편법과 상동 관계를 이룬다. 작가는 또한 춘복과 옹구네가 양반인 강실에게도 폭력과 편법을 사용하는 것을 보여줌으로써 그들이 꿈꾸는 변동천하가 완벽한 것이 아님을 드러낸다. 선한 목적에 부합하는 정당한 수단이 병행되어야 진정한 변동천하의 도래가 비로소 가능할 것이다.

2016년 전주시민의 날 행사에서 전주시는 '한국의 꽃심 전주'라는 전주정신을 정립하였다. '꽃심'은 사전에는 등재되어 있지 않지만, 전북지역 사람에게는 낯설지 않은 단어이다. 최명희는 '호암상(湖巖償) 수상 강연'에서 "수난을 꿋꿋이 이겨내는 힘이 있어 아름다움은 힘이 있지요. 그 힘을 나는 '꽃심'이라고 생각합니다. 내가 태어난 이 땅 전라도는 바로 그 꽃심이 있는 생명의 땅이에요."라고 하며 『혼불』의 주제가 '꽃심'임을 분명히 하였다. 『혼불』에서 춘복은 차별이 없는 평등한 세상, 곧 '변동천하'를 꿈꾼다. 그러나 춘복과 옹구네가 추구하는 목적은 정당함에도 불구하고 그들이 취한 수단은 '강간, 납치'와 같이 불법적이기나 비도덕적이다. 심지어 옹구네는 양반들을 흉내내어 자신이 춘복의 본처가 되고 강실을 첩으로 거느리고자 한다.

전주는 이와는 춘복이나 옹구네와는 달리 모든 아름다운 힘으로 모든 시련과 고난을 이겨내고 새로운 세상을 열되 정당하고 올바른 방법을 사용하고자 한다. 대동, 풍류, 올곧음, 창신 등이 바로 그것이다. 청암부인이 청호를 파면서 꿈꾼 세상은 일제 강점기 동안 민족의 생명을 보전하여 새로운 생명을 다시 태어나는 것이었다. 곧 '꽃심'을 가슴에 품은 것이다. 또한 청암부인이 사용한 방법 역시 주민들의 상생과 협력을 도모하는 대동, 삶의 질을 중시하는 풍류, 절의와 기개를 삶의 원리로 삼는 올곧음, 낡은 관습에 얽매이지 않고 전통을 새롭게 창조하는 창신 등과 같이 정당한 방법을 사용하였다고 볼 수 있다. 결국 최명희의 『혼불』은 전주정신을 정립하는 과정에서 결정적 단서와 근거를 제공한 것이다.

Ⅱ. 새로운 전라북도문학관의 건립

1. 머리말

1-1. 전라북도문학관 현황

현재 전국에서 운영되고 있는 문학관은 한국문학관협회 소속 문학관 82개 관, 미소속 문학관까지 포함할 경우, 106개 관이며 전라북도 내에서 운영되고 있는 문학관은 10개 관이다. 문학관 건립 초기에는 민간 주도로 다양한 주제의 사립문학관이 설립되었지만, 2000년대 들어 국가와 지자체의 예산에 문학관 건립 및 운영비용이 포함되면서 공립 문학관의 수는 계속 늘어나는 추세이다.

2021년 현재 서울특별시 은평 지구에는 한국 문학관을 대표하며, 타 문학관들을 이끌어 갈 '국립한국문학관' 건립이 진행 중이다. 국립한국문학관은 은평구 기자촌 근린공원으로 부지를 확정하고 법인 설립, 초대 관장 임명, 홈페이지 개설 등을 순차적으로 진행하고 있다.

전국에서 운영되고 있는 문학관의 명칭은 보편적 명칭인 '문학관' 외에도 문학전시관, 문학박물관, 문학기념관, 문학촌, 작가의 집, 마을 등 다양하다. 문학관을 기능으로 분류할 경우, 전시 중심의 문학관, 교육과 체험행사 중심의 문학관, 창작 지원 중심 문학관 등으로 나눌 수 있다. 일반적으로 문학관의 형태는 ①한국문학 전반을 대상으로 하는 문학관, ②한국문학의 특정 장르나 유파를 중심으로 특화된 문학관, ③지역과 지역 문학의 정체성을 다루고 있는 문학관, ④지역 출신 작가를 기념하는 문학관, ⑤특정 작품 중심의 문학관 등으로 나눌 수 있다.

서울 한국현대문학관, 인천광역시 한국근대문학관, 서울 영인문학관 등은 ①의 경우에 해당하며, 담양 가사문학관, 부산 추리소설문학관, 대구 수필문학관, 남해 유배문학관, 진주 한국시조문학관, 강진 시문학파기념관, 영동 농민문학관, 서울 숙명여대 내 세계여성문학관 등은 ②에 해당하고, 경남문학관, 마산문학관, 대구문학관, 대전문학관, 문학의 집·서울, 목포문학관, 해남 땅끝순례문학관 등은 지역적 정체성을 강조하는 ③에 해당한다. 현재 광주문학관과 제주문학관(2021년 6월 개관 예정) 등의 건립도 진행되고 있다. 홍성 만해문학체험관과 남한산성 만해기념관, 서울 김수영문학관과 윤동주문학관, 춘천 김유정문학촌, 양평 황순원문학촌, 화성 노작홍사용문학관, 옥천 정지용문학관, 부산 요산문학관, 경주 동리목월문학관, 안성 박두진문학관, 강릉 김동명문학관, 원주 박경리문학공원 및 하동 박경리문학관과 이병주문학관, 그리고 통영 박경리기념관 등은 ④에 해당하고, 원주 토지문화재단, 남원 혼불문학관, 벌교 태백산맥문학관, 원주 토지문화관 등은 ⑤에 해당한다.

한편 전라북도에는 ①에 해당하는 문학관은 존재하지 않는다. 다만 현재로는 ③에 해당하는 전라북도문학관이 거점 문학관으로 지정받을 경우, 국립문학관과 긴밀한 연계를 맺으면서 호남권 문학관들을 대표하는 문학관으로 발전할 가능성이 있다.

현 전라북도문학관은 ③에 해당하는 문학관이지만 아직 그 기능을 충분히 발휘하고 있지 못하고 있다. 전라북도문학관이 사용하고 있는 현재의 건물은 원래 전라북도도지사 관저이면서 당시 대통령이 전라북도를 방문하는 경우, 임시 숙소로 사용하였던 건물이었다. 따라서 전라북도를 대표하는 문학관으로 기능하기에는 건물의 공간이 협소하고 낡았으며 구조도 부적합한 것으로 판단된다.

특정 장르 중심 문학관으로는 2020년에 남원에 건립된 '남원고전소설문학관'이 있다. 남원시는 남원시민들의 문화적 정서 공유를 위해 2017년부터 남원 '고전소설문학관' 조성사업을 추진한 결과, 2020년 2월 11일에 개관하였다.

전주 '최명희문학관', 익산 '가람문학관', 군산 '채만식문학관', 부안 '석정문학관', 고창 '미당시문학관', 무주 '김환태문학관' 등 6곳은 지역 출신 작가를 기념하는 문학관으로서 도내 문학관 중 가장 많은 수를 차지하고 있다.

전라북도 내 특정 작품 중심의 문학관으로는 남원의 '혼불문학관'과 김제의 '아리랑문학관' 등 두 곳이 있다. 조정래가 창작한 『아리랑』의 내용과 일제의 농촌 수탈의 역사를 연결하고 있는 '아리랑문학관'은 작품 배경 탐방 프로그램을 운영하고 있고, '혼불문학관'은 작품의 주요 공간인 남원시 사매면에 자리 잡고 있다. 전라북도문학관은 이들 도내 문학관들과 긴밀하게 교류·협력하는 관계를 유지하면서 동시에 이들 문학관의 운영과 홍보활동을 지원하는 역할을 해야 한다.

1-2. 전라북도 정신과 전라북도문학관

전라북도문학관은 전라북도의 문학뿐만 아니라, 전라북도의 역사, 문화, 정신 등을 다양하게 체험하고, 교육 및 홍보하는 기능을 발휘해야 한다.

또한 문학관 방문과 관람, 행사 참여 등을 통해서 지역민들이 전북인으로서 자부심을 느끼고 정체성을 확인하도록 해야 할 것이다.

전라북도는 후백제의 주요 거점이었으며, 고려의 차별 정책을 이겨내고 조선 왕조 탄생의 태반이 된 지역이다. 풍요로운 물산(物産)과 높은 문화 수준과 더불어 왕도였던 전주를 품은 전북지역은 품격과 자존감을 지닌 지역이다. 전북지역은 또한 임진왜란 당시에 태조 어진과 조선왕조실록을 지켜내었고, 이치전투와 웅치전투에서 왜군에게 치명적 타격을 입힘으로써 전주성과 호남평야를 수호하고 임진왜란 전체 판도를 역전시킨 지역이다.

전북지역은 또한 평등한 세상을 꿈꾸는 미래지향적인 공간이었다. 전주 출신 정여립은 '대동계'를 조직하여 누구나 평등하게 살아가는 세상을 꿈꾸었다. 동학농민혁명군은 1896년 호남의 수부(首府)인 전주성을 장악하였을 뿐만 아니라, 민과 관이 서로 협력하여 민주적으로 행정단위를 이끌어가는 '집강소'를 호남 52개 고을에 설치·운영하였다. 전라북도문학관은 이와 같은 창의적이고 진보적이며 미래지향적인 전라북도 정신을 창달하고 선양하는 역할을 담당해야 할 것이다.

1-3. 전라북도 문학의 전통

전라북도 지역은 삼국시대 고대가요를 대표하는 「정읍사」의 배경지이며, 선운산가, 지리산가, 방등산가 등의 배경이 된 지역이다. 조선 초에 정극인에 의해 「상춘곡」이 발표된 후, 구한말에 이르기까지 전북지역에서는 역량 있는 문인들에 의해 문학사적으로 높이 평가되는 시가와 산문들이 다수 창작되었다.

전라북도는 조선 중기 이후 판소리의 중심지이기도 하였다. 남원은 송흥록, 박초월 등 명창을 배출하였다. 고창에는 신재효가 판소리를 집대성하고 전문 가객을 양성하였으며, 전주는 비가비 소리꾼으로 유명한 권삼득을 배출하였고, 영·정조 시기부터 '전주대사습'을 개최하였다. 전라북도는 이런 이유로 자타가 공인하는 한국 판소리의 중심 지역이다.

일제 강점기에는 유엽, 이병기, 김창술 등이 한국근대문학의 초석을 쌓는 일을 하였고, 1930년대에는 시인 신석정과 서정주, 소설가 채만식과 이근영, 평론가 윤규섭과 김환태 등이 한국문학 전반을 앞장서 이끌어갔다. 해방 후에도 전국적으로 명성을 떨친 다수의 시인, 소설가, 희곡작가, 평론가들이 전북지역에서 배출되었다.

현 전라북도문학관은 2010년 '전라북도 의회 문학관 설치 및 운영조례' 제정 이후, 2012년 9월 21일에 개관하였다. 2011년부터 2019년까지 총 4차례에 걸쳐 전북문인협회가 수탁 기관으로 선정되어 2020년 현재까지 전라북도문학관을 운영해 오고 있다.

2. 새로운 전라북도문학관 운영 방안

2-1. 새로운 전라북도문학관의 비전

앞으로 새롭게 조성될 전라북도문학관은 전라북도의 정신과 전북문학의 독자성과 정체성을 드러내는 공간이 되어야 한다. 전시관 관람을 끝난 후에 전시물을 통해서 전북문학을 감상하고 배울 뿐만 아니라, 스토리텔링 개념이 적용된 공간구성 자체를 통해서 전라북도 문학의 정체성을 체감하도록 할 수 있어야 한다.

또한 전라북도문학관은 21세기의 시대적 요구에 부응해야 한다. 2020년 코로나19 재난 사태 이후 세계는 회의, 학습, 심지어 공연까지 비대면(untact) 위주로 진행하고 있다. 코로나19 재난 사태 기간에는 물론 이 사태가 종식된 후에도 전라북도문학관의 콘텐츠와 문학관이 운영하는 교육 및 체험프로그램을 유튜브(YouTube)와 같은 디지털 플랫폼을 통하여 감상할 수 있어야 할 것이다.

전라북도문학관만의 독자적인 서버를 구축하여 비대면 프로그램을 적극적으로 개발해야 나가야 한다. 국립한국문학관을 비롯한 타 문학관에서 개발한 디지털 콘텐츠를 공유하고 장기적으로는 자생적으로 개발할 수 있는 체제도 구축해야 한다. 아울러 문학관 주최 특강과 행사를 유튜브와 사회적 관계망(SNS)을 통해서 시민들에게 공개할 필요가 있다. 새로운 전라북도문학관은 디지털 콘텐츠를 다양하게 활용하고 체험할 수 있는 시설과 장비를 갖추어야 할 것이다.

전라북도문학관은 전라북도 문학뿐만 아니라, 예술 전반 진흥의 매개적 공간으로서 기능하기 위해 문학 콘텐츠 구성을 중요시해야 할 것이다. 보다 구체적으로는 문학관 기능뿐만 아니라, 도서관, 박물관 기능까지 겸하는 라키비움(Larchiveum) 식 공간을 구성하고, 체계적 자료수집, 인터랙티브 디지털 콘텐츠 체험, 디지털 라이브러리 이용 등이 이루어지도록 해야 한다.

2-2. 전라북도문학관 상설전시실 운영 방안

1) 근대 이전 전북문학의 전시

전라북도문학관은 전시를 통해 한국문학사에서 전북 문학이 차지하는 의미, 가치, 비중에 대해 관람객이 알 수 있도록 해야 할 것이다. 향가, 속요, 시조, 가사의 전개 과정을 소개하고 정읍사, 상춘곡 외 전북지역의 시조, 가사에 대한 설명을 도표, 이미지, 음악 등과 더불어 제시하는 것이 바람직하다.

또한 전북지역의 지도를 제시하고 각 시, 군과 관련된 시조, 가사, 속요, 민요, 설화 등에 대한 정보를 키오스크를 통해 검색할 수 있게 하고, 전북지역의 특색을 노래한 시가들은 해당 공간에 대한 이미지와 설명을 제시하면 좋을 것이다.

한국학중앙연구원에서 조사한 전북지역 구비문학에 대한 자료도 컴퓨터를 통해서 검색할 수 있게 하며 한국구비문학대계의 내용을 그림책으로 만들어 문학관에 비치하였으면 한다.

전주대사습이 갖는 의미, 완판본 판소리계 소설이 지닌 가치, 전주 출신 명창에 대한 설명. 판소리 듣고 따라 하기, 완판본 문헌에 대한 전시 등은 판소리의 고장 전라북도의 특색을 잘 드러낼 수 있을 것이다. 전라북도 지역의 민요, 설화에 대한 도서, 그림책, 애니메이션, 음반 등도 문학관에 전시하고 필요한 장비를 설치하면 유용할 것이다.

전라북도가 동학농민혁명의 고장임을 자세히 설명하고, 동학농민혁명의 전개 과정, 역사적 의의를 다양한 방식으로 자세하면서도 명확하게 설명하면 좋을 것이다. 동학농민혁명을 소재로 한 시(신동엽의 『금강』, 안도현의 「서울로 가는 전봉준」 등), 소설(송기숙의 『녹두장군』, 박태원의 『갑오농민전쟁』, 유현종의 『들불』, 한승원의 『동학제』, 이병천의 『마지막 조선검 은명기』 등), 영화(〈개벽〉, 〈전봉준, 그리고 농민운동〉 등), 드라마(〈녹두꽃〉 등, 창극(〈녹두새 훨훨 날다〉 등, 노래(〈새야 새야〉, 〈칼노래〉 등) 등을 화면 영상, 도서, 음반 등 다양한 미디어를 통해서 감상할 수 있도록 해야 한다.

2) 근대 이후의 전북문학

『폐허』, 『백조』, 『금성』 중심의 감상적 낭만주의 문학, KAPF 중심의 계급문학, 『조선문단』 중심의 국민문학 등에 대한 문학사적 흐름을 도표와 이미지를 통해서 설명하고 1920년대 한국문학 발전에 이바지한, 유엽, 김창술, 이익상, 이병기 등의 문학적 업적을 설명하도록 한다. 도서만을 전시하는 것이 아니라, 다양한 사진 자료와 유품들을 더불어 전시하면 좋을 것이다.

1930년대는 한국문학의 전성기로 평가되고 있다. 다양한 문학 유파가 발생하고, 단편소설과 중편소설을 넘어서서 중량감 있는 장편소설이 다수 등장하였고 역량 있는 시인과 소설가들이 다양한 실험을 하고 풍성한 문학적 성과를 거두었기 때문이다. 이와 같은 한국문학의 전성기를 전북 출신 문인들이 주도적으로 이끌어갔다는 점을 1930년대 문학 전시에서 분명하게 드러내도록 해야 한다. 전시 공간도 가장 넓은 면적을 할애하고 디지털 장비를 활용하여 전시 방법도 다양하게 실험하는 것이 바람직하다.

한국문학사상(韓國文學史上) 높이 평가되고 있는 신석정, 채만식, 이근영, 김해강, 서정주, 윤규섭, 김환태 등의 문학사적 성과를 정당하게 드러내도록 해야 할 것이다. 신석정, 서정주의 시를 시대별로 전시하고 노래로 만들어진 시들을 들을 수 있는 음향 장비도 설치해야 한다. 채만식의 소설뿐만 아니라, 전북 문인들이 창작한 희곡과 시나리오에 대한 설명도 디오라마, 이 북(e-book), 그림책, 청소년용 도서, 애니메이션, 전문가 인터뷰 등과 함께 다양하게 제시하면 좋을 것이다.

1940년대는 1945년 8월 15일을 전후로 확연히 분리된다. 1940년대 전반기는 암흑기로서 저항문학과 친일협력문학이 교차하던 시기이며, 후반기는 해방기에서 분단과 전쟁으로 이어지는 시기이다. 1940년대 문학 전시는 이와 같은 역사적 배경을 충실하게 기술하되 도내 시인, 작가 중 채만식, 서정주, 김해강 등 친일 협력 논란이 있는 문학인들의 과오(過誤)와 성과를 냉정하면서도 공정하게 제시할 필요가 있다. 상대적으로 지조를 지킨 신석정과 같은 문인들의 올곧은 정신을 부각할 필요가 있다. 채만식의 경우는 해방기 남한 사회를 가장 날카롭게 풍자적으로 비판하고, 아울러 자신의 잘못을 뉘우치고 고백하는 소설인 「민족의 죄인」을 발표한 사실도 밝혀야 할 것이다.

1950년대는 기존의 신석정, 이병기, 김해강, 장순하 등에 이어서 전라북도에는 최승범, 이기반, 박항식, 양상경, 최민순, 김완동, 천이두, 박동화. 백양촌, 조병화, 이정환, 최창학, 최명희, 홍석영, 김태수 등이 활발하게 활동했던 시기이다. 물리적으로 공간적 제한이 있는 부스(booth)를 배분하는 현재의 전시 방식을 지양하고 인천 '한국근대문학관'처럼 해방 이후 전라북도 지역에서 활동했던 문인들에 대한 초상화를 벽면에 그리고 키오스크를 통해서 그들의 생애와 문학적 업적을 충분히 제시하고 관람객들이 자신이 원하는 내용을 자세히 검색할 수 있게 하는 것이 훨씬 효율적이다. 이 경우 현 전라북도문학관 상설전시관처럼 공간적 제한을 받지 않을 수 있으며, 작가와 작품에 대한 새로운 내용을 즉각적으로 보완할 수 있는 장점이 있다.

전북의 희곡작가의 작품 중 영화화되거나 영상물이 남아 있는 경우는 LED 화면을 통해 영상물이 상영하면 좋을 것이다. 시인들의 작품 중 노래로 만들어진 것은 음원을 확보하여 관람객들이 헤드셋을 통해 들을 수 있게 함으로써 오감을 만족시키는 전시를 시도해 봄 직하다. 전라북도 문인들이 창작한 동화 작품 중 지역적 특색이 강한 작품들과 전라북도에서 발생한 역사적 사건을 애니메이션으로 제작·상영하는 것도 권장할 만하다.

2-3. 전라북도 출신 생존 작가 전시 방안

전라북도 문인이면서 어느 정도 문학사적 평가가 이루어진 시인, 작가들의 생애와 문학세계 전시한다면 도민들의 관심을 더 높일 수 있을 것으로 기대된다. 현역 문인들이 한국문학 발전에 이바지한 점, 이들 작가만의 독특한 문학세계, 이들이 반영하고 있는 전라북도의 역사와 사회, 문화 등을 시청각적인 자료와 디지털 미디어를 활용하여 전시할 수 있다.

최일남(1932~)은 전주 출생으로 1953년 「쑥이야기」로 등단하였다. 오랜 공백기를 거쳐 1975년, 「시울 사람들」을 쓰면서 왕성한 작품 활동을 전개하였다. 공백기를 가져오게 한 〈경향신문〉, 〈동아일보〉 기자 생활은 직관과 사실의 핵심에 파고드는 최일남 특유의 능력을 갖추는 데 오히려 도움이 되었을 것으로 짐작된다.

최일남은 1986년에는 「흐르는 북」으로 '이상문학상'을 수상하였다. 1989년에 정치 권력의 횡포, 지식인의 우유부단함과 위선적 면모, 언론의 무기력함을 응축해 보여준 「숨통」을 발표하였으며, 1990년대에는 『히틀러나 진달』, 『안개손』과 같은 장편을 발표하였다. 최일남의 작품과 전라북도와의 연관성을 드러내는 설명 자료와 시청각 자료를 함께 전시하면 좋을 것이다.

윤흥길(1942~)은 정읍 출생으로 1968년 「회색 면류관의 계절」로 등단하였다. 전쟁과 이데올로기적 대립의 비극을 그린 「장마」와 「내 기억 속의 들꽃」, 「종탑 아래서」 등은 중고등학교 교과서에 수록되어 있다. 이 작품들은 또한 전라북도 지역을 배경으로 하고 있어 더욱 주목된다. 윤흥길 작품 중 전라북도를 배경으로 하는 작품들을 따로 모으고 작품의 내용과 배경을 연결하여 전시할 수 있을 것이다.

김용택(1948~)은 임실 출생으로 「섬진강」 외 8편의 시로 '〈세계문학〉 문학상'을 수상하면서 등단하였다. 1969년부터 2008년까지 초등학교 교사로 재직하였다. 특히 자신의 모교인 임실 운암초등학교 마암분교에서 주로 2학년 아이들을 가르치며 시를 썼다. '섬진강'과 같은 자연을 삶의 한복판으로 끌어들여 절제된 언어를 통해 서정성을 확보한 것으로 평가되고 있다. 그의 시에는 풍요로운 자연 속에서 자라는 아이들의 순수함과 아름다움만 그려지고 있는 것이 아니다. 때에 따라서는 농촌의 곤궁한 현실을 고발하고 지배층에 대한 비판을 서슴지 않는다. 김용택의 시에 깊은 영향을 준 고향과 고향 사람들, 그리고 섬진강과 마암분교 사진을 그의 시와 함께 전시할 수 있을 것이다.

은희경(1959~)은 고창 출생으로 1995년 「이중주」로 등단하였다. 『문학동네』 제1회 장편소설 공모에 『새의 선물』이 당선되고 이 작품이 널리 읽히게 되면서 1990년대 한국소설을 대표하는 작가로 인정받았다. 1998년에는 「아내의 상자」로 '이상문학상'을 수상하였다. 그의 대표작 중 하나인 『새의 선물』은 그의 고향인 고창을 배경으로 전개되고 있다. '혼불문학상' 심사위원으로도 오랜 기간 활동하였다. 그의 작품에 등장하는 고향의 풍광과 분위기를 작품의 내용과 연관시키는 전시를 기획할 수 있다.

양귀자(1955~)는 전주 출생으로 1978년 원광대를 졸업하는 해에 「다시 시작하는 아침」으로 등단하였다. 이후 「원미동 시인」, 「천마총 가는 길」, 「슬픔도 힘이 된다」 등으로 문단의 주목을 받았다. 1992년 「숨은 꽃」으로 '이상문학상'을 받았다. 그의 대표작인 「원미동 시인」에는 고향 전주가 그려져 있고, 「숨은 꽃」에는 김제 귀신사가 배경으로 그려지고 있다. 그의 작품에 담겨 있는 지역적 요소를 그의 전체 작품 세계와 연결하여 함께 전시할 수 있을 것이다.

2-4. 전라북도문학관 기획전시실 운영 방안

전라북도문학관 기획전시는 철저하게 융·복합 형태로 구성하여 독자성을 지니도록 해야 한다. 전라북도 문학과 관련된 다양한 사진 전시, 그림 전시, 서예 전시 등도 병행하는 것이 바람직하다.

전라북도 고전문학과 근현대문학의 배경이 되는 곳과 관련된 사진, 그림을 전시하고 시가 문학이나 소설의 아름다운 구절들에 대한 서예 공모전을 실시하여 당선작을 기획 전시할 수 있을 것이다.

문학과 타 장르 예술을 결합한 전시를 통하여 문자로 표현된 문학작품을 시각적으로 전환하여 감상하는 기회를 제공하고 해당 작품의 핵심적 사건, 인물, 배경, 주제 등을 시각적으로 이해할 수 있도록 해야 한다. 문인들과 화가들이 공동으로 작업하는 시화전, 문인들과 사진작가들이 공동으로 참여하는 하이퍼텍스트 시와 디카(digital camera) 시 전시회 등을 수시로 전시할 수 있다. 또한 하이퍼텍스트 시와 디카 시 창작 교육과 동아리 활동을 지원함으로써 전라북도 내 새로운 시 창작 분위기를 진작시킬 수 있을 것이다.

음악으로 표현되는 문학, 영상으로 만나는 문학, 행위 예술로 표현되는 문학 등 다양한 예술 장르와 문학의 결합, 예술가 시각으로 재해석되는 문학을 다루는 주제로 전시를 기획하고 키오스크, 디지털 스케치북 등 디지털 장비를 활용하여 문학 텍스트에 나타나는 삽화, 표지화, 인물화 등을 전시도 추진함 직하다.

관람객들이 직접 작가와 소통할 수 있는 온라인 플랫폼을 제작하거나 기존의 사회적 관계망을 활용하여 작가와 독자가 문학을 매개로 대화·소통하도록 하는 편이 좋을 것이다. 기획전시 형식과 내용을 문학관 게시판을 통해 전라북도 내 예술인들에게 미리 홍보하고 참여할 예술가들을 모집하는 방법도 가능하다.

문화기획전에 참여한 작가와 여러 예술 장르의 예술가들이 함께 담화를 펼치는 문학 토크 콘서트를 실내 공연장에서 개최하면 좋을 것이다. 야외에서 주민들을 초청하여 공연할 경우, 음악 연주와 더불어 시 낭독 행사를 진행한다면 전라북도문학관 인근 주민들의 좋은 반응을 얻어낼 것으로 기대된다.

2-5. 전라북도문학관 멀티미디어 전시실 운영 방안

시를 원작으로 하는 음악을 감상하는 디지털 장비를 시인들의 시와 함께 비치하도록 해야 할 것이다. 특히 이병기, 신석정, 김해강, 김용택 등의 시는 작곡가들에 의해 노래로 만들어진 경우가 많다. 이 노래들을 모아서 음원 아카이브(archive)를 구성하여 관람객들이 헤드셋을 통해 음악을 감상할 수 있게 하면 좋을 것이다.

태블릿 PC 등을 활용하여 관람객이 직접 텍스트를 읽을 수 있도록 '천천히 읽기 방(slow reading room)'을 마련할 필요가 있다. 전라북도 문인들이 창작한 시와 단편소설들을 디지털화하여 관람객들이 휴식 공간이나 도서관에서 태블릿 PC 등으로 전라북도 출신 문인들의 작품을 감상하고 한국문학사와 전북문학사를 동시에 학습할 필요가 있다.

전라북도 소설의 주요 공간(<탁류>의 군산, 동학농민소설의 전주를 가상현실(VR-Virtual Reality)로 체험할 수 있도록 시설과 장비를 마련해야 한다. '『탁류』 VR 360도 영상'에서는 관람객이 초봉의 입장이 되어 남승재, 고태수, 박제호, 장형보 등의 네 남자 중 한 남자를 선택하였을 경우 전개될 스토리를 영상으로 감상할 수 있도록 하고, 동학농민혁명 소재 소설 VR 360도 영상에서는 전봉준이 되어 전주에서 어떤 선택을 하느냐에 따라서 다르게 전개되었을 상황을 감상하게 하면 교육적 효과와 흥미를 동시에 유발할 수 있을 것이다.(1차 봉기 당시 한양으로 진격하였을 경우, 2차 봉기를 일으키지 않았을 경우, 2차 봉기를 일으켰을 경우 등) 이때 가상현실 헤드기어(headgear)와 자유로운 신체활동이 가능한 공간의 확보가 필수적이다.

남원에는 '혼불문학관'이 있고, 최명희 생가 근처 한옥마을에 '최명희문학관'이 자리 잡고 있으며, 현 전라북도문학관 인근 건지산 자락에는 최명희 묘소와 '혼불문학공원'이 조성되어 있다. 전라북도문학관에는 앞의 두 문학관과 콘텐츠가 중복되지 않도록 다음의 예시와 같은 다양한 디지털 콘텐츠를 개발하면 좋을 것이다.

<예시>

① 디지털 음원으로 『혼불』 내 민요, 가사, 잡가 등 재현
② 디오라마로 『혼불』 내 세시풍속 및 관혼상제 재현
③ VR로 『혼불』 내 청암부인이 내린 결정들 재현
④ AR로 최명희 작가의 인터뷰 재현
⑤ 키오스크로 『혼불』의 공간, 매안, 거멍굴, 고리배미 등 재현
⑥ 『혼불』 내 주요 인물, 사건에 대한 디지털 검색 시스템 구축

전라북도 고전문학 작품의 배경지에 대한 인터랙티브 미디어(interactive midea) 영상을 이용한 관람객의 참여를 유도함. 인터넷망을 통해 연결되고 새로 조직되는 작가, 독자, 텍스트틀 상징적으로 표현하는 미디어아트도 구성할 수 있을 것이다.

또한 터치스크린을 이용한 전시 구성으로 전자화된 자료를 검색부터 개인이 직접 큐레이터가 되어서 화면에 작품을 전시하는 과정에 직접 참여하

는 전시를 경험하게 할 수 있다. 터치스크린을 이용해서 관람객이 전시자료를 가지고 '나만의 창작품'을 만드는 활동을 통해서 직접 참여 경험을 가질 수 있으며, 전시 공간에 제한받지 않고 화면을 통해서 방대한 자료를 전시할 수 있을 것이다.

'남해 유배문학관'이나 양평 '소나기마을'의 예에서 보는 것처럼 증강현실(AR: augmented reality, 增强現實), 가상현실(VR) 등 혁신기술의 도입에 의한 새로운 전시시설 및 기법의 확대는 참여형 전시의 기능을 강화할 수 있다. 참여형 전시는 인간의 오감을 이용하여 체험함으로써 예술에 대한 감동의 효과를 높이고 관객이 작품 안으로 들어가 변화시키고 체험하게 하는 것을 목표로 하고 있으며, 기술 혁신에 따른 전시물과 이용자의 상호작용·쌍방향 소통의 가능성을 높이기 위하여 시도할 가치가 충분히 있다.

2-6. 전라북도문학관 작은 전시실 운영 방안

전라북도문학관 1층을 이정훈 교수(홍익대)의 제안대로 필로티(pilotis) 구조로 설계할 경우, 작은 전시가 가능한 갤러리형 문학 카페가 들어설 수 있다. 문학 카페 내 작은 전시실에서는 전라북도에서 주는 문학상 역대 사상자들의 프로필, 작품의 내용, 도서 등을 전시할 수 있다.

전라북도 내 주요 문학상으로는 '혼불문학상', '채만식문학상', '김환태문학상' 등이 있다. 작은 전시실에서는 이들 문학상에 대한 소식, 역대 수상작품 전시, 사진 자료를 전시하고 수상자 인터뷰 화면을 상영함으로써 전라북도에서 시행하는 문학상에 대한 도민들의 관심을 높일 수 있을 것이다. 또한 작은 전시실에서는 전라북도문학관이 주최하는 각종 백일장, 문학

경연대회 등에서 수상한 작품들을 전시할 수도 있다.

3. 전라북도문학관 프로그램 운영 방향

3-1. 대중공연 행사

전라북도 문학관은 현재 '찾아가는 문학관', '도민과 함께하는 한마당 잔치', '전북사랑문학축제' 등을 운영하고 있지만, 도민들의 관심은 그리 크지 않다. 이에 반해 매년 10월에 창원시에서 거행되는 '김달진문학제'에는 전국적으로 명성이 높은 학자, 문인, 예술인 등이 대거 참석하고, 시와 평론 부문 김달진문학상 수상식이 있다. 동화구연대회, 시 낭송대회, 청소년 백일장 등이 거행되고 황병기, 장사익과 같은 수준급 음악인의 공연도 이루어지기 때문에 시민들의 관심이 매우 높은 편이다.

전라북도문학관에서 주관하는 '전라북도문학예술제'에 대한 도민들의 관심을 제고시키기 위해서는 전라북도를 대표하는 작가들이 한자리에 모이게 하고, 또 저명한 작가, 시인, 문학 평론가, 학자들을 초청하여 수준 높은 강연을 개최해야 할 것이다. 또한 공연의 수준도 많은 관객을 유치할 수 있을 정도의 명성을 지닌 연주자들을 초빙하는 것이 바람직하다.

또한 전라북도문학관 소식지를 분기별로 간행하고 이를 기념하는 특별전, 문학제, 퀴즈 대회 등을 개최하여 전라북도 문인들의 업적을 널리 알리고 도민들이 공유하는 것이 바람직하다.

도내 문인들이 가사를 쓴 교가나 가곡, 대중가요 경연대회나 콘서트를 개최하여 도민들이 문학과 음악을 공연하고 도내 작가들의 작품을 영화화하거나 전라북도에서 촬영된 작품들을 실내외 공연장에서 상영함으로써 전라북도를 대표하는 소설과 영화를 널리 알리도록 할 수 있다.

3-2. 지역주민 대상 상설 강좌 운영

2019년에 전라북도문학관에서 운영한 지역주민 대상 상설 강좌로는 '문학광장', '청소년 문학강좌', '작고 문인 문학세계 지상 강좌(전북일보 기고)', '상주작가 시낭송 수업' 등이 있다.

이를 보완하여 지역주민 대상 상설 강좌는 장·단기 프로그램으로 나누어 진행할 필요가 있다. 8~10주 프로그램으로 세계문학강좌, 한국문학특강, 전북문학 특강, 동화 및 동요 창작 특강 등으로 나누어 체계적인 교육이 이루어지는 장기 교육프로그램과 작가와의 만남, 인문학 석학 강좌 등 단기적 교육으로 나누어 진행하는 것이 바람직하다.

도내 문학전공 교수 및 학자들과 문인들을 적극적으로 활용하도록 한다. 세계문학 강좌, 한국문학 특강 등은 도내 문학전공 교수들을 활용하고, 동화·동요 특강, 창작 특강은 도내 작가, 시인, 수필가, 극작가들을 활용하여 소설 창작 특강, 시 창작 특강, 수필 창작 특강, 희곡 및 시나리오 창작 특강, 신춘문예 대비 특강 등 다양한 창작 강좌를 운영하도록 한다.

문학강연의 형태도 일방적 강의가 아닌 강사와 청중 간의 활발한 소통과 상호작용이 이루어지는 강의를 지향해야 할 것이다. 전라북도문학관 전시 내용을 활용하는 특강, 시청각 자료를 활용하는 특강, 현장 조사 및 탐방을 겸하는 특강, 작가와의 만남, 음악, 시 낭송과 함께 하는 특강. 집단 문학 치유 특강 등 다양한 형태의 문학 특강을 실험할 수 있다.

전라북도문학관에서는 문학 관련 교육·체험 프로그램뿐만 아니라 회관 내에 입주해 있는 단체들이 다양한 교육·체험 프로그램을 함께 운영할 수 있음. 서민들이 쉽게 배우고 체험할 수 있는 미술, 음악, 서예, 국악, 사진, 무용 관련 교육·체험 프로그램을 기획하여 운영해야 할 것이다.

'문학의 집 서울'에서는 문인들이 다양한 형태의 행사를 진행하고 있다. 연극 공연, 합창, 초상화 그려 주기 등 문인들이 지닌 다양한 재능을 동원하여 시민, 학생들에게 다가가서 문학 관련 이야기를 자연스럽게 들려주는 형식을 취하고 있다. 전라북도 문인을 비롯한 예술인들도 '문학의 집 서울' 전라북도문학관의 프로그램에 적극적으로 참여하도록 해야 할 것이다. 전북문인협회와 전북작가회의가 서로 협력하는 체제를 구축하여 위에서 제시한 전라북도문학관 행사를 효율적으로 진행하는 것이 바람직하다.

3-3. 청소년을 위한 문학체험 활동 및 교류 프로그램

전라북도문학관에서는 2019년에 '청소년문학강좌', '청소년시창작집 제작 배포', '가족 사랑 편지쓰기 대회' 등을 개최한 바 있다. 청소년 대상 문학 강좌와 문학 체험활동은 전라북도교육청 및 도내 각 시군교육지원청과 지역 내 학교와의 긴밀한 협조가 필요하다.

서울 한국현대문학관의 경우에는 청소년을 대상으로 '1900~1955 근·현대문학의 흐름 이해하기'를 진행하고 있다. 전시 관람과 근·현대문학사를 연결하여 강의하는 한편, 퍼즐 및 퀴즈를 수시로 풀어봄으로써 피드백을 하고, 미니 책 만들기 체험을 통해 참여도와 흥미를 높이고 있다. 또한 자신이 직접 책을 만든 후, 관람 중 인상 깊었던 작가의 사진·친필원고, 작품집의 표지 등을 오려 붙이거나 시와 소설을 직접 써 보는 '북 아트' 체험활동을 하기도 한다.

전라북도문학관도 각 초·중·고등학교와 대학교의 현장 수업을 지원하도록 함. 교육청과 교육지원청의 협조를 얻어 공문을 보내고 신청을 받아 문학관을 방문하게 하거나 각 학교에 찾아가 전북문학을 한국문학 전반과의 연관 속에서 설명하도록 해야 할 것이다.

3-4. 문학 탐방 프로그램 운영

전라북도문학관에서는 아직 특별한 문학 탐방 프로그램은 운영되지 않고 있다. 전주시 도심에서 다소 벗어나 있고, 문학관 주변에 문학 유적지가 많지 않다 보니 탐방 프로그램을 운영하는 데 한계가 있었던 것으로 보인다.

전국 문학관 중 문학 탐방을 가장 활발하게 운영하는 곳은 '목포문학관'이다. 목포문학관에서는 전문 강사와 함께하는 문학관 체험프로그램을 진행하고 있다. 참가자들은 목포문학관 로비에서 집합하여 문학관 해설을 들으며 관람한 뒤 문학비를 답사하고 문학관 체험활동 및 강연을 진행한다. 단순히 작품 배경지와 작가 생가를 둘러보는 것에 그치지 않고, 해설, 강연, 공연, 관광 등을 병행함으로써 참가자들로부터 긍정적 반응을 얻고 있다.

전라북도문학관 탐방 프로그램을 두 가지 방향으로 기획할 수 있다. 하나는 도보를 이용하는 것이고, 또 하나는 차량을 이용하는 것이다. 도보 이용 코스로는 '전라북도문학관 → 덕진공원의 신석정 시비, 전봉준 장군상 → 전북대학교 박물관 → 최명희 묘소와 문학공원 → 전라북도문학관'을 기획할 수 있다. 볼거리가 많은 편은 아니지만 탐방 중에 신석정의 시를 낭송하고, 전라북도 박물관이 보유한 고소설에 대한 설명 및 최명희 작가에 대한 특강과 간단한 연주(색소폰, 바이올린, 하모니카, 아코디언 등)를 병행한다면 좋은 반응을 얻을 수 있을 것으로 기대된다.

차량을 이용하는 탐방 프로그램은 전주 시내를 운행하는 프로그램과 전북지역을 순회하는 프로그램 등 두 가지를 들 수 있다. 전자는 주말을 이용하여 매주 개최하고, 후자는 월 1회 홈페이지로 참가자를 모아 운영할 수 있다. 전주 시내 탐방 프로그램으로는 '경기전 집합 → 한옥마을 → 이목대와 오목대 → 완판본문화관 → 최명희문학관 → 경기전 → 석식 → 마당극 관람-해산'과 같은 탐방 프로그램을 기획할 수 있고, 전라북도 탐방 프로그램은 격월로 '전라북도문학관 → 고창 미당시문학관과 판소리박물관 → 점심 → 부안 식정 문학관 → 김제 아리랑 문학관 → 정읍 정읍사공원 → 전라북도문학관'으로 하는 프로그램과 '전라북도문학관 → 남원 혼불문학관, 고전소설문학관 → 점심 → 무주 김환태 문학관 → 익산 가람문학관 → 전라북도문학관' 등의 코스를 번갈아 시행할 수 있을 것이다.

4. 결론 및 제언

새롭게 조성되는 전라북도문학관은 전라북도의 정신과 전북문학의 정체성을 드러내는 공간이 되어야 한다. 전시관 전체를 둘러보는 관람을 끝난 후에 전시물을 통해서 고전에서 현대에 이르기까지의 전북문학을 감상하고 배울 뿐만 아니라, 스토리텔링 개념이 적용된 공간구성 자체를 통해서 전라북도의 정체성을 체감할 수 있도록 할 수 있게 해야 할 것이다.

전라북도가 지닌 풍부하고도 다양한 문학 자료를 바탕으로 상설전시관을 운영하여야 한다. 상설전시관은 ①근대 이전 문학 ②근대 이후 문학 ③생존 작가의 문학 등으로 공간을 분할하여 구성할 수 있다. 지금까지의 평면적이고 일방적인 전시 형태를 벗어나, 시청각 자료와 디지털 장비를 충분히 활용하여 공간 효율성을 최대화하고 입체적이면서 쌍방향적인 관람이 이루어지도록 전시관을 설계·운영하도록 하면 좋을 것이다. 현재 부스 배정 방식을 지양하고 사물인터넷 시스템을 활용한 작가 및 작품 해설, AI를 활용한 문학관 안내 등이 이루어지는 게 바람직하다.

'남해 유배문학관'과 '양평 소나기마을'을 참조하여 전라북도문학관 내에도 '멀티미디어실'을 설치하여 다양한 장비를 갖추고 문학 관련 콘텐츠를 실감나게 체험하도록 해야 한다. 시를 원작으로 한 노래 듣기, 태블릿 PC를 통해 문학작품 감상하기, 360도 VR 영상으로 인터랙티브 소설 감상하기, 증강현실(AR)을 이용하여 작고 문인과 대화하기, 데이터 베이스화한 시와 소설의 내용을 키오스크로 검색하기, 전북 문학작품의 배경지를 디지털 영상으로 표현하기, 디지털 스케치북으로 작가의 초상화와 작품의 삽화 따라 그리기 등과 같은 실감 디지털 체험을 관객들이 할 수 있게 한다면 보다 많은 관람객을 유치할 수 있을 것이다.

전라북도문학관의 기획전시는 융·복합 전시 중심으로 운영하는 것이 바람직하다. 같은 공간을 사용하는 예술단체들이 서로 협력하여 전시를 기획하고 콘텐츠를 개발하도록 해야 한다. 시와 회화, 시와 사진, 시와 서예의 만남 전시를 기획하고 디카 시 창작 교육 및 전시도 추진할 수 있다. 갤러리형 문학 카페의 작은 전시 공간에서도 사진, 서예, 회화로 표현된 문학작품을 전시하고 노래로 만들어진 전북 시인들의 작품을 감상하도록 해야 할 것이다.

전라북도문학관 내 다목적실을 예술단체들이 공동으로 활용하도록 함. 다목적실에서는 문학과 음악, 문학과 국악이 만나는 콘서트를 개최하고, 소설, 동화 등을 애니메이션으로 만들어 상영하거나 창극과 연극의 대본으로 각색하여 공연하도록 하여야 한다. 예술단체의 교육을 받은 시민들의 음악 연주회, 시 낭송회, 국악 발표회 등을 다목적실에서 갖도록 할 수 있다.

「정읍사」, 「상춘곡」의 예와 같이 전북문학은 지역적 한계를 뛰어넘어 한국문학 전반을 선도해온 지역이라는 점을 상설 전시를 통해 분명히 부각해야 한다. 1920년대 이후 근대문학 형성기에도 감상적 낭만주의 문학, 중간파 절충주의 문학, 민족주의적 문학, 계급문학, 유미주의적 문학 등 모든 분야에서 한국 근대문학을 발전시키는 데 크게 기여하였음을 스토리텔링 개념이 적용된 관람 동선 창출을 통해 마땅히 구현해야 할 것이다.

현재 전라북도문학관은 도심과 다소 멀리 떨어진 곳에 있으며, 주택가 한가운데 자리 잡고 있다. 새롭게 조성되는 문학관은 이처럼 불리한 입지 조건을 극복할 수 있는 매력 있는 예술 콘텐츠 및 교육·체험프로그램의 개발이 필요하다. 또한 인근 주민들이 전라북도문학관을 자주 찾아 다양한 체험을 하고 교육을 받으며 문학관 시설을 주민 회의와 주민들의 행사 공간으로 제공함으로써 주민 친화적 공간으로 전라북도문학관이 활용될 수 있게 해야 한다.

아울러 전라북도 내 10개 문학관들과 전라북도문학관 간의 교류전을 수시로 기획하여 전시의 폭을 확대할 필요가 있다. 또한 작품의 초판본을 비롯한 서적, 작가의 유품, 소지 도서 등을 광범위하게 수집하여 전시하도록 하고, 귀중본 자료들의 구입에 대한 원칙과 예산을 정하고 전라북도문학관의 보존 자료를 늘려가는 한편, 해당 자료를 디지털화하고 복각, 복원 작업을 시행하여 풍부한 전시자료를 확보해 나가야 할 것이다.

Ⅲ. '한(恨)'의 문학, 판소리, 그리고 천이두

1. 천이두의 생애

1-1. 유년기의 가난과 청년기의 고난

평론가이자 전북대학교와 원광대학교의 교수였으며, 문학과 판소리 연구자이기도 했던 천이두(千二斗)는 1929년 음력 9월 24일, 4남 2녀 중 막내로 태어났다. 아버지는 고리짝이나 키 등을 만들어 파는 것을 주업으로 삼았고, 어머니는 행상 일을 하며 부친과 함께 가족을 부양하였다. 부친은 좋아하던 술을 단번에 끊어 가면서 가족들을 위하여 헌신하였고, 스스로에게나 자녀에게 단 한 순간의 게으름도 용납하지 않았다. 문예월평 전문가로 명성을 떨치게 만든 천이두의 부지런한 생활 습관은 어려서부터 부모나 형, 누나들의 행동을 따르는 과정에서 자연스럽게 몸에 밴 것으로 보인다.

천이두는 어려서부터 한 번 보고 들은 것은 잊어버리는 법이 없을 정도로 총명하였다고 한다. 이처럼 특출한 능력을 지닌 막내를 성공시키기 위하여 가난 때문에 학력이 낮았던 부모·형제들은 뜻과 힘을 모았다. 남원농업중학교 5학년에 재학 중이던 그는 학업을 마치지 못하였고, 이때 졸업장을 받지 못한 것 때문에 훗날 그는 전북대학교를 어쩔 수 없이 떠나게 되었다.

군경에 체포된 지리산 빨치산 중 한 사람의 입을 통해 천이두라는 이름이 나왔고, 그는 즉시 전주 방첩대(CIC)에 구금되었다. 이곳에서 그는 강도 높은 고문을 당하면서 어려움을 겪게 된다.[1] 그러자 아버지와 형제들은 바로 '막내 구하기 작전'에 돌입했다. 당시 동원할 수 있는 돈을 모두 들고 전주로 온 것이다. 그들은 CIC 부대를 찾아가 구명운동을 펼쳤다.

극적으로 목숨을 건진 그는 남원농업중학교 졸업식에 참여하지 못했고, 이후 그는 상당히 오랫동안 고문 후유증과 악몽에 시달렸다. 또한 건망증 증세가 젊은 나이부터 찾아왔다.[2] 청소년기부터 형성된 그의 진보적 세계관은 그의 평론 활동과 학문 활동의 중요한 사상적 배경의 하나이다.

1-2. 전국적 문학 평론 활동

전북대학교 국문학과에 진학한 천이두는 당대를 대표하는 학자와 문인들에게 깊은 영향을 받았으며 평론가, 국문학 연구자로 성장해간다. 원래 그는 법대를 지망할 예정이었으나 전쟁 직전에 당한 고초로 국문학을 선택하였다. 그는 전북대학교 국문학과를 졸업하였고, 익산 남성고등학교 국어 교사로 재직하면서 전북대학교 대학원 국문학과 석사과정을 이수하였다.

천이두는 1959년에 그를 평단으로 이끈 조연현은 『현대문학』에 실린 추

1 한의사이기도 한 천이두의 장남은 이때 받은 고문이 훗날 천이두가 노년에 인지 장애를 겪게 된 주요 원인으로 보고 있다.

2 천이두의 메모 습관은 고문 후유증으로 젊은 나이부터 찾아온 건망증을 극복하기 위한 것이었다. 그는 일기도 거의 매일 썼다. 책의 내용을 늘 요약·정리하는 습관을 지니게 됨으로써 훗날 '문예 월평 전문가'로 인정받게 된다.

천사에서 그의 평론을 "지성과 감성이 적절히 배합되어 있는 문장"이라 호평하였다. 등단 이후 당대를 대표하는 문예지인 『현대문학』을 중심으로 중앙 문단에서 왕성한 활동을 전개하였다. 그의 평론은 작품의 핵심을 정확하게 꿰뚫는 것으로 정평을 받고 있다. 그는 동료 평론가는 물론, 평론가들을 그다지 좋아하지 않는 작가로부터도 탁월한 능력과 권위를 인정받는다. 왕성하게 평론 활동을 전개한 결과, 36세라는 젊은 나이(1965년)에 '현대문학사'에서 주는 평론 부문 '현대문학상'을 수상하였다.

그는 평론가 초기 시절부터 가장 한국적 정서인 '한(恨)'에 관심을 가졌고, 황순원 소설에 대한 전문 비평가로 인정받게 된다. 1961년에 이미 황순원의 대표적 장편소설들에 대한 주목할 만한 평론과 학술 논문을 발표하였다. 시인으로서, 그는 1963년에 평론을 발표한 이래 '한(恨)'에 관한 이론을 꾸준히 심화시켰고, 자신에 세운 '한' 이론을 시, 소설, 판소리 등 모든 분야에 두루 적용하였다.

1961년에 익산 남성고등학교 교사직을 사직하고 전북대 문리대 국문학과 강사로 자리를 옮겼다. 1971년, 전북대학교에 국어교육과가 창설되면서 다시 자리를 옮긴다. 군사 정권하에서 누구나 맡기 꺼리던 신문사 주간을 전북대학교에서 두 번이나 역임하였고, 1975년에는 전북대학교 사범대학 교학과장직을 수행하였다.

1-3. 또 다른 시련, 전북대학교 재임용 탈락

1976년에 천이두는 또 한 번의 큰 위기를 겪게 된다. 재임용 심사 과정에서 남원농업고등학교의 졸업장이 없다는 사실이 밝혀진 것이다. 이미 중앙 문단에서 최고의 평론가로 인정받고 있고, 교수로서 탁월한 실적을 쌓아 왔음에도 불구하고 그는 중학교 졸업장이 없다는 이유만으로 사직을 강요받게 된다.

결국 이해 2월에 그는 전북대학교를 떠났다. 그러나 그는 학생들을 가르치는 일만큼은 중단하지 않고 고등학교에서 가르치며 교직 경력을 이어갔다. 이때 천이두는 자신의 과거 직위에 연연하지 않고 학생들을 열심히 가르쳤다. 그는 2년간 여고에서 제자들에게 국어 교사로서의 역할을 성실하게 수행하였다. 재직 중에 남원의 한 실업고등학교에서 교장을 맡아 달라는 제안받기도 하였지만, 그는 거절하였다고 한다. 비록 2년간의 짧은 시기를 만경종합여자고등학교에 재직하였을 뿐이지만, 이때 그에게 배웠던 제자들은 졸업 이후에도 정기적으로 모여 사제 간의 인연을 이어갔다.

원로 평론가들은 적극적으로 그의 명예 회복 운동을 전개하였다. 한국을 대표하는 평론가인 천이두가 그동안 남긴 업적과 학문적·교육적 능력이 대학교수로서 부족함이 없다는 탄원서가 당국에 받아들여짐으로써 그는 '교수 자격증'을 갖게 되었다. 이 자격증을 근거로 하여 원광대학교는 그를 1978년 3월에 사범대학 국어교육과 부교수로 임명하였다. 그는 강사나 조교수가 아닌, 전북대 재직 당시의 직위였던 부교수로 임명을 받았다. 이러한 원광대학교의 배려가 다른 대학교의 영입 제안을 거부하고 그가 끝까지 원광대학교에 남게 된 원인이 되었다.

1-4. 원광대학교에서 제2의 전성기를 열다

원광대학교에서 안정적인 생활을 영위하게 된 천이두는 비로소 왕성한 학문적·예술적 활동을 전개하며 많은 저서와 논문을 발표하게 된다. 그는 일본 불교대학교에 객원교수로 1년간 재직하였고, 이를 계기로 1991년에는 이 대학교에서 '한'에 대한 연구로 박사학위를 취득하였다. 일본 불교대학교 박사학위 취득 논문을 필두로 그는 전통 공연물들을 비교 문화론적 관점에서 연구하였다.

1992년 9월부터 2년간 사범대학장을 역임하기도 하였던 그는 1995년 원광대학교를 퇴임하였고, 월간 문화지인 『문화저널』의 발행인으로 취임하면서, 원광대, 전주대, 백제예술대 등에 출강하였다. 그는 다른 어떤 일보다 책을 읽고 글을 쓰면서 후학들을 가르치는 일을 좋아했다.

2001년에는 '세계소리문화축제 조직위원장'직을 맡기도 하였지만, 그는 일생을 두고 평론 활동, 학술 활동, 교육 활동에 전념하였으며, 그 어떤 시련에도 굴하지 않고 끊임없이 책을 읽고 글을 쓰며 후학들을 지도하였다. 그러나 2007년부터 시작된 '알츠하이머병'은 천이두의 모든 활동을 멈추게 하였다. 만 10년간 투병 생활을 하던 천이두는 2017년 7월 8일 향년 87세로 영면(永眠)하였으며 추도 행사는 전주중앙성당에서 전북문인협회와 전북작가회의가 연합하여 공동으로 진행하였다.

2. 천이두의 인간적 면모와 평론 활동

2-1. 다정다감한 가장으로서의 천이두

그는 평론가, 한국문학 연구자, 판소리 연구자, 잡지 발간인 및 행정가 등으로 탁월한 업적을 쌓아왔고, 가족에 대한 사랑도 마찬가지였다. 형님과 누님들이 세상을 떠났을 때 제일 먼저 가서 장례를 치르는 모습으로 미루어 천이두 남매들 간의 우애는 유달리 깊었던 것으로 보인다.

그의 아내 사랑과 자식 및 손자 사랑도 유별났다. 저녁 식사 후에는 온 가족이 집 주변을 산책하였다. 손주들이 생긴 후에는 손주들의 손을 붙잡고 산책하는 일을 좋아했으며, 손주들의 재롱잔치를 보러 갔다가 가톨릭에 귀의하게 되었다. 현재 천이두의 딸은 기독교 신자이며, 아들은 천주교 신자이다. 병세가 깊어지기 전까지 천이두는 주말마다 성당 미사에 참여하였고 성경을 읽었다.

천이두의 자녀 교육은 부드러우면서도 엄하였던 것으로 자녀들은 기억한다. 그는 자녀들이 승복할 때까지 끈질기게 설득하고 훈계하였다. 또한 아무리 집 밖에서 술을 마시거나 불쾌한 일이 생겨도 자식들 앞에서는 단 한 번도 흐트러진 모습을 보인 적이 없었다.

2-2. 문우들의 거점이자 사랑방 역할을 하였던 천이두의 집

천이두와 한번 인연을 맺은 사람은 더욱 돈독한 정을 유지하였다고 한다. 전북대 시절의 제자와도 수시로 식사 자리나 술자리를 함께하였다. 전북대 재직 시절, 같은 학과 동료 및 원광대 교수 시절의 동료들을 비롯한 다른 학과나 다른 대학 교수들과도 즐겨 어울렸으며, 지역의 문인들과 서울의 문인들을 가리지 않고 늘 교분을 두텁게 유지하며 자주 어울렸다.[3]

특히 중학교 시절부터 알고 지내던 작가 하근찬과는 평생 수백 통의 편지 왕래가 있었으며 자주 만나 우정을 나누었다. 천이두의 집은 언제든 문인들이 숙식을 함께 하고 정을 나누며 소통하던 토론방이자 놀이판이었다.

술자리를 즐기기는 하지만 그가 폭음하는 경우는 거의 없었으며, 늘 일정량을 정해 놓고 마셨다고 한다. 특히 평론이나 논문·저서를 집필할 때는 술을 마시지 않고 서재에 들어박혀 새벽까지 집중하며 글을 썼다. 그는 질적인 면에서 최고 수준의 평론과 논문 및 저서를 남겼을 뿐만 아니라 양적인 면에서도 엄청난 월평, 주말평을 신문과 잡지에 게재하였다.

2-3. 외재적 비평과 내재적 비평의 조화

천이두는 고등학교 시절, 좌익 사상의 영향을 받고 좌익 활동에 가담하였다. 그러나 그는 6·25전쟁을 경험하고 나서 이념보다 가치로서의 사회주의를 더욱 지향하게 되었다. 그의 국문학과 진학과 문학 평론가 활동 및 판소리 연구에 대한 집념은 고민 끝에 그가 최종적으로 선택한 결과였다. 『한국현대소설론』은 1969년에 발간된 그의 첫 저서이다. 이 책의 서문은 그의 기나긴 학문적 여정이 나아갈 방향을 제시하고 있다.

천이두는 작가와 작품을 분석하고 해석·평가함에 있어서 이른바 외재적

---

3 전북대학교 국문과 이기문 교수, 영문과 이보영 교수와의 친교가 깊었고, 제자이자 동료 문인이기도 하였던 원광대학교 오하근 교수, 우석대학교 정양 교수 등도 천이두의 집을 자주 찾았다. 전주사범학교 출신인 소설가 하근찬과는 수백 통의 편지를 서로 주고받은 것으로 유명하다.

비평과 내재적 비평 간의 균형과 조화를 추구하였다. 1974년에 발간된 『종합에의 의지』의 책 제목부터 '균형과 조화'에 대한 그의 강한 의지를 느끼게 해 준다.

그는 누구보다도 분단 현실에 대해 가슴 아파하고 통일을 염원했다. 또한 호남에 대한 차별과 지역감정에 대해서도 수시로 안타까운 마음을 표출하였다. 그가 전북지역은 물론 대한민국을 대표하는 평론가가 될 수 있었던 것은 타고난 재능에 더하여 문학에 대한 열정과 근면·성실한 삶의 태도를 늘 지녔기 때문이다.

2-4. 황순원 소설 평석(評釋) 전문가, 천이두

천이두는 황순원으로부터 자신의 작품을 가장 잘 이해하는 평론가라는 호평을 받았다. 실제로 그는 먼저 황순원의 작품을 분석하고 평가하였으며, 그의 황순원 연구는 후학들에게 황순원 소설의 연구 방향을 제시한 것으로 평가되고 있다. 천이두는 황순원의 주요 단편소설이 실재의 세계가 아닌 '이미지의 세계'를 추구하고 있음을 강조하고 있다.

황순원은 천이두의 지적처럼 '구체적 실감'을 언제나 소중히 여긴다. 또한 황순원의 작중 현실은 언제나 지적 절제력으로 통제되어 있다. 그의 지적 절제력은 표현 대상의 사실적 디테일을 대담하게 생략할 수 있었던 것과 꼭 마찬가지로 자기의 생경한 육성의 자연발생적인 표출을 막을 수 있었다.

이처럼 황순원의 작품에 등장하는 이미지들을 각기 작중 상황 안에 풍부한 뉘앙스를 부여함으로써 그것을 보다 함축적인 것으로 빚어내게 한다는 것이 그의 주장이다. 단적인 이미지의 전달을 통해서 작중 인물의 핵심을 독자의 뇌리에 강한 인상을 남기게 하는 것이 황순원 문학의 주요 특징으로 그는 보았다. 그는 황순원의 모든 문학에서 늘 느끼게 되는 '아련한 서정적 무드'의 근원이 바로 이와 같은 특징에서 비롯되고 있는 것임을 치밀하게 논증하고 있다.

3. 천이두의 학문적 업적

3-1. 근대 초창기 문인들에 대한 객관적 평가

그는 전북대학교 교수 시절의 저서인 『종합에의 의지』에서 한국 최초의 근대 장편소설 『무정』을 쓴 작가 춘원 이광수를 "근대와 전근대의 이율배반 이광수"라고 표현하고 있다.

춘원 이광수는 주체와 형상 사이의 격차를 극복하지 못하였으며, 등장인물들은 추상성을 벗어나지 못한 채 작가의 이념만을 대변하고 있다고 주장하였다. 이와 같은 춘원과 『무정』에 대한 평가는 냉정하면서도 논리적 타당성을 지니고 있다. 그것은 천이두가 이광수의 작품을 충분한 근거와 작품에 대한 깊은 이해를 바탕으로 비판했기 때문이다.

김동인에 대해서 그는 '패기와 직선의 미학'을 지닌 작가라고 평가한다. 김동인은 막강한 재력을 바탕으로 방탕한 생활을 하였다. 이러한 김동인에 대해 그는 부정적 평가와 함께 그의 작품을 낮게 평가하였다. 나도향에 대해서는 그 자체 내의 필연성으로 사건과 인물을 포착했으나 작가가 너무 작중 인물에 정서적으로 동화됨으로써 객관적 거리를 유지하지 못했다고 평가하였다. 최서해에 대해서는 작가의 체험을 바탕으로 작품을 써 갔기 때문에 나름대로 그의 작품이 리얼리티를 획득하고 있지만, 작품을 통해 자신의 체험과 관념만을 드러내고자 하였다고 비판하였다.

이처럼 그는 근대 초기(1910~1920년대) 작품을 평가하는 데 있어서 일관되게 '리얼리티(reality) 획득'을 가장 중요한 기준으로 삼고 있다. 리얼리티는 이광수나 최서해처럼 자신의 체험이나 관념을 생생히 드러내거나 김동인처럼 단편적 서술만을 고집해서는 획득되지 않는다. 오직 객관적 현실을 충실히 반영하는 가운데, 구체적인 형상과 치밀한 묘사가 뒤따라야만 작품의 리얼리티가 획득되는 것으로 그는 보았다. 리얼리티에 대한 천이두의 균형 잡힌 이론은 그가 처음부터 끝까지 일관되게 주장하였던 '종합주의'를 지탱하는 중요한 축이다.

3-2. 김소월 시의 양면성과 역동성에 대한 이해

천이두는 전반적으로 시보다는 소설을 중점적으로 평가해 온 평론가이다. 그러나 그의 시에 대한 분석력은 소설 못지않게 뛰어났다. 소설에 대한 평론이 주를 이루고 있는 『종합에의 의지』에서는 김소월과 서정주 등 두 시인의 작품들이 분석되고 있다. 김소월과 서정주의 시들을 바라보는 그의 입각점은 '전통의 현대화'이다.

이와 같은 소월 시의 양면성과 역동성은 훗날 천이두가 '한(恨)' 이론을 체계화하는 데 깊은 영향을 주었다. 그는 '한'을 부정적인 상태로 보지 않고, 부정적인 상태에서 출발하지만 '인욕과 정진'을 수반하는 '삭임'이라는 수동적 능동성과 소극적 적극성을 지닌 단계를 거쳐서 긍정적 상태로 전환되는 것이라고 정의하였다.

또한 그는 소월 시의 '민요적 성격'에 대해서도 매우 구체적으로 그 성격을 규명하였다. 그는 소월 시의 내용이 일단 서민 대중의 요구와 일치하는 점, 둘째, 소월 시에서 풍자적 희화적 요소가 민요와 일치한다는 점, 셋째, 소월 시가 지닌 서사적 구전적(口傳的) 요소가 민요와 일치한다는 점을 지적하였다.

3-3. 천이두의 폭넓은 작가·시인 비평

전문가들은 한결같이 천이두 최고의 평론을 소설 분야에서는 '황순원론', 시 분야에서는 '서정주론'이라고 평가하고 있다. 특히 「지옥과 열반」은 서정주 시의 변모 과정을 가장 타당성 있게 제시한 평론이자, 서정주의 시와 삶에 천이두 자신의 삶과 세계관을 투영한 평론으로 인정받고 있다.

천이두가 첫 번째로 분석한 작품은 「자화상」이다. 그는 이 시에서 '바람'이라는 무형상의 형상이 8할이라는 개념과 연결되면서 기묘한 뉘앙스를 풍기는 것이 식민지 시대를 버티는 것이라 그는 판단하였다. 서정주의 생애를 지배하여 온 것이 그 숙명적인 '바람'이라면, 그러한 바람을 불러일으키게 하는 기본적 유인이 되는 게 '피'라는 것이 그의 견해다.

천이두는 수많은 평론과 연구논문 및 저서를 통하여 일제 강점기 작가들을 다루었다. 시대적 한계 때문에 월북 작가들을 다루지 못한 점은 아쉽지만, 그는 일제 강점기 작가·시인들뿐만 아니라 해방기 이후 1970년대 작가에 이르기까지 현역으로 활동하는 작가들을 월평이나 주간 평의 형식을 통해 꼼꼼히 분석하고 냉정하게 평가한 한국을 대표하는 평론가의 한 사람으로 활동하였다.

3-4. 판소리 연구의 새로운 영역 개척

천이두는 '한(恨)'에 대한 연구를 평생 집요하리만큼 진행하였다. '한'에 대한 연구를 더욱 깊게 파고들수록 그의 연구는 자연스럽게 판소리의 특징을 연구하게 되었다. 그와 동시에 그는 신재효, 이동백, 김연수, 임방울 등에 대해 관심을 지니게 되었다. 특히 그는 임방울의 창을 즐겨 들었으며, 수년간에 걸쳐 그에 대한 자료를 모은 끝에 1986년에 현대문학사에서 『천하명창 임방울』이라는 전기물을 간행하게 된다.

『천하명창 임방울』은 단순히 한 소리꾼에 대한 전기물이 아니다. 이 책에는 판소리에 대한 다양한 접근이 이루어지고 있으며, 판소리에 대한 깊이 있는 탐구가 담겨 있다. 천이두는 이러한 판소리의 특징을 통해 '한'에 대한 이론적 체계를 『한의 구조 연구』를 통해 제시하였다.

천이두는 '삭임'과 '그늘'에 대해서도 독특한 견해를 표출한다. 판소리의 핵심은 '삭임'의 기능이라는 것이다. 삭임의 기능이야말로 한의 부정적 속성들이 스스로 정화·승화됨으로써 멋과 슬기를 획득할 수 있다. '한'은 부정적 정서를 긍정적 정서로 고양(高揚)하는 '변화의 힘'을 지니고 있기 때문이다.

3-5 '한(恨)'에 대한 독보적 이론 수립

1993년에 '문학과지성사'에서 발간된 『한의 구조 연구』는 그의 대표 저서이며 '恨'에 대한 최고 수준의 학문적 경지를 보여주었다. 그는 일반적으로 '恨'을 기존의 논의에서 벗어나고자 노력했으며, '한'이 지닌 양면성에 주목하면서 그것을 역동적으로 바라보고 해석함으로써 '한(恨)' 연구의 일대 전기를 마련하였다.

한국인은 '한'을 삭이면서 성숙해 가고, 그 '한'을 즐기면서 '멋'을 추구했다. 곧 한은 '멋과 슬기'를 추구했다는 것이다. 이같이 '삭임'에 의해 부정적인 정서와 태도가 긍정적인 것으로 바뀌는 가장 대표적인 예로, 과거 전주에서 가장 활발하게 공연되고 유통되었던 '판소리'와 이를 바탕으로 만든 '판소리계 소설'을 들 수 있다.

천이두는 어린 시절의 가난, 방첩대에서의 모진 고초, 전북대학교에서의 재임용 탈락 등과 같이 힘든 고비를 적지 않게 겪은 바 있다. 그러나 그는 아무리 어려운 상황 속에서도 포기하지 않았다. 그 결과 시련을 겪을 때마다 그는 더욱 강해졌고 성숙했다.

4. '한' 그 자체이며, '한'의 연구자였던 천이두

천이두는 '한(恨)'의 실체를 명명백백하게 밝혔다. 그는 어려서 처형당하기 직전에 부모·형제들이 그를 구제하였고, 또 전북대에서 해직되었지만, 지인들의 도움으로 원광대에서 다시 교수직을 이어갈 수 있었다. 부모의 신분과 가난 때문에 어려움을 겪기도 하였다. 그러나 그는 이를 극복하려고 더욱 피나는 노력을 하였다. 평론가로서, 문학 연구자로서, 판소리 연구자 및 창극 작가로서 높은 업적을 쌓았다.

천이두는 개별 작품들을 일정한 기준에 의해 평가하였다. 이를 통해 그는 '이론적 틀(paradigm)'을 독자적으로 개발하였다. 이를 통해 그는 주체적이고 창의적인 학문 세계를 구축하였다. 그는 분명 천부적으로 타고난, 뛰어난 재능을 지닌 평론가였으며, 뛰어난 직관과 통찰력의 소유자였다. 그는 끊임없이 노력하고 시련에 굴복하지 않으며 중단 없이 도전하였다. 그리하여 그는 자신에게 주어진 모든 일에 최선을 다하고 집중력을 발휘하였다.

제3부

전주정신을 위하여

Ⅰ. 전주정신 정립 의의와 확산 방안

1. 전주정신 정립 과정과 정립의 의의

2015년 6월 9일, 전주시민의 날에 전주시는 "한국의 꽃심 전주"라는 전주정신을 공식적으로 선포하였다. 2018년 5월 31일에 전주정신 표준안의 성격을 띠고 간행된 『한국의 꽃심 전주』에 의하면 이 시점에 '전주정신 정립이 필요한 이유'를 "전주지역의 발전전략과 미래 발전 방향을 모색하는데 기반을 제시하고, 전주사람들에게 자기 정체성을 확인시켜주면서 전주사람으로서의 자긍심과 자부심을 키워주는 한편, 전주 지역공동체를 강화시켜 주는 것"이라고 하였다.[1]

이글은 첫째, 전주정신이 정립되었던 과정을 밝히고, 둘째, 정립 이후 전주정신의 확산 및 활용된 사례를 살피며, 셋째, 전주정신의 내용과 전주정신 정립의 의의를 탐구하고, 넷째, 앞으로 전주정신을 확산시켜 나갈 방법을 모색하기 위하여 작성되었다. 전주정신은 정립되었다고 일이 끝난 것이 아니라 전주정신이 실질적으로 전주사람들의 삶 속에 뿌리내림으로써 지역의 발전에 이바지할 수 있어야 한다. 그런 의미에서 전주정신 정립은 새로

1 전주시청, 『한국의 꽃심 전주』, 전주정신정립위원회, 2018. 16쪽.

운 시작이라 할 수 있을 것이다.

1-1. '전주정신정립위원회' 구성 이전의 전주정신 논의

2009년 10월, 전주역사박물관에서 개최된 '전주정신 대토론회'에서 홍성덕은 전주를 표현할 수 있는 상징어들이 서로 충돌할 수 있는 요소들을 내포하고 있다고 지적하였다. 곧 충(忠)과 역(逆), 박해와 순교, 선비문화와 아전 및 민중문화, 저항과 풍류 등의 개념이 상반되거나 모순된 개념을 지니고 있다는 것이다. 이는 전주정신의 가장 중요한 특징을 지적한 것으로 평가할 수 있다.[2] 홍성덕은 이어서 '상생과 해원'이라는 정신을 통해 이 상반된 두 가지 성격을 하나의 정신으로 종합하자고 제안하였다.[3]

장명수는 전주가 정여립의 모반사건 이후 심한 박해를 받았음에도 불구하고 임진왜란 때 의병을 조직하여 이치, 웅치 등에서 왜병의 기세를 꺾고 전주성을 사수하였을 뿐만 아니라, 근왕병을 비롯한 전국 각 전투지에 호남 의병이 파견되었던 사실과 임진왜란 중에 태조 어진과 조선왕조실록을 이안(移安)하여 보전한 것을 높이 평가하면서 '저항과 풍류'가 전주정신이라고 하였다. 장명수가 제창한 '저항과 풍류'는 전주를 대표하는 정신으로 오랜 기간 회자(膾炙)되었다.[4]

---

2 이로부터 17년이 지난 후에 전주정신이 '꽃심'이라는 문학적인 표현을 가져올 수밖에 없었던 이유 중 하나는 홍성덕이 지적한 것처럼, 전주가 풍패지향(豐沛之鄕), 왕도, 충(忠)의 도시라는 이미지와 더불어 정여립의 대동계, 천주교 순교, 동학농민혁명 등과 같은 진보적 성격을 동시에 지니고 있기 때문이었다.

3 전주역사박물관, 『전주학연구』3집, 2009.

4 최명희도 『혼불』에서 '저항과 풍류'를 언급하였다. '저항과 풍류. "어쩌면 이 두 가지는 아주 상반되어 보인다. 그러나 이미 이루어 가진 자는 저항하지 않으며, 억울할 일이

2014년 10월 30일에 전주 한벽극장에서는 '온·다라인문학' 주관으로 「터 놓고 이야기합시다. 전주정신」이라는 제목으로 토론회'가 열렸다. 다섯 명의 발표자들[5]에 의해 전주정신에 대한 다양한 의견이 제시되었다.

이동희는 전주사람들은 "배타적이지 않고 더불어 사는 풍류 정신"을 지니고 있다고 했다. 또 그 풍류 정신에는 "넉넉함과 포용력이 있으며 느긋함과 여유, 절의(節義)와 의리, 점잖음과 부드러움이 있다."라고 하였다. 저항에서 풍류가 나왔다기보다는 절의 정신과 삶의 상대적 여유에서 풍류 문화가 전주에서 발달했다는 것이다. "정여립의 기축옥사 이후에 전주사람들이 관직에 많이 진출하지 못하고 중앙의 차대(差待)를 받았던 것이 사실이지만, 전주사람들이 경제력을 토대로 다른 지역과 비교하여 상대적으로 벼슬에 덜 연연(戀戀)하고 독자적인 삶을 영위하는 과정에서 풍류가 발전했다."라고 하여 '풍류'에 대한 새로운 시각을 제시하였다.[6]

최기우[7]는 조병희, 최승범, 최명희 등 전주지역 문인들의 작품들에 나타난 전주정신을 정리하였다. 작촌(鵲村) 조병희가 그의 수필집 『완산고을의 맥박』에서 언급한 "백제인의 가슴, 그 온유한 심성에 뿌리를 내린 '멋'과 '예술'", 고하(古下) 최승범이 「전북의 아름다움」에서 이야기한 "아늑하고 부드러운 정서와 맑고 밝은 정신", 그리고 최명희가 『혼불』 전체를 통해 강조한 "수난을 꿋꿋하게 이겨내는 힘을 지닌 아름다움과 생명력"으로서의 '꽃심' 등이 전주정신을 정립하는 과정에서 중요하게 참조하고 반영해야 할 내용이라고 정리

없는 자, 혹은 세상을 거머쥐려는 욕망으로 들끓는 사람의 검붉고 걸쭉한 혈관에는 풍류가 깃들지 못한다. 풍류는 빈자리에 고이고, 빈자리에서 우러나며, 비켜선 언덕의 서늘한 바람닫이 이만큼에서 멀리 앉은 세상을 바라보는 마음이 아니면 울리지 않는 것이기 때문이다. 그래서 이 둘은 한바탕 한 뿌리에서 뻗은 두 가쟁이다."(『혼불』 4권)

5 발표자는 이동희 전주역사박물관장, 함한희 전북대 교수, 이태영 전북대 교수, 최기우 최명희문학관 학예실장, 그리고 유대수 (사)문화연구 창 대표 등이다.

6 이동희, 앞의 글, 22~23쪽.

7 극작가, 소설가, 최명희문학관장.

하였다. 최기우는 또한 "기축옥사로 희생된 선비들과 자주적이고 평등한 삶을 갈망한 동학농민혁명의 주체들, 백성의 주인 되는 세상을 꿈꾸다 희생된 전주인들의 마음"을 일컬어서 "자기 입장을 당당하게 주장하고 강자에게 용감하게 맞서는 '솔찬히 아고똥한' 정신"이라고 하였다.[8]

이태영은 전주 완판본의 우수성을 강조하면서 "근대적 시민의식이 발달하고 만민이 평등하다는 의식이 앞서고, 저항적·진보적 의식이 강화된 도시로서 전주는 '완(完)'의 정신을 지녔다."라고 하였다. 완판본 소설은 서체가 아름다울 뿐만 아니라, 서사적으로도 완성도가 높고 해학과 풍자가 넘치며 세련된 표현 방식을 구사한 것이 사실이다. 이는 "전주의 문화가 상층부의 양반들만이 지니고 있었던 문화를 중인 계층이나 서민 계층들이 함께 즐길 수 있게 발전시킨 결과"라고 하였다.[9]

함한희는 전주의 선비들이 "시대가 요구하는 방향으로 적극적인 실천하기도 하고, 사회정의를 이루는 데 지대한 공헌을 한 면이 있다."라고 지적하고 특히 선비들은 "말이나 생각보다는 몸소 실천하는 태도를 더욱 중시

---

8 최기우, 「전주가 자연스레 만든 품격」, 『온·다라인문학 토론회 자료』, 2014.10.30., 15쪽. 이 발표는 '꽃심'을 전주정신으로 거론한 최초의 발표가 되었다. 최기우는 여러 전주정신의 하나로 '꽃심'을 거론한 것이지만, 이후 정립위원회의 오랜 논의 끝에 '꽃심'은 전주정신으로 확정되었다.

9 이태영은 "전주에서 발간된 완판본 한글 고전소설과 서울에서 발행된 경판본 한글 고전소설의 차이점은 다음과 같다. 첫째, 경판본 한글 고전소설이 양이 매우 빈약하게 출판된 데 비하여, 완판본은 동일한 소설이라도 양이 많다는 점이 특징적이다. 이는 이야기(소설, 설화)에 대한 감각이 매우 풍요로웠음을 보여주는 증거이다. 그래서 한글 고전소설을 연구하는 학자들이 주로 완판본을 가지고 연구하고 있다. 둘째, 안성판과 경판본이 18세기 말에 나왔고, 완판본이 19세기 초에 간행되어 약 30년의 차이를 보이지만, 지방에서 무려 130여 년간 고소설이 간행되었다. 이러한 사실은 당시 전주의 경제·문화적인 풍요로움이 서울과 대등한 관계에 있었음을 보여준다. 셋째, 고소설 이외에도 수많은 판매용 책을 찍어서 서울과 다른 지방에 판매망을 두고 판매를 하였다는 점이다. 판매를 목적으로 책을 만들었다는 사실은 당시의 출판문화가 대단히 발달하였음을 보여준다."라고 하였다.

하였다."라고 하였다. 전주 선비들은 타자를 배려하고, 이웃을 위하고, 근검절약하며, 청렴하게 살았고, 의리와 기개를 지키는 일을 실천하였는데, 이들을 중심으로 전주 한옥마을 선비촌이 형성되었다는 것이다.

유대수[10]는 전주의 현실을 있는 그대로 정직하게 지적하였다.

> "마구잡이 개발과 부자들의 아파트는 전주천의 바람길을 막았다. 덕분에 무덥기로 유명한 대구광역시에 버금가는 폭염 도시가 되었다. 완주군과 통합하여 도시 규모를 키우려 했으나 실패했다. 일자리를 찾아 젊은 이들은 전주를 떠나고 한옥마을은 시끄러워졌으며 일회용 길거리 음식의 냄새로 뒤덮였다. 재개발지구가 44개에 이르도록 구도심 생활권은 낙후하고 시청 뒷골목의 성매매촌은 버젓하다."[11]

유대수는 전주정신이 구호적인 차원의 정립에 그쳐서는 안 되고 위에서 지적한 문제점들을 실질적으로 해결해 나갈 수 있는 삶의 작동 원리가 되어야 한다는 중요한 문제의식을 제기하였다. 유대수는 『강준만의 책읽기』를 인용하는 것으로 발표를 마무리하였는데, 강준만이 이야기하는 '거시기' 정신은 "모든 것이 조화를 이루되 각자의 개성을 잃지 않으면서 '전주에서 놀면서 살고 살면서 노는 것'이 불편함이 없는 '화이부동(和而不同)' 정신에 다름 아니다."라고 하였다.

10 판화가, 전 부채문학관장.
11 온·다라인문학 토론회 자료』, 2014.10.30., 51쪽.

1-2. '전주정신 정리위원회'의 구성과 학술대회 개최

민선 6기 전주시는 출범 초기부터 전주정신 정립에 대한 강력한 의지를 표명하였다. 김승수 시장은 2015년 2월 2일, 첫 번째 전주정신정립위원회를 직접 주재하였다. 이날 구성된 '전주정신정립위원회'는 2015년 2월부터 2016년 4월까지 21회의 회의와 워크숍을 열어 전주정신을 정립해 나갔다. 2015년 전주역사박물관에서 있었던 '전주정신 학술대회'에서 각 분야를 대표하는 정립위원 8명이 연구 내용을 발표하고 최기우, 홍성덕이 지정 토론을 하였다.[12]

조법종은 「전주의 역사와 문화를 통해 본 전주정신」에서 고조선, 마한에서 조선에 이르기까지의 전주의 역사를 개괄한 후, 전주는 "고조선, 마한의 전통과 백제의 기반, 그리고 가야, 고구려의 문화적 전통, 신라적 현실을 함께 포용한 역사의 용광로서, 한국의 역사문화의 종합판과 같은 성격을 갖게 되었다."라고 전제한 후, "모든 구성원을 서로 같게 만든다는 의미의 '대동정신', 또는 순수한 우리말로 '다울정신'이 전주정신이 되어야 한다고 주장하였다.[13]

이동희는 「전주 풍류문화와 전주정신」에서 전주정신에는 "지속성, 보편성, 현재성과 함께 미래가치가 담겨 있어야 한다."라고 하였다. 이동희는 전주정신을 정립할 경우, "지역공동체를 강화하고, 지역경쟁력을 높일 수 있고, 지역민들에게 자기 정체성을 확인해 주고 지역에 대한 자긍심과 자부심을 심어줄 수 있다."라고 하면서 "넉넉한 심성과 포용의 정신, 자유분

---

12 이날의 발표자는 김기현, 함한희, 송화섭, 이동희, 조법종, 이태영, 곽병창, 김승종 등 8명이었다. 이날 발표를 하기 위하여 두 달 전인 5월에 전주시장실에서 8명의 위원의 중간 발표가 있었다.

13 조법종, 「전주의 역사와 문화를 통해 본 전주정신」, 『전주학연구』 5집, 40~45쪽.

방함과 새로운 사회에 대한 열정, 그리고 문화예술을 애호하는 성향" 등이 전주를 지탱하고 끌어온 정신이므로 '풍류'가 전주정신이 되어야 한다고 하였다.[14]

김기현은 「전주정신의 사상적 배경에 대한 검토」에서 "이 세상에서 가장 큰길인 의로움의 길을 걷는" 대장부의 정신과 "도덕과 사회를 잊지 않는 현실 합리적 정신과 관조적 유희 정신의 조화를 추구하는" 풍류 정신, 그리고 "모든 사람을 하늘처럼 깎듯이 떠받드는 동학의 인내천 정신" 등 세 가지 정신이 전주정신을 구성해야 한다고 하였다. 김기현이 제시한 이 세 가지 정신은 풍류 정신과 올곧음 정신을 구성하는 내용으로 구체화 된다.[15]

김승종은 「문학작품을 통해 바라본 전주정신」에서 천이두의 '한'의 정신, 신영복의 '창조적 변방성'의 정신, 에마뉘엘 레비나스의 '타자의 얼굴', 그리고 최명희의 '꽃심' 과 '온'의 정신 등이 전주의 문학 작품들에 드러난 전주정신이라고 하였다. 한의 정신은 부정적 정서를 '삭임'의 단계를 통해서 긍정적 정서로 승화시키는 역동적 기제이며, '창조적 변방성'은 비록 지리적·정치적으로는 중앙으로부터 멀리 떨어져 있지만, 높은 정신적 가치와 자존심을 지니고 질 높은 생활을 즐기며, 새로운 세상을 만들어가는 정신이고, '타자의 얼굴'은 고통을 겪는 타자의 고통에 응답하고 책임을 짐으로써 자아를 형성해 나가는 정신인데, 이러한 정신은 "시련을 끝내 이겨내는 아름다움과 생명의 정신인 '꽃심'의 정신으로 이어지는 것으로 보았다. "완전하고 모든 것을 두루두루 갖추었으며 모든 것이 조화를 이룬 상태에서 깨끗하고 흠이 없음을 추구하는 '온'의 도시 전주의 정신은 또한 이러한 정신을 두루 포함해야 한다고 주장하였다.[16]

---

14 이동희, 「전주 풍류문화와 전주정신, 『전주학연구』5집, 65~67쪽.
15 김기현, 「전주정신의 사상적 배경에 대한 검토」, 『전주학연구』 5집, 65~67쪽. 90~91쪽.
16 김승종, 「문학작품을 통해 바라본 전주정신」, 『전주학연구』 5집, 122~124쪽.

이태영은 「완판본 출판과 지역민의 의식 세계」에서 전주에서 출간된 완판본 문헌들을 개괄하면서 전주는 '종교와 학문의 이상향을 꿈꾸던 도시'이며, '근대적 시민의식과 민주 의식이 고취된 도시'이고, '풍요로운 환경 속에서 많은 사람과 함께 나누려는 대중 지향 정신의 도시'로서 '지식 산업사회'의 중심지라 하였다. 완판본 출판물이라는 실체를 통해 진보적·개방적이면서 창의적인 도시로서의 전주정신을 구체적으로 규명했다는 점에서 그 의의를 둘 수 있다.[17]

함한희는 「전주의 문화를 통해서 본 전주정신」에서 전주의 음식은 "예(禮)로 시작해서 예(藝)로 마무리 짓는 음식"이며 전주지역 특산물을 이용하여 전승 비법으로 조리하는 향토 음식이 발달하였고, 고품질 발효식품으로 음식을 만들었다고 하였다. 전주의 풍류 문화에는 예술적 행위와 놀이적 행위만 있는 것이 아니라 교양을 지키며 청렴한 선비정신이 혼합되어 있음도 지적하였다. 음식이 여성의 영역이라면 풍류는 남성의 영역이라 할 수 있는데, 이 두 가지 요소는 '대조와 상보'의 관계를 이루고 있다는 것이다.[18]

송화섭은 「전주품격론」을 제시하였다. 그는 이 발표문에서 이규보의 『동국이상국집』, 서거정의 『四佳集』, 『신동국여지승람』, 김종정의 『운계만고』, 이중환의 『택리지』와 『여지도서』의 전주 관련 부분 등, 다양한 문헌을 제시하면서 전주정신을 실증적으로 제시하는 한편, 논란의 여지를 남겼다. 특히 『신동국여지승람』에 나오는 '상현리(尙儇利)'라는 표현과 『택리지』에 나오는 '현박경교이(儇薄傾巧而))', 그리고 『여지도서』에 나오는 '민불추박(民不推朴)'이라는 표현에 대해 여러 이견이 제시되었다. 각각 '약삭빠르다'와 '풍류

17 이태영, 「완판본 출판과 지역민의 의식세계」, 『전주학연구』5집, 164~167쪽.
18 함한희, 「전주의 문화를 통해서 본 전주정신」, 『전주학연구』 5집, 193~195쪽. 함한희는 단순히 전주의 정신을 제시하는 차원을 넘어서서 대조의 원리에서 상보의 관계로 나아가는 정신의 작동 원리를 제시하였다는 점에서 그 의의를 인정할 수 있다

를 즐기다 보니 문학을 중히 여기지 않는다.', 그리고 "송곳 같은 야박한 사람들과는 다르다."라고 해석할 수 있는 이들 문구는 전주에 대한 호의적인 표현으로 보기는 어렵지만, "세련되고 지혜롭다."라는 식의 긍정적인 해석도 얼마든지 할 수 있다고 하면서 송화섭은 전주가 '품격의 도시'임을 강조하였다.[19]

곽병창은 「'저항'보다 풍류, '직설'보다 '풍자'」에서 재인청의 아전들과 전문예인, 그리고 예술애호가들 사이에서 자연스럽게 형성된 '관민상화(官民相和)'의 정신, '풍류방'과 '권번'의 문화에서 엿볼 수 있는 '경계를 넘나드는 장인정신'과 '감추어진 저항정신 및 탈현실의 딜레땅띠즘과 체제 내적 공동체 의식' 등을 찾아볼 수 있다고 하였고, '끼어들기'와 '어울리기'가 자연스럽게 이루어지는 '판소리'의 공연 양식을 통해서 "개방적 소통의식과 민주적 합의 과정에 대한 옹호의 정신"을 엿볼 수 있다고 하였다.[20]

2015년 7월 15일에 있었던 '전주정신학술대회'를 통해서 드러난 8명의 정립위원들의 시각 차이는 사실 매우 큰 것이었다. 이후 전주정신을 정립하는 과정에서 당연히 대립과 갈등이 있었음은 당연하다. 그러나 전주정신을 정립하자는 하나의 목표를 위해서 정립위원들은 치열한 논쟁을 통해서 학술발표 이후, 이견을 조율해 나가면서 합의에 이르게 되었다.

---

19 '상현리'는 '약삭빠르다'라는 해석도 있지만, 전주사람들이 매우 총명하고 예리하다고 해석할 수도 있다는 것이다. 민불추박 역시 '전주사람들이 고급스러운 품격을 지녔고 대도회 사람으로서 세련되었다.라'고 해설할 수 있는 여지가 있다고 송화섭을 지적하고 있다. 송화섭, 「전주품격론」, 『전주학연구』 5집, 216쪽.

20 곽병창, 「'저항'보다 풍류, '직설'보다 '풍자'」, 『전주학연구』 5집, 277~280쪽. 곽병창은 '판소리'를 둘러싼 전주만의 공간, 공연방식, 인적 관계 등을 통해서 판소리가 단지 유흥에 그친 것이 아니라 근대적 사회질서를 형성하는 원동력으로 기능하였음을 실증적인 근거를 통해 제시하였다.

1-3. 전주정신 "한국의 꽃심, 전주" 선포

2016년 전주시에서 간행한 '전주정신 정립 연구보고서'[21]에는 '전주정신선언문', '전주정신과 그 역사적 근거', '전주정신 확산 방안'과 정립위원 8명의 연구논문 등이 수록되어 있다.

이 보고서는 서문에서 "전주의 정신은 전주가 지금까지 지켜온 정신이며, 지금도 지키고 있는 정신이면서, 전주에서 살아갈 후세에게 반드시 전해야 하는 정신이다. 전주정신은 전주사람들의 정체성을 드러내며 전주사람들을 굳건하게 연대시켜 가면서 전주시민으로 살아가는 것에 대한 자긍심을 높이고, 전주의 가치를 널리 알리며, 전주의 발전에 이바지할 수 있어야 한다."라고 하였다.

'전주정신선언문'에는 "전주를 대표하는 정신은 '꽃심'이다. 꽃은 부드럽지만 무한한 힘을 갖고 있다. 하늘과 땅의 기운을 제 몸에 깊숙이 받아들여 하나의 우주를 온전하게 피워낸다. 크고 작은 형형색색의 아름다움으로 서로 어울리며 온전하게 피워낸다. 크고 작은 형형색색의 아름다움으로 서로 어울리며 온누리를 수놓는다. 한겨울의 모진 추위를 이겨내고 올곧게 솟아오른다. 생명의 씨를 잉태하며 미래를 새롭게 펼쳐낸다. 전주인은 이러한 '꽃심'의 정신을 시대마다 다양하게 펼치면서 삶을 영위해 왔다."라고 하여 '꽃심'이 전주정신이 된 이유와 '꽃심'과 '대동, 풍류, 올곧음, 창신'과의 관계를 밝히고 있다.

2017년 5월 29일에는 전주시의 지원을 받아 극작가 최기우에 의해『꽃심 전주』가 간행되었다. 이 책에는 꽃심, 대동, 풍류, 올곧음, 창신 등에 대해, '전주시민들이 연상한 단어들', '각 정신을 발휘하였던 전주사람들', '각 정

---

21 이후 '2016 보고서'로 표기.

신과 관련된 역사적 사건들과 장소' 등이 다양하게 제시되고 있다. 전주시는 이 책을 디지털 북으로도 제작하여 현재 전주시청 홈페이지에 탑재하고 있으며, 이 책에 대한 독후감 대회를 초등학생부, 중등학생부, 고등학생부, 일반부 등으로 나누어 매년 전국단위로 개최하고 있다.

2018년 6월에는 '전주정신정립위원회(위원장 이동희)'에 의해 '전주정신 표준안'이 완성되었다. 전주정신 전문 강사들의 교재로 활용하기 위해 이 책은 제작되었다. 이 책의 총론에 의하면, "전주정신에는 지속성, 보편성, 현재성과 함께 미래성이 담겨야 한다."라고 되어 있다.[22] 곧 "전주의 역사문화 특질 중에서 미래가치가 큰 것을 끄집어내서 디자인할 필요가 있으며, 전주의 과거 속에서 미래에 유용한 정신을 지역 정신으로 정립해 발전시켜 나가야 한다."라고 하면서 꽃심, 대동, 풍류, 올곧음, 창신에 대한 개념을 분명히 규정하고 있다.

2018년 10월 현재, '전주정신다울마당'이 운영되고 있으며, 이 다울마당은 '연구위원회'와 '기획위원회'로 구성되어 있다. 연구위원회는 지속적으로 전주정신의 근거가 되는 역사적 사례, 문헌 자료, 인물 연구 활동들을 계속해 나갈 예정이며, 기획위원회는 정립된 전주정신을 지역사회에 널리 홍보하고 확산하며, 전주시의 정책에 반영함은 물론 시민운동을 활발하게 전개하여 전주시민의 삶 속에 뿌리내리는 일을 하고 있다.

2018년 11월 1일에는 전주대학교에서 '전주정신 제2차 토론회'가 개최되었다. 기조 발제는 김승종이 맡고, 문신, 류경호, 김형술, 이정욱 등 소장파 학자들이 발표하였다. '대동'에 대한 발표를 맡은 문신은 대동이 정태적인 것이 아니라, "소강(小康)상태에서 대동세계로 나아가는 운동성을 지닌 것이어야 한다."라고 주장하였다.

---

22 전주시청, 『한국의 꽃심 전주』, 16~17쪽.

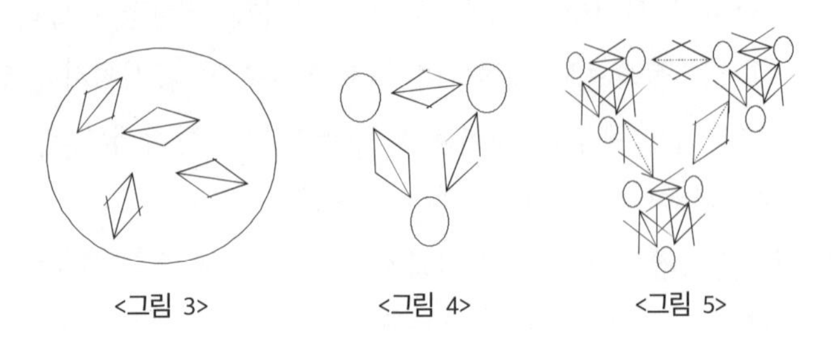

<그림 3> <그림 4> <그림 5>

시민사회에서 개인은 다양한 영역에 걸쳐 자신의 존재의의를 확인한다. 따라서 개인 내부에서도 '어떤 것'을 지향하는 운동성이 〈그림3〉처럼 복합적으로 나타난다. 이렇게 사적 개인을 구축하는 내적 요소들을 小라고 한다면 그것의 결사체 네트워크인 개인은 大가 된다. 〈그림 4〉는 개인이 小가 될 때 개인의 결사체인 소집단의 네트워크가 大가 되고, 마찬가지로 〈그림 5〉는 결사체와 결사체의 연대 속에서 하나의 결사체가 小라면 그것의 연대 형식이 大가 된다. 시민사회에서 대동은 이렇게 小로부터 大로 나아가는 운동성(물론 이 운동성은 긍정적인 방향을 띠어야 한다.)으로 이해되어야 한다. 그럴 때 대동이 개인 내면의 문제는 물론 다양한 형태의 결사체 연대를 아우르는 생성의 모델을 만들 수 있다.

小를 결집시켜 大로 나아가는 과정은 활발한 의사소통과 민주적인 협력을 기반으로 한다. 이것을 공감 네트워크라고 부를 수 있다면, 시민사회에서 대동은 공감 네트워크라는 관점으로 새롭게 해석되어야 한다. 앞서 살펴보았듯이, 시민사회에서 가장 기본은 개인이며, 사적 개인의 욕망과 존재의의는 어떠한 경우에라도 존중되어야 한다. 그런 만큼 결사체 내부에서 개인과 개인 간의 소통과 협력이 강조된다. 공감은 민주적인 절차와 과정을 통해 이루어지는 네트워크 방식이다. 대동이 시민사회에서 유의미한 가치를 확보하려면 이와 같은 공감 네트워크를 확보하지 않으면 안 된다. 공감 네트워크가 반성적 의식을 통해 최선의 상태를 지향하는 운동이라는 점에서, 대동은 사상이 아니라 운동의 관점에서 재해석되고 확산되어야 한다.[23]

그동안 상생, 배려, 포용의 측면에서 언급되어 온 대동을 문신은 '개인→소집단→대집단'으로 범위가 확산되면서 개인의 혁신이 사회와 국가의 혁신으로 이어지는 작동 원리를 제시하였다는 점에서 의의가 있다 하겠다. 또한 '올곧음'을 발표한 김형술은 전주에서 태어나 잠시 관직을 하다가 다시 귀향하여 후진을 양성했던 서귀(西歸) 이귀발의 행적을 실증적으로 고증하는 가운데 그가 보인 정신을 '차마 어찌 그런 일을 하랴(那忍)'의 정신, '해야 할 것과 할 수 있는 것을 마땅히 하라(當爲所當 當爲所能)'의 정신, 그리고 '나 할 도리를 다 하라(盡我)'의 정신 등 세 가지로 정리하였다. 이 역시 기존의 전주 올곧음 정신에 대해 더 풍성한 의미를 부여하고, 올곧음 정신을 표상할 만한 적절한 인물을 새로이 발굴했다는 점에서 높이 평가할 만하다.

2. 전주정신의 두 가지 특징과 방향

2-1. 헤겔의 절대정신

헤겔(Georg Wilhelm Friedrich Hegel)은 "역사는 절대정신이 자기 자신을 펼쳐가는 과정이고, 절대정신이 살고 있는 집"이라고 하였다. 절대정신이 자기 자신을 다 펼쳐서 완성될 때, 세계의 역사도 완성된다는 것이다. 절대정

23 인문학플러스 HK 온다라인문학센터, 『2018 전주정신 포럼』, 35~36쪽.

신은 스스로를 돌아보고, 잘못된 것을 고쳐가면서 자기 스스로를 만들어가고, 그래서 결국에는 순수한 본래의 모습을 찾으려고 노력하게 마련이다.

헤겔에 의하면 절대정신의 본성은 '자유'이다. 자유는 특정 개인이나 집단이 아닌, 국가를 구성하고 있는 모든 사람의 자유를 말한다. 역사는 결국 자유가 실현되어 가는 과정이라 할 수 있다. 곧 자유는 "사회적·국가적으로 모두에게 약속하고 그것을 확실하게 지켜나갈 수 있도록 여러 가지 일을 하는 것"을 가리킨다. 절대정신은 반대 세력의 저항에도 불구하고 결코 자유를 포기할 수 없으며, 자유의 유일한 목적은 '자유 그 자체'라 할 수 있다.

자유를 실현하고자 하는 절대정신은 '이성', '열정', '국가' 등에 의해서 스스로를 역사 내에서 드러낸다. '이성'이란 "옳고 그른 것을 구별하고, 해야 할 것과 해서는 안 될 것을 알고, 거짓과 진실을 분별하는 한편, 악과 선을 나눌 줄 알며 궁극적으로 더 나은 세상을 만들어 갈 수 있는 능력"을 말한다. 또한 '열정'이란 "목적에 대한 강한 의지를 가지고 자신이 하려는 일에 대한 진지하고 깊은 관심"이고 "인생의 모든 욕망과 힘을 그 목적에 집중하고 하나의 대상에 몰두하는 것"을 말한다. 사람은 어떤 것에 대해 진심으로 열정을 가지면 오로지 그 일에만 매달리게 된다.

마지막으로 '국가'는 "사람들이 더 나은 생활을 할 수 있도록 가족과 사회의 차이를 통합하면서 서로 조화를 이루도록 하는 역할을 담당하는 주체"를 말한다. 개인은 국가에게 권리를 보장받고 의무를 지키면서 행복한 삶을 살 수 있다. 사람들이 아무런 기준 없이 주관적으로 자유를 누리려 하면 혼란이 초래될 것이 명약관화하므로 국가는 개인의 주관적 자유를 실제로 얼마나 누릴 수 있는지에 대한 기준을 제시해야 한다. 그러기 위하여 국가는 개인적인 이익과 사회적 이익, 그리고 국가적인 목표가 서로 합의되고 일치되도록 법률을 제정하고 질서를 유지하며 제도를 만들어야 한다.

> 절대적 이성이 자신을 실현하고 구체화하는 데 있어서 반드시 이성의 공동체적 성장이 요구된다. 그런데 이성적이고 합리적인 국가 질서 혹은 공동체의 형성 역시 기나긴 역사 과정을 전제한다. 그러므로 인간이 보편적으로 자신의 자유를 인정하고 이런 인간의 보편적 자유를 가능하게 하는 국가 공동체가 형성되어야 한다. 즉 이성의 본질에 부합하는 국가를 건설하지 않고는 이성은 자신이 자유롭다는 의식을 얻을 수 없다.[24]

헤겔은 또한 인간을 "본질적으로 타인의 인정(認定)을 지향하는 존재"로 본다. 인간이 타인에게서 추구하는 것은 "자신이 추구하는 가치가 긍정적임을 확인하고 승인받으려는 욕구"이다. 그런데 이 인간적인 욕구, 즉 타인을 통해서 자신의 가치를 인정받으려는 욕구는 자신의 동물적인 생명을 과감히 걸어야만 충족될 수 있다고 헤겔은 생각하였다. 자신의 생명을 걸고서라도 타인으로부터 인정받으려는 욕구, 달리 말하자면 단순한 생명의 유지를 넘어서 다른 가치를 추구하는 욕구가 존재하지 않는다면 인간은 결코 동물적인 차원을 넘어설 수 없다는 것이다.

2-2. 헤겔의 절대정신과 전주정신

1) 후백제 건국과 조선 건국

전주는 8도의 수부(首府) 중 경제적으로 풍요하고 문화적으로 번성한 지역이었다. 전주 출신 관리들이 다른 지역에 비해 고위 관직에 오르는 일은 드물었다. 전주는 입신양명하기에 유리한 지역은 결코 아니었다. 그러나 전주는 이른바 '상승하는 집단'으로서의 성격[25]을 지니고 있었다. 만일 근대화

---

24 나종석, 『헤겔 정치철학의 통찰과 맹목』, 에코, 2012. 155쪽.
25 루시앙 골드만이 『소설사회학을 위하여』에서 제시한 개념으로서 프랑스에서는 '법복

과정에서 외세의 개입을 받지 않고 국권이 침탈당하는 일이 없었더라면, 전주를 비롯한 호남지역이 후백제와 조선에 이어 새로운 국가체제를 선도적으로 만들어 갈 수도 있었을 것이다.

헤겔은 "절대정신이 역사 내에 존재해 있고, 변증법적으로 전개되는 역사의 진행에 따라 절대정신은 그 실체를 스스로 드러낸다."라고 보고 있다. 전주는 유난히도 많은 시련과 고난 및 차대(差待)를 겪었지만, 그것들에 굴하지 않고 왕성한 생명력과 창의력을 바탕으로 항상 새로운 세상을 열기 위하여 노력해온 도시이다.

전주사람들은 견훤과 더불어 후백제를 건국하였다. 후백제는 중국의 오·월(吳·越)과 활발하게 교류하며 국제적 위상을 높였으며, 김제·만경평야 지역의 쌀, 운봉·장수 지역의 철, 서해안 지역의 소금 등을 통해 경제를 부흥시켰다. 후백제는 백제의 문화는 물론, 신라나 고구려의 문화에 대해서도 개방적이었기 때문에 후백제 사회는 자유롭고 창의적인 분위기가 넘쳤을 것으로 짐작된다.[26] 비록 후계자 선정 과정이 원만하지 못하여 국론이 분열되고 국력이 약화되면서 고려에게 주도권을 내주고 말았지만, 후백제가 추구했던 가치는 이후 조선 건국 시기까지 이어진다. 국가의 건설은 단지 새로운 왕조가 출현하는 것에 그치는 것이 아니다. 국가는 국민을 보호하고 국민의 복지를 증진해야 하며, 국민은 자신이 속한 국가를 믿고 국가에 충성하고 헌신해야 하는데, 건국이란 백성들이 기꺼이 목숨을 바칠 정도의

귀족'이 이에 해당한다. 『팡세』의 저자이기도 한 파스칼 역시 대표적인 법복 귀족의 한 사람이었다. 이들은 비록 그 시대의 지배층은 아니었지만, 시대의 변혁을 이끌어가면서 다음 세대의 주인공으로 부상하고 있었던 계층이었다. 동학농민혁명의 지도자들 역시 동학군들이 작성한 여러 문건이나 폐정개혁안의 내용으로 보아 외세의 개입이 없었다면 충분히 양반에 이어 다음 시대의 지도자로 부상할 수 있었을 것으로 보인다.

26 진안군 도통리에서 발견된 초기 청자 가마터는 후백제가 중국 오월과 활발하게 교류하는 한편, 그들의 첨단 문화를 받아들여 문화적 융성을 도모했음을 증거해 주고 있다.

새로운 가치를 창출하는 것을 의미하는 것이다.

전주는 '전주 이씨의 본향'으로서 조선의 '풍패지향(豐沛之鄕)'으로 지정된 도시이다. 이성계의 출생지는 함경도 경흥이지만, 시조인 이한(李翰) 이래 목조 이안사(李安社)까지 자신의 조상들이 씨족을 이루며 삶을 영위했던 전주가 자신의 뿌리, 곧 본향이라고 이성계는 생각하였다. 오목대에서 '대풍가(大風歌)'를 부른 것과 경기전이 건립되어 그곳에 태조 어진을 봉안(奉安)하여 제사를 지내고, 전주 객사를 풍패지관으로, 명견루를 풍남문으로 훗날 명명(命名)하게 된 것 등이 그 증거들이라 할 수 있다. 이성계는 고려말 권문세족들의 위협과 견제를 끝내 이겨내고 정도전, 권근 등 신흥 사대부들과 함께 조선을 건국하였다. 그들은 문란해진 고려의 토지제도를 바로잡고 타락한 불교와 호족 세력을 구축하는 가운데 여말(麗末)의 전제개혁(田制改革)을 계승한 과전법(科田法)을 시행하여 농민들의 부담을 줄였다.

이처럼 고려가 조선으로 왕권이 교체되는 과정 역시 절대정신이 그 스스로를 드러내는 과정으로 볼 수 있다. 조선 건국을 통하여 유교 이념을 신봉하는 새로운 국가 시스템이 구축되고 백성의 자유가 고려 시대보다 상대적으로 신장(伸張)되었음을 나타내고 있다. 세종이 백성들을 위하여 훈민정음을 창제한 것은 고려와 뚜렷이 구별되는 새로운 국가체제의 특징을 대변하는 것이었다. 그러나 조선 사회 역시 봉건적 인습과 계급적 모순으로부터 완전히 자유로운 것이 아니었기에 내부적 균열과 갈등은 증폭되어 갔다. 이러한 균열과 갈등은 평등한 세상을 추구하는 필수적 단계였기에 이 역시 절대정신이 드러나는 과정이라 아니할 수 없다.

2) 정여립의 대동계와 동학농민혁명

정여립의 대동계와 동학농민혁명 등은 조선 사회가 지닌 근본적인 한계와 모순을 극복하고 백성의 자유를 신장시키기 위한 목숨을 건 시도이며 절대정신이 드러나는 과정이었다. 헤겔은 인간을 "타인의 인정을 지향하는 존재"라고 하였는바, 정여립은 자유를 억압하는 불평등적 요소와 군주의 횡포를 저지하기 위하여 대동사상을 설파하고 대동계를 조직하였다. 그러나 봉건적 질서를 유지하고자 하는 선조(宣祖)와 정철을 중심으로 하는 서인 세력은 정여립 일가는 물론 동인(東人) 계열의 양반들과 호남의 지식인들을 대거 숙청(肅淸)함으로써 새로운 국가 시스템의 구축을 가로막고 백성들의 '자유'를 억압하였다.[27]

정여립의 대동사상은 전주가 정신적으로 수도 한성보다 앞서 있었기 때문에 가능한 사상이었다.[28] '풍패지향(豐沛之鄕)'으로서의 영광을 누리고 있었지만, 동시에 조선사회의 한계와 모순을 가장 잘 알고 있었던 곳도 전주였다. 정여립은 자기 자식을 사랑하듯이 다른 사람의 자식도 사랑하고 자기 부모를 봉양(奉養)하듯이 다른 사람의 부모도 공경하며 능력 있는 인재들이 적재적소(適材適所)에 배치(排置)되어야 함을 강조하고 토지와 같은 주요 자산이 '천하공물(天下公物)'임을 주장하였다. 왕을 비롯한 당시의 집권 세력은

---

27 신분상의 차별과 갈등을 최소화하는 가운데 지역민의 역량을 최대한으로 규합하여 서해안에 출몰하는 왜구를 물리치려 했던 정여립과 임진왜란이 일어났을 때 궁궐과 백성을 버리고 의주로 피신하였던 선조의 행위는 극명한 대조를 이룬다. 이런 의미에서 선조는 절대정신이 드러나는 역사 진행을 가로막는 세력이고 정여립은 절대정신을 기어이 드러내려 했던 세력으로 규정할 수 있다.

28 성공회신학대학교 교수였던 신영복은 그의 저서 『담론』에서 이러한 정신을 '창조적 변방성'이라 하였다. 여기서 '변방성'이란 위치의 문제가 아니라 중심지보다 정치적으로는 열세에 있었지만, 정신적, 문화적으로는 우위에 있었던 지역이 지니는 높은 자존감을 일컫는다. 그리스가 세계를 지배하던 시대에 로마는 변방이었지만, 새로운 시대에 맞는 가치관과 전략·전술을 통해서 그리스 다음으로 세계를 지배하는 지역이 되었다.

이러한 정여립의 혁신 사상을 불온시하였고 정여립은 물론 호남지역을 이끌어가던 지식인 수백 명을 무참하게 학살하였다. 비록 정여립이 꿈꾸었던 대동 세상을 이루어지지 않았지만, 그의 노력이 절대정신을 드러내는 데 기여하였음을 부인할 수는 없다.

동학농민혁명은 '갑오개혁'이라는 국가 시스템의 커다란 변화를 초래한 대규모의 민중항쟁이었다. 비록 동학농민혁명이 전주가 아닌, 고부에서 발발하였고 무장, 백산, 황토현, 장성 등을 거치면서 연전연승하는 가운데 세력을 불린 것이 사실이고 동학군의 상당수가 전주 외 지역 출신 사람들이었던 것이 사실이다. 그러나 전주는 동학농민혁명의 최대 성과라 할 수 있는 전주화약 체결 당시 맺은 '24개조 폐정 개혁'을 얻어내고 '집강소 통치'의 사령부라 할 수 있는 '대도소(大都所)'가 설치되었던 도시이다.

이미 한계에 도달하였던 조선 왕조의 국가 시스템을 전폭적으로 바꾸지는 못하였지만 적어도 호남권 내에서는 '집강소 통치'라는 민주적이면서도 합리적인 통치 민관협치 체제를 구축하였다는 점에서 매우 중요한 역사적 의의를 지닌다. 전주감영 내 선화당에 설치된 대도소는 당시 근대적이고 민주적인 국가 건설을 향해 힘차게 나아가던 조선의 절대정신이 살아 숨쉬던 공간이라 할 수 있다.

고부봉기로 시작된 동학농민혁명은 무장봉기, 백산봉기, 황토현 전승, 장성 전승 등을 거쳐 마침내 전주성에 입성함으로써 일단락된다. 장성 전투에서 패한 홍계훈 부대의 추격과 공격에 따라 완산7봉 일대에서 치열한 전투를 벌인 끝에 전봉준은 북진을 포기하는 대신, 폐정개혁안을 제시하고 정부 측과 '전주화약'을 체결하였다. 전주화약 이후 호남 일대에서는 집강소를 중심으로 민관협치 체제가 구축된다. 비록 3개월이라는 짧은 시기였지만 전주를 중심으로 하여 정여립 이래 꿈꾸어오던 새로운 세상, 곧 사람이면 누구나 하늘처럼 존중받는(人乃天) 평등한 세상을 호남지역 내에서 실제로 구현한 것이다.

조선 왕조는 청(淸)에 원군을 청하게 되고 이를 빌미 삼아 일본군은 경복궁을 장악하였다. 민관협치에 힘쓰던 동학의 지도자들은 외세를 물리치기 위하여 삼례에서 2차 봉기를 하였다. 막강한 힘을 지닌 중앙 정부는 더 막강한 외세와 손잡고 자신의 백성을 제압하려 하고, 열악한 무기와 훈련되지 않은 병사를 보유한 동학군은 외세를 물리치고자 당당하지만 무모한 봉기를 일으킨 셈이다. 우금치전투 이후 동학군은 연전연패를 당한 끝에 결국 장흥에서 최후를 맞이하게 되고 지도자들의 대부분은 체포되어 처형되었다.

외세의 개입이 없었더라면 당연히 호남의 민관협치 체제는 전국적으로 확산됨으로써 자생적 근대화도 가능했었을 것이다. 바로 이점을 두려워했던 중앙 정부가 외세를 끌어들여 자생적 근대화의 흐름을 차단하고 외세주도 하의 근대화를 초래하였다. 이른바 갑오개혁이 그것이다. 갑오개혁에는 동학농민혁명을 통한 백성들의 정당한 요구가 일부 수용되어 있지만, 외세에 의하여 근대적 조치는 미약해졌고 보다 심각한 것은 이후 조선의 근대화가 철저하게 일제 주도하에 이루어지게 된 점이다.

전주정신은 전주 안에만 머물지 않고 전주 외 지역으로까지 확산됨으로써 국가의 시스템을 바꾸는 절대정신으로 기능하였음을 동학농민혁명과 갑오개혁의 연관성을 통해 확인할 수 있다. 신영복이 말하는 '창조적 변방성'을 발휘한 것이다. 이는 전주가 정치적 차대를 받았음에도 불구하고 중앙인 한양보다 더 높은 수준의 이성과 더 강렬한 열정, 그리고 인륜에 대한 확고한 의식이 있었기 때문에 가능한 것이었다. 이성은 옳고 그른 것을 구별하며 더 나은 세계를 추구한다. 열정은 그 목표를 달성하기 위해서 목숨까지 걸게 하며, 인륜은 곧 타자의 고통에 응답하고 책임지는 능력에 다름 아니다. 이처럼 전주정신은 한국사를 관통하는 절대정신이 있다고 가정할 경우, 그 절대정신에 가장 근접한 것이었다는 매우 중요한 의미를 지닌다.

2-3. 미시적 역사철학과 전주정신

노에 게이치는 헤겔의 역사철학이 목적론적 역사관을 지니고 있다고 비판하고 있다. 역사에 내재하는 절대정신이 있다는 것을 증명할 수도 없거니와 목적론적 역사철학을 지닐 경우, 구체적인 삶의 실상이나 생활 세계의 내용을 놓칠 수 있다는 것이다. 그리하여 노에 게이치는 헤겔이 주장한 역사철학으로는 '역사의 측면도'만 그릴 수 있을 뿐, '정면도'를 그릴 수 없다고 주장하였다. 그는 역사의 정면도를 그리기 위한 여섯 가지 조건을 다음과 같이 제시하고 있다.

첫째, 과거의 시간이나 사실은 객관적으로 실재하는 것이 아니기 때문에 과거의 사건은 '상기(想起)'를 통해서 해석학적으로 재구성해야 한다.[29]

둘째, 과거에 벌어진 역사적 사건과 현재 이루어지고 있는 역사서술은 불가분의 관계이며 전자는 후자의 문맥을 참조하여 그 역사적 의미를 추출해야 한다.

셋째, 이야기는 개인적인 슬픔(개인적이고 비밀스러운 체험)을 보편적인 슬픔(공동체적 체험)으로 승화시키고 '공동체적 과거'로서의 역사를 만들어내는 언어 장치이기 때문에 역사서술은 '기억의 공동화'와 '구조화' 과정을 통해 이루어져야 한다.[30]

---

29 노에 게이치, 김영주 옮김, 『이야기의 철학』, 한국마케팅연구소, 2009, 137쪽. '상기'는 경험의 원근법에 의해 제어되어 있는 것으로, 그곳에는 선택은 말할 것도 없이 강조나 삭제, 변형 같은 요인들이 작용하고 있다. 상기는 이와 같은 해석학적 재구성의 조작으로 성립되는 것이다.

넷째, 과거는 미완결의 상태에 있으며, 어떠한 역사서술도 개정을 피할 수 없다. 과거의 사실은 새로운 이야기 글의 첨가나 기존의 이야기 글의 수정을 통해 끊임없이 생성되고 있다.

다섯째. 과거는 기억되어 현재 경험의 일부분을 구성하고, 습관이 되어 현재의 행동을 제약하고 또한 가능하게 해 준다는 것을 인정해야 한다.[31]

여섯째, 이야기할 수 없는 것에 대해서는 침묵하지 않으면 안 된다.[32]

노에 게이치는 일관되게 "이성의 운동이 자기의식을 얻어 자기 자신으로 귀환하는 장소에 서서 세계사를 바라봄으로써 모든 역사적 사건을 자신이 살아가는 현재 속에서 지양할 수 있게 되었다."라고 주장하였다.

이와 같은 노에 게이치의 '미시적 역사철학'은 한 마디로 현재의 입장에서 과거를 바라보아야 하며 재해석해야 한다는 것이다. 그는 헤겔이 주장하는 '절대정신'을 인정하지 않는다. 목적론적 사고이며 전체주의적 사고라 할 수 있는 헤겔의 역사철학은 실제 삶의 미세한 부분을 배제하고 거대 담론만 제시함으로써 관념론적 오류에 빠질 수밖에 없다는 것이다.[33]

---

30 앞의 책, 159쪽. 과거를 이야기하는 현재의 행위에 의해 과거가 현재의 행위에 방향성을 부여하고, 그렇게 함으로써 미래를 향한 기대를 성립시킨다는 것이다. 이야기 행위는 과거와 함께 미래를 공동화함으로써 우리에게 과거나 미래를 전망할 단서를 부여하고, 그것을 통해 현재를 살아가는 우리에게 자기 이해의 기회를 제공한다. 이 자기 인식의 계기야말로 역사 인식의 특징인 '반성적 거리화' 작용인 것이다.

31 위의 책, 167쪽. 시간은 흘러가 버리는 것이 아니라, 현재를 살아가는 우리 자신 속에 퇴적되고 침전되어 있는 것이다.

32 위의 책, 170쪽. 이야기의 외부로 나간다는 것은 곧 시간의 영역 밖에 위치하는 것이므로 그것은 신과 같은 초월적 시선에 위치하는 것을 의미한다. 수직적으로 축적되는 시간은 언어 행위를 통해 구성되는 것으로, 역사는 이 특정적인 시간을 떠나서는 성립할 수 없다. 축적되는 인간적 시간을 축으로 무수히 얽혀 있는 이야기 글의 네트워크 속에서만 역사는 그 존립 근거를 가질 수 있다

33 칼 포퍼 역시 『열린사회와 그 적들』에서 헤겔의 역사철학과 정치철학이 전체주의적 성격을 지니고 있다고 비판한 바 있다. 역사가 하나의 목적을 향해 나아가는 것이라면, 그 목표에 부합하지 않은 많은 사건, 사고, 열정, 행위 등은 배제될 수밖에 없고, 이러한 사회는 결국 전체주의적 성격을 지니게 된다는 것이다.

2-4. 미시적 역사철학과 전주정신

1) 대동 정신과 미시적 역사철학

전주의 '꽃심'이 피워내고자 하는 아름다운 꽃은 '대동세상'이다. 대동(大同)은 세상이 함께 평화로운 번영을 이루는 것, 큰 힘으로 기운차게 일어나는 융성이다. 그 마음으로 이루는 대동세상은 함께 어울리는 삶을 통해 가능하다. 서로 존중하고 인정하고 배려하면서 같이 나누고 베풀며 어우러지는 화목하고 평온한 세상, 전주가 꿈꾸는 대동의 세상이다.[34]

민선 6기 전주시 민관 거버넌스의 대표정책인 다울마당은 '다 함께 우리 모두 지혜를 모으는 마당'을 뜻하는 우리말 조어로 전주시 주요 현안이나 중심 시책을 입안하고 결정할 때 시민들의 참여를 보장하고 의견을 모을 수 있게 제도화한 것이다. 현재 전주시에서는 총 28개의 다울마당을 운영하고 있으며, 민선 6기 거버넌스 정책의 대표 브랜드로 자리 잡아 가고 있다.

2016년에 활동하였던 다울마당으로는 '시민의버스위원회', '전주 아이숲 조성 다울마당', '생태동물원 다울마당', '천년전주 문화생태 마실길 다울마당', '선미촌민관협의회', '전주이야기 시민 다울마당', '한복 다울마당' 등이다.

전주시 다울마당은 폭넓고 다양한 분야에 걸쳐 시민 의견을 수렴함으로써 합리적인 소통기구로 정착했다는 평가를 받을 뿐만 아니라, 2016년 9월에 대통령 직속 국민대통합위원회에서 주관한 국민통합 우수사례 발표대회에서 최우수상을 수상한 것을 계기로 여러 도시에서 벤치마킹하고자 하는 사업으로서 대동 정신, 혹은 관민상화(관민협치) 정신이 현대적으로 구현된 사례라 하겠다.

전주시 다울마당 중 하나인 '전주시 시민의 버스위원회'는 출범 이후 노

34 전주시청, 『꽃심전주』, 2017, 48쪽.

사문제 및 요구사항 의견 수렴을 위한 현장간담회, 의제 선정을 위한 워크숍 개최해 운수종사자 1일 2교대 도입을 위한 선진지(청주) 견학 추진 등 시내버스 운송사업 운영개선을 위한 회의를 총 43회 개최하는 등 버스 타기 편리한 전주를 만들기 위해 노력하였다.

'시민의버스위원회'의 가장 큰 성과로는 고질적인 파업 등 시내버스 문제 해결을 위한 노·사·민·정 대화의 장을 마련했다는 점이다. 시내버스 노사대표와 교통전문가, 시의원, 시민단체, 교통약자 등 33명은 노사 간 화합과 신뢰 회복으로 시내버스 문제를 해결하기 위해 전주 시내버스가 생긴 이래 46년 만에 최초로 협상 테이블 마련했다.

'시내버스대타협위원회'라는 명칭으로 출범한 시민의 버스위원회는 오랜 시간 평행선만 그려온 시내버스 노사의 중재자로서, 시내버스 파업이 없고 시민이 안전하고 행복하게 대중교통을 이용할 수 있는 초석을 쌓았다. 그 결과 전주 시내버스는 위원회 출범 후 2015년 4일간, 2016년 11일간 일부 노조의 부분파업을 제외하고는 별다른 문제 없이 운행됐다. 이는 전주 시내버스가 지난 2010년~2014년까지 총 341일간 장기파업에 들어갔던 것과 비교하면 크게 개선된 것이다.

이처럼 대동정신은 '전주시민의버스위원회'의 예에서 보는 바와 같이 '상생과 배려'를 원칙으로 한다. 어느 사회나 갈등과 투쟁이 없을 수는 없지만. 양보와 합의를 통해서 해결책을 마련하지 않는 한, 소모적 행위와 대다수의 불편이 지속될 수밖에 없다. 자신이 부모를 공경하듯이 다른 사람의 부모를 공경하고 자기 자식을 사랑하듯이 남의 자녀도 사랑하는 대동세상은 단지 화석화된 과거의 사건이 아니라 현재를 살아가는 우리가 끊임없이 재해석하고 삶의 세계에 적용해야 하는 원리이다. 이런 의미에서 다울마당이 지니는 의미는 적지 않다.

2) 풍류 정신과 미시적 역사철학

'풍류'는 속된 일을 떠나 풍치가 있고 멋스럽게 노는 일이며 자연을 벗 삼아 멋과 예술을 알고 즐기는 것을 말한다. 한국의 문화적 전통으로 풍류가 꼽히고 있으며, 한류의 뿌리가 우리의 전통적인 풍류라고 한다면 다연 그 풍류를 대표하는 도시는 전주이다.[35]

전주는 영·정조 이래 '전주대사습'을 개최함으로써 판소리가 가장 활발하게 유통되고 소비되는 도시였다. 판소리 명창들은 전주대사습에 입상해야만 비로소 그 실력을 인정받을 수 있게 되었고, 귀명창이 많은 전주에서의 공연을 소리꾼들은 가장 명예롭게 생각하였다. 신선하고 다양한 식재료와 특유의 조리법[36]을 중심으로 발달한 음식문화는 전주를 맛의 고장으로 알려지게 하였고, 한지, 부채, 목공예품 등은 전주에서 만들어진 제품이라야 최고의 명품 소리를 들을 수 있었으며, 실제로 가장 높은 가격에 거래되었다. 창암 이삼만에서 시작하여 이광렬, 송성용, 황욱 등으로 이어지는 전주의 서화 역시 전국적인 명성을 얻은 바 있다.

오래된 전주산업단지 내 폐공장들이 예술인들의 창작 공간이자 시민들을 위한 예술놀이터로 다시 태어나 문화의 플랫폼으로 기능하고 있다. 전주시민들이 생활 속 가까운 곳에서 품격 높은 문화예술을 향유할 수 있는 2018년에 설립된 '팔복문화예술공장'이 바로 그것이다. 팔복예술공장은 전주시가 2016년 문화체육관광부의 '산업단지 및 폐산업시설 문화재생 지원사업'에 선정돼 받은 국비 25억 원 등 50억 원을 들여 조성한 것이다.

---

35 전주시청, 『전주정신정립보고서』, 2016. 12. 15쪽.

36 가족회관의 김연임, 고궁의 박병학으로 대표되는 비빔밥 명인은 전주가 음식의 고장으로 인정받는 데 크게 기여한 인물들이다. 이들은 전통적인 비빔밥에 안주하지 않고 돌솥, 놋쇠 그릇들을 활용하고 계절에 맞는 나물류와 육회, 달걀, 참기름, 장류 등을 적절히 배합하고 밥을 고실고실하게 만들기 위해 사골 국물로 밥을 짓는 등 다양한 연구와 실험 끝에 오늘날 전주가 비빔밥의 본고장으로 알려지게 하였다.

전주시는 카세트테이프를 생산하다 문을 닫고 20여 년간 방치되어 있던 공장부지를 전주 북부권의 대표 문화공간으로 탈바꿈시켰다. 2개 단지로 조성된 팔복예술공장은 예술창작공간과 예술교육공간으로 구성됐다. 예술창작공간에는 공모를 통해 선발된 국내외 13팀의 입주예술가가 입주했다. 또 팔복예술공장 1단지 1층에는 카페테리아 '써니'와 아트 샵이 들어섰다. 이들 건물은 1970~1990년대 문화적 정서를 고려해 꾸며졌다.

김승수 시장은 "가장 낙후된 팔복공단에서 예술의 힘으로 팔복동 주민들과 노동자, 아이들의 삶의 변화가 시작됐다."라면서 "이곳을 전주 전제를 문화특별시로 만들어 가는 핵심 기지로 키워나가겠다."라는 의지를 밝힌 바 있다.[37]

'풍류'는 전주정신에 관한 한 단 한 번도 거론되지 않은 적이 없다. 장명수를 비롯하여 조병희, 최승범 등이 전주를 대표하는 정신으로 풍류를 들었다. 전주가 문화가 융성하고 찬란한 예술을 꽃피울 수 있었던 이유는 두 가지이다. 첫째는 경제적으로 여유가 있었기 때문이고, 둘째로는 상대적으로 계급적 장벽이 다른 지역에 비해 낮았기 때문이다. 전주는 곡창 지대뿐 아니라 대규모의 어장, 염전, 광산, 약초 재배지 등을 주변에 끼고 있고 상품들이 활발하게 거래되고 유통되는 경제적 중심 도시였다. 이 과정에서 아전들의 세력이 확장되었고 양반들의 세력은 약화된 반면, 평민들은 경제 행위와 문화 향유에 적극 참여하였다.

양반들의 전유물(專有物)이었던 서적을 완판본 고소설이 활발하게 간행되고 서점들을 통해 유통되기 시작하면서 일반 백성들도 즐길 수 있게 되었으며, 무당과 광대와 같은 천민들에 의해 시작된 판소리는 통인, 아전들의 적극적인 개입 단계를 거쳐 양반들도 참여하고 즐기는 조선을 대표하는 공

37 2016년 06월 29일(수) 11:37:07 박용근 기자(news2200@naver.com)

연 예술이 되었다. 이처럼 풍류는 넉넉한 경제 형편과 평등한 인간관계를 전제로 발달하는 정신이다.

한옥마을과 전주 문화의 가장 큰 문제점은 그 현장에 전주사람들이 보이지 않는다는 점이다. 전주의 자매도시인 일본의 가나자와시가 시민들이 주도적으로 참여하는 공예, 연주, 마쓰리가 일본 각지는 물론 전 세계 사람들이 몰려오는 관광 상품이 된 사례는 많은 시사점을 던져 준다. 이런 의미에서 '팔복예술공장'의 설립은 그 의의가 적지 않다.

조선 시대에 전주에 풍류 문화가 발달하였고, 이로 인해 전주는 '고봉문화'라고 불리는 넉넉한 인심과 여유가 넘쳐흐를 수 있었다. 그러나 일제 강점기와 군사 독재 기간을 거치면서 전북지역은 산업화에 뒤지면서 경제적으로도 낙후되었으며 계층 간의 갈등도 심해진 것이 사실이다. 전주의 풍류를 살리기 위하여 전주의 경제를 부흥시키고 복지 증진을 통한 평등한 세상의 구축이 요구되고 있다.

3) 올곧음의 정신과 미시적 역사철학

올곧음은 절개와 의로움을 지키는 절의 정신을 말한다. 전주가 양반의 도시로 정해졌던 것은 전주사람들이 점잖고 예의 바른 데서 온 말이라 할 수 있다. 이에 더해 전주사람들에게는 올곧음을 숭상하는 선비정신과 물건 하나를 만들더라도 온갖 정성과 혼신을 기울이는 장인정신의 전통이 흐르고 있다.[38]

전주는 기축옥사를 통해 많은 인명이 손실되는 아픔을 겪었지만, 임진왜란이 일어나자 전라도 전 지역에서 의병을 조직하여 용맹하고 치열하게 왜적에 맞서 싸웠으며, 그 결과 전주성과 곡창 지대를 동시에 지켰다. 곡창

38 전주시청, 『전주정신 정립보고서』, 2016. 15쪽.

지대의 확보는 임진왜란 전체 판도를 바꾸고 조선이 왜군을 물리치는 과정에서 결정적 역할을 하였다. 전주의 관리들과 정읍의 선비들은 경기전과 전주사고(全州史庫)에 비치되었던 태조 어진(御眞)과 조선왕조실록을 전국에서 유일하게 보존함으로써 조선의 역사와 정신을 지켰다. 호남 출신 의병들이 전국적인 명성을 얻고 실제로 행주산성 전투를 비롯하여 호남 외 지역에서도 의병이나 정규군으로 눈부신 활약을 펼친 것으로 알려져 있다.

전주사람들은 조선 정부를 원망하고 자신의 무력함에 대해 실망하지 않고 오히려 국가가 누란의 위기에 처했을 때, 한마음 한뜻이 되어 외적을 물리치고 조국과 주요 역사 유산을 지켰다. 전란이 끝난 이후에 전주는 굳이 관직에 연연하지 않고 넉넉한 경제력을 바탕으로 다양한 문화를 창달시켰다. 완판본을 통해 지식과 정보를 집대성하고 진보적 의식을 담고 있는 판소리계 소설을 가장 완성도 높게 구성하여 전국에 보급하였다.

동학농민혁명과 그 이후에 전개된 의병 투쟁 과정에서 전주는 헤아리기 어려울 정도의 막대한 인명의 피해가 있었다. 일제 강점기에 전주를 비롯한 전북지역이 저명한 독립투사를 배출하지 않은 것은 사실이다. 그러나 일제 강점기에 간행된 신문 기사들을 검색해 보면 전주고보, 신흥학교, 기전여학교, 서문교회 등을 중심으로 3.1운동 시기는 물론, 전주 내에서 일제 강점기 내내 항일운동이 끈질기게 전개되었음을 알 수 있다.[39]

1924년 4월 8일에는 전주고보 3학년 학생들이 학교 교무 행정의 개정을 요구하며 30여 명이 동맹 휴학을 하였고, 이후 사태가 점차 확대되어 이틀 후에는 일본인 학생을 제외한 조선인 학생 대부분이 참여하는 동맹 휴학으로 번지게 되었다. 이러한 전주고보 동맹 휴학은 1926년 6월의 일인 교사 배척을 요구한 동맹 휴학으로 이어졌으며 이로 인해 주모 학생 중 무려 54

---

39 전주백년사편찬위원회, 『신문으로 본 전주사람들』, 2001.

명이 퇴학하는 사태가 빚어졌다. 심지어 일제의 폭압적 식민 통치가 극악했던 극악에 달했던 1942년 10월에도 촉탁 교원이었던 노환과 그의 민족의식을 고취하는 강의에 공감한 학생들이 치안유지법으로 구속되어 옥고를 치른 바 있다.[40]

전주 서문교회 담임목사였던 김인전, 배은희, 전주 신흥학교 교장이었던 배은희 목사 등도 성경교육과 한글 교육을 통해 민족정신을 심어주었다. 이 중 배은희 목사는 신사참배를 끝까지 거부한 것으로 유명하다. 전주 신흥학교는 3.1운동에 대거 참여하였고 광주학생의거에도 동참하면서 희생자가 속출하였다. 1932년 비밀결사 운동과 독서회 사건에서는 순국 학생을 내면서까지 항일 학생운동을 전개해 전국 학생운동의 선구적 역할을 담당하였으며, 1937년에는 신사참배를 공식적으로 거부함으로써 폐교를 감수하기도 하였다.

이처럼 일제 강점기 전주에서는 특정한 한 인물이 항일운동을 주도했다기보다 다수의 학생과 시민들이 독립운동에 끈질기게 참여하였고, 이 과정에서 기독교의 역할이 적지 않았음을 알 수 있다. 해방 후에도 전주에는 신석정 같은 지조 있는 문인이 있었으며 법조 삼성(法曹參星)으로 알려진 김병로, 김홍섭, 최대교 등의 청렴하고 올곧은 정신이 면면히 이어지고 있다. 2016년에 있었던 촛불혁명에는 일반 시민들은 물론, 전주를 대표하는 단체장들이 대거 참여하여 눈길을 끈 바도 있다.

이처럼 전주는 임진왜란, 일제 강점기, 6.25 전쟁, 독재 등에 맞서 끈질긴 항쟁을 이어온 도시이다. 최근에 전주시는 주차 질서를 비롯한 교통문화를 바로잡기 위해서 노력하고 있다. 구국운동이나 민주화운동 못지않게 생활 세계 내에서의 작은 실천 역시 중요할 것이다. 따라서 올곧음의 정신

---

40 최근무, 「전주북중 학생들의 항일민족운동과 노환 선생」, 『노송과 달』, 2009, 32쪽.

은 일부 투사, 지사, 선비, 장인들만의 전유물이 아니라 과거와 현재는 물론 미래에도 불의한 모든 것들과 싸우고 있는 전주시민 사이에서 살아 숨쉬는 정신이라 할 수 있다.

4) 창신의 정신과 미시적 역사철학

'꽃심'은 더 아름다운 꽃을 피우는 생명의 힘이다. 그 힘이 맺고자 하는 열매가 창신(創新)이다. 창신은 옛것을 본받아 새로운 것을 창조한다는 법고창신(法古創新)에서 비롯되었다. 옛것에 토대를 두되 그것을 변화시킬 줄 알고, 새것을 만들어가되 근본을 잃지 않아야 한다는 것이다.[41]

전주는 백제의 전통을 계승하되 새로운 국가 시스템을 지닌 후백제의 수도였던 도시이고, 조선 건국의 태반을 제공한 도시이기도 하다. 전주에서 장렬(壯烈)하게 산화(散花)한 정여립, 천주교 순교자, 동학농민군 등도 모두 새로운 세상을 열망하던 이들이었다. 이러한 전통은 현재에 이르기까지 이어지고 있다. 해마다 열리는 전주영화제에서는 실험적인 영화가 다수 선보이고 우리 영화계에 늘 신선한 충격과 의미 있는 자극을 주고 있으며, '세계소리문화축제' 역시 전통적인 국악 공연과 더불어 현대화되고 새롭게 재해석·재구성·재창조된 현대 창작 국악이 다수 소개되고 있다.

전주 시내에 소재한 한지산업자원센터는 "한지의 문화와 산업을 종합적·체계적으로 연구, 개발, 교육하는 전구 최초의 한지 관련 전문기관으로서 순수한지를 보존하고 응용 한지의 무한한 발전을 선도하고 있다. 국립무형유산원은 우리나라의 전통문화를 교류, 재현, 전승, 체험하는 거점 공간이며 세계무형문화유산의 보호, 발굴, 전승을 위한 허브(hub) 역할을 맡고

41 전주시청, 『꽃심전주』, 2017, 160쪽.

있다.[42] '한국문화의 전당'과 '한국소리문화의 전당' 역시 옛 우리 문화를 보존하고 새로운 문화를 창조하는 공간으로서 중요한 역할 수행하고 있음으로써 전주가 '창신'의 도시임을 증명하고 있다.[43]

우리나라에서 가장 낙후한 동물원이었던 전주동물원은 '생태동물원 다울마당'을 통하여 전시 위주에서 동물 친화적인 공간으로 다시 태어났다. 2016년 이전의 동물원은 오직 '전시(展示)'를 위한 공간이었다. 다양한 동물의 생활환경과 습성 등을 고려해 짓지 않았다. 그저 관람객의 눈요기를 위해 철창 안에 동물을 가뒀을 뿐이다. 이 때문에 초원에서 뛰어다녀야 할 야생동물이 좁은 시멘트 바닥에서 평생을 보내야 했다.

전주동물원은 지난 2015년부터 3년간 총 76억 원을 들여 열악한 사육환경을 개선했다. 반달가슴곰과 에조불곰 등 10여 마리 곰이 생활하는 곳은 기존 우리(261㎡)보다 9배 늘렸다. 관람객 공간을 다소 줄이고, 동물 우리를 넓혔다. 서로 다른 동물의 습성을 파악해 우리 곳곳에 동물이 좋아할 만한 요소도 배치했다. 땅 파며 노는 것을 좋아하는 늑대를 위해 풀밭 사이사이 작은 흙더미를 만들어 두는 식이다.[44]

이처럼 전주의 법고창신은 아직도 진행 중이다. 이 밖에도 전주는 자원봉사가 가장 활발하게 전개되고 있는 도시이며, 전주시민들로 이루어진 '전북 현대 축구팀 서포터스'는 전국을 통틀어 가장 뜨겁고 신명 나는 응원을 하는 것으로 정평이 나 있다. 이는 비록 정치적으로 소외되고 경제적으로

---

42 2019년에 제정된 '세계무형문화유산대상'은 2021년 현재 3회째를 준비하고 있다. 매년 40여 개가 넘는 단체와 개인이 참여하고 있으며, 총상금 3만 달러의 규모로 치러지고 있다. 국가가 아닌 도시가 세계적인 문화행사를 치르는 것은 이례적이다. 아직 시행 초기임에도 불구하고 전 세계 무형문화유산 관계자들의 관심도 매우 높다. 이는 전주가 인간문화재를 가장 많이 보유하고 있는 도시이고, 전통문화를 수호해 온 데다가 현재 '한국무형문화유산원'이 전주에 위치하고 있기에 가능한 것이었다.

43 전주시청, 『꽃심전주』, 2017, 202~203쪽.

44 https://m.post.naver.com/viewer/postView.nhn?volumeNo=16912751&memberNo=4126602

낙후한 현실에 좌절하지 않고 대동, 풍류, 올곧음, 창신으로 이루어진 '꽃심'이 전주사람들 생활 세계 곳곳에 스며들어 있어 가능한 것이었다.

3. 전주정신의 확산 방안

3-1. 전주정신 확산위원회 운영

현재 전주정신 확산 주무 부서는 전주시청 교육청소년과이다. 이 부서에는 전주정신 전담 직원 1명이 배치되어 있어, '전주정신연구위원회'와 '전주정신기획위원회'와 관련된 실무를 담당하고 있다. 물론 필요한 경우에는 과장, 팀장을 비롯하여 교육청소년과 인력이 추가 동원되기도 한다. 그러나 지금의 교육청소년과의 인력과 예산만으로 전주정신 확산을 모두 감당하기는 쉽지 않다. 이에 따라 전주대학교 HK플러스 사업단 내 '온다라인문학'이 전주정신 확산을 위한 강의, 강사 교육, 토론회 개최 등을 현재 지원하고 있다. 하지만 이러한 체제는 임시방편적일 뿐이다. 앞으로는 인력이 충분히 보충되어 인문학지원팀이 설치되고 충분한 예산도 확보되어야 할 것이다.

'2016 전주정신연구보고서'(이후 '2016 보고서'로 표기)에 의하면, 전주시 유관기관, 교육청, 시민사회단체의 대표, 지역 언론인, 전주시의원, 기업인, 홍보 전문가 등을 확산위원으로 초빙하여 분야별 전문성과 네트워크를 확보할 것을 제안하고 있다. 2018년 현재 이 제안대로 확산위원회가 '전주정신 다울마당'이라는 이름으로 구성되어 있고, 이 다울마당 안에 연구분과와 전주정신사업기획분과가 설치되어 있다. 연구분과는 회의와 토론회(포럼) 개최, 교육표준안 작성, 전주정신 강사 연수 등으로 활동을 이어가고 있지만,

기획위원회가 그동안 거둔 실적은 아직 구체적으로 드러나고 있지 않다. 연구위원회와 기획위원회 사이의 교류도 아직 이루어지지 않고 있다. 전주시는 연구위원회와 기획위원회를 위한 예산을 충분히 확보하고 장단기계획을 세워 그 계획대로 과제들을 추진해 나가야 할 것이다. 또한 '2016 보고서'는 위원회의 의사결정 사항을 신속히 추진할 수 있도록 보다 간소화된 실무 추진기구인 TFT를 둘 것을 제안하고 있는데 이 TFT 역시 조속히 구성되어야 할 것이다.

3-2. 전주정신 확산 교육표준안 작성과 교육 매개 인력 양성

'2016 보고서'는 전주정신정립위원회가 인증한 통일된 교육표준안을 작성하고 이에 따라 통일되고 인증된 내용을 강사들을 통해 전달되어야 한다고 제안하였다. 전주시는 이 제안에 따라 전문 업체에 용역을 주고 연구위원회의 연구와 토론 및 검토 과정을 통해 2018년 5월까지 표준안을 작성하였고, 이를 6월 24일 전주시민의 날에 참석자들 대상으로 배포하였다. 또 6월 29일에는 전주대학교에서 이 표준안을 중심으로 전주정신 전문강사 연수를 시행하였다. 이날 연수에서는 표준안의 내용 설명과 더불어 '디자인 싱킹(design thinking)'을 활용한 교수법 연수를 병행하였다.

전주정신 교육표준안은 전주정신 온-오프라인 홍보 매체나 홍보수단, 홍보물 등을 제작하거나, 전주정신 확산을 위한 모든 프로그램을 구성하는 데 활용할 예정이다.

전주정신을 확산하기 위해서는 전주정신의 의미와 가치를 정확하게 전달할 수 있는 매개 인력 곧 전문 강사 양성이 필요하다. 현재는 2016년 8~9

월에 양성한 전문 강사 30여 명이 전주 시내 각 기관과 단체, 학교 등을 순회하며 전주정신을 확산시켜 나아가고 있다. 단체 카톡을 통해서 강사와 실무자 간의 소통도 활발하게 이루어지고 있다. 앞으로 강사들의 능력과 자질을 함양하기 위한 세미나가 정기적으로 개최될 필요가 있다.

청소년 교육은 전주 공교육 기관인 학교와 청소년문화의집 등에서 주로 이루어지는데 전주시교육지원청과의 협력을 통해 교사연수과정을 설강하여 전주정신 특별강좌를 개설·운영할 것을 '2016 보고서'는 제안하고 있다. 교사연수과정의 필요성에 대해서는 교육청과의 원칙적인 협의가 이루어졌으나 실무적인 차원에서의 진행은 아직 이루어지지 않고 있다. 시청 측에서 다울마당 위원들과 협의하여 교육과정을 작성하고 강사진 및 강의 진행 일정 등을 구성하고 교육청과 긴밀하게 협의하여 교사 대상 연수를 시행할 필요가 있다. 전주역사박물관은 이와는 별도로 '어린이 꽃심 지킴이'를 자체적으로 양성한 바 있다.[45]

3-3. 전주정신 제도화 사업과 홍보사업 시행

전주정신이 전주시를 상징하는 대표적인 브랜드이자 가치가 되기 위해서는 전주정신을 확고하게 그리고 안정적으로 유지해 갈 수 있도록 제도적인 뒷받침이 이루어야 한다. 전주시는 전주정신을 기념하고 지원하는 데 필요한 조례 제정과 전주정신에 대한 지적 재산권 및 특허를 출원하여 전주정신을 안정적으로 보호하며 전주정신을 시민이 자유롭게 활용할 수 있도록

---

45 2018년 어린이 꽃심 지킴이는 4기까지 모집하여 운영하였고, 전주정신 특별전 초대장 만들기 등 전주역사박물관에서 어린이 꽃심 지킴이 활동을 이어갔다.

법적 기반을 갖출 것을 제안하고 있다.

전주시는 2016년 7월에 인문학 도시 구축을 위한 제도적 기반인 '전주시 인문학 진흥 조례'를 공포하였다. 이 조례에는 인문학 진흥을 위한 기반 조성, 문학 진흥을 위한 중장기 기본계획 수립, 인문 활동 장려를 위한 행정·재정적 지원, 인문주간 운영에 관한 사항 등이 명시되어 있다. 또한 2016년 11월 15일에는 전주시 '한국의 꽃심 전주' 선포 기념에 관한 조례를 제정하였고, 2016년 8월 23일에 출원한 '한국의 꽃심 전주'를 특허청 업무표장은 2017년 8월 9일에 등록되었다.

'2016 보고서'는 새롭게 제정된 전주정신의 개념들에 대해서 시민들이 친근감을 가질 수 있도록 다양하면서도 적극적인 홍보를 할 것을 제안하고 있다. 전주시에서 관리하는 옥외 게시대, 도로변에 위치한 주민자치센터, 전주시의 유관 기관, 민간 기업이나 기관 단체들의 협조를 얻어 걸개그림이나 현수막, 포스터, 리플렛 등을 전시하자는 것이다.

이들 중 상당수는 실현되었다. 전주한옥마을 내 조형물 설치 계획이 추진 중이나 아직 설치되지 않았다. 그러나 전주시에서 진행하는 행사 포스터, 전주시에서 발송하는 공문 및 인쇄물, 봉투 등에는 어김없이 전주정신이 표현되어 있다. 특히 버스조합의 협조를 얻어 시내버스 내부 전광판에 '한국의 꽃심, 전주' 전광판이 설치되어 있음으로써 버스 승객들이 매일 전주정신을 접하게 하고 있으나 승객들은 무심코 바라보고 있는 실정이다. 버스 내 안내 방송을 통해 전주정신을 설명할 필요가 있어 보인다.

3-4. 전주시정의 핵심과제와 전략에 전주정신 반영

'2016 보고서'는 전주시정을 전주정신의 가치 체계에 의해 재구성하고 전주시정의 비전과 실천 과제 등을 전주정신의 가치 체계와 연결하여 전주정신이 시정에 제대로 반영될 수 있도록 정책을 재구성할 것을 제안하고 있다.

전주시는 '전주역, 첫마중길 조성', '전주 팔복동 예술공장 운영', '전주 완산공원 꽃동산 조성과 녹두관, 파랑관 신축', '서학동 예술마을 지원', '우아동 아중저수지 산책길 조성' 등의 사업을 이미 완료하거나 진행하는 상태이며, 전주시 장애인 종합체육관(어울림체육관)을 건립하고 있고 장애인을 위한 저상버스도 운행하고 있다. 효천지구 및 에코시티 신흥 주택 단지 등에는 친환경적인 공원과 어린이를 위한 공원이 있으며, 아중리 쓰레기 소각장 자리에 양묘장과 전주 자연생태학습원이 조성되어 있다. 또 앞으로 초록바위와 완산공원 일대에 '전주동학농민혁명 역사체험 벨트'도 만들어졌다.

이러한 전주시의 친환경적이고 시민을 우선시하며, 사회적 약자들을 배려하는 정책들은 얼마든지 꽃심 및 4대 정신인 대동, 풍류, 올곧음, 창신의 정신과 연결하여 홍보할 수 있다. 전주시는 민선 6기 이후 조성된 공원, 시설, 도로 등에 전주정신 조형물이나 표지판을 건립하고 안내문을 통하여 전주정신에 입각하여 이러한 시설물이 조성되거나 건립되었음을 널리 알릴 필요가 있을 것이다.

3-5. 전주정신 문화예술 창작과 문화관광체험 프로그램화

“전주정신은 다양한 스토리와 서사구조를 가지고 있어 다양한 문화예술 장르에서 다루어 볼 만하다.”라고 ‘2016 보고서’는 지적하고 있다. 전주는 전통문화 예술뿐만 아니라 다양한 분야에서 문화예술 활동이 활발하게 일어나고 있는 만큼 전주정신 확산과정에서 새롭게 발굴되고 연구된 내용을 원천 자료로 하여 다양한 문화예술 분야에서 활용될 수 있도록 전주시가 지원해야 한다는 것이다.

현재 완성된 콘텐츠로는 최기우가 작창한 창작 판소리 ‘전주정신’이 있다. 2015년 10월, ‘인문주간’ 기간에 유태평양에 의해 처음 공연된 이 판소리는 그러나 충분히 활용되고 있지 않다. 앞으로는 전주시가 주최하는 주요행사 때마다 전주정신 판소리를 연주하였으면 한다. 전주정신의 내용을 담은 전주 시가(市歌)도 작사가와 작곡가에게 의뢰하여 만들어 볼 만하다. 2017년 7월에는 국립무형유산원 얼쑤마루 대공연장에서 ‘꽃심, 나르샤’라는 드론 기반 융합 미디어 아트쇼를 공연하였다. 풍류, 창신, 올곧음, 대동 등 4막으로 구성된 이 공연은 홀로그램 인터렉션 퍼포먼스와 드론을 활용한 패션모델의 런웨이, 드론 자율주행을 활용한 캘리그라피 퍼포먼스와 스트리트 댄스, 판소리, 한국무용, 서예 퍼포먼스, 동춘서커스, DJ 음악공연 등 현대적 감각의 다양한 예술 요소들을 적극적으로 활용하여 젊은 층을 공략할 수 있는 참신한 아이템을 선보였다.

전주시는 전주시청 내에 ‘정신문화의 숲’을 설치하여 사진 자료, 문서 자료들을 광범위하게 수집하고 있다. 앞으로 이 자료들을 분류·정리하는 한편, 스토리텔링 작업을 통해 전주정신과 관련된 문화콘텐츠를 창작할 수 있을 것이다. 앞으로 전주정신의 내용을 담은 만화, 애니메이션, 영화 등을 예산을 확보하여 제작해 나가야 할 것이다.

현재 전주 방문객들이 가장 많이 찾는 곳이 전주한옥마을인 만큼 한옥마을 내 다양한 문화시설을 활용하여 전주정신을 자연스럽게 체험할 수 있는 프로그램을 신규로 발굴하여 시행하도록 한다. 특히 한옥마을에는 최명희문학관,선비문화관, 향교, 전통문화교육원 등 전주정신과 직접적으로 연관되는 문화시설들이 많은 만큼 전주정신을 방문객들이 자연스럽게 체험할 수 있는 최적의 환경을 가지고 있다. 이를 적극적으로 활용해야 하지만 현재 한옥마을 자체가 다소 침체 상태에 있는 관계로 전주정신과 관련된 체험프로그램 개발 실적은 미미하다. 전주정신 관련 이야기를 청소년들과 청년들이 좋아하는 3D, 4D 영상물로 제작한다면 전주정신 확산이 매우 빠른 속도로 이루어질 수 있을 전망이다.

4. 전주정신의 미래

지금까지 전주정신이 정립되어 온 과정과 전주정신의 활용 방안을 알아보는 한편, 전주정신이 지닌 역사철학적 성격을 고찰해 보았다. 전주정신은 '전주학 연구'의 차원에서 2009년에 처음 언급된 이래, 2014년 '온·다라인문학' 토론회를 거쳐, 2015년 2월 '전주정신정립위원회'가 구성됨으로써 본격적으로 연구되기 시작하였다. 다만 연구만 한 것이 아니라 시민 여론 조사, 공개 발표회, 자문위원 검토 등을 병행함으로써 정립 절차의 투명성과 정립 결과의 객관성을 확보하기 위하여 노력하였다.

2016년 6월 9일(음력 5월 5일, 단오), 제58회 시민의 날을 맞이하여 마침내 대동, 풍류, 올곧음, 창신 등으로 구성된 "한국의 꽃심 전주"라는 전주정신이 공식적으로 선포되었다. 선포 이후에 『전주정신정립보고서(2016)』, 『꽃심 전주(2017)』, 『전주정신표준안(2018)』 등이 연이어 간행되었고, 2016년 9월에는 전주정신 전문강사 30여 명이 양성되어 2019년 현재까지 활동을 이어오고 있다. 이들은 전주시내 각급 학교와 단체를 돌며 전주정신의 내용과 정립 의의를 강의하고 있다. 전주시청과 전주대학교는 공동으로 강사 세미나를 3회 개최하였고, 한 차례의 학술대회도 개최하였다.[46]

이 글에서는 또한 전주정신을 헤겔의 '절대정신'의 측면과 노에 게이치의 '미시적 역사철학'의 측면에서 고찰해 보았다. 헤겔은 '자유'라는 가치를 향해 나아가는 절대정신이 역사에 내재해 있다고 주장하였다. 절대정신은 이성과 열정에 의해 작동되며 보다 나은 국가 시스템의 구축과 자유의 증진과 인륜의 실현을 위해 나아간다. 절대정신은 이 과정에서 옳고 그른 것, 선과 악, 해야할 일과 하지 말아야 할 일을 이성을 통해 구별하며 타자의 인정을 받는 가운데 지금보다 나은 세상을 만들고자 한다.

전주뿐만 아니라 안동, 경북 지역에서도 지역의 정신을 연구하고 정립한 바 있다. 지역의 정신은 그러나 지역의 정신으로 국한되어서는 안 된다. 지역의 정신은 '창조적 변방성'을 지녀야 하며 국가가 나아가고자 하는 절대정신과도 일치해야 한다. 지역 정신이 지역과 지역민의 정체성을 규정하고 자존감과 공동체적 연대 의식을 증진해야 함은 당연한 일이지만, 그것이 지역적 이기주의로 나아가서는 결코 안 될 것이다. 따라서 지역 정신은 지역의 한계를 초월하여 국가와 인류가 지향하는 보편적 가치를 지향해야 한다.

후백제의 건국, 조선의 건국, 정여립의 대동계, 동학농민혁명 등은 대동, 풍류, 올곧음, 창신의 정신을 아우르는 전주정신 '꽃심'에 의해 늘 새로운

---

46 2019년에는 전주대학교 HK+사업 온다라 지역인문학센터에서 인문주간에 맞춰 <전주정신 포럼>을 개최하고, 40여 회의 <전주정신 이야기 나누기> 강의를 실시하였다.

세상을 지향하고 만들어 왔다. 고려라는 장벽에 막혀 후백제가 뛰어넘지 못한 한계는 조선 건국을 통해 일정하게 보상받았다. 전주는 '풍패지향'으로 지정되었고 태조어진을 봉안하고 전주사고를 설치하는 호남의 수부로서의 명예와 지위를 갖게 되었다.

전주는 그러나 이와 같은 지위와 명예에 만족하지 않고 조선이 지니고 있었던 근본적 모순과 한계를 극복하기 위한 노력을 멈추지 않았다. 이 과정에서 적지 않은 희생도 치렀다. 비록 정여립과 동학농민군이 꿈꾸었던 민주적 질서와 새로운 세상은 이루어지지 못했지만, 집강소 통치, 갑오개혁을 거쳐 1919년에 수립된 '상해임시정부'는 마침내 모든 사람이 평등한 '민주 공화국'을 선포하기에 이르렀다.

전주정신은 이처럼 지역적 한계에 갇히지 않고 보다 넓은 세상을 향해 나아갔고 보다 높은 가치를 추구하였다. 이처럼 전주의 역사는 과거사가 아니라 '미래로 이어지는 현대사'의 성격을 지닌다. 전주정신 역시 이러한 전주의 역사를 관통하는 정신이자 자유와 보다 나은 세상을 추동하는 살아있는 작동 원리이다. 전주의 역사와 전주정신은 전주사람들의 구체적 실행을 통해 구체화되어야 하고 생활 세계 틈틈이 스며드는 삶의 원리가 되어야 한다.

전주시가 집강소의 관민상화 정신을 계승하여 실행하고 있는 '다울마당', 전주시민의 20%과 참여하고 있는 '전주시 자원봉사', '노송동 기부 천사'로 대표되는 기부 문화, 전주시민이 먼저 참여하여 즐기는 '팔복예술공장'과 '한가위 맞이 한옥마을 강강수월래', 옛것을 계승하되 새로운 것을 실험하고 만들어내는 행사인 전주영화제와 세계소리축제, 그리고 법고창신이 실제로 실행되는 공간인 한지산업자원센터, 국립무형문화유산원, 한국소리문화의 전당, 그리고 동물 중심의 전주동물원, 한때 집창촌이었지만 이제 새로운 문화공간으로 탈바꿈하고 있는 선미촌 등과 같이 전주정신은 늘 살아

움직이고 새롭게 그 잠재성을 드러내야 할 것이다.

아울러 전주가 한양을 능가하는 자부심, 자존감, 지적 수준, 문화예술 등을 구가할 수 있는 바탕에는 풍요로운 경제와 평등한 세상을 만들고자 하였던 노력, 타자를 배려하는 분위기 등이 있었음을 잊지 말아야 할 것이다. 비록 산업화에는 뒤졌지만, 정보화와 4차 산업혁명의 주도권을 전주는 다시 찾아와야 하며, 소외당하고 차별받는 사람이 최소화되도록 복지 정책을 강화해 나가야 함은 물론이다.

Ⅱ. 치유의 시대와 전주정신, '꽃심'

2016년 전주정신정립위원회는 오랜 기간 전주에 쌓인 역사와 문화를 토대로 역사성(지속성), 현재성(유효성), 보편성(시민의 공감)을 미래성(미래가치, 역동성, 진취성) 등 네 가지를 전주정신 정립의 기본원칙으로 삼고 20여 차례의 정립위원회를 가졌고 자문위원들과의 확대회의도 가졌다. 힘겨운 조율 과정을 거쳐 '한국의 꽃심 전주'와 4대 정신 '대동·풍류·올곧음·창신'은 2016년 6월 9일에 공식적인 전주정신으로 선포되었다.[1]

전주정신정립위원들은 '꽃심'과 그것을 구성하는 4대 정신, 곧 '대동, 풍류, 올곧음, 창신'이 '과거로부터 지금까지 이어져 온 정신'이고, '현재에도 유효한 정신'이며, '시민들 모두 공감할 수 있는 보편적 정신'이자 '후손들에게까지 반드시 물려주어야 할 가치를 지닌 정신'으로 판단하고 정립을 추진하였다. 2017년 전주시에서 간행한 『꽃심 전주』에서는 전주정신 정립 원칙들을 다음과 같이 네 가지 질문 형태로 바꾸어 표현한 바 있다.[2]

1. 전주사람들의 삶에 투영돼 지속해서 영향을 준 정신은 무엇인가?
2. 다른 지역과 차별화되는 전주만의 공동체의 특질은 무엇인가?
3. 전주만의 가치를 이끌어 온 고유한 정신은 무엇인가?

---

1 전주시, 『전주정신 정립보고서』, 2016, 10~11쪽.
2 전주시, 『꽃심 전주』, 2017, 20쪽.

4. 전주가 계속 발전시켜 갈 역동적이고 진취적인 정신은 무엇인가?

2020년은 전주정신을 제정·선포한 지 4주년이 되는 해이다. 2017년 전주정신 선포 1주년부터 2019년 3주년까지 전주시는 단오절(端午節)에 맞춰 열리는 '전주시민의 날'마다 '전주정신 선포 기념식'을 가져왔다, '2020년 전주정신 선포 기념식'은 코로나19 재난 사태로 일정이 계속 연기된 끝에 10월 23일에 화상을 통하여 비대면으로 전달하는 방식으로 전주감영 선화당에서 '전주정신 선포 4주년 기념식'을 '전주정신학술대회'와 더불어 개최하였다.[3]

이번 학술대회는 2019년 학술대회에 이어서 전주정신 '꽃심'과 이를 구성하는 '대동·풍류·올곧음·창신'의 논리를 보다 심화시켜 탄탄하게 하고, 전주정신의 개념과 정의를 분명히 하며, 이를 통해 전주정신을 전주시민들에게 널리 확산시키고자 하는 차원에서 마련되었다.[4] 다만 2019년 학술대회에서는 '인물' 중심으로 전주정신을 탐구하였다면, 올해는 '사건' 중심으로 전주정신 '꽃심'과 4대 정신 '대동·풍류·올곧음·창신'을 새롭게 조명하고자 한다.

사건 중심으로 전주정신을 살펴보기에 앞서 『꽃심 전주』에서 제기된 질문 형태의 전주정신 정립 원칙을 지금 이 시점에서 점검해 볼 필요가 있다. 전주정신 정립 당시에 기대했던 만큼 전주정신이 시민사회에 깊게 뿌리내리거나 충분히 확산된 것으로 보기 어렵기 때문이다.

첫째, 전주정신 '꽃심'과 '대동·풍류·올곧음·창신'이 전주사람들의 삶에 실제로 어떤 영향을 주고 있는지 살펴보아야 한다. E.H 카는 『역사란 무엇인가』에서 "역사는 의식적으로든 무의식으로든 자신의 시대적 위치를 반영하

---

3 2021년 전주시민의 날에 '전주정신 선포 기념식'을 갖고 하반기에 '전주정신 학술대회'를 개최하기로 하였다. 2021년의 전주정신 학술대회의 주제는 '공간으로 보는 전주정신'이다.

4 이동희, 「전주정신 "꽃심"의 개념과 역사적 인물」, 『전주학연구』13집, 전주역사박물관, 2019, 240쪽.

고 있다고 하였다. 곧 현재와 대화하지 않는 과거란 무의미하며, 과거는 오직 현재를 살아가는 이들의 의식 속에서만 존재할 수 있다는 것이다.

전주시청과 정립위원들의 꾸준한 노력에도 불구하고 전주정신 '꽃심'과 4대 정신에 대한 전주시민들의 인지도는 아직도 높아 보이지 않는다. 전주시에서 운행되는 시내버스 전광판에는 "한국의 꽃심 전주"가 빛나고 있지만, 그것을 눈여겨보거나 제대로 이해하는 사람들의 수 역시 많지 않다. 그 이유는 무엇인가? 이를 단지 전주시청의 홍보 부족이나 전주정신 확산을 위한 예산의 부족 탓으로만 돌릴 수 있겠는가? 보다 근본적 원인은 '과거와 현재'의 단절, 그리고 '전주정신'과 '오늘을 살아가는 전주시민의 삶' 사이의 근본적인 괴리와 단절에 있지는 않은지 더 늦기 전에 점검할 필요가 있다.

둘째, 정립된 전주정신이 과연 "다른 지역과 차별화되는 전주만의 공동체적 특질"이라고 자신 있게 말할 수 있을지 살펴보아야 한다. 경북은 2013년에 정의(正義 :올곧음), 신명(神明 : 신바람), 화의(和義: 어울림), 창신(創新 :나아감)을 경북의 혼으로 설정하고 이들 네 글자에서 한 글자씩 따고 한국을 앞에 붙여서 "한국정신의 창" 경북정신을 선포하였다. 언뜻 보면 전주정신과 경북정신 사이에 큰 차이가 없어 보인다. 또한 임실군 오수읍 둔덕리는 "꽃심지 둔데기마을"이라는 마을 브랜드를 특허 등록하였다. 이와 같은 사실들은 전주정신과 한국정신, 전주정신과 전북정신 사이의 차이가 분명하게 존재하는지 되묻게 만들고 있다.

셋째, 정립된 전주정신이 "전주만의 가치를 이끌어 온 고유한 정신"인지 살펴볼 필요가 있다. 사실 이 질문은 '현재성'이라는 측면에서는 첫 번째 질문과 중복되고, '고유성'이라는 측면에서는 두 번째 질문과 중복된다고 볼 수 있다. 그러나 세 번째 질문은 전주정신의 현재성과 고유성, 그리고 '보편성'에 대한 질문으로 볼 수 있다. 그동안 시민들 사이에 전주정신에 대해 끈질기게 제기된 문제 중 하나는 4대 정신 중 왜 '올곧음'만이 순우리말이고 석 자로 되어 있느냐 하는 것이었다. '대동(大同), 풍류(風流), 창신(創新)' 등은 모두 한자어이고 두 자로 구성되어 있음에 반해, '올곧음'만이 순우리말이고 석 자이다 보니 왠지 조화롭지 못하다는 지적이 있었고, 나아가 '꽃심'과 4대 정신이 과연 전주시민 모두가 인정하고 공감할 수 있는 정신인가에 대한 질문으로까지 이어진 바 있다. 이제 이러한 질문에 대해 우리는 정직하게 답해야 한다.

넷째, 정립된 전주정신이 "전주가 계속 발전시켜 갈 역동적이고 진취적인 정신"이라고 할 수 있는지 검토할 필요가 있다. 21세기에는 많은 변화도 있고 쉽사리 넘기 어려운 도전들이 물밀듯이 밀려오는 시대이다. 인공지능(AI), 5G, 빅 데이터, 사물인터넷, 드론과 로봇 산업 등은 우리 사회의 직업군과 일상적 삶의 양태에 이미 커다란 변화를 주고 있으며, 코로나19 재난 사태와 환경 파괴에 따른 기후 이상으로 인해 이미 우리나라는 물론 지구촌 전체가 심각한 고통을 겪고 있고 큰 피해를 입은 바 있다. 이처럼 급변하는 시대에 과연 전주정신은 등대나 나침반과 같이 전주의 미래를 이끌어줄 수 있을지 묻지 않을 수 없다.

이 글에서는 이와 같은 질문에 응답하기 위하여 전주가 바로 지금 이 시점에 외부로부터 받아온 평가의 내용을 알아보고, 코로나19 재난 사태로 인해 고통받고 있는 지구촌에 새로운 희망을 줄 수 있는 '치유와 회복'의 정신으로서 전주정신이 기능할 수 있을지에 대해 알아보고자 한다.

1. '빛보다 밝은 우주로서의 어둠'과 '꽃심'

2020년 10월 2일 〈한겨레신문〉은 "여당과 중대본이 인정한 '방역 모범 전주시… 어떻게 가능했을까?"라는 제호의 기사를 게재하였다. 이 기사를 작성한 기자(박임근)는 지난 9월 16일에 열린 '더불어민주당 최고위원회 회의'에서 이낙연 대표가 김승수 전주시장과 심신선 전주시보건소장을 화상으로 연결해 전주시가 방역과 경제 대응에 선제적으로 나설 수 있었던 비결을 물었을 때, 김승수 시장이 답변한 내용을 소개하였다. 김승수 시장은 "2주간 고위험 시설 운영 중단에 대해 전부 다 보상이 될 수 있는 건 아니었고 최선을 다해서 설득하는 것 이외에는 다른 방법이 없었습니다. 돈도 중요하지만, 무엇보다도 시민들께서 서로 배려·헌신하는 사회적 연대가 가장 중요하다는 생각이 듭니다."라고 답변한 것으로 이 기사는 전하고 있다.

2020년 10월 10일 현재 대한민국 확진자 수는 24,548명이고 이중 전라북도 확진자는 149명, 전주시 확진자는 52명으로 확실하게 전국 최저 수준이다. 전 세계 확진자 수는 이미 3천 6백만 명을 훌쩍 뛰어넘었고, 하루에도 25만 명 가까이 확진자 수가 늘어나고 있다. 이미 항공편이나 선박을 이용하여 여행하는 것은 거의 불가능해졌고, 많은 여행업계와 운송업계가 도산 위기에 빠져 있다. 이들 업계뿐만 아니라, 코로나19의 여파는 지역 경제나 한국 경제는 물론, 전 세계 경제 전반에 걸쳐 막대한 피해가 발생하고 있다. 이미 100만 명이 넘어선 인명 피해는 세계대전과 같은 전쟁에 버금가는 피해이고 경제적 침체 양상은 오히려 큰 전쟁 때보다 심각한 것으로 알려져 있다.

전주시가 전국에서 가장 모범적인 방역 성과를 내고 있음은 결코 우연이 아니다. 전주시는 2020년 8월 21일부터 '코로나19 대책반'을 '총괄대책본부'로 격상시키고 인원을 대폭 늘렸다. 역학조사팀이 확진자 동선 파악과 같은 초동 대응을 신속히 하여 제1차 방어선을 구축하고 환자 발생 시에는 소독 및 자가 격리자 파악을 철저히 함으로써 확진자 수를 최소화하는 결과를 낳았다. 전주시는 이에 그치지 않고 고강도 사회적 거리두기를 실천하면서 고위험 다중이용시설 수시 점검, 경제 일자리 지원, 해고 없는 도시 추진, 시민 일제 소독의 날 운영, 해외 입국자 자가 격리 관리, 주말 종교시설 점검 등에 전력을 기울이고 있다.[5]

이와 같은 전주시의 전국 최고 수준, 아니 어쩌면 세계 최고 수준의 모범 방역 사례는 현재 일어나고 있는 분명한 사실이다. "전주정신 꽃심" 제정의 적절성과 효용성 여부는 바로 현재 전주가 대면하고 있는 문제들을 전주사람들이 어떻게 대처하고 있느냐에 따라 역으로 증명될 수 있을 것이다.

> 아름다운 것들은 왜 그렇게 수난이 많지요? 아름다워서 수난을 겪어야 한다면 그것처럼 더 큰 비극이 어이 있겠어요? 그러나 그 수난을 꿋꿋하게 이겨내는 힘이 있어 아름다움은 생명이 있지요. 그 힘을 나는 '꽃심'이라 생각합니다. 내가 태어난 이 땅 전라도는 그 꽃심이 있는 생명의 땅이에요.(1998년, 최명희 '호암상 수상 기념 강연')

최명희가 '호암상 수상 기념 강연'에 남긴 '꽃심'에 대한 언급은 그의 생애를 집약한 느낌을 주면서 동시에 한편으로는 마지막 인사와 당부를 담은 유언처럼 들리기도 한다. 1998년 6월에 호암상을 수상하고 그해를 못 넘기고 12월 11일에 영면(永眠)에 들어갔기 때문이다. 최명희는 청소년 시절에 부친을 잃고 경제적 곤란을 오래 겪었던 것으로 알려져 있다. 고등학교를

---

5 이 과정에서 시청 직원들은 과도한 업무로 인한 불만을 표출하기도 하였고, 이들로부터 시장은 '전국 최초병에 걸린 시장'이라는 비판까지 받았다고 한다. 그러나 전주시 공무원 노조는 논의 끝에 업무 부담이 늘어나는 것을 받아들였고, 계약직 공무원을 더 이상 채용하지 않기로 하였으며, 이에 대해 전주시는 공무원들의 복지를 보다 향상하기로 협의하였다. (<한겨레신문> 2020년 10월 2일 기사)

졸업하고 바로 대학에 진학하지 못하고 직장생활을 한 것도 그렇고, 모친과 동생들을 부양하는 과정에서 정작 자신은 최소한의 비용으로 생계를 이어간 것도 그렇다.

최명희는 『세계의 신학』 봄호에 발표되었던 수필 『어둠과 쑥과 마늘』에서 고조선 건국 신화인 '단군신화' 중에서 곰이 웅녀(熊女)가 되는 과정에 주목하고 있다.

> 어둠과 쑥과 마늘.
>
> 이것들이 만일 끝내 햇빛으로 못 나가는 격리의 단절과 소외와 아픈 속 앓는 고통만을 주고 말았다면 이야기는 헛된 소망을 가진 자의 어리석음과 속임수의 비극으로 끝났을 것이다. 그리고 그런 이야기는 오래전에 이미 생명을 잃고 말았을 것이다.
>
> 하지만 아득한 개국의 시원에 곰 한 마리가 생 속에 쓴 쑥 먹고 매운 마늘 삼키면서 길고 긴 어둠을 잘도 참고 견디어서, 끝내는 임금을 낳아 억조창생 온 겨레의 시조모 웅녀가 되신 것으로 이야기는 거룩하게 반전된다.
>
> 어둠이 아니면 우리는 아무도 생명으로 태어나지 못한다. 어둠은 삼라만상의 지신(地神)이며, 모성인 것이다. 우리를 진화시키는 어둠의 굴속에는 햇빛 들면 안 되는 구멍이 있다.
>
> 내 그리운 조상의 조상이신 곰할머니는 어두의 정기를 받아 사람이 되셨으니, 그 유전 형질이 어찌 나에게까지 이르지 않았겠는가. 그 어둠은 빛보다 밝은 우주다.
>
> 나는 어려서 집안 아저씨한테 이런 말씀을 들었다.
>
> "저 나무는, 땅 위의 둥치와 가지 모양, 길이, 그대로 반대편 땅속에 똑같은 모양. 길이로 뿌리를 내린단다."
>
> 바꾸어 말한다면 땅속의 뿌리가 한 치 자랄 때 땅 위의 가지도 한 치 뻗어 오른다는 것이다. 그런데 뿌리는, 제힘을 다하여 자라면 자랄수록 눈부시고 아름다운 지상의 햇별 속으로 나가는 것이 아니라 더욱더 깊고

어두운 밑바닥으로 내려간다.

(최명희, 「어둠과 쑥과 마늘」, 『세계의 신학』, 1997 봄호)

최명희는 여러 편의 수필을 통해 "빛과 어둠의 숙명적 공존(共存)", 그리고 "빛보다 밝은 우주로서의 어둠"을 강조하였다. 전주시가 방역 모범 도시가 된 것은 전주시 공무원과 시민들이 이처럼 어둠 속으로 뿌리내리는 수고를 마다하지 않았기 때문이다. 따라서 우리는 땅 위에 아름답게 피어난 꽃의 겉모양만을 보고 '꽃심'을 이해해서는 안 된다. 땅 밑에서 힘차게 어둠을 뚫고 나아가는 뿌리를 동시에 바라보아야 '꽃심'은 제대로 이해될 수 있다. '곰할머니(熊女)'가 사람이 되기까지 어두운 굴속에서 쑥과 마늘만을 먹고 힘든 기간을 견디고 버텼듯이 우리도 이 고통과 시련의 시기가 우리를 더욱 강하게 만들고 더 높은 차원으로 나아가게 하는 시기로 여겨야 한다. 전주정신 '꽃심'은 결코 공허한 표지판 구호도 아니고 연례 행사용 장식은 더더욱 아니다. 시민 간의 연대와 배려를 통해 어둠을 뚫고 고통과 부담을 나누고 더 나은 내일을 향해 나아가는 정신이 바로 전주정신 '꽃심'이다.

2. 치유와 회복의 정신, '꽃심'

부정적 에너지 장들을 기꺼이 내려놓을 때 인간은 '용기'와 '중립'과 같은 긍정적 단계로 나아갈 수 있다. 이 단계에서는 '분노'와 '오만'과 같은 부정적 감정을 정리하고 혐오나 열망에 지배당하지 않는다. 고통스러운 감정으로 더 힘들어하지 않으며 부정적 의식들을 내려놓고 자유를 얻음으로써 더욱 큰 힘을 얻게 된다.

전주정신 '꽃심'을 구성하는 '대동·풍류·올곧음·창신'은 모두 높은 단계에 속하는 정신이다. '대동'은 "타인을 배려하고 포용하는 정신"으로서 호킨스의 분류상으로는 500점 이상의 '사랑'에 해당한다. 또한 사랑은 '포용'. '책임감', 용서', 존경', '공존' 등의 감정과 행동을 포괄한다. 이와 같은 '사랑'은 '치유의 에너지 장'으로서 에너지 장 전체에 기운을 불어넣어서 삶들을 더욱 활기차게 만든다. 전주는 조선 선조 때 정여립이 대동계를 조직하여 새로움 세상을 꿈꾸었고, 1931년부터 전주에 다시 돌아와 기전여학교 교사로 봉직하면서 어린 고아를 돌보고 한센병 환자를 어루만졌던 젊은 여인 방애인이 다방면에서의 헌신적인 봉사 활동을 펼쳤던 지역으로서 '사랑'의 정신이 꽃피던 곳이다.[6]

'풍류'는 "속된 일을 떠나 풍치 있고 멋스럽게 노는 일이며 자연을 벗 삼아 멋과 예술을 알고 즐기는 일"을 말한다. 풍류는 데이비드 호킨스의 분류에 따르면 540점 이상의 '기쁨'의 단계에 해당한다. 이 에너지 장에서는 자신에게 주어진 모든 일에 감사하는 감정을 갖고, 자신과 다른 사람들을 축복하게 되며, 무심코 웃음을 지으면서 상대방을 북돋우는 말들을 연발하게 된다고 한다. 전주는 판소리의 본고장이며, 웬만한 가게와 가정에 서화 몇 점씩은 걸려 있고, 자연을 벗 삼아 풍치를 즐기면서 높은 수준의 삶의 질과 진정한 행복을 추구하는 지역이다.

기쁨은 나누면 나눌수록 커지는 속성을 지니고 있다. 판소리는 고수와 관객, 그리고 소리꾼과 하나로 어우러지는 판 속에서만 이루어질 수 있는

---

6 전주역사박물관, 『전주학연구』13집, 358쪽. 김기현은 「역사의 신 지평을 연 창신의 인물론》에서 "일제 식민지 아래서 근대 여성 교육이 시작되면서 방애인은 전주 여학생들에게 신문화, 신사상을 교육하였고, 아울러 기독교정신에 입각해서 사회적 약자를 위한 인도주의 구호 활동을 펼쳤다."라고 소개하였다. 김기현은 이 글에서 방애인을 '창신'을 구현한 전주의 인물로 보았다. 방애인이 소외된 이들을 돌보고 구제했다는 점에서 '대동'의 정신을 실천한 인물로도 볼 수 있을 것이다.

공연 예술이다. 관객들은 단순히 이야기와 음악을 즐길 뿐만 아니라 소리꾼과 일체가 되는 경험을 하면서 지극한 기쁨을 느끼게 된다. 풍류를 즐기고 기쁨을 느낄 줄 아는 사람은 우울에 빠지거나 분노의 감정에 휩쓸리지 않는다. 자신을 낮추고 상대를 배려해야만 자신도 행복해진다는 비결을 풍류를 즐기는 사람이라면 누구나 알고 있기 때문이다.

'올곧음'은 "절개와 의로움을 지키는 절의(節義)정신"을 말한다. 호킨스의 분류에 따르면 '용기'와 '이성(理性)'이라는 높은 단계에 긍정적 에너지 장에 해당한다고 볼 수 있다. '이성'의 에너지 장에 도달한 사람은 "이해', '통찰력' 등을 수반하고 자기 자신에게는 엄격하되 다른 사람에게는 친절한 태도를 보인다. 전주는 임진왜란 때 곡창인 호남지역을 수호하고 조선왕조실록과 태조 어진을 훼손 없이 안전하게 보존했던 지역이며 현재에도 올곧은 장인정신을 지닌 인간문화재를 가장 많이 보유하고 있는 지역이기도 하다. 전주는 정여립의 대동계, 천주교인들의 순교와 동학농민혁명으로 이어지는 역사적 전개 과정에서 올바른 가치를 지키고 실현하기 위하여 희생을 아끼지 않은 지역이다. 이처럼 의를 위하여 자신을 비울 수 있었던 것은 '올곧음'이라는 높은 단계의 정신을 보유하고 있었기 때문이다.

'창신'은 "옛것을 소중히 여기며 잘 간직하는 정신"으로서 잘 보존된 전통을 바탕으로 새로운 것을 창출해가는 지역이다. 전주는 후백제를 개창(開創)하여 후삼국을 한때 주도하였으며, 조선 건국의 태반(胎盤)이 되기도 하였고, 동학농민혁명 당시 '집강소 통치'를 통해 '민관협치(民官協治)'라는 새로운 통치 질서를 만들어낸 지역이기도 하다. 데이비드 호킨스의 분류에 따르면 이러한 창조 정신은 600점 이상의 '평화'라는 높은 단계의 에너지 장에서만 성립 가능한 것이다. '평화'를 추구하는 사람들은 탐욕과 이기적 행태에 빠지지 않고 공동선과 공익을 추구한다. 그러기에 전주사람들은 천년 세월이 넘는 동안 늘 열린 생각과 자세를 가지고 전통을 계승하되 시대적 요구에 맞는 새로운 것들을 창조해왔다.

3. 최명희의 『혼불』과 전주정신

'꽃심'은 전라도 지역에서 써 오던 말이지만 최명희의 『혼불』을 통해서 널리 알려지게 되었다.

> 이러한 땅에 풍광도 수려하고, 물산도 풍부하며, 교통의 요지로서 사람과 물물의 왕래가 빈번하고, 군사적으로도 요충이 되는 전주 완산이, 하등(何等)의 이유가 없는데, 그런 끔찍한 백안(白眼) 외면을 당했던 것이다.
>
> 그것은 꽃심을 가진 죄였는지도 모른다.
>
> 세월이 가도 결코 버릴 수 없는 꿈의 꽃심을 지닌 땅.
>
> 그 꿈은 지배자에게, 근(根)이 깊은 목의 가시와도 같아서, 기어이 뽑어내버리고자 박해, 냉대, 소외의 갖은 방법을 다하게 했다.
>
> 이 억울한 땅 전주가 여러 백 년 견디다 못해, 앙금도 씨앗이 되는가, 이제 드디어, 뭉친 세월의 고갱이가 익어서 왕재를 배태하였으니 설분(雪憤), 해원(解冤)하였다 할까.
>
> 전주는 결국 왕을 낳았다.
>
> 왕의 관향(貫鄕)이 되었다. (최명희, 『혼불』, 8권, 102-103쪽)

최명희는 이 작품에서 전주가 "풍광도 수려하고, 물산도 풍부하며, 교통의 요지로서 사람과 물물의 왕래가 빈번하고 군사적으로 요충이 되는 도시"라는 점을 일단 지적한다. 최명희는 이와 같은 전주의 특징을 "완전하여 흠이 없고, 원만하여 모자람이 없고, 순수하여 티가 없고, 모든 것이 잘 어울리는 땅'이라고 달리 표현한 바도 있다. 그럼에도 전주는 고려 시대에

'끔찍한 백안(白眼) 외면을 당했는데, 그 이유는 전주가 '꽃심을 가진 죄'일지도 모른다고 최명희는 기술하고 있다.

전주는 천혜의 지리적·기후적 조건 때문에 살기 좋고 물물이 활발히 교류되어 경제적으로 풍요로운 도시로 발전하였다. 전주가 살기 좋았던 것은 경제적으로 여유가 있었을 뿐만 아니라, 서로 상대를 배려하고 사회적 약자에게 베풀고 나누기를 즐기는 정신을 지니고 있었기 때문이다. 나그네에게도 고봉으로 밥을 대접하고, 밥상 가득 반찬을 깔아놓고도 늘 "반찬이 요로크럼 없어서 어찌까?"라고 미안해하며 넉넉하게 베풀고 기꺼이 나누는 정신, 설사 자기가 좀 더 많은 것을 가지고 있다 할지라도 오히려 자신을 낮추는 정신이야말로 '전주 대동'의 정신이다.

최명희는 '꽃심'을 또한 "세월이 가도 결코 버릴 수 없는 꿈"이라고 하였다. 여기서 '버릴 수 없는 꿈'이란 절망적인 상황 속에서도 결코 인간다운 삶을 포기하지 않고 꿈을 붙잡고 살아가는 것을 일컫는다. 인간다운 삶을 추구하고 더 나은 세상을 지향하는 정신은 예술 정신으로 통한다. 예술은 인간을 가장 행복하게 만든다. 예술을 창조하거나 감상할 때 우리는 '순수한 몰입 상태'에 빠진다. 예술적 몰입은 인간으로 하여금 이기적 욕망을 초극한 상태에서 모두가 다 함께 어우러져서 하나가 되는 '판'의 생성을 요구한다. 이와 같은 정신이 바로 '전주의 풍류' 정신이다.

'꽃심'은 "지배자에게, 근(根)이 깊은 목의 가시와도 같아서, 그들로 하여금 기어이 뽑어내버리고자 박해, 냉대, 소외의 갖은 방법을 다하게 만드는" 요인이기도 하다. 줄기가 무성하고 꽃이 아름다우며 열매를 많이 맺는 나무는 그만큼 뿌리가 깊게 마련이다. 최명희가 「어둠과 쑥과 마늘」에서 지적한 바와 같이 "땅 밑에서 힘차게 어둠을 뚫고 나아가는 뿌리를 동시에 바라볼" 때, '꽃심'은 비로소 온전히 이해될 수 있다. 이 '어둠을 뚫고 나아가는 뿌리'는 '올곧음'의 정신과 통한다. 임진왜란 당시 왜군들이 경의를 표했을 정도로 치열하게 싸웠던 호남의 의병, 그들에 의해 전주성은 지켜졌고 임진왜란의 전세는 역전되었다. 기축옥사 이후 전주는 차대(差待) 받고 소외당했지만, 예술과 학문에 힘쓰며 '창조적 변방성'을 획득해 갔다.[7] 곧 중앙이 아무리 전주를 핍박하더라도 전주는 높은 자존감과 교양을 통해 조선 사회를 올바른 방향으로 이끌었다. 정여립의 대동계, 천주교 순교, 동학농민혁명은 모두 조선 시대의 봉건적· 수직적 질서를 민주적·수평적 질서를 바꾸기 위한 올곧은 정신의 발로였다. 땅속 어둠을 이기는 뿌리와 같은 뜨겁고 힘 있는 정신이 바로 '전주의 올곧음' 정신이다.

최명희는 '꽃심'을 지닌 전주는 "결국 왕을 낳았다."라고 하였다. 서로 배려하고 가진 것을 나누고 베풀 줄 아는 대동의 정신과 자연을 벗 삼고 예술을 애호하며 삶을 즐길 줄 아는 풍류의 정신, 그리고 어둠을 두려워하거나 피하지 않고, 끝내 극복하고야 마는 '올곧음'의 정신을 지닌 전주는 전통을 계승하는 가운데 새로운 세상을 창조하게 되는데, 이는 조선 건국으로 대표되는 '창신'의 정신에 해당한다. 후백제 건국, 조선 건국, 동학농민혁명 당시의 집강소 통치와 같이 새로운 세상이 열리는 과정에서 전주는 늘 최선봉에 서는 역할을 담당하였다. 그것은 전주가 풍족함을 누리면서도 현실에 안주하지 않으며 끊임없이 더 나은 세상을 소망하였기 때문이었다. 이처럼 "사람이 곧 하늘(人乃天이)" 되어 차별 없이 누구나 존중받고 인간적

---

7 신영복, 『담론-신영복의 마지막 강의』, 돌베개, 2015. 263쪽. 신영복은 경직되고 관료적인 중심(수도)과는 달리 변방은 '변화와 소통의 공간'이라 하였다. 곧 '변방'은 곧 변화와 창조의 공간'이며 '변방 = 변화 = 생명'으로 이어진다는 것이다. 조선 시대의 중심이었던 한양의 권력층은 봉건적·수직적 질서를 고집하였다. 심지어 동학농민혁명을 통해 자국의 백성이 '보국안민', '척양척왜'와 같은 정당한 주장을 하였음에도 불구하고 외국의 군대를 끌어들여 잔인하게 제압하였다. 이것이 바로 '중앙'의 속성이다. 이러한 '중앙'에서는 창조와 생명이 숨쉴 수 없다. 반면 중앙보다 상대적으로 높은 자존감을 지니고 있었던 전주는 '창조적 변방성'을 지닌 도시로서 늘 새로운 질서를 꿈구고 실행하고자 하였다.

존엄을 지키며 살아가는 새로운 세상을 만들고자 하는 정신이 바로 '전주 창신'의 정신이다.

2019년 전주정신 학술대회에 토론자로 참가하였던 홍성덕은 '꽃심'과 '대동·풍류·올곧음·창신'이 서로 긴밀하게 연결되어야 하고 그러기 위해서는 '스토리텔링' 개념이 전주정신에 적용되어야 한다고 주장한 바 있다. 예컨대 "전주사람들이 대동의 정신을 가지고 풍류를 추구하되 올곧음의 자세를 지니며 새로운 것들을 창조하는 정신이 '꽃심'이다."라는 식의 스토리텔링이 필요하다는 것이다. 아리스토텔레스의 용어를 빌자면, '대동'은 '사물이 그것으로부터 생기는 질료인(質料因)'이고, '풍류'는 '사물이 그것으로부터 형성되는 것으로서 사물의 정의가 되는 형상인(形相因')이며. '올곧음'은 '그것에 의해서 사물 형성의 원인이 되는 힘인 시동인(始動因), '창신은 '사물 형성의 운동이 그것을 목표로 이루어지는 목적인(目的인)'이며, '꽃심'은 이 모든 것들을 통합하는 '하나의 새로운 전체'라 할 수 있다.[8]

4. 전주의 미래와 '전주정신, 꽃심'

이제 그동안 제기되었던 전주정신에 대한 이의나 의문들에 대한 답변을 시도해 보고자 한다. 먼저 제기되었던 의문은 전주정신 '꽃심'과 '대동·풍류·

8 아리스토텔레스는 목적인이 그것이 지향하는 목적의 종착점이라는 점에서 선(善)하다고 하였다. 이 선은 운동의 시발점일 뿐만 아니라, 또한 맨 끝에 있어야 한다. "변화하는 모든 것의 형상 또는 본질은 그 변화가 진행되는 마지막 상태 혹은 목적이나 끝머리와 동일하다."라는 것이다. 최명희가 『혼불』에서 제시한 순서, 전주정신 4대 요소의 배열 순서, 아리스토텔레스의 생성·변화의 이론 순서가 모두 일치하는 것은 결코 우연이 아니다.

올곧음·창신'이 과연 현재 이 시점에도 유효한가에 대한 문제 제기였다. 이에 대한 대답으로서 앞에서 전주의 코로나19 재난 사태를 극복하고자 노력하는 방역 사례를 살펴보았다. 전주정신의 확산은 공무원들의 수고와 많은 예산을 들이는 홍보만으로는 이루어지기 힘들다. 물론 공무원들의 수고와 지속적인 예산 지원은 필요하다. 그러나 중요한 것은 전주정신의 필요성을 증명하는 사건들이 전주 안에서 계속 발생하는 것이다. 최근에 전주시가 코로나19를 선제적으로 방역하고 경제적 피해를 최소화하되 피해를 많이 입은 사람들에게 우선적인 도움의 손길을 뻗치는 '사건'이야말로 전주정신을 살리는 원천이 될 것이다. 그리하여 전주정신을 과거 전주의 영광스러운 역사적 사례에서만 찾지 말고 지금의 전주에서 좋은 사례들을 연속적으로 만들어나감으로써 '전주정신의 현재성'을 확보해 나가야 할 것이다.

다음으로 제기된 의문은 "정립된 전주정신이 과연 다른 지역과 차별화되는 전주만의 공동체적 특질"이라고 말할 수 있느냐의 문제였다. 언뜻 보면 '경북정신' 중, 창신(創新: 나아감)과 '정의(正義: 올곧음)'는 전주정신과 일치하고, 신명(神明: 신바람)은 '풍류'와 유사하며, 화의(和義: 어울림)는 대동과 유사한 것이 사실이다. 그러나 이는 표피적인 유사성에 불과하다 경북은 내용보다는 수사와 형식에 치중한 느낌이 든다. 한자어와 2음절어로 통일한 것도 그렇고 '정신의 창'이라는 조어를 만들어낸 것도 절묘하다. 그러나 경북정신에는 '꽃심'과 같은 4대 정신을 관통하는 근본 원리가 없다.

경상북도는 4대정신을 가지고 '한국 정신의 창'이라는 수사적인 아포리즘(aphorism : 名句)를 만들어내는 데 성공했다. 이에 비해 전주는 한자어나 고유어로 통일되어 있지도 않고, 글자 수마저 맞추지 않았다. 전주시민이나 학자 중에는 4대 전주정신이 조어(造語)의 통일성을 갖추고 있지 않음'을 지적하고 있다. 그러나 중요한 것은 전주의 4대정신은 경상북도와 다르게 근본 원리이자 에너지원(源)인 '꽃심'을 향해 열려 있다는 점이다.

'꽃심'은 4대 정신을 포괄하고 지배한다. 여리고 곱기만 한 지상에 피어난 꽃이 아니라 어두운 흙 속에서 치열하게 싸우며 스스로를 갱신(更新)하는 뿌리와 혼연일체(渾然一體)가 되어 생명력을 내뿜고 새로운 세상을 여는 꽃의 힘과 꽃의 마음, 그리고 세상의 중심으로서의 전주를 전주정신은 강조하고 있다. 살면서 반드시 부딪치게 되는 '어둠'을 회피하거나 두려워하지 않고 정면으로 맞서면서 그 어둠을 생명의 원천으로 삼을 수 있는 어머니의 자궁과 같은 힘, 그리하여 새로운 세상을 창조하는 힘으로서의 '꽃심'이 '대동·풍류·올곧음·창신' 등 4대 정신을 관통하고 있다.

마지막 정립된 전주정신이 "전주가 계속 발전시켜 갈 역동적이고 진취적인 정신"이라고 할 수 있는지 검토할 필요가 있다. 코로나19 재난 사태는 이 순간에도 전주시민의 삶을 위협하고 있고 변화를 촉구하고 있기도 하다. 산업통산자원부는 2020년 5월 6일, "포스트 코로나 산업전략 5대 변화 및 8대 과제"(작성자 : 정미연)를 제시하였다. 5대 변화는 '보건환경', '경제환경', '기업경영', '사회가치', '교역환경' 등인데, 이중 전주정신과 관련해 가장 눈길을 끄는 분야는 '사회가치' 분야의 변화이다.

이 자료는 코로나19 이후 사회가치는 "'개인의 효율'보다 상호 의존하는 사회 속에 연대(solidarity), 공정(fairness), 책임(responsibility) 등의 가치가 부각될 것"이라고 하면서, 역사학자 유발 하라리의 "최악의 수(手)는 서로 분열하는 것"이라는 말을 인용하였다. 대기업 및 중소·중견 기업의 협력, 다른 업종 간 얼라이언스(alliance : 전략적 제휴) 등을 통한 한국형 산업연대 및 상생 협력 모범 사례를 적극 창출하는 것을 구체적 실행의 예로 들었다. 또한 이 시기에 분쟁과 갈등은 서로에게 해가 되는 것임을 엄중히 경고하기도 하였다.

코로나19 바이러스는 국경, 피부 색깔, 종교, 문화, 경제 수준 등의 차이를 아랑곳하지 않고 누구든지 공격한다. 심지어 초강대국 미국의 대통령까지 감염시켰다. 산업자원부 자료가 제시한 바와 같이 이제 단체 간, 기업 간, 정부 간 연대만이 인류의 생존을 보장할 수 있다. 우리는 그동안 한 사람의 잘못으로 인해 코로나19 바이러스 감염이 얼마나 폭발적으로 증가할 수 있는지에 대해 이태원 사례, 사랑제일교회 사례, 그리고 8·15 광복절 집회 등을 통해서 분명히 알게 되었다. "나 한 사람 방역 수칙을 어겨도 괜찮겠지." 하는 방심은 반드시 모두를 위태롭게 만든다.

'꽃심'은 대동의 정신으로 풍류를 즐기며 올곧은 마음과 자세로 새로운 세상을 창출하고자 하는 정신의 총체이다. 대동의 정신은 연대의 정신이다. 모든 사람이 하나로 이어져 있다는 생각을 가지고 서로를 돌봐야 하는 이 시기에 '대동'의 정신만큼 소중한 것이 없다. 또한 코로나19 재난 사태는 여행도 쉽게 떠나지 못하게 만들고 모임이나 행사마저 최소화해야 하는 사회를 만들고 있다. 이제는 외적 성장이나 소유보다 내면의 평화와 삶의 질을 더 중시해야 한다. 예술을 애호하고 자연을 벗 삼는 풍류 정신은 미래 사회로 갈수록 더욱 필요해질 것이다.

우리는 인천의 한 학원 강사가 자신이 직업과 동선을 숨기는 바람에 7차 감염까지 일어나면서 80여 명이 감염된 사례를 알고 있다. 코로나19 재난 사태 앞에 거짓은 절대 통하지 않는다. 체면이나 남의 눈치 때문에, 또는 나 한 사람 편하기 위해 거짓된 말과 행동을 일삼는 것은 본인은 물론 공동체 모두를 위태롭게 만든다. '올곧음'의 정신 역시 미래 사회로 갈수록 더욱 필요해질 것이다. 그리하여 우리는 '창신'의 정신을 가지고 지금까지 겪어보지 못한 새로운 세상을 만들어가야 한다.

다행히 세계적으로는 대한민국이 방역의 모범을 보이고 있고, 그중에서도 전주는 더욱 잘하고 있다고 방역 당국과 정부 여당으로부터 공식적으로 인정받고 있다. 가장 적은 감염자 수가 이를 증명한다. 대한민국은, 특히 전주는 '어둠'을 두려워하지 말아야 한다. 식물의 뿌리는 어둠 속에서만 자랄 수 있다. 뿌리가 튼튼할수록 꽃은 더욱 아름답게 피고 열매 또한 풍성히 열린다. 전주는 '꽃심'의 정신을 지니고 코로나19라는 어둠에 뿌리를 내리고 밝은 내일을 꽃피워야 한다. 그러기 위해서는 전주정신의 위대함을 인증하는 '방역 모범 사례'와 같은 구체적 '사건'들이 연속적으로 만들어져야 할 것이다.

Ⅲ. 전주정신과 새로운 세상 열기

1. '꽃심'이 전주정신인 이유

1-1. 수직적 질서를 수평적 질서로 바꿔온 '전주'

전주는 8도의 수부(首府) 중 경제적으로 풍요하고 문화적으로 번성한 지역이었음도 불구하고 정치적으로 크게 주목받거나 영향력을 발휘하지는 못하였다. 그러나 전주는 이른바 '상승하는 집단'으로서의 성격[1]을 지니고 있었다. 만일 근대화과정에서 외세의 개입을 받지 않고 국권이 일제로 넘어가는 일이 없었더라면, 전주를 비롯한 호남지역은 정치적인 중심지로서 부상될 가능성이 충분히 지니고 있었다.

정여립의 대동사상은 전주가 정신적으로 중앙인 한성보다 앞서 있었기 때문에 가능한 사상이었다.[2] '풍패지향'으로서 태조 어진을 모시고 태조를

---

1 루시앙 골드만이 『소설사회학을 위하여』에서 제시한 개념으로서 프랑스에서는 '법복 귀족'이 이에 해당한다. 『팡세』의 저자이기도 한 파스칼 역시 대표적인 법복 귀족의 한 사람이었다. 이들은 비록 그 시대의 지배층은 아니었지만, 시대의 변혁을 이끌어가면서 다음 세대의 주인공으로 부상하고 있었던 계층이었다. 동학농민혁명의 지도자들 역시 동학군들이 작성한 여러 문건이나 폐정개혁안의 내용으로 보아 충분히 양반에 이어 다음 시대의 지도자로 부상할 수 있었을 것으로 보인다.

2 성공회신학대학교 교수였던 신영복은 그의 저서 『담론』에서 이러한 정신을 '창조적 변

봉제사하는 도시로서의 영광을 누리고 있었지만, 동시에 조선사회의 한계와 모순을 가장 잘 알고 있었던 곳이 전주였다. 정여립은 자기 자식을 사랑하듯이 다른 사람의 자식도 사랑하고 자기 부모를 봉양하듯이 다른 사람의 부모도 공경하며 능력 있는 인재들이 적재적소 요직에 배치되어야 함을 강조하고 토지와 같은 주요 자산이 '천하공물(天下公物)임을 주장하였다. 왕을 비롯한 당시의 집권 세력은 이러한 정여립의 혁신 사상을 불온시하였고 정여립은 물론 호남지역을 이끌어 가던 지식인 수백 명을 무참하게 학살하였다. 비록 정여립과 대동계는 역사 속으로 사라졌지만, 그의 대동사상은 조선사회의 변혁을 꿈꾸는 전주사람들의 가슴 속에 늘 남아 있었다.

전주는 기축옥사를 통해 많은 인재를 잃어버리는 비극을 겪고 이후 조선시대 내내 수모와 차대를 받았지만, 임진왜란이 일어나자 곳곳에서 의병을 조직하여 용맹하고 치열하게 왜적에 맞서 싸웠으며, 그 결과 전주성과 호남평야를 동시에 지켰다. 곡창인 호남평야의 확보는 임진왜란 전체 판도를 바꾸고 조선이 왜군을 물리치는 과정에서 결정적 역할을 하였다. 전주의 관리들과 정읍의 선비들은 경기전과 전주사고에 비치되었던 태조 어진과 조선왕조실록을 전국에서 유일하게 보존함으로써 조선의 역사와 정신을 지켰다. 호남 출신 의병들이 전국적인 명성을 얻고 실제로 호남 외 지역에서도 큰 활약을 펼칠 수 있었던 것은 결코 우연이 아니다.

전주사람들은 조선 정부를 원망하고 자신의 무력함에 대해 실망하지 않고 오히려 국가가 누란(累卵)의 위기에 처했을 때, 한마음 한뜻이 되어 외적을 물리치고 조국을 지켰다. 전란이 끝난 이후에 전주는 넉넉한 경제력

방성'이라 하였다. 여기서 '변방성'이란 위치의 문제가 아니라 중심지보다 정치적으로는 열세에 있었지만, 정신적, 문화적으로는 우위에 있었던 지역이 지니는 높은 자존감을 일컫는다. 그리스가 세계를 지배하던 시대에 로마는 변방이었지만, 새로운 시대에 맞는 가치관과 전략·전술을 통해서 그리스 다음으로 세계를 지배하는 지역이 되었다.

을 바탕으로 다양한 문화를 창달시켰다. 완판본을 통해 지식과 정보를 집대성하고 진보적 생각을 담고 있는 판소리계 소설을 가장 완성도 높게 구성하여 전국에 보급하였다.[3]

비록 남원이나 고창 등에 비해 많은 수의 명창을 배출하지 못하였지만, 전주는 '전주대사습'을 개최함으로써 명실공히 판소리의 중심지로 기능하였다. 판소리 명창들은 전주대사습에 입상해야만 비로소 인정받을 수 있게 되었고, 귀명창이 많은 전주에서의 공연을 소리꾼들은 부담을 느끼면서도 매우 명예롭게 생각하였다.

신선하고 다양한 식재료와 특유의 조리법[4]을 중심으로 발달한 음식문화는 전주를 맛의 고장으로 지금까지 알려지게 하였고, 한지, 부채, 목공예품 등은 전주에서 만들어진 제품이라야 최고의 명품 소리를 들을 수 있었으며, 실제로 가장 높은 가격으로 거래되었다. 창암 이삼만에서 시작하여 이광렬, 송성용, 황욱 등으로 이어지는 전주의 서화 역시 전국에서 제자들이 전주로 몰려올 정도로 높은 수준을 자랑하였다.

전주의 새로운 질서와 체제에 대한 열망이 가장 불꽃처럼 타오른 시기는 동학농민혁명 시기이다. 동학은 경주 양반의 서자로 태어난 최제우에 의해서 창시되었고 2대 교주인 최시형 역시 경주 사람이었다. 최시형은 충청, 전라 지역을 비롯하여 전국적으로 동학의 교세를 넓혔는데 공주, 보은과 같은 충청지역은 이른바 북접의 중심지가 되고 전봉준, 김개남, 손화중 등

---

3 '열녀춘향수절가'는 단지 완판본 소설을 대표할 뿐만 아니라, 전체 판소리계 소설, 혹은 전체 한국고전소설을 대표하고 있다.

4 가족회관의 김연임, 고궁의 박병학으로 대표되는 비빔밥 명인은 전주가 음식의 고장으로 인정받는 데 크게 기여한 인물들이다. 이들은 전통적인 비빔밥에 안주하지 않고 돌솥, 놋쇠 그릇들을 활용하고 계절에 맞는 나물류와 육회, 달걀, 참기름, 장류 등을 적절히 배합하고 밥을 고실고실하게 만들기 위해 사골 국물로 밥을 짓는 등 다양한 연구와 실험 끝에 오늘날 전주가 비빔밥의 본고장으로 알려지게 하였다.

이 활동한 정읍, 김제, 고창 등은 남접으로 알려져 있다. 최시형은 주로 북접에서 활동하였고 혁명에 대해서 신중한 입장이었다. 이와는 달리 남접의 호남지역은 워낙 관리들의 작폐가 심하고 가렴주구(苛斂誅求)가 극에 달하였기 때문에 변혁에 대한 의지와 열망이 훨씬 강하였다.

고부봉기로 시작된 동학농민혁명은 무장봉기, 백산봉기, 황토현 전승, 장성 전승 등을 거쳐 마침내 호남의 수부 전주성에 입성함으로써 일단락된다. 장성 전투에서 패한 홍계훈 부대의 추격과 공격에 따라 완산칠봉 일대에서 치열한 전투를 벌인 끝에 전봉준은 북진을 포기하는 대신, 폐정개혁안을 제시하고 정부 측과 '전주화약'을 체결하였다. 전주화약 이후 호남 일대에서는 집강소를 통해서 민관협치 체제가 구축되었다. 비록 3개월이라는 짧은 시기였지만 전주는 정여립 이래 꿈꾸어오던 새로운 세상, 곧 사람이면 누구나 하늘처럼 존중받는(人乃天) 평등한 세상을 호남지역 내에서 실제로 구현한 것이다.

조선 왕조는 그러나 어리석게도 청(淸)에 원군을 청하게 되고 이를 빌미삼아 일본군은 경복궁을 장악하였다. 민관협치에 힘쓰던 동학의 지도자들은 외세를 물리치기 위하여 삼례에서 2차 봉기를 하였다. 막강한 힘을 지닌 중앙 정부는 더 막강한 외세와 손잡고 자신의 백성을 힘으로 누르고자 하고, 열악한 무기와 훈련되지 않은 병사를 보유한 동학군은 외세를 물리치고자 당당하지만 무모한 봉기를 일으킨 셈이다. 우금치전투 이후 동학군은 연전연패를 당하게 되고 결국 장흥에서 최후를 맞게 되고 동학농민혁명군 지도자들은 대부분 체포되어 처형되었다.

일본과 청나라의 개입이 없었더라면 당연히 민관협치 체제는 전국적으로 확산되고 자생적 근대화도 가능했을지도 모른다. 바로 이점을 두려워했던 당시의 중앙 정부가 외세를 끌어들여 자생적 근대화의 흐름을 차단하고 외세주도 하의 근대화를 초래하였다. 이른바 갑오개혁이 그것이다. 갑오개혁에는 동학농민혁명을 통한 백성들의 정당한 요구가 일부 수용되어 있지만, 외세에 의하여 근대적 조치는 미약해졌고 보다 심각한 것은 이후 조선의 근대화가 철저하게 일제 주도하에 이루어지게 된 점이다.

결국 1910년에 국권 침탈이 이루어지고 이후 일제 강점기 내내 호남지역은 다른 지역보다 훨씬 강도 높은 억압과 감시를 일제로부터 당해야 했으며, 친일파들이 제대로 청산되지 못한 해방 이후 남한의 정국에서도 호남지역은 정치적 주도권을 오랜 기간 상실해 왔다. 더욱이 호남지역이 남북으로 갈라진 이후에는 전남지역이 전북지역에 비해 상대적으로 우대를 받아온 것도 사실이다.

2. 최명희의 『혼불』에 나타난 역사의식

최명희의 『혼불』은 전북지역이 이처럼 심각한 위기를 겪고 과거의 영화가 역사 뒤편으로 사라짐은 물론, 전주사람의 자존심이 떨어지면서 정체성마저 위기에 처한 시기(제5, 6공화국)에 주로 집필되었다. 최명희는 『혼불』을 통해 우리 역사를 새로운 관점에서 바라볼 것을 요청하고 있다. 신라의 삼국통일, 견훤과 경순왕의 대조, 조선 건국의 의미, 얼자 출신 유자광 등에 대하여 새롭게 평가내리고 있다. 그리고 청암부인을 통해 전북 사람들이 일제에 맞서 얼마나 슬기롭게 대처했는지 보여주고 있다.[5]

---

5 청암부인은 국권이 상실되어 가는 시기에 오히려 거금을 들여 저수지 역사를 시작하여 완공을 보았다. 마을 주민은 이 저수지를 자연스럽게 청암호라 불렀다. 이 저수지는 매안 이씨 종가만 잘 살게 하는 것으로 그치지 않고, 마을 전체의 물 부족 문제를 해결함으로써 마을공동체 곳곳에 유익을 끼쳤다. 이후 청암부인은 가난한 사람들을 배려하고 도와주며, 서민 계층 사람들의 생일까지 챙겨주는 등의 후덕을 베풀었다.

최명희는 심진학이라는 역사 교사를 통하여 외세를 끌어들여 삼국통일을 이룸으로써 영토를 한반도 이내로 축소 시켰을 뿐만 아니라, 외세와의 결탁을 통한 정치적 지배력의 강화라는 좋지 않은 선례를 신라가 남겼음을 비판하고 있다. 백제는 부여 왕궁이 함락된 이후에도 호남 일대에서 끈질기게 항전하였으며, 그 불씨가 200여 년간 이어진 끝에 서기 900년에 전주에서 견훤이 후백제를 세웠다는 것이다. 고려에 의해 후백제는 멸망 당하였지만, 백제인의 꿈은 고려 시대 내내 이어지다가 마침내 조선 건국의 꽃을 피웠으니, 이것이 바로 꽃의 심, 꽃의 마음 곧, '꽃심'이라는 것이 『혼불』에 담긴 최명희 역사의식의 핵심이다.

아름다움, 생명력, 창조력, 새로운 세상에 대한 열망 등은 누구나 알고 있는 '꽃심'의 주요 내용이다. 최명희는 이러한 내용 못지않게 새로운 시각으로 세상을 보는 것을 '꽃심'이라고 주장하고 있다. 꽃의 중심, 꽃의 마음, 꽃의 힘을 보기 위해서는 '꽃'만 보지 말고 '뿌리'를 함께 보라는 것이다. 아름다운 꽃이 피기 위해서는 뿌리가 든든해야 하며 땅을 통해서 수분, 양분, 공기를 충분히 공급받아야 한다. 우리는 꽃을 보면서 그것을 거꾸로 세워서 볼 수 있어야 한다. 뿌리는 눈에 보이지 않지만, 눈에 보이는 꽃을 피우게 하고 그 꽃의 아름다움을 유지하게 하며, 또한 꽃을 통해서 번식이 이루어짐으로써 천 배, 만 배 그 꽃을 온누리에 퍼지게 한다.

『혼불』 전체를 통해 강조되는 단어 중 하나가 '관향(貫鄕)'이다. 매안에 사는 이씨 들은 전주 이씨의 일족으로서 전주를 관향으로 여기고 있다. 이기표는 전주로 유학을 떠나는 아들 강모에게 자신들의 관향이 전주임을 분명히 하고, 이에 걸맞는 품격 있는 삶을 살 것을 당부하고 있다. 그러면서 관향의 의미를 잘 새기라고 아들에게 권고한다. 사실 이 작품은 관향의 뜻을 구체적으로 제시하고 있지 않다. '관(貫)'은 한자 사전에 의하면 "꿰다, 뚫다, 이루다, 달성하다, 섬기다, 통과하다" 등의 뜻을 지니고 있다. 이 모든 뜻은 한 마디로 근본, 곧 뿌리와 상통하는 뜻이다. 이기표는 아들에게 '풍패지향(豐沛之鄕)'으로서 전주가 지닌 품격을 너에게 뿌리 내리고 잘 키워서 꽃을 피울 뿐만 아니라 씨를 통해 시간적·공간적으로 전파하라는 것'을 당부하고 있는 것이며, 이는 물론 작가가 독자에게 당부하고 있는 것이기도 하다.

전주시는 7기 지방정부를 출범시킨 직후에 개최된 전주시민의 날(2018.6.24)에 '전주정신 선포 2주기' 기념행사를 가졌다. 전주시장은 이날 기념사를 통해 "화재와 외침에 의해 여러 차례 손상되었지만 늘 새롭게 다시 지어져서 전주의 상징으로 우뚝 서 있는 풍남문처럼 앞으로도 전주시민들이 '꽃심'을 가지고 생명력 넘치고 행복한 전주를 만들어 가자."라고 제안하였다.

전주시장의 제안대로 이제 우리는 전주정신이 왜 '꽃심'이냐를 따져 묻기보다는 꽃심을 뿌리내리고, 실천하고, 전파하는 일에 힘써야 할 것이다. 그러기 위해서 우리는 먼저 꽃을 보되 꽃과 더불어 그 뿌리와 줄기, 그리고 잎까지 전체적으로 볼 수 있어야 한다.

전주의 '뿌리'는 선사시대 이래 마한, 백제, 후백제, 고려, 조선을 거쳐서 동학농민혁명에 이르기까지 늘 새로운 세상을 꿈꾸어 온 '꽃심의 땅'이라는 것을 이제는 전주시민 모두가 알아야 한다. 현재 전주정신 '한국의 꽃심, 전주'는 전주시를 운행하는 모든 시내버스 안에서 전광판을 통해 빛나고 있다. 이제 그 내용이 전광판뿐만 아니라 전주시민의 마음에 뿌리를 내려야 할 것이다.

'꽃심 전주'는 늘 시련을 겪어왔다. 그러나 그 시련은 전주의 지역성과 전주사람들의 삶이 아름다웠기 때문에 받은 시련이었다. 단지 풍광만 아름다운 것이 아니라 전주는 물산이 집중되고 활발하게 거래되는 호남 경제의 중심지였으며 외세의 침략을 받거나 중앙 정부의 부당한 처사가 이루어질 때 가장 먼저 일어서고 강고하게 투쟁했던 땅이었으며, 찬란한 문화를 꽃피우며 예술과 멋을 즐김으로써 삶의 질을 추구했던 땅이었다. 자연스럽게 전주 땅에 사는 사람들은 자존감이 가장 높았고, 자존감이 손상당하는 것을 견딜 수 없었다. 신라의 부정부패에 맞서 일어선 후백제 건국, 고려의 문란한 토지제도 혁파를 위해 건국된 조선 왕조, 누구나 평등하게 사는 세상을 꿈꾸었던 정여립 중심의 대동계원과 윤지충을 비롯한 천주교 순교자, 민관협치를 이 땅에 처음 실현한 동학농민혁명군의 정신이 도도히 흘러내리고 있는 곳이 바로 '꽃심의 땅, 전주'인 것이다.

그 전주의 꽃심이 일본군이 동학농민혁명군을 공격한 이후 지금까지 위축되어 온 것이 사실이다. 이것은 단지 전주와 호남의 불행이 아니라 한민족 전체의 비극으로 이어진다. 비록 일제 강점기는 끝났지만, 해방 이후 남북은 분단되고 남한은 극도의 혼란 상태에서 대구, 여수, 순천, 제주도 등지에 많은 희생자를 내었고, 반민특위가 무산됨으로써 단 한 명의 친일반역자도 처단되지 못하였다.

수백만이 죽은 것으로 알려진 6.25전쟁의 피해를 호남지역이 유난히 많이 당한 것도 우연이 아니다. 공산 빨치산들이 지리산에 거점을 마련하면서 이 지역민들의 희생이 클 수밖에 없었던 것이며 전쟁이 끝난 이후에도 자유당, 공화당 정권 등에 의해서 차별받고 견제받아온 사실 역시 숨길 수 없다.

오랜 시행착오 끝에 2016년에 촛불 시민혁명이 일어나고 새로운 정권이 탄생되었다. 문재인 정부는 지난 세월 우리 사회 곳곳에 만연해 있던 적폐를 청산하고 북한 핵 문제를 해결하여 한반도 평화의 시대를 열기 위해 노력하고 있다. 물론 반대 세력의 저항이 만만치 않겠지만 일단 뚫리고 열린 새로운 역사의 물길은 앞으로도 탄력을 받을 전망이다.

오늘날 굳이 전주에서 전주정신이 선포되어야 하는 이유가 바로 여기에 있다. 동학농민혁명의 좌초 이후 왜곡되었던 한반도의 역사를 바로잡기 위해 그 어느 도시보다 전주가 앞장서야 하기 때문이다. 새로운 질서와 세상을 만드는 것은 늘 전주가 해 왔던 일이고, 제일 잘할 수 있는 일이며, 이것을 하지 않고는 견딜 수 없는 곳이 바로 전주이기 때문이다.

3. 최명희의 『혼불』과 전주정신

3-1. 『혼불』의 주제의식

최명희는 〈중앙일보〉 신춘문예를 통해 등단하게 되고, 이후 보성여고를 사직한 후, 본격적인 작가의 길로 들어섰다. 1981년, 〈동아일보〉가 창간 60주년을 기념하여 시행한 장편소설 공모에 『魂불』이 당선되었다. 〈동아일보〉 지면을 통해 총 259회 연재되었던 이 작품은 1983년에 1부가 단행본으로 출간되었다. 1988년 9월부터 월간 『신동아』를 통해 연재되기 시작한 『魂불2』1~4부는 1995년 10월까지 84회에 걸쳐 게재되었고, 1996년 한길사를 통해 1~5부 전 10권으로 간행되었다.[6]

『혼불』의 배경은 일제 강점기 말의 남원, 전주, 만주 봉천 등이다. 이 시기에 추진된 창씨개명은 이 작품의 중심인물인 청암부인을 병석에 눕게 만든다. 청암부인은 국권 상실기에 지역의 숙원사업이었던 저수지(청암호) 역사를 벌인 바 있다. "콩깍지가 시들어도 콩만 살아있으면 언제든지 새싹이 돋을 수 있다."라고 주장하던 청암부인은 나라가 망했기 때문에 오히려 적극적으로 내실을 다지고 힘을 키우고자 하였다.

청암부인은 단지 양반가의 종부라는 지위에 집착하지 않고 마을공동체에

6 김병용, 『최명희 소설의 근원과 유역, 『혼불』의 서사의식』, 태학사, 2009, 15~16쪽.

유익을 끼치고 덕을 베풂으로써 마을 사람들로부터 마음으로부터 우러나는 존경을 받고자 하였다. 청암부인의 죽음을 앞두고 밤하늘을 수놓은 '혼불'은 청암부인의 강한 정신력과 지도력을 상징하는 것으로 볼 수 있다. 반면에 이 작품에 등장하는 남성 양반들인 이기채와 이기표 등은 시대착오적인 권위에 편승하여 개인의 이익과 안일만 추구하다가 점차 마을 사람들의 신망을 잃어 간다.

청암부인의 임종을 앞두고 청암호는 바닥을 드러내고 마을 전체는 혼란에 빠진다. 청암부인을 대신할 새로운 지도자의 부재가 매안 이씨 가문뿐만 아니라 마을 전체를 위기에 빠뜨리는 것이다. 사촌 간인 강모와 강실의 근친상간, 춘복과 쇠여울네를 비롯한 거멍굴 천민들의 원한과 분노, 종손인 강모의 방황, 춘복의 강실 강간과 강실의 임신 등은 양반의 권위와 양반 중심의 질서가 이미 시효를 상실했음을 시사한다.

결국 『혼불』은 청암부인 이후에 다가올 시대를 이끌어갈 '새로운 지도력'의 내용과 형식에 대해 독자에게 질문하고 있는 소설이라 할 수 있다. 김병용이 지적한 바와 같이 이 작품은 청암부인을 중심으로 하여 양반 중심 질서를 유지하려는 구심력과 양반 중심 체제와 질서를 해체하려는 원심력이 동시에 작동하는 작품이다. 작가 최명희는 이러한 현상이 1940년대 남원 매안마을에서만 일어나는 현상이 아니라, 어느 나라 어느 시대에서도 일어나는 보편적 역사 진행의 법칙으로 보고 있다.

3-2. 전주사람들의 삶에 지속적 영향을 준 정신으로서의 '꽃심'

전주정신이 '꽃심' 되어야 하는 이유는 '꽃심'이 그만큼 전주 사람들의 삶에 투영되어 지속해서 영향을 준 정신이기 때문이다. 물론 '꽃심'이라는 말은 김유정의 『야앵』(1936)이나 최명희의 『혼불』 이전의 문헌에서 찾아볼 수 없다. 하지만 김규남의 지적대로 "자신이 가진 온갖 힘을 다 쓰거나 내다." 라는 뜻으로"꽃심을 쓰다." 혹은 "꽃심을 내다"라는 말이 전북지역에는 흔히 쓰인 것으로 보아, '꽃심'은 비록 사전에 등재되어 있지는 않지만, 일반 민중들 사이에서 오랜 기간 자연스럽게 사용되었던 단어로 보아야 할 것이다.

최기우는 상대보다 약한 힘을 지녔더라도 옳은 일을 위해서라면 야무지게 대든다는 뜻을 지닌 '아고똥하다'라는 단어가 '꽃심'이 지닌 의미와 연관된 것으로 보고 있다. 따라서 '꽃심'이 전주정신이 될 수 있는 근거를 반드시 기존의 문헌 자료에서 구할 필요는 없다고 본다. 기록에는 남아 있지 않지만, 전주사람들의 말, 행동, 삶 속에 스며들어 있는 포괄적이면서도 본질적인 정신으로서 '꽃심'을 이해해야 할 것이다.

전주는 이성계의 정치적 필요성에 의해서 태조의 제사를 배향하는 풍패지향(豐沛之鄕)으로서의 지위를 갖게 되었다. 그러나 실질적으로 전주 출신 인사들이 조선 왕조로부터 특혜를 받았다는 기록은 없다. 오히려 정여립의 기축옥사 이후 과거급제자 수가 현저하게 줄어든 것으로 보아 차대(差待)를 받았다.

주목해야 할 것은 정여립의 대동계와 대동사상으로 인하여 천 명 가까이 희생된 기축옥사를 겪었으면서도[7] 전주의 관리들과 정읍의 선비들은 자비

---

7 향토사학자인 신정일은 모두가 평등한 대동세상을 꿈꾸었던 정여립의 사상을 '더 먼 것에 대한 사랑'이라고 정의하였다. 신정일은 "대도(大道)가 행해지니 천하가 만민의 것이 되고 어질고 유능한 자가 선출됨으로써 모두가 신의를 중히 여기고 화목한 사회가

를 들여 태조 어진과 조선왕조실록을 정읍 내장사 경내 용굴암으로 대피시켜 보존하였고, 이정란을 중심으로 의병을 조직하여 전주성과 호남평야를 수호하여 임진왜란 전체 판도를 역전시킨 점이다.

단지 전주가 조선 건국의 발상지라거나 경기전과 오목대, 풍패지관 같은 곳이 남아 있다는 사실 자체가 중요한 것은 아닐 것이다. 중요한 것은 그 때 당시는 물론 지금 이 시점에 우리 후손들에게 절실하게 필요한 시대정신이 무엇이냐 하는 것이다. 따라서 기축옥사와 임진왜란 당시 벌0어졌던 태조 어진과 조선왕조실록의 보존과 전주성 수호를 연결하는 것은 매우 중요하다. 개인적 감정이나 이해타산을 떠나서 공의(公義)와 공익(公益)을 앞세워서 목숨을 걸고 한 나라의 백성으로서 마땅히 해야 할 도리를 다했던 호남인들의 정신은 분명히 오늘날에도 한국인 모두가 되살리고 간직해야 할 정신이기 때문이다.

이병규(동학농민혁명기념관 연구조사부장)는 전주에서 전개되었던 동학농민혁명의 전개 양상을 소개하면서 당시 동학농민군들이 보여주었던 정신을 '상생과 배려, 그리고 나눔의 정신'이라고 정리하였다. 동학농민군들은 관군 및 일본군과 치열하게 전투를 전개하면서도 결코 남의 물건을 빼앗거나 인명을 살상하지 않았다. "사람이 곧 하늘이다(人乃天)."라는 사상을 가졌기에 동학농민군들은 하늘과 같은 사람의 생명을 소중히 여겼고 남의 재물을 함부로 빼앗지 않았음은 물론, 작은 것도 서로 나누면서 혹독한 고통을 함께 견딜 수 있었음을 그들이 남긴 편지글이나 행적을 적은 글들을 통하여 알 수 있다고 이병규는 지적하였다.[8]

되었다. 그러므로 자기 부모와 자식만을 사랑하지 않고 모두 한 가족 같이 사랑하였다."라는 『예기』의 내용을 근거로 하여 정여립의 대동사상을 '더 먼 것에 대한 사랑'이라고 정의한 것이다.

8 이병규, 「동학농민혁명과 전주」, 『온·다라인문학 인문강좌 자료』, 2015.4.1.

4. 앞으로 남은 과제

인류는 급속하게 진행되는 세계화와 기술 발달에 따라 사회적, 경제적 그리고 환경적인 측면에서 예측하기 어려운 도전에 직면하고 있다. 미래는 불확실하며 예측할 수 없다. 우리는 열린 마음을 지니고 그것에 준비해야 한다.

이러한 사회적 변화에 대처하기 위해서 최근 OECD는 2030년대를 이끌어갈 미래 성인들에게 필요한 능력 세 가지를 제시하였다.

1) 가치를 창조하는 능력
2) 긴장과 딜레마를 조정하는 능력
3) 책임지는 능력

등이다. 2030년을 준비하기 위해 사람들은 창조적으로 생각할 수 있어야 하고, 적응력, 호기심, 그리고 열린 마음 등을 지녀야 한다. 지역과 국제 사회에서의 불공평과 다양한 전망과 이익을 조정하기 위해 미래의 성인들은 긴장과 딜레마(dilemma) 및 트레이드 오프(trade off: 손해와 이익이 한편이 상승하면 다른 편이 하강하는 상황)를 다룰 줄 아는 데 익숙해져야 한다. 예컨대 형평성과 자유, 자율성과 공동체, 혁신성과 지속성, 효율성과 민주적 절차 등 사이에서 적절하게 대응하고 조절하는 능력이 필요한 것이다. 서로 경쟁적인 양자 사이에서 단일한 해결 방안은 거의 드물게 이루어진다. 상호 의존적이고 갈등이 존재하는 세상에서 사람들은 자신만 잘사는 게 아니라 다른 사람들의 요구와 욕망을 이해하는 가운데 가족과 공동체의 복지를 함께 생각해야 한다.

전주의 '꽃심'과 4대 정신은 OECD 가 제시하는 미래의 인간상을 육성하기에 정합한 정신이라고 할 수 있다. 곧 '꽃심'은 전주의 과거이자 현재일 뿐만 아니라, 전주의 미래이기도 한 것이다. OECD가 제시한 능력 중에서 가장 중요한 것은 타자를 배려하고 존중하는 능력, 그 존중과 협력을 통해 힘을 모으는 능력, 긴장되고 판단하기 어려운 상황에 지혜롭게 대처하는 능력, 늘 새로운 것을 추구하고 창조하는 능력 등인데 전주정신은 이 모든 것을 함유하고 있을 뿐만 아니라 넘어서고 있기 때문이다.

먼저 대동은 원래 '다울'로 거론이 되었다가 최종적으로 선택된 정신이다. 그러나 여전히 대동정신의 핵심은 '다울'이어야 할 것이다. '다울' 정신에 의해 운영되는 '다울마당'은 끊어졌던 동학농민혁명의 정신을 잇는 기구이다. "다 함께 우리 모두 힘을 합치고 지혜를 모으는 마당"이라는 뜻을 지닌 다울마당은 현재 전주시청의 주요 정책 결정 과정에 능동적으로 참여하고 있다. 대부분 일반 시민들로 이루어져 있는 다울마당은 버스 운행, 집창촌 변신, 동물 중심의 동물원 만들기와 같이 매우 긴장되고 풀기 어려운 문제들을 해결하기 위해 지속적으로 토론하고 정책을 제시하고 그 이행 여부를 살펴보고 있다.

"관향이란 무엇인가?"와 "꽃심은 무엇인가?"는 최명희의 『혼불』이 독자들과 전주시민에게 부과해 준 최대 과제라 할 수 있다. 주지하다시피 사실 이 작품은 미완성작이다. 51세에 갑자기 지병으로 작가가 쓰러지면서 불가피하게 급하게 마무리될 수밖에 없었던 작품이다. 만일 최명희가 오래 살아서 『혼불』이 박경리의 『토지』처럼 충분한 분량을 확보했더라면 그 숙제는 좀더 쉽게 풀 수 있었을는지 모른다. 이제 최명희가 세상을 하직한 지(1998. 12. 11) 20년이 다가오고 있다. 우리는 '꽃심'을 전주정신으로 정함으로 그를 다시 한번 기억하고 기릴 수 있었다. 그러나 작가가 진정으로 원하는 것은 단순한 기념식이나 기념관 건축 같은 것이 아니라 '꽃심'이 전주시민 사회에 널리 알려지고 뿌리내리는 것으로 본다. 뿌리가 허약한 꽃은 절대 아름다울 수 없으며, 뿌리가 든든한 꽃은 어떤 시련도 겪을 수 있기에 꽃은 세상의 중심이자 마음이며 세상을 살 만한 세상으로 열어나가는 힘이기도 하다는 것이 최명희가 독자들 가슴에 깊게 심고 싶었던 '꽃심'의 정신이다.

제4부

미처 다하지 못한 이야기

항가리 집 뒤꼍의 깻잎과 부적응 청소년

요즈음 부모님께서는 모악산 자락에 있는 완주군 구이면 항가리 마음[馬音] 마을에 살고 계신다. 여동생 부부가 전주 한옥마을로 거처를 옮기게 되면서 부모님께서 항가리 집으로 이사한 것이다. 아파트에 사셨을 때보다 여러모로 불편하시겠지만, 당신들의 건강은 오히려 좋아지셨다. 활동량이 늘어난 것도 있고 물과 공기가 깨끗하기 때문이기도 하지만 무엇보다 신선한 채소를 많이 드셔서 더 건강해지시지 않았나 싶다.

자그마한 텃밭이지만 이곳에는 상추, 고추, 가지, 토마토, 호박 등이 골고루 자라고 있다. 당신들이 드시기에 충분할뿐더러 자녀들까지 수시로 들락거리면서 맛있게 먹을 수 있을 만큼 풍족하다. 그날도 항가리 집에 들러 아침을 잘 먹은 후, 집에 가지고 갈 깻잎을 따려고 바구니를 챙겨 들었더니 어머니가 텃밭 말고 집 뒤꼍으로 가 보라는 것이었다. 너무 좁아서 겨우 들어갈 수 있는 뒤꼍으로 가 보니 텃밭에 있는 깻잎보다 오히려 깻잎의 상태가 좋았다. 어머니께 언제 뒤꼍에까지 깨를 심으셨냐고 여쭈었더니, 심은 게 아니라 어디선가 씨앗이 날아와 저절로 자란 것이라고 하셨다. 한두 개 날아온 것이 아니라 바람을 타고 떼를 지어 그곳으로 날아온 모양이다.

이창동 감독의 영화 〈밀양〉에서 주인공 신애(전도연 분)는 남편의 고향인 밀양으로 이사해 온다. 남편의 고향에 살고 싶어서 서울에서 살다가 밀양까지 왔다고 하지만 사실 그녀의 남편은 바람을 피우다 교통사고로 죽은 것이었다. 그 사고로 말미암아 신애는 과부가 되었을 뿐만 아니라, 남편에 대한 사랑, 추억, 믿음까지 모두 잃어버렸다. 따라서 그녀가 할 수 있는 것은 남편에 대한 사랑과 추억 등을 억지로 꾸며대는 것이었다. 이때 그녀에게 중요하게 생각된 것은 꾸며대서라도 '남의 눈에 있어 보이는 것'이었다.

그녀는 자신의 삶을 주체적으로 살아가기보다 '남의 눈에 그럴듯해 보이는 것'과 '남이 자신을 부러워하기'를 원하였다. 그리하여 밀양에 정착한 후 '남의 눈'에 비친 신애의 모습은 '남편을 너무 사랑하였으므로 그를 못 잊어 남편의 고향에 살게 된 열녀', '보험금을 많이 받아 좋은 땅이 있으면 투자하려는 여자', '피아노 경연대회에서 우수한 성적으로 입상한 여자' 등이었다. 그러나 이 모든 것은 거짓으로 꾸며낸 허구에 불과하였다.

거짓은 더 큰 거짓을 낳을 뿐만 아니라 그녀의 마지막 소망이자 삶의 전부였던 외아들까지 잃게 만든다. 그녀의 재력이 대단하다고 오해한 웅변학원 원장이 빚을 갚기 위해 그녀의 아들을 유괴하여 살해하고 만 것이다. 절망에 빠진 그녀에게 새로운 소망을 안겨 준 것은 기독교였고, 하나님이었다. 그러나 자신이 용서하고자 했던 살인범이 이미 하나님으로부터 용서를 받았다고 그녀에게 고백하자 그녀는 바로 기독교 신앙을 버린다.

자신의 남편과 아들은 물론, 살인범을 용서할 권리마저 빼앗아간 하나님께 신애는 종주먹을 휘두르며 하나님을 저주하고 원망한다. 평소에 근엄하게 굴던 장로를 유혹하여 성관계를 맺고, 부흥회장에 '거짓말이야'라는 노래를 크게 틀어놓는가 하면, 자신을 전도한 이들의 집 유리창에 돌을 던지기도 한다. 결국 그녀는 '극단적 선택'을 시도한다. 그러나 그마저 실패한다. 자살 실패 후 그녀는 다시 살고자 하는 욕망을 지니게 된다. 이는 이 영화의 원작인 이청준의 「벌레 이야기」와는 다른 결말이다. 신애는 오랜 기간 신경정신과 치료를 받게 되지만, 한결같이 자신의 곁을 지키는 '비밀스러운 볕(密陽)'과 같은 종찬(송강호 분)의 도움을 받아 서서히 재기한다.

인간은 누구나 예외 없이 〈밀양〉의 신애처럼 예기치 않게 모든 것을 잃을 수 있다. 남에게 일어나는 불행한 일이 나에게는 일어나지 말라는 법도 없다. 빈부귀천과 상관없이 인간은 어차피 저세상으로 가야 한다. 그런데 어떤 이들은 스스로 삶을 마감하기도 한다. 생명보다 귀중하다고 생각하였던 것을 잃어버렸을 때, 그들은 살아가야 할 이유를 끝내 찾지 못하고 죽음을 택한다.

2012년부터 나는 '전주청소년자유센터'가 운영하는 전주대안학교 학생들을 일주일에 한 번씩 만나고 있다. 이들은 대개 가정과 학교로부터 버림받은 학생들이다. A라는 여학생은 아버지는 돌아가시고 어머니마저 뇌가 자꾸 줄어드는 바람에 시한부 인생을 살아가고 있으며, 현재는 목사님 가정에 위탁된 학생인데 예쁘장한 외모와는 달리 욕을 입에 달고 살아가는 학생이다. B라는 학생은 아버지로부터 늘 폭행을 당하는데, 그는 동료 학생은 물론 교사에게까지 폭행을 가하다가 대안학교로 넘어왔다. 그런가 하면 C라는 학생은 매우 부유한 집안의 자녀임에도 불구하고 초등학교 시절부터 절도와 폭행, 가출 등을 일삼다가 2년 유급 끝에 대안학교에 오게 되었다고 한다.

이처럼 이들은 부모와 교사, 그리고 동료 학생들과의 관계 자체가 단절된 학생이며, 학업에 대한 의욕과 의지를 완전히 접었기 때문에 무기력한 상태에 빠진 지 이미 오래인 학생들이다. 이들은 점차 가정과 학교로부터 멀어져 가고 있으며 장차 사회로부터 고립될 위기에 처해 있다. 이들은 과거에 대한 나쁜 기억, 현재의 열악한 상황, 미래에 대한 불안 등으로 늘 고통을 느끼며 살 수밖에 없고, 그 고통을 달래기 위해 어린 나이부터 과도한 음주, 흡연, 게임에 중독되거나 욕설을 일상적으로 내뱉으며 심심치 않게 이런저런 사고를 치기도 한다.

어쩌면 이들은 항가리 집 뒤꼍으로 날아온 깨알 같은 존재일지도 모른다. 이들은 교사나 동료들에게는 물론 부모에게서조차 인정받거나 칭찬받아 본 적이 거의 없다. 이들은 깨의 씨앗들이 담 넘어 멀리 날아왔듯이 현재 원래 다니던 학교를 떠나 대안학교에서 위탁 교육을 받고 있다. 아무도 이들에게 관심 지니지 않으며, 그들이 또 다른 사고나 치지 않을까 전전긍긍할 뿐이다. 그러나 아무도 그 존재조차 알 수 없었던 깨의 잎이 우리에게 풍성한 식탁을 마련해 주듯이 이들에게도 반전의 가능성이 충분히 있다고 생각하며 1주일에 한 번씩 인문 강좌와 심층 상담을 병행하고 있다.

이들은 원래 다니던 학교에 다니지 못하고 '대안학교라는 뒤꼍'으로 날아와 소외된 삶을 살아가고 있지만, 이들에 대한 애정과 관심을 우리 사회가 접어서는 안 될 것이다. 우리가 이들을 더 따뜻한 시선으로 바라보고 이들에 대한 적절한 상담과 치유, 교육과 훈련을 멈추지 않는다면, 언젠가는 그들도 우리 사회의 일원으로서 당당히 살아갈 수 있을 것이다.

마치 영화 〈밀양〉의 신애가 자신은 모든 것을 잃었고 누군가에게도 도움이 되는 존재가 아니라고 생각하지만, 신애 곁에 있는 것만으로도 행복을 느끼는 종찬이 있고, 또한 우연히 진열·전시에 대해 조언해 준 신애의 말 덕분에 매출이 훨씬 늘어난 양장점이 있기에 신애는 살아야 할 이유가 여전히 있는 것이다.

'나'라는 존재는 살아있는 한 누군가에게 틀림없이 필요한 존재가 될 수 있다. 내가 무언가를 소유하는 것보다 중요한 것은 내가 타자에게 얼마나 소중한 존재이냐 하는 것이다. 다른 사람에 대한 '나의 존재 가치가 내가 앞으로 살아가야 할 이유라는 것을 항가리의 깻잎과 〈밀양〉의 신애는 일깨워 준다. 지금은 나를 힘들게 하고 있는 전주대안학교 아이들도 언젠가는 항가리 집 뒤꼍의 신선한 깻잎처럼 우리 사회에 꼭 필요한 존재가 될 것이라는 소망을 결코 버리고 싶지 않다.

(2012, '〈수필과 비평〉 신인상' 수상작)

저자도와 삼천, 그리고 아버지

2016년 1월 15일에 돌아가신 아버지는 한 마디로 매우 열정적이고 활동적인 분이셨다. 어려서부터 동네 야산이나 냇가에서 무언가를 잘 맞추는 돌팔매질로 유명하던 아버지는 전주사범부속학교(현 전주교대부속초등학교) 5학년 때부터 야구 선수 생활을 시작하였다.

할아버지께서는 32살에 처음 교장으로 발령을 받은 후, 무려 33년이나 초등학교 교장을 지내신 분이시다. 할아버지 임지(臨地)를 따라 거의 매년 전학을 다니던 아버지가 산과 들을 뛰어놀며 노는 데만 정신이 팔려있는 것을 보고 할아버지는 중대 결심을 하셨다. 큰아들을 저렇게 시골 학교에 방치했다가는 중학교 문턱도 넘지 못할 것으로 판단하신 할아버지는 편입생을 받지 않는 것으로 유명한 전주사범부속학교 교장을 몸소 찾아가 며칠을 애원한 끝에 전학을 겨우 허락받았다고 한다.

그 당시 전주사범부속학교에는 당시로는 드물게 야구부가 있었다. 야구부 코치는 한눈에 아버지의 비범한 능력을 알아보고 야구부 투수로 받아들였다. 다소 학력이 뒤떨어졌던 아버지는 외야에서 포수석까지 한 번에 공을 던질 수 있는 놀라운 어깨 덕분에 전주북중에 진학하게 된다. 물론 공식적으로 스카우트된 것은 아니지만 학적부에 "김 군은 야구에 천재적인 소질이 있다."라는 체육 교사의 소견이 붙어 있었고, 마침 그 추천 내용이 전주북중 야구 감독에게도 전달되어 사실상 특기생으로 진학했던 것으로 추정된다.

그러나 최고의 투수가 되려고 했던 꿈은 불과 2년도 안 되어 날아갔다. 태평양전쟁이 일어나자 전주북중은 야구를 '양키 스포츠'라 하여 금지하고 야구부를 해산했다. 저학년임에도 불구하고 선배들 심부름을 면제받을 정도로 기대를 한 몸에 받았던 아버지는 갑자기 공부만 해야 하는 처지가 된 것이다. 당시 동아시아 전체가 전시 체제 상태에 놓여 있었을 때라 전주북중 교장은 검도를 필수과목으로 정하고 야구부 대신 검도부를 집중적으로 육성하였다.

아버지는 단신(短身)이었다. 검도를 하기에 불리한 신체 조건이지만 엄청나게 발달한 운동신경과 초인적인 훈련을 통해 단점을 극복하고 재학 중 일본검도협회가 공인하는 검도 3단이 되었다. 키가 크고 팔도 긴 상대 선수가 아버지를 공격하기 전에 선제적으로 허리치기나 손목치기를 통하여 점수를 땄다고 아버지는 자랑하셨다. 이처럼 공부보다는 운동을 즐기셨던 아버지는 평생의 소망이 100세까지 운전을 하고 운동하다가 돌아가시는 것이었는데, 그만 10년을 못 채우고 돌아가셨다. 그래도 돌아가시기 1년 전까지 직접 운전하여 전국을 돌며 게이트볼 대회에 참가하셨다.

아버지는 청년 시절부터 전주천이나 삼천, 구이 등에서 투망을 즐기셨다고 한다. 그러다가 다니던 직장(전주연초제조창)을 그만두시고 상경하여 서울 금호동에서 건재상을 하셨다. 서울에서 기반을 잡는 동안 투망을 중단하셨던 아버지는 어느 정도 생활이 안정되자 투망을 다시 시작하셨다. 한강 변(邊) 두뭇개 나루터와 모래섬인 저자도(楮子島) 사이에는 나룻배가 수시로 피서객을 날랐다. 저자도에 도착한 아버지는 되도록 나루터에서 멀리 떨어진 한적한 곳에서 그물을 던지셨다. 그날도 어김없이 물고기는 많이 잡혔다. 잡을 만큼 잡은 후 아버지는 나를 무동 태우고 팔에는 납이 가득한 투망을 감고, 한 손에는 고기 바구니를 들고 강을 되돌아 건너다가 키가 넘는 깊은 웅덩이(모래를 파낸 자리)에 빠지고 말았다.

웬만큼 수영할 능력이 있으셨던 아버지는 그러나 무동 탄 아들, 그리고 팔에 감겨있는 투망 때문에 물속으로 점점 깊이 빠져들었다. 강 건너에서 수영을 못하시는 할아버지는 '배, 배' 하시며 애타게 소리만 치시고 장남과 맏손주가 눈앞에서 수장(水葬)되는 모습을 바라보고만 있었다. 그때 갑자기 기적처럼 모래섬에 머물던 5~6명의 피서객이 물속으로 뛰어들어 아버지와 나를 극적으로 구조하였다.

이름은 물론 얼굴조차 기억나지 않는 그분들도 이제는 연로셨거나 대부분 돌아가셨을 것이다. 아버지는 이제 가셨지만 나는 그분들 덕분에 아직 이렇게 살아있다. 살면서 가장 소중한 것을 빚진 그분들께 은혜를 갚는 길은 나도 그들처럼 누군가를 돕는 것이리라. 아버지는 그 경황이 없었던 와중에도 물 바깥으로 나를 필사적으로 밀어 올리셨다. 그 덕분에 나는 물 한 모금도 마시지 않았지만, 아버지는 너무 물을 너무 많이 마시는 바람에 한동안 병원 치료를 받아야 했다.

당연히 투망 던지기는 이후 중단되었다. 정주영의 현대건설이 주도했던 강남 개발로 인해 저자도는 이제 흔적도 찾을 수 없다. 아버지가 운동선수나 군인이 되셨으면 정말 좋았을 것이다. 그러나 전매청 직원, 건재상, 유치원 원장, 아파트 관리소장, 동창회 사무국장 등 늘 몸에 맞지 않는 옷을 입고 다니셨다. 그러다가 70세 이후에는 특별한 수입 없이 자녀들의 재정 보조를 받으며 사셨다. 하지만 아버지의 마지막 20년의 생활이 90년 아버지 인생에서 가장 행복했던 시기, 이른바 전성기가 아니었을까 싶다. 봄에는 고사리나 나물을 채취하고 여름에는 투망을 다시 시작하셨으며 가을에는 전주 주변 산들을 돌아다니면서 지천으로 널려 있는 밤과 감을 땄다. 한 마디로 동물적 감각을 최대한 발휘하며 산, 들, 강을 가로지르며 유목

민처럼 자유롭게 사신 것이다. 강인한 체력과 정신력이 뒷받침되었기 때문에 가능한 일이었다. 특히 투망으로 잡은 민물고기들로 온 집안은 비린내가 진동하였다.

70이 넘은 아버지는 40대였던 나에게 여러 차례 투망하는 법을 가르쳐주셨지만, 끝내 나는 그물을 던지는 기술을 익히지 못하였고, 물고기 한 마리도 내 손으로 잡아보지 못했다. 아버지는 빠른 손목 스냅을 이용하여 고기들이 도망가기 전에 순간적으로 투망을 활짝 펴는 게 관건이라고 하셨다. 당시만 해도 삼천자동차학원 앞쪽의 삼천이 오염이 덜 되었던지 피라미와 모래무지, 붕어 같은 민물고기가 제법 많이 잡혔다. 막 잡은 작은 크기의 민물고기로 요리한 매운탕과 튀김의 맛은 사실 그 어느 것과도 바꿀 수 없을 정도로 기가 막히게 맛있었다.

요즘 내 나름대로 어려운 일들을 많이 겪으면서 아버지 생각을 자주 하게 된다. 아버지라면 이럴 때 어떻게 하셨을까? 아버지는 늘 나를 두고 "어려서 저놈을 좀 더 굴렸어야 하는데, 너무 '오냐 오냐' 키웠어."라고 혼잣말처럼 말씀하셨다. 그렇다. 예방주사는 일찍 맞을수록 좋다. 또한 어려서 이런저런 잔 고생을 많이 해 봐야 나이 들어서 큰 실수를 덜 하게 되는가 보다.

마이클 조던은 원래 대단한 농구선수가 아니었다고 한다. 키도 크지 않았고 능력도 평범한 선수였다. 그러나 초인적인 훈련을 통해서 기량이 날로 발전하여 주목받기 시작하더니 마침내 그는 NBA를 대표하는 선수가 되었다. 그를 특별히 유명하게 만든 '마이클 조던 에어 타임'이다. 그는 경기 전에 명상을 통해서 자신이 승부처에서 어떤 선택을 할지 미리 준비하였다고 한다. 그리하여 그 시기가 찾아오면 미리 준비한 대로 최대한 집중하여 승부를 걸었고, 높은 승률로 이겼다는 것이다. 물론 실패도 많이 했지만, 그 거듭된 실패들은 마이클 조던을 오히려 더 강하게 만들었다.

지금도 아버지가 환상적으로 그물을 던지던 모습이 눈에 선하다. 아버지는 물고기들이 몰려 있는 곳을 기가 막히게 잘 알았고, 가장 빠른 동작으로 정확한 위치에 그물을 던졌으며, 손목 스냅을 최대한 활용하여 그물이 활짝 펴지게 했다. 그 덕분에 삼천의 민물고기는 많이 줄어들었다. 아마도 아버지는 삼천에서 마지막으로 그물을 가장 많이 던졌던 분으로 기억될 것 같다. 삼천에서 그물 던지는 사람은 이제 없다. 삼천에서 아름답게 활짝 펼쳐진 그물을 재빠르게 던지시던 아버지의 모습은 한강의 깊은 물웅덩이에 빠져들면서도 안간힘을 다하여 무동 태운 나를 밀어 올리시던 아버지와 이제 나는 화해해야 할 것 같다.

(전북작가회의, 『그때 그곳』, 2017.)

이만하믄 괜찮기 살았다
ㅡ송관수가 작가에게 띄우는 편지

박경리 작가님께

안녕하십니까? 저는 작가께서 『토지』를 통해 만들어낸 인물 중 하나인 송관수라고 합니다. 흔히 작품이 완성되는 순간 그 작품은 작가의 손을 떠나 독자의 몫이 된다고 합니다. 저 역시 이제 독립된 한 인간으로서 저 자신의 지난날의 삶을 전체적으로 되돌아보면서 느낀 소회를 당신께 전하고자 합니다.

장돌뱅이의 아들에서 투쟁가가 되기까지

제가 작품에서 처음 등장하는 곳은 '한복이네 집'이었습니다. 당신은 나를 "눈이 조그맣고 까무잡잡한 얼굴에 길상이 또래"라고 소개하였습니다. 또한 "아비는 동학당으로서 어디서 죽었을 거라는 말도 있었습니다. 그래서 그랬던지 동학당 얘기가 나올 때마다 기를 쓰고 그것이 옳았음을 강조하였고, 그 조그만 눈에 열정이 타오르던 것이 인상적이었으며, 양반들에 대한 비판은 신랄하고 가혹했다."라고 당신은 덧붙였습니다.

가을걷이를 앞둔 그 어느 날, 아래 윗마을에서 낫, 도끼, 쇠스랑, 대창 등 각기 연장을 든 장정들이 모였을 때, 깃털을 세운 투계처럼 저는 그들 속에 끼어 있었습니다. 저는 조준구의 행방을 결사적으로 찾았으나 삼수의 배신 때문에 결국 찾지 못하였습니다. 저는 김 훈장, 길상들과 산으로 들어가서 의병 활동을 전개하였습니다. 저는 그들과 더불어 일제에 맞서 끝까지 싸우고자 했었지요. 그러나 정신적 지주였던 윤보의 죽음은 우리들의 의병 조직에 심각한 타격을 주었습니다. 양반에 대한 증오 때문에 김 훈장을 싫어했던 저는 김 훈장의 명령에 복종하는 것을 거부하였으며 이로 인해 길상과 한때 서먹한 사이가 되었습니다. 김 훈장은 저를 '되바라진 놈'으로 규정하고 사사건건 양반을 물고 늘어지는 저를 싫어했지요. 저는 김 훈장에 대해 이렇게 말한 적이 있습니다.

> 김 훈장 같은 사람은 마음의 해를 끼친 사람이다. 지조가 높고 청빈한 거는 좋지마는 종자가 다르다는 생각은 때에 따라서 배고픈 설움보다 더한 설움을 안겨주니 말이다.

그 후 얼마간 저는 화적떼를 따라다니다가 그것도 시시해지자 산을 떠나 진주로 내려왔고 진주에 사는 한 백정 집으로 숨어들었습니다. 그곳에서 얼굴이 무척이나 고왔던 백정의 딸을 만나서 결혼까지 하게 되었습니다.

아내를 얻은 뒤부터는 저의 의병이나 화적 전력을 추적하는 사람도 없어서 저는 진주 성내를 자유롭게 활보하였습니다. 그리하여 남 보기에는 평범한 생활에 뿌리를 박는가 싶었지만 사실 꼭 그런 것만은 아니었습니다. 저는 김환을 중심으로 하는 동학당에 강쇠와 더불어 연결되어 있었지요. 그러나 저는 지리산의 항쟁 조직과 연결된 내용은 철저히 감추었습니다.

그 결과 저를 대충 알고 지내는 사람들은 그저 제가 '주먹깨나 쓴다는 것', '노름 솜씨가 대단하다는 것', 그리고 가끔은 막일에 품팔이도 하고 소매통 실은 소달구지를 끌고 다닌다는, 그런 정도에 불과했습니다. 그러다가 저는 이른바 '소매통 사건'으로 진주 일대에서 유명해졌습니다. 일본인 순사가 공연히 시비를 걸다가 인분이 가득 든 소매통을 발로 차서 그 속에 담겨 있던 인분이 쏟아지자 제가 인분 묻은 손바닥으로 그 순사의 뺨을 냅다 갈겨버렸던 것입니다. 저는 당연히 재판받고 감옥살이를 할 줄 알았는데 주재소장이 나름 사무라이 정신이라도 있었는지 '배짱이 대단한 사내'라고 하며 구류 며칠을 살게 했을 뿐, 더는 문제 삼지 않았습니다.

저의 부친은 동학란 당시 동학농민군으로 출전한 후 행방불명되었습니다. 아마도 어떤 전투에선가 전사했겠지요. 시신마저 찾지 못했으니 산소는 당연히 쓰지 못했고 정확한 기일(忌日)조차 모릅니다. 사실 동학란 때 보부상들은 대개 관군 편에 섰습니다. 그런데 왜 저의 아버지는 보부상이면서도 동학군에 가담했는지 모르겠습니다. "아마도 아버지는 과부 어머니와 살게 되자 동학군의 주장 중 하나인 과부는 개가하는 게 옳다는 그 조목이 좋았기 때문에 동학군에 가담한 게 아니었을까?"하고 농담 삼아 친구들에게 말했다고 하는데, 정말 그랬는지는 모르겠습니다. 제 생각으론 그것은 그저 하는 농담이고 아버지 나름의 판단의 기준이 있었다고 봅니다. 장돌뱅이야말로 밑바닥 계층에 속하는 이들이었으므로 권력을 이용하여 탐욕스럽게 이권을 챙기는 봉건 세력과 외세에 대한 반감이 있었을 것이고 그것에 근거하여 후천개벽의 새로운 세상을 만드는 데 자연스럽게 동참한 것으로 보입니다.

아버지가 동학란에 참가하여 죽었다는 얘기를 들은 것은 제가 아홉 살이던 해 초겨울의 일이었습니다. 그러니까 1894년 동학이 일차 봉기에 이어 그해 시월에 또다시 전국적인 규모로 기병하여 관군과 일본군 연합군과 맞섰다가 패배한 직후였습니다. 장돌뱅이였던 아비는 제가 어렸을 적부터 한 달에 한두 번씩 나타나면 코가 삐뚤어지게 잠만 잤습니다. 그리고 떠날 때는 제 턱을 치켜들고, "애기 설 때 묵고 저븐 거를 못 묵었나? 눈이 와 이리 작노." 라고 말하는 것이 애정 표시의 전부였습니다.

찢어지게 가난한 속에서 과부와 어린 것이, 더욱이 동학군의 아낙과 자식이 받아야 했던 핍박과 수모를 저는 잊지 못합니다. 모친의 품팔이로 겨우 생장하면서 체득한 것은 세상이 불공평해서는 안 되겠다는 것이었습니다. 아비의 죽음이나 동학과 동학란을 저는 그런 차원에서 해석하고 내 가족의 수난, 나아가서 모든 핍박받는 사람, 가난에 시달리는 사람, 그들 모두의 슬픔은 공평치 못한 세상 탓으로 확신하면서 동학의 종교적 측면은 일절 고려하지 않았습니다.

제가 윤보를 따라 최 참판 집을 습격하고 산으로 들어가게 이유도 다른 이들과는 다릅니다. 저는 최참판 집의 소작인이 아니었으므로 농민봉기를 할 이유는 없었습니다. 저는 오직 조준구라는 친일 협력 분자를 응징하고자 하였을 뿐입니다. "왜 세상은 이토록 불공평한가?"가 늘 저의 뇌리를 떠나지 않는 의문이었고, 제가 평생 풀어야 할 숙제였지요. 화적떼로 몰리어 쫓겨 다녔을 때 은신처가 진주의 백정네 집안이었던 인연도 저의 생애에서 매우 중대한 계기가 되었습니다. 백정네 딸을 아내로 맞으면서 백정의 사위, 즉 백정의 가족이 됨으로써 저는 물론 저의 자식들에게도 지울 수 없는 낙인이 찍혔습니다.

제가 산으로 들어간 뒤 조준구에 의해 마을에서 쫓겨난 모친이 이십여 년 세월이 지난 오늘까지 어느 산야에서 기진하여 숨을 거두었는지 그 생사조차 알지 못한다는 사실, 그것은 모두 혈육이 엉킨 피맺힌 기억, 그 기억들은 더욱 확고부동한 투쟁으로 저를 굳혔으며, 형평운동으로 인하여 진보적인 젊은 세대와 접촉함으로써 저의 신념과 행동은 더욱 구체적으로 전개되었습니다. 그러니 저는 몸으로 발바닥으로 배우고 깨달은 사람입니다. 사상이니 이념이니, 이런 것들은 식자(識者)들의 풍월 같아서 끝내 아니꼬웠으며 철저하게 긁어내는 일제의 쇠스랑 밑에서 비명을 지르는 겨레의 강토와 더불어 저의 민족의식은 자연스레 형성되었을 뿐입니다.

한복의 군자금 전달과 세상의 오묘한 이치

제가 가장 잘한 것 중 하나가 한복이 독립운동원의 일원이 되게 한 것입니다. 저는 그때 한복에게 이렇게 말했었지요.

> "사람이란 어떤 식으로든 산 사람은 살기 마련이고, 또 언제든 한 분은 죽는다. 간단하게 생각해 부리믄 사람 살고 죽는 거는 아주 쉬운 것이기도 하지. 있제 일단 니를 믿고 내가 찾아온 이상 꾸며대감씨로 허울좋은 말 하고 싶지 않다. 딱 까놓고, 니 처지를 우리는 이용을 좀 해야겄다. 한 마디로 잘라 말하지. 거복이를 방패삼아서 군자금 전하는 일을 해주었이믄 좋겄다. 아무개 동생 하믄은 모두 그대로 통과될 긴께."

저는 사실 이렇게 제안하면서 만일 한복이 이 제안을 거절할 경우, 그를 죽일 생각까지 하였습니다. 조직의 비밀은 지켜야 했으니까요. 한복은 기대했던 것보다 군자금 전달하는 일을 너무 잘 해냈습니다. 그는 국내에서 모은 군자금을 만주에 있는 독립운동가들에게 무사히 잘 전달했을 뿐만 아니라, 정석과 같이 쫓기는 처지에 있었던 인물들을 만주로 무사히 데려다주기도 하였습니다. 이 모두가 한복의 형 거복, 참 이름을 김두수로 바꾸었지요. 그 김두수 덕분이었습니다. 형이 워낙 유명한 밀정에다가 순사부장까지 지낸 친일 인사라 형사나 헌병이 한복을 의심하지 않았습니다. 이 일은 한복에게도 긍정적 영향을 끼쳤습니다. 아버지 김평산의 최치수 살인 행위는 그에게 평생 벗어나기 어려운 질곡(桎梏)이자 굴레였습니다.

그는 살인자의 아들이 되자마자 어머니 함안댁을 잃어야 했고 동네에서 쫓겨나야 했으며 거지나 다름없는 처지가 되어 거리를 떠돌아다녀야 했습니다. 독립운동은 그런 그에게 한 줄기 구원의 빛이었지요. 그는 타고난 근면 성실함에다가 형의 도움까지 받는 바람에 그의 형편은 점차 나아졌습니다. 자신의 독립운동과 그의 아들 영호의 광주학생의거 참여는 아버지와 형의 악행으로 인해 드리워졌던 어두운 그림자까지 극복하게 하였습니다. 결국 우리 조직이 필요해서 그를 이용한 셈이지만, 한복 역시 그것을 기회로 삼아 자신의 한계를 돌파하고 새 삶을 살게 되었으니 잘된 일이 아닐 수 없습니다. 저는 한복에게 이렇게 말한 적이 있습니다.

"사람 살아가는 기 참으로 기기묘묘하다. 검정과 흰빛으로 구별 지을 수 없는 것이 인간사라. 길상이도 하인 신세에서 만석꾼의 바깥주인이 됐는가 싶더마는 타국 땅에서 설한풍 맞이며 편한 사람 눈으로 볼 적에는 지랄 같은 짓을 하고, 니는 반역자 성을 둔 덕분에 애국을 하게 됐이니 기기묘묘한 세상이지 머겠나. 옛날의 선비들은 악산을 안 볼라꼬 부채로 얼굴을 가리믄서 지나갔다 하더라마는 그런 생각 때문에 나라가 망한기라. 안 본다고 해서 악산이 거기 없는 거는 아닌께. 악산(惡山)도 이용하기 나름이제. 또 군자 대로행이라 하기도 하더라만 법이 바르고 늑대가 없는 세상이라야제? 늑대한테 안 잽히묵힐라 카믄 두더지맨크로 땅 속으로 갈 수도 있는 기고 스스로 늑대 노릇도 해야, 끝끝내 해야.

맞습니다. 악산(惡山)도 이용하기 나름이겠지요. 김두수야말로 천하의 악당이자 민족 배신자이지만 본의 아니게 독립운동 군자금 전달에 혁혁한 공을 세운 셈입니다. 또한 한복이 궁극적으로 가치 있는 삶을 살게 하였으니 좋은 형도 된 셈이고요. 참으로 세상 이치가 묘하다 하겠습니다.

백성의 사위로 살아간다는 것

1894년 갑오경장은 형식이나마 천인의 면천할 수 있도록 했고, 이어 동학란이란 거센 바람도 신분제도, 그 오랜 폐습을 완화하는 데 이바지한 것이 사실이지만 그러나 뿌리 깊은 천인들의 처지가 하루아침에 달라질 수는 없었습니다. 양반이 상민을 대하는 것 이상으로 상민들은 그들 천민 위에 군림했지요. 그중에서도 백정이라면 거의 공포에 가까운 혐오로 대하였으며 학대도 가장 격렬했습니다. 백정뿐만 아니라 그 가족들마저 문둥이나 송충이처럼 싫어하는 것은 당연한 일이었고 그들이 지켜야 하는 분수를 어겼을 적에 가차(假借) 없는 사형(私刑)이 가해지는 것이 불문율이었습니다.

백정이라는 칭호는 고려 시대에는 평민을 가리키는 말이었으나, 조선 시대에 와서는 도살업(屠殺業)을 전문으로 하는 천민 계층을 뜻하게 되었습니다. 백정은 1894년 갑오개혁 때 '해방의안'(解放議案)에 의해 법제상으로는 해방되었으나, 실질적으로는 여전히 여러 가지 차별대우를 받고 있었습니다. 백정들은 기와집에서 살거나 비단옷을 입을 수 없었고, 외출할 때는 상투를 틀지 않은 채 '패랭이'를 써야 했으며, 장례 때도 상여를 사용할 수 없었습니다. 또한 학교나 교회에서도 함께 수업을 받거나 예배를 볼 수 없었고, 상민(常民)들과 떨어져 집단으로 거주했습니다.

더욱이 일제는 조선의 봉건적 질서를 온존(溫存)하는 정책을 썼기 때문에 행정적으로도 차별을 받았습니다. 즉 민적(民籍)에 올릴 때 이름 앞에 '붉은 점' 등으로 표시하거나 도한(屠漢)으로 기재했을 뿐만 아니라 입학원서나 관공서에 제출하는 서류에도 반드시 신분을 표시하도록 했습니다. 이러한 현실에 대한 불만이 백정들의 조직적 사회운동인 '형평운동'으로 분출된 것입니다.

저는 이렇게 절규했습니다.

> 신선도 아니고 신도 아니고 똑같이 밥 묵고 똥 싸고 일하는 사람이다! 누구든 똑같이 살 수 있으며 잘하고 잘못하는 것이 지한테 매인 거지 양반이나 백정한테 매인 거는 아니다! 그렇기는 돼야 안하겄나? 백정은 예수도 믿을 수 없단 말인가.

사랑을 핵심 교리로 내세우는 기독교 교회에서마저 백정과 그 가족들마저 교회에 못 다니게 하거나 따돌리고 멀리하는 것을 보고 저는 형평운동에 뛰어들지 않을 수 없었습니다. 천대(賤待)라는 것은 받으면 받을수록 받는 사람끼리 함께 뭉치는 게 상정(常情)입니다. 조선 시대에는 법에 묶여 백정들은 교육을 받을 수 없었지만, 갑오개혁 이후 백정들도 얼마든지 학교에 다니며 지식을 쌓을 수 있고 백정 수만 해도 수만 명이 넘기 때문에 자구책을 차츰 마련해 나갔습니다. 형평운동은 지식인 중심으로 전개되던 다른 사회주의 운동과 달리 천대받던 기층민중들이 자신들이 처한 구체적인 문제를 기반으로 하여 사회 전반의 개혁을 도모했던 계급운동이라는 점에서 역사적으로도 큰 의미가 있습니다.

1923년 5월, 진주서 조직된 형평사는 자식을 교육에 대한 강한 의지를 지닌 백정과 그것을 철저하게 거부하는 사람들 간 투쟁의 산물로 보아야 하는데 백정의 사위인 저는 물론 선봉에 선 투쟁파였습니다. 당시 백정들은 밖으로는 일제의 압제와 싸워야 했고, 안으로는 백정을 백안시하는 사회주의자들과 싸워야 했습니다.

기층민중이 주도하는 몸뚱이가 큰 혁신 운동

한편으로 저는 저대로 동학당의 지도자인 김환을 극복해야 했습니다. 이를 위하여 저는 형평사운동에서부터 소지감을 기점으로 한 서울 소외 지식분자들과 줄을 긋고 석이와 강쇠와 더불어 부산 바닥, 부둣가와 장바닥을 두더지처럼 그 밑창을 파놨으며 용정과 연해주 방면과도 끊임없이 연락망을 구축해 왔습니다. 민족주의, 공산주의, 무정부주의, 그런 새로운 사상의 물결이 밀어닥치고 있으나 저는 이 모두가 머리통이 큰 대신 몸뚱이가 빈약하다고 느꼈습니다. 학생들 손으로 각종 이념이 맹렬하게 침투하는 추세더라도 그 학생 자체는 여전히 머리 부분을 구성할 뿐이었지요. 일제의 탄압이 극심하다고는 하지만 그 자체가 크게 폭발할 힘이 못 되었습니다. 혁신 세력이 지원한 형평운동이 그나마 성공적인 경우라 하겠습니다. 저는 신화와 같은 동학농민혁명의 그 크나큰 불기둥을 늘 상기하였습니다. 엄청난 대가를 치르긴 했지만, 몸뚱이가 좀 튼튼했습니까? 물론 일제 강점기에는 종교로서의 동학이 아닌, 사회 운동적 성경이 더 강한 '동학당'을 투쟁의 지렛대로 삼아야 할 것입니다.

제가 보기에 이런 사상 저런 이념들은 따지고 보면 다 엇비슷한 건데 낯설은 남의 것보다야, 말 가지고 이러니저러니 세월만 가는 것 같았습니다. 한 마디로 이 모두 핍박 없는 세상 사람답게 살아가는 세상 만들어 보겠다는 것 아니겠습니까? 그래서 저는 지식인 사회주의자인 이범준에게 다음과 같이 지적한 바도 있습니다.

> "자네가 사회주의인가 머 그런 운동을 안 한다믄 이런 말 소용없제. 아니꼬운 말 들을 이유도 없고, 나는 알다시피 핵교는커냥 서당 문턱도 넘어본 일이 없는, 게우 언해 꼬꾸랭이를 끼적일 정도니 무식꾼이다. 그러나 너거들 유식쟁이들의 새로운 사상이며 세계가 우찌 돌아가고 있는지 그런거는 항상 귀담아 들어서 요새는 제법 유식해진 셈인데, 한다믄 무식쟁이만 귀담아 들어야겠나? 유식쟁이도 더 많이 귀담아들어야 한다. 그 얘기구마. 자네가 농민이 어쩌고저쩌고 할라 카믄 한데 엉키야만 되는 기다. 기름하고 물멤크로 따로따로 돼 있다므, 그는 호박줄기에 엉겨붙은 비리박에 아니다 그 말이구마. - 너거들 목적이나 야심 그기이 아무리 옳은 일이라 캐도 무식꾼들 바지저고리 맨들믄은 천년 가도 그렇고 골백분 정권이 베끼도 달라지는 거는 없일 기다. 마, 이거는 가외 말이고."

내가 이범준에게 강조한 것은 지식인들이 탁상공론식 이론으로 민중의 삶을 재단(裁斷)해서는 안 된다는 것이었습니다. 농민, 노동자들과 지식인들이 일체가 되고 그들의 밑바닥 정서를 이해하지 못한 채 물에 뜬 기름처럼 농민운동이나 노동운동이 겉돌게 되면 세상을 변화시킬 수 없다는 것의 저의 일관된 신념이었습니다. 그것은 제가 형평운동을 하면서, 그리고 부산 부두 노동자들과 더불어 노동운동을 전개하면서 자연히 터득한 것이었지요.

저는 교리 같은 것에는 도통 관심이 없었고 복잡하게 생각할 필요도 없었습니다. 단지 이 미쳐 돌아가는 세상을 바꾸어야 한다는 것, 배고프고 핍박받는 사람이 없어야 한다는 것, 그것이 저의 신념과 정열의 모든 것이었지요. 어쨌거나 저는 발바닥에 불이 날 지경으로 돌아다니며 노동 현장에 잠입하여 부산 부두 파업을 비롯하여 기타 크고 작은 일에 개입하고 측면 지원을 했습니다. 식자층도 쑤시고 다니며 은근히 충동질하고 유인했으며, 또 수삼 차 한복을 만주로 보내어 그곳과도 길을 트면서 조직의 형체를 확장해 나갔습니다.

만주행과 만년의 회한, 그리고 돌연한 죽음

지리산 동학당 모임을 이끌던 김환과 석포의 체포는 동학당과 저의 안위에 일대 위기를 몰고 왔습니다. 지삼만이라는 배신자가 사교(邪敎)를 만들어 자신의 탐욕을 충족시키는 과정에서 눈엣가시 같은 김환을 일경에 밀고하였던 것이지요. 모진 고문을 받던 석포의 입에서 그만 저의 이름이 나오고 말았습니다. 석포는 모진 고문을 당하다가 옥중에서 죽고 김환 역시 스스로 목숨을 끊었습니다. 일제 경찰은 눈에 불을 켜고 저를 찾고자 하였습니다. 이미 진주를 벗어나 부산에서 신분을 숨긴 채 지하활동을 전개하고 있던 저는 부산에서마저 위기를 맞이했습니다.

부산서 제가 쫓기게 된 건 극히 작은 실수 때문이었습니다. 술집에서 제가 술을 마시고 나올 때 등사판으로 민 반일 구호 삐라 한 장을 호주머니에 넣었던 것을 그만 깜빡 잊고, 술값을 치르면서 그게 돈과 함께 딸려 나와 땅바닥에 떨어졌던 것입니다. 제가 나가자마자 심부름꾼 머슴아이가 그것을 주웠으며 결국 그 삐라는 일경의 손에 들어가게 되었습니다.

그러나 강쇠가 구축한 부두의 조직은 완전히 은폐되어 있었고 제가 부상(浮上)된다 하더라도 표면상으로는 부두 노동자들 조직과 저는 아무 관련이 없는 것으로 되어 있었습니다. 그리고 또 한 가지는 전적지(前跡地)가 불분명하고 변성명을 했기에 나 형사가 찾는 송관수와 부산 경찰서에서 찾고 있는 인물이 같은 인물이라는 사실을 모르는 형편이어서 다행이었습니다.

그러나 저는 부산에서마저 안전하지 못하였기에 결국 한복, 김한경 등과 더불어 국내를 떠나 만주로 가야만 했습니다. 아들 영광이는 일본에 있었고, 아내는 같이 가면 되는데 문제는 딸 영선이었지요. 저는 영선이를 강쇠의 아들 휘와 맺어주리라 작정했습니다. 초등학교도 나오고 인물도 빠지지 않은 딸아이를 한문은 좀 깨우쳤지만, 학교 문턱에도 가 보지 않은 휘에게 주기가 물론 아까웠습니다. 하지만 영광과 사귀던 강혜숙의 부모에게 턱없는 모욕을 이미 당한 상태이다 보니 저도 조심스러울 수밖에 없었지요.

강쇠는 지리산 동학당 활동을 김환과 더불어 같이 해 온 처지이고 부산 노동자 운동에도 뜻을 함께한 처지이니 가장 믿을 수 있고 의지할 수 있는 친구라 하겠지요. 강쇠 부부가 영선이에게도 백정의 혈통이 흐르고 있다는 것을 문제 삼을 리는 만무합니다. 저는 그 때문에 그 추운 겨울에 영선이를 막무가내로 지리산 강쇠 집에 데려갔던 것입니다.

예상대로 강쇠는 저의 제안을 흔쾌히 받아들였지요. 갑자기 조용하던 산속 움막집에서 혼인 잔치가 벌어졌습니다. 혼례를 준비하는 과정에서 강쇠와 많은 이야기를 나누었습니다. 대개 함께 관여했던 운동 이야기였지요. 저는 사실 많이 지쳐 있었고 위축도 되어 있었지만, 안간힘을 다해 독립운동 및 사회운동에 대한 긍정적 전망을 강쇠에게 피력했습니다.

"그러나 동학이 아주 갔다고 나는 생각 안 하는 사램이다. 동학하고 농민들은 마지막에 올 거다. 지금은 학생, 노동자다. 나는 원산의 파업을 보고 희망을 가졌다. 남들은 항복했다고 끝장난 것겉이 말하더라마는 자꾸 일어날 기고 학생들도 자꾸 일어날 기고, 왜놈들이 끝끝내 학생들, 노동자들 숨통을 틀어막을라카믄 그만큼 그놈들도 다급해진 것 아니겄나?

저이 놈들 편할라카믄 우리 조선 사람들이 모두 일본놈이 돼주어야 하는 긴데 사방팔방에서 우리는 조선 사람이다. 하고 아우성이니 편키 잠잘 수 없지. 언제든지 지키는 일은 어렵고 지키는 사람 열 있어도 도적 한 놈을 못 당한다 했는데, 그놈들이 옛날에는 도적이었지, 그러나 이자는 우리가 도적이다. 그놈들은 지키는 기고, 노동자들 파업은 왜놈들을 향한 공격이다. 학생들 맹휴도 왜놈들을 향학 공격이란 말이다. 옛날에는 총 든 놈 대가리 수만 가지고, 나라 찾는 일이 어려블 기라 생각했지. 어렵더라도 싸움은 하자, 우리는 모두 그렇기 말했다. 해서 도처에서는 의병들이 잽히가고 총 맞아 죽고, 왜놈들은 총이믄 그만이었다. 대포만 믿으믄 되는 일이었다. 그러나 지금은 어떻노? 일 안 하겄소, 공무 안 하겄소, 물러나는 긴데 실상은 달라드는 기거든, 추천, 수백의 대가리들이 몰켜서 그리하니 여기서 저기서, 무서븐 힘이제, 무서븐 힘인기라."

그렇습니다. 저는 우리 민족 구성원 대다수의 염원이 지닌 힘을 믿었습니다. 일제는 일시적으로 우리 민족을 제압하고 억누르는 식민 통치를 시행했지만, 그것은 조만간에 끝장날 수밖에 없는 것이었지요. 아무리 겨울에 땅이 두껍게 얼어붙어도 봄이 되면 땅이 풀리고 새싹이 돋아나듯이 명분 없고 의롭지 않은 세상은 평범해 보이는 다중의 정당한 요구와 우주 전체를 관통하는 강렬한 기운에 의거, 종말을 고할 수밖에 없다는 것을 저는 몸으로 터득했고 확고하게 믿었습니다. 그것은 참으로 무서운 힘이지요. 제가 세상을 헛살지 않았다면 아마도 그 무서운 힘의 편에 서 있었기 때문일 것입니다.

그러나 자식 문제는 저로서는 참으로 감내하기 어려운 문제였습니다. 저

자신은 어떠한 시련이나 고난도 두렵지 않았지만, 제 아들딸이 겪어야 했던 차별과 고통은 차마 지켜볼 수 없었습니다. 누구보다 공부도 잘하고 책도 많이 읽었으며 인물까지 훤했던 영광이 허물어지는 모습은 저를 차츰 무너지게끔 하였습니다. 강혜숙의 부모가 자신의 딸과 영광이 맺어질 수 없다고 난리를 피우는 바람에 영광인 학교에서 퇴학당하고 일본으로 건너갔습니다. 그곳에서 잠시 강혜숙과 동거까지 한 모양입니다만 결국 헤어졌지요. 영광은 일본 불량배들과의 시비 끝에 크게 다치고 그 사건으로 인해 한 다리를 평생 절룩거리게 되었습니다. 최참판댁에서 얼마든지 학비를 대 주겠다고 했으나 그마저 거절하고 영광은 유랑극단의 트럼펫 연주자가 되었습니다. 아내 역시 늘 자녀 문제로 노심초사해야 했고 자주 피울음을 토했습니다.

> 내만 없었이믄 너거들도 없었을 기고 니 아부지 가심에 한도 심지 않았일 긴데, 어느 강변의 소 잡는 사람 만냈이믄 그러려니 하고 살았을 긴데, 어이고 내 좋은 아들, 내 좋은 자식들 쭉지 부러진 새로 맹글어놓고, 인물이나 남만 못함사? 공부나 남만 못함사? 슬겁고 사리깊은 내 아들, 불쌍해 우얄꼬, 어이구우 흐흐흐으으.

결국 저는 한복과 더불어 만주로 건너왔습니다. 만주에서 나름대로 항일 독립운동을 위하여 저는 제가 할 수 있는 모든 일을 몸을 아끼지 않고 해냈습니다. 그러나 나이가 들어서인지 영광이 학업을 포기하고 방황한 것과 어디다 내놓아도 부끄럽지 않은 딸을 지리산 골짜기 산골 총각에게 시집보내고 온 것이 마음에 걸렸습니다. 특히 서로 자존심을 내세우다 결국 영광과의 부자 상봉이 실패로 돌아간 후, 저는 급속히 허물어졌습니다. 아들에게 자존심을 내세우다니요. 제가 못난 탓입니다.

처음에 저는 자식 하나 없는 셈 치겠다며 자신을 달래곤 했으나 시일이 흐르면서 차차 엉뚱한 방향으로 사람이 달라졌던 것입니다. 불효막심의 아들을 원망하기보다 아들에게 지워진 백정이라는 신분에 병적인 혐오감을 나타내기 시작하였습니다.

"내가 왜 백정이고? 나는 백정이 아니다. 영광이도 백정 아니다. 우째 그아가 백정이란 말고."

"아니지, 아니고말고. 그놈은 내 아들인께. 동학당, 등짐장수, 울아부지 손자니께, 밭이 무슨 소앵이 있노. 씨가 젤 아니가."

실성한 사람처럼 말하는 것이지만, 저는 분명 마누라 영선네를 부정했던 것입니다. 남의 앞에 나오는 것조차 두려워하며 살아온 영광의 모친, 그녀에 대한 연민 때문에 지난날 저는 진주에서 형평운동에 가담했으며, 그 연민은 저의 투쟁의 의지로 나타났고 불꽃이 되기도 했었습니다. 가족에 대해 남다른 애정을 가진 것도 백정으로 낙인찍힌 신분을 바라보는 사회적 통념에 대한 분노 때문이었습니다. 저의 앞에서는 누구도 백정이라는 용어를 입에 올리지 못하였습니다. 그러던 제가 그렇게 오래도록 금기시되던 백정을 들먹이며 흰 머리가 돋아난 백정 집안을 비웃었고 때론 그 일로 인하여 분탕질도 서슴지 않게 되었으며 죽은 장인을 끌어들여 가면서까지 그녀를 모욕하기 일쑤였습니다.

"이녁 당대로 끝낼 일이지 멋 땜에 딸년을 내질러 여러 사람 신세를 망치느냐 말이다."

가당치도 않은 욕설과 비난을 퍼붓기도 했다.

"제집 잘못 얻은 기이 천추에 한이 된다. 정은 정이고오 은혜는 은혜다. 와 내가 그때 그거를 몰랐일꼬. 경찰에 쬐끼는 몸이고 보이, 숨기주고 믹이주고오 하하핫하 하하하핫, 의지가지할 곳 없는 젊은 놈이 꼼짝없이 옭아 매인 거지."

심지어 제가 평생을 두고 물불을 가리지 않고 정열적으로 참여해 왔던 독립운동이나 사회운동까지 부정하기도 했습니다.

"흥! 입 열었다 하믄 모두 배우고 투쟁하고, 신물이 난다. 니 누부 영선이를 와 산놈한테 떠넘기고 왔노? 니도 그거는 알제? 똑똑하고 인물 좋고 보통핵교까지 나온 제집아아를 … 섬진강 칼날 겉은 바람 마시믄서 염소새끼 몰듯기 그 제집아아를 데리고, 지리산 골짜기 산놈한테 주어부리고 돌아선 애비 맘을 니가 아냐? 흥 내 가슴에는 피멍이 겹겹이 쌓여 있다."

저는 곁에서 저와 가족을 헌신적으로 돌봐주고 있었던 홍이에게 이렇게 투정한 적도 있습니다.

"니는 내맘 모린다. 니가 우찌 내 맘을 알 기고. 애시당초 뿌리부터 잘못 박은 기라. 잘난 것 한 푼 없는 놈이, 어디라고 바닥에 끼어들어 … 머를 했제? 해놓은 기 멋꼬? 강가에서 쇠가죽을 씻든지 장돌뱅이가 돼서 이장 저장 돌아댕기야 할 팔자를 어긴 죄 아니겠나."

그러자 홍이는 이렇게 대꾸하더군요.

"형님은 제발 날 잡아가 달라. 잡아가서 죽여 달라, 그것도 처참하게 시끌버끌 요란하게, 왜 그런 생각을 하는지 이해합니다. 첫째는 순국지사가 되고 싶은 거지요. 영광이한테 명예를 유산으로 남기고 싶다 그거 아닙니까? 그래야 백정의 신분도 상쇄가 돌 테니까요. 둘째는 복수하고 싶은 마음입니다. 배신감 때문에 영광이 가슴에 한을 남기고 싶다."

저는 제 자식 영광이 자기 존엄에 대한 상처를 받은 것에 분노하지 않을 수 없었습니다. 백정의 후예는 아무리 높은 교육을 받아도 일반인들 사이에 들어설 수 없으며, 설령 들어섰다 하더라도 그 속에서의 삶이 더욱더 자신을 옥죄는 처지가 되리라 생각하니 거의 미칠 지경이었지요. 결국 저는 만주에서 끝내 영광을 만나지 못한 채 콜레라에 걸리는 바람에 이국땅 신경에서 갑자기 숨을 거두고 맙니다. 정신이 가물거리는 와중에도 저는 마지막 힘을 쥐어 짜내어 유서를 홍이에게 남겼습니다. 수신인은 홍이지만 저는 결국 이 유서를 영광을 비롯한 가족과 국내에 있는 길상, 강쇠 등 모두 돌려볼 것으로 내다봤습니다. 결국 이 유서는 홍이만이 아닌 살아남은 그 모두를 위하여 쓴 것이지요. 유서의 일부는 다음과 같습니다.

> 내가 죽으믄 모두 고생만 하다가 갔다 할 기고 특히 영광이 가심에는 못이 박힐 기다. 그러나 나는 안 그리 생각한다. 그라고 후회도 없다. 이만하믄 괜찮기 살았다는 생각이고, 장돌뱅이로 장바닥을 돌믄서 투전판이나 기웃거릴 놈이, 하늘 밑의 혈혈단신 계집이나 어디 하나 얻어걸리겄나. 그렇다믄 많이 출세한 거 아니가. 새삼시럽게 지나온 길을 돌아보이 정말 괜찮기 살았구나 싶다. 넘한테 큰 실수 안 하고 이렇기 가는 것도 다행 아니겄나. 이것은 진정이다. 여한이 없다. 자식들은 제 갈 길을 갈 것이고 다만 내 모친이 어디서 어떻게 돌아가셨는지 자식된 도리, 시신이 어느 산천에 묻혔는가 모리고 가는 것이 나한테 남은 응어리다. (중략) 고향 산천이 보고 싶고 작별하고 싶은 얼굴도 많다마는 어차피 사람은 혼자 가는 것 아니겄나.

영광이가 홍이에게 길상이도 저도 한을 풀기 위해 독립운동을 했다지요. 천한 신분에 대한 한풀이 말입니다. 물론 틀린 말은 아니지요. 한이야 후회하든 아니하든, 원하든 원치 않든, 모르는 곳에서 생명과 더불어, 내가 모르는 곳, 사람 모두가 알 수 없는 곳에서 온 생명의 응어리가 아니겠습니까? 배고파서 외롭고 헐벗어서 외롭고 억울하여 외롭고 병들어서 외롭고 늙어서 외롭고, 이별하여 외롭고 혼자 떠나는 황천길이 외롭고, 죽어서 어디로 가며 저 무수한 밤하늘의 별같이 혼자 떠도는 영혼, 그게 다 한이지 뭐겠습니까? 참으로 생과 사 모두 한일 것입니다.

작가님께 감사드립니다.

마지막으로 작가님 감사드립니다. 마지막에 다소 허물어진 모습을 보이긴 했지만, 전반적으로 사내답고 배짱 두둑하면서도, 저돌적으로 목표를 향해 내달리면서도 냉철해야 할 때는 또한 얼음처럼 차가울 수 있는 멋진 사내로 저를 그려 주셔서 감사합니다. 장돌뱅이과 과부 사이에서 태어났고 어려서 부모를 잃고, 의병과 화적패를 거쳐 또한 백정의 사위로서 신산한 삶을 살 수밖에 없었지만, 윤보, 용이, 영팔, 길상, 석이, 홍이 같은 좋은 선배, 친구, 후배를 만나 의로운 길로 들어섰고 마지막까지 조국과 동포들을 위해, 그리고 나 자신을 위해 뜻있고 면목서는 일을 하다가 죽었으니 제가 유서에 밝혔던 것처럼 여한이 없다 하겠습니다. 정말 괜찮은 삶을 산 셈이지요. 살아남은 자들이 저의 빈 자리를 그토록 크게 느꼈다니 고마울 뿐입니다.

특히 일본 순사의 뺨을 인분 묻은 손으로 냅다 후려친 것, 한복이로 하여금 새로운 인생을 살 기회를 준 것, 물지게꾼이었던 정석을 교사가 될 수 있도록 지원한 것, 조준구를 혼내 준 것, 친일파 김두만의 금고를 털어 독립군 군자금으로 보낸 것 등은 『토지』에 등장하는 그 누구에게도 뒤지지 않는 멋진 면모라고 생각합니다. 자식들 문제 때문에 다소 허물어지는 모습을 보인 것도 흠이라기보다는 지극한 부성애의 발로이고 매우 인간적인 모습으로 볼 수도 있을 것 같습니다. 어쨌든 전 작품을 통틀어서 그 누구에게도 뒤지지 않을 만큼 인상적인 인물로 그려 주신 작가님께 다시 한번 감사드립니다.

(2019, 토지학회 편, 『토지 인물열전』)

참고문헌

▎『토지』

1. 기본자료

· 박경리, 『토지』, 마로니에북스, 2009년판(21쇄).
· ______, 『원주통신』, 지식산업사, 1985.
· ______, 『Q시에게』, 지식산업사, 1987.
· ______, 『꿈꾸는 자가 창조한다』, 솔출판사, 1993.
· ______, 『꿈꾸는 자가 창조한다』, 나남, 1994.
· ______, 『문학을 지망하는 젊은이들에게』, 현대문학, 1995.
· ______, 『환상의 시기』, 솔출판사, 1996.
· ______, 『만리장성의 나라』, 나남, 2003.
· ______, 『버리고 갈 것만 남아서 참 홀가분하다』, 마로니에북스, 2008.
· ______, 『우리들의 시간』, 마로니에북스』, 2012.
· ______, 『일본산고』, 이승윤 편, 마로니에북스, 2013.
· ______, 『생명의 아픔』, 마로니에북스, 2016.
· 임우기, 정호웅 편, 『토지사전』, 솔출판사, 1997.
· 토지학회 편저, 『토지인물열전』, 마로니에북스, 2019.

2. 단행본

권성진, 『박경리 토지의 문화정치학』, 동인, 2019.

김경일, 『한국의 근대와 근대성』, 백산서당, 2003.
김동명, 『지배와 저항, 그리고 협력—식민지 조서에서의 일본제국주의와 조선인의 정치 운동』, 경인문화사, 2005.
김용옥, 『노자가 옳았다』, 통나무, 2020.
김윤식, 『박경리와 <토지>』, 강, 2009.
김치수, 『박경리와 이청준』, 문학과지성사, 2016.
나병철, 『탈식민주의와 근대문학』, 문예출판사, 2006.
박성진, 『사회진화론과 식민지 사회사상』, 선인, 2003.
신기욱, 이진준 역, 『한국 민족주의 계보와 정치』, 창비, 2009.
이상진, 『관습과 전략』, 월인, 2021.
이승윤, 『10개의 공간을 따라 읽는 소설 토지』, 앨피, 2021.
______, 『독자와 함께 읽는 『토지』』, 마로니에북스, 2015.
이원동 편역, 『식민 지배 담론과 『국민문학』 좌담회』, 역락, 2009.
조경달, 『식민지 조선의 지식인과 민중』, 정다운 역. 선인, 2012.
조미숙, 『현대소설의 인물묘사방법론』, 한국학술정보, 2007.
최유찬 외, 『토지의 문화지형학』, 소명출판, 2004.
최유찬, 『박경리의 토지 읽기』, 세창미디어, 2018.
______, 『세계의 서사문학과 <토지>』, 서정시학, 2008.
______, 『한국 근대문화와 벽경리의 토지』, 소명출판, 2008.
최진석, 『노자의 목소리로 듣는 도덕경』, 소나무, 2001.
토지학회 편저, 『박경리와 전쟁』, 마로니에북스, 2018.
____________, 『토지와 공간』, 마로니에북스, 2015.
토지학회, 『『토지』와 서사구조』, 마로니에북스, 2016.

3. 논문

강찬모, 「박경리의 소설 『토지』에 나타난 간도의 이주와 디아스포라의 귀소성 연구」, 『어문연구』 59권, 2009.
김순례, 「근대사회 형성기 여성적 세계관의 변화양상 연구: 박경리의 <토지>와 최명희의 <혼불>을 중심으로」, 경희대 대학원 박사학위논문, 2013.
김승종, 「『토지』의 역동적인 가족서사 연구—“성장, 변신” 원리와 “대조”의 원리를 중심으로」, 『현대문학이론연구』 63호, 2015.
_____, 「박경리의 『토지』를 읽는 새로운 길」, 『한국문학이론과 비평』 85권, 2019.
_____, 「박경리의 『토지』와 '부산'」, 『현대소설연구』 49호, 2012.
김연숙, 「고통(苦痛)의 서사(敍事)와 응답(應答)의 윤리(倫理)－박경리(朴景利) 『토지(土地)』를 중심(中心)으로」, 『어문연구』 48권 4호, 2020.
_____, 「근대 소설에 나타난 예외적 인물의 서사적 효과－박경리의 『토지』와 나쓰메 소세키의 '도련님'을 중심으로」, 『현대문학이론연구』 82쪽, 2020.
김용의, 「박경리의 『토지』와 일본인식―『토지』에 등장하는 일본 문학자―」, 『일본어문학』 1권 51호, 2011.
김은경, 「갈등구조를 통한 박경리 『토지』의 담론특성 / 미학 고찰」, 『비교문학』 33권, 2004.
김은경, 「박경리 〈토지〉의 유기적 인물 관계와 "리좀적" 서사구성」, 『관악어문연구』 31권, 2006.
_____, 「박경리 『토지』에 나타난 "굴절(屈折)"의 원리와 인물 정체성의 문제」, 『민족문학사연구』 35호, 2007.
_____, 「박경리 문학 연구: '가치'의 문제를 중심으로」, 서울대 대학원 박사학위논문, 2008.
김인경, 「창의력 향상을 위한 매체적 접근 방안 연구－박경리의 『토지』를 중심으로－」, 『인문사회21』 7권 6호, 2016.
김정희, 「박경리의 『토지』 연구: 공동체의 형성과 해체 양상을 중심으로」, 상지대 대학원 박사학위 논문, 2016.
김종태, 「근대문명 담론의 정치성 연구－일제 강점기 초기 매일신보를 중심으로」, 『한국학연구』 60호, 2017.
김종회, 「『토지』 공간과 동시대 수용의 방향성」, 『비평문학』 60호, 2016.
김진영, 「인간주의 지리학 관점에서의 장소성 프로세스를 적용한 문학지리학 연구: 소설 「토지」 속 평사리를 중심으로」, 『지리교육논집』 55권, 2011.
김학용, 「대하소설 토지 등장인물 네트워크의 동적 변화 분석」, 『한국콘텐츠학회논문지』 12권 11호, 2012.
김희진, 「최명희 『혼불』과 박경리 『토지』 연구－풍속을 중심으로」, 『인문사회21』 7권 3호, 2016.

_____, 「최명희 <혼불>과 박경리 <토지>연구 풍속을 중심으로」, 『인문사회21』 7권 3호, 2016.

박상민 「박경리의 『토지』와 삼일운동 역사적 사건의 문학적 재현 양상」, 『한국근대문학연구』 20호, 2019.

_____, 「박경리 『토지』에 나타난 동학(東學)—소멸하지 않는 민족 에너지의 복원—」, 『문학과종교』 14권 1호, 2009.

_____, 「박경리 『토지』에 나타난 악의 상징 연구」, 연세대 대학원 박사학위논문, 2009.

_____, 「박경리 『토지』에 나타난 윤리적·종교적 존재로서의 인간 이해」, 2012.

_____, 「박경리 『토지』연구의 통시적 고찰」, 『한국근대문학연구』 31호, 2015.

_____, 「박경리 <토지>에 나타난 일본론」, 『현대문학연구』 24호, 2004.

_____, 「박경리 <토지>의 서술 특징에 따른 대중적 향유 전략」, 『대중서사연구』 24권 3호, 2018.

_____, 「박경리 『토지』에 나타난 죽음의 수사학」, 『수사학』 15호, 2011.

_____, 「박경리 『토지』와 삼일운동」, 『한국근대문학연구』 20권 1호, 2019.

_____, 「박경리 『토지』와 신동엽 『금강』의 동학 담론」, 『동학학보』 44호, 2017.

_____, 「박경리의 『토지』에 나타난 근대 사회와 유교적 이상의 균열」, 『문학과종교』, 2013.

박은정, 「한국 대하소설에 나타난 '해방 인식' 연구—『북간도』, 『토지』, 『아리랑』을 중심으로」, 『세계문학비평연구』 70권, 2020.

_____, 「『토지』에 나타난 의복 표현의 의미」, 『세계문학비평연구』 65권, 2018.

박창범, 「토지의 정념 연구」, 고려대 대학원 박사학위논문, 2016.

박혜원, 「박경리 『土地』의 인물 연구」, 이화여대 대학원 박사학위논문, 2002.

_____, 「박경리 소설의 인물창조원리와 『土地』로의 확대양상 연구」, 『구보학보』 2권, 2007.

서현주, 「박경리 『토지』에 나타난 장애인의 타자화된 몸과 윤리적 주체」, 『현대문학의 연구』 68호, 2019.

_____, 「박경리 토지에 나타난 죽음의 타자성 연구」, 『현대문학의연구』 72호, 2020.

_____, 「박경리의 「토지」에 나타난 타자의식 연구」, 경희대 대학원 박사학위논문, 2013.

_____, 「박경리의 <토지>에 나타난 타자 인식 연구」, 『국제한인문학연구』, 2012.

_____, 「자아 성찰과 관계를 통한 치유—박경리 『토지』를 중심으로」, 국제한인문학연

구』 15호, 2015.
성용구, 「박경리의 『토지』연구: 사랑과 실존에 관한 주제를 중심으로」, 『숭실어문』 24권, 2010.
우수영, 「박경리 『토지』를 통해 고찰한 '동학'의 의미」, 『동학학보』 26호, 2012.
_____, 「박경리 『토지』와 최명희 『혼불』을 통해 고찰한 한국의 음식문화」, 『현대소설연구』 58호, 2015.
유수연, 「박경리 장편소설 연구: 여성성의 변모과정을 중심으로」, 전북대 대학원 박사학위논문, 2014.
유지현, 「『토지』 인물의 욕망 연구」, 『우리어문연구』 69호, 2021.
윤남희, 「박경리 『토지』연구 : 여성성 및 '일체'사상을 중심으로」, 배재대학교 대학원 박사학위논문, 2012.
윤철홍, 「박경리 『토지』에 나타난 토지소유권의 취득에 관한 소고」, 『토지법학』 28권 2호, 2012.
이경, 「「토지」와 겁탈의 변검술」, 『여성문학연구』 27권, 2012.
____, 「겁탈과 여성인물의 생존서사: 『태백산맥』, 『토지』, 『혼불』을 중심으로」, 『여성학연구』 26권 3호, 2016.
____, 「박경리의 『토지』에 나타난 집 떠나기 모티프와 여성」, 『한국문학논총』 69권, 2015.
____, 「질병의 은유로 「토지」 읽기」, 『현상과 인식』 32권 4호, 2008.
이미화, 「박경리 『토지』에 나타난 여성인물 연구: 탈식민적 페미니즘의 관점에서」, 부산대 대학원 박사학위논문, 2011.
_____, 「박경리 『토지』에 나타난 조선 문화의 토대 연구」, 『인문사회과학연구』 12권 1호, 2011.
_____, 「박경리『토지』에 나타난 여성의 몸 연구 : 생물학적 결정론에 대한 저항을 중심으로」, 『한어문교육』 25권, 2011.
_____, 「박경리의 탈식민주의 페미니즘 연구－『토지』의 여성인물을 중심으로」, 『한국문학이론가 비평』 40권, 2008.
이상진, 「『토지』속의 만주, 삭제된 역사에 대한 징후적 독법」, 『현대소설연구』 24호, 2004.
_____, 「<토지>에 나타난 동아시아 도시, 식민주의와 물질성 비판」, 『현대문학의 연구』 37호, 2009.

_____, 「<토지>에 나타난 여담의 수사학」, 『구보학보』 13호, 2015.
_____, 「박경리의 <토지>에 나타난 유교가족윤리의 해체양상과 그 지향점」, 『현대소설연구』 20권, 2003.
_____, 「박경리의 <토지>에 나타난 유교가족윤리의 해체양상과 그 지향점」, 『현대소설연구』 20호, 2004.
_____, 「심상과 사실, 지도의 상상력: 박경리 『토지』의 만주지역 형상화 방식」, 『통합인문학연구』 10권 1호, 2018.
_____, 「일제하 진주지역의 역사와 박경리의 <토지>」, 『현대문학의연구』 27호, 2005.
_____, 「자유와 생명의 공간, <토지>의 지리산」, 『현대소설연구』 37호, 2008.
_____, 「탈식민주의적 시각에서 본 <토지> 속의 일본, 일본인, 일본론」, 『현대소설연구』 43호, 2010.
_____, 「특집/우리 소설이 민족을 재현하는 방식] 개인의 존엄성의 확대로서의 민족의식—박경리, <토지>」, 『실천문학』 68권, 2002.
_____, 「『토지』의 평사리 지역 형상화와 서사적 의미」, 『배달말』 37권, 2005.
_____, 『『토지』에 나타난 여담의 성격과 서술전략」, 『현대문학이론연구』 63호, 2015.
이수현, 「매체 전환에 따른 『토지』의 변용 연구: 영화, TV드라마, 만화를 중심으로」, 고려대 대학원 박사학위논문, 2010.
이승윤, 「『토지』에 나타난 식민지 경성의 문화와 근대성의 경험』, 『현대문학의 연구』, 2008.
_____, 「『토지』의 문학 교육적 활용방안」, 『현대문학의 연구』, 2003.
_____, 「<토지>의 서사 전개 양상과 소설 작법」, 『대중서사연구』 24권 1호, 2018.
_____, 「1950년대 박경리 단편소설 연구」, 『현대문학의 연구』, 18, 2002.
_____, 「문학관/문학공간의 활성화 방안과 콘텐츠 기획의 사례 연구—박경리의 <토지>를 중심으로」, 『대중서사연구』 24권 4호, 2018.
_____, 「소설 토지에 나타난 모빌리티 연구—공간의 재인식과 관계의 재구성」, 『현대문학의 연구』 72호, 2020.
_____, 「판본 비교를 통해 살펴본 『토지』의 수정 양상과 서술상의 특징」, 2014.
이재복, 「박경리의 《토지》에 나타난 숭고미」, 『우리말글』 59권, 2013.
이정숙, 「『토지』에 나타난 일본」, 『춘원연구학보』 10호, 2017.
이혜경, 「소설 『토지』의 공간 서사를 통한 콘텐츠 활용」, 『한국사상과 문화』 100권, 20

19.
임금희, 「『토지』에 나타난 교육 양상」, 『한국문예비평연구』 22호, 2007.
_____, 「『토지』에 나타난 종교와 교육」, 『한국문예비평연구』 25호, 2008.
_____, 「『토지』의 교육학적 연구」, 고려대 대학원 박사학위논문, 2007.
임회숙, 「박경리 『토지』 창작방법론 연구」, 동아대학교 대학원 박사학위 논문, 2021.
정현기, 「2부만으로 읽는 박경리 「토지」론—나와 너의 관계거리와 나의 나됨 찾기 <토지문학공원>」, 『존재론연구』 15권, 2007.
정호웅, 「『토지』와 만주 공간—문학교육과 관련하여」, 『구보학보』 15호, 2016.
조윤아, 「1970년대 박경리 소설에 나타난 "아버지"에 관한 연구 = <단층>과 <토지>를 중심으로」, 『현대소설연구』 36호, 2007.
_____, 「두 가지 층위로 나타난 하얼빈의 장소성—박경리의 「토지」를 중심으로」, 『비평문학』 68호, 2018.
_____, 「러시아 이주 한인의 항일 의병 투쟁—박경리의 『토지』를 중심으로」, 『현대문학의연구』 68호, 2019.
_____, 「박경리 「토지」의 공간연구」, 태릉어문연구 11권, 2003.
_____, 「박경리 <토지>의 공간 연구」, 『현대문학의연구』 21호, 2003.
_____, 「원작 해체를 통한 대중문화 콘텐츠의 확대 가능성—<토지>의 '인물열전'을 중심으로」, 『대중서사연구』 24권 4호, 2018.
조윤아, 이승윤, 「문학작품의 정본확정을 위한 몇 가지 원칙—박경리의 『토지』를 중심으로」, 『대중서사연구』 20권 2호, 2014.
진영복, 「박경리 『토지』에 나타난 사회사상과 호혜원리」, 『리터러시연구』 11권 5호, 2020.
최배은, 「<토지>의 상호작용 콘텐츠화에 관한 시론—'간도 이야기'를 중심으로」, 대중서사연구 24권 4호, 2018.
최영자, 「박경리 『토지』의 크로노토프 양상 연구」, 『인문사회21』 9권 2호, 2018.
최유찬, 「『토지』 판본 비교 연구」, 『현대문학의 연구』, 2003.
최유희, 「만화 『토지』의 각색 리듬 연구—관념서사와 시각적 강세화를 중심으로」, 『한국문예창작』 15권 1호, 2016.
_____, 「만화 <토지>의 서사 변용 연구」, 『현대문학의 연구』 43호, 2011.
_____, 「박경리 『토지』 변용작품들의 원작 전유 방식 연구」, 『우리문학연구』 58호, 2018.

______, 「박경리 『토지』의 창작방법론 연구 — 생명사상과 관련하여」, 『한국문예창작』 9권 3호, 2010.
______, 「소설 『토지』 배경지 평사리의 문화산업화와 콘텐츠 변화 방향 연구」, 『대중서사연구』 26권 2호, 2020.
______, 「소설 『토지』와 변용작들의 리듬 분석을 위한 시론(試論) — 앙리 메쇼닉의 리듬 이론을 중심으로」, 『한국문예창작』 10권 3호, 2011.
______, 「소설 『토지』의 강간서사 연구 — 트라우마를 중심으로」, 『현대문학의 연구』 73호, 2021.
______, 「소설과 텔레비전 드라마의 서사초점 연구 — 박경리 소설 『土地』와 1987년 KBS 드라마 <토지>를 대상으로」, 『한국문예창작』 7권 1호, 2008.
______, 「『토지』 속 인물을 통해 본 추(醜)의 미학」, 『현대문학의 연구』 69호, 2019.
한점돌, 「박경리 『토지』의 문학사상 연구 —『토지』와 동학사상의 관련 양상」, 『현대문학이론연구』 55호, 2013.
허연실, 「박경리 『토지』의 신화적 모티프와 그 현재적 의미 — <바리데기> 신화와 서희의 서사를 중심으로—」, 『Journal of Korean Culture』 44권, 2019.
______, 「『토지』의 사회문화 담론 연구」, 고려대 대학원 박사학위논문, 2010.
홍성암, 「족사, 연대기소설 연구: 안수길의 《북간도》와 박경리의 《토지》를 중심으로」, 『한민족문화연구』 7권, 2000.
홍순이, 「박경리 『土地』 연구—存在論的 生克論을 중심으로—」, 『성심어문논집 24권』, 2002.

전북문학

강릉시, 『강릉문학관 건립과 문학공원 조성을 위한 기본계획 수립 및 타당성 조사 용역』, 2017.
강희경·이용재, 『공공도서관 건립의 경제적 타당성 분석에 관한 연구』, 한국도서관·정보학회지, 2017.
강희경·장덕현·이수상, 『부산대표도서관 건립의 경제적 타당성 분석에 관한 기초연구』, 한국도서관·정보학회지, 2014.

김미자, 『함께 떠나는 문학관 여행』, 글로세움, 2018.
김승우, 『옛 문학에서 발견한 전라북도 문화풍경』, 태학사, 2020.
김종회, 『황순원 문학과 소나기 마을』, 작가, 2017.
김진기 외, 『문학관 기행』, 박이정, 2017.
나카무라 미노루, 함태영 옮김, 『문학관을 생각한다』, 소명출판, 2019.
문화다움, 『국립한국문학관 건립 기본계획』, 2019.
문화체육관광부, 『지역 문학관 활성화 정책 연구』, 2010.
심소정 외, 『작품 속으로 풍덩 문학관 산책』, 가교, 2018.
이규철·이민경, 「근대 건축물의 보존 및 활용을 위한 가치평가 기준연구」, 2017.
전정구, 「1930년대 김환태 문예이론의 비평사적 의의」, 『비평문학』 43집, 2012.
제주대학교 탐라문화연구원, 『제주문학관 타당성 기초조사 연구용역』, 2016.
조현성 외, 『거점형 문학관 도입 및 활성화 방안』, 한국문화관광연구원, 2018.
지역사회 개발 연구원, 『문학관 건립 타당성 조사 및 기본계획 수립』, 2018.
최명표, 「김교선의 비평 세계」, 『국어문학』 69집, 2018.
______, 「전북지역 근대 문예단체 연구」, 『국어문학』 63집, 2016.
______, 「전북지역 문단 형성 과정」, 『로칼리티인문학』 10집, 2013.
최유성, 『농업6차산업센터 건립의 경제적 타당성 분석』, 고려대학교 대학원 석사학위논문, 2016.
홍미희, 『문학콘텐츠를 활용한 문학관 활성화 방안연구』, 목포대학교 박사학위논문, 2019.
『문학관과 문화산업』, 단국대학교출판부, 2007.

전주정신

강영안, 『타자의 얼굴 – 레비나스의 철학』, 문학과지성사, 2005.
고명섭, 『니체극장』, 김영사, 2012.
김승종, 『소설읽기와 스토리텔링』, 2019, 박문사.
김용옥, 『노자가 옳았다』, 통나무, 2020.
나종석, 『헤겔 정치철학의 통찰과 맹목』, 에코리브르, 2012.

노에 게이치, 김영주 옮김, 『이야기의 철학』, 한국출판마케팅연구소, 2009.
데이비스 호킨스, 『치유와 회복』, 판미동, 2016.
박재순, 『다석 유영모의 철학과 사상』, 한울아카데미, 2013.
박정혜, 『당신의 마음을 글로 쓰면 좋겠습니다 — 마음의 빛을 찾아가는 77가지 심리치유』, 오도스, 2020.
박정혜, 『우리 문화 예술에 담긴 치유의 빛』, 오도스, 2021.
신영복, 『담론』, 돌베개, 2015.
신영전, 『퓨즈만이 희망이다 — 디스토피아시대, 우리에게 던지는 어떤 위로 사회비평에세이』, 한겨레출판사, 2020.
오강남, 『진짜 종교는 무엇이 다른가』, 현암사, 2019.
온다라인문학, 『2018. 전주정신 포럼』, 2018. 11.
__________, 『2018. 전주정신 포럼』, 2018. 11.
__________, 『터놓고 이야기합시다 전주정신』, 2014. 12
자크 아탈리, 김수진 옮김, 『언제나 당신이 옳다』, 미래앤, 2016.
전북전통문학연구소, 『전주의 역사와 문화』, 신아출판사, 2004.
전주백년사편찬위원회, 『신문으로 본 전주사람들』, 2001.
전주시청, 『꽃심 전주』, 2017.
_______, 『꽃심 전주』, 2017. 54.
_______, 『전주정신 정립 연구 보고서』, 2016. 12.
_______, 『한국의 꽃심 전주』, 2018. 5.
전주역사박물관, 『꽃심을 지닌 땅, 1·2』, 흐름출판사, 2016.
____________, 『전주학연구』 13집, 2019.
____________, 『전주학연구』 5집, 2011.
____________, 『전주학연구』 9집, 2015.
천이두, 『한의 구조 연구』, 문학과지성사, 2013.
카렌 암스트롱, 정영목 옮김, 『축의 시대』, 교양인, 2010.
켄 잔 해링턴, 송동호, 정동섭 옮김, 『고통스러운 기억의 치유』, 요단, 2018.

치유와 회복의 정신과 문학

토지, 전북문학 그리고 전주정신

초판 1쇄 인쇄 2021년 5월 3일
초판 1쇄 발행 2021년 5월 17일

지은이 김승종
펴낸이 이대현
편　집 이태곤 권분옥 문선희 임애정 강윤경
디자인 안혜진 최선주 이경진 | **기획마케팅** 박태훈 안현진
펴낸곳 도서출판 역락 | **등록** 1999년 4월 19일 제303-2002-000014호
주　소 서울시 서초구 동광로46길 6-6(반포4동 577-25) 문창빌딩 2층(우06589)
전　화 02-3409-2060(편집부), 2058(영업부) | **팩시밀리** 02-3409-2059
이메일 youkrack@hanmail.net
홈페이지 www.youkrackbooks.com

ISBN 979-11-6244-684-3 93800

* 책값은 뒤표지에 있습니다.
* 잘못된 책은 바꿔 드립니다.